北京宣传文化引导基金资助项目

我的学生时代

肖复兴 著

北京出版集团
北京十月文艺出版社

图书在版编目(CIP)数据

我的学生时代 / 肖复兴著. — 北京：北京十月文艺出版社, 2025. 3. — ISBN 978-7-5302-2457-1

Ⅰ. I267

中国国家版本馆CIP数据核字第2025SG3390号

我的学生时代
WO DE XUESHENG SHIDAI
肖复兴　著

出　　版	北 京 出 版 集 团
	北京十月文艺出版社
地　　址	北京北三环中路6号
邮　　编	100120
网　　址	www.bph.com.cn
发　　行	新经典发行有限公司
	电话 010-68423599
经　　销	新华书店
印　　刷	北京盛通印刷股份有限公司
版　　次	2025年3月第1版
印　　次	2025年3月第1次印刷
开　　本	880毫米×1230毫米 1/32
印　　张	11.5
字　　数	248千字
书　　号	ISBN 978-7-5302-2457-1
定　　价	58.00元

如有印装质量问题，由本社负责调换
质量监督电话　010-58572393

版权所有，未经书面许可，不得转载、复制、翻印，违者必究。

目 录 Contents

小学：童年倒影   001
    记忆的开始   003
    照片和丝线   007
    大皮鞋   010
    金鱼、蛐蛐和土鳖   013
    演员之梦   017
    莲蓬的诱惑   021
    房顶上   023
    姐姐又回来了   028
    崔大婶   031
    老阳儿   035
    憨老头儿   038
    打枣前后   042
    探亲证明   047
    独闯京包线   050

作文课	054
第一本课外书	057
少年宫	060
红木桌椅	064
小鹿姐姐	068
天鹅绒幕布	073
合欢花	075
小放牛	078
听妈妈讲那过去的事情	082
远航归来	086
第一次挨打	091
警告处分	094
德国墓地	099
玻璃糖纸	103
"疤癞眼儿"	108
新年晚会	112
小学最后一缕光	116

初中：少年心事	121
校训的力量	123
《可爱的中国》	128
花市电影院	133
第一个朋友	136

宋词里的上学路　140

公用电话　142

黑白日记　146

批注李白和杜甫　148

酸枣面　152

美术老师　157

东北旺　159

《小百花》　163

扁桃事件　167

第一次叫妈妈　173

不翼而飞　175

羊　羹　178

盖浇饭　182

护城河　186

宽银幕立体电影　188

集　邮　192

小提琴之梦　196

初中同学　201

阎述诗老师　207

学长园墙　211

第二次考试　215

那片绿绿的爬山虎　220

高中：青春碎片　　　　　　　　　227

　　星期天记事　　　　　　　　　229
　　第一次握手　　　　　　　　　237
　　深深的车辙　　　　　　　　　242
　　秋海棠　　　　　　　　　　　247
　　花阴凉儿　　　　　　　　　　250
　　冰心笔记　　　　　　　　　　254
　　鸽　子　　　　　　　　　　　258
　　家长会　　　　　　　　　　　262
　　病　中　　　　　　　　　　　265
　　星期天朗诵会　　　　　　　　269
　　班会上的争论　　　　　　　　272
　　被雨打湿的杜甫　　　　　　　277
　　幸存的笔记本　　　　　　　　280
　　飞鸟到我的窗前唱歌　　　　　286
　　像清晨牵牛花一样的小诗　　　292
　　高中阅读　　　　　　　　　　300
　　电影《白山》　　　　　　　　309
　　篮球梦　　　　　　　　　　　312
　　父亲和信　　　　　　　　　　316
　　《一枝梅》　　　　　　　　　320
　　看戏和看花　　　　　　　　　323
　　菊花新名　　　　　　　　　　330

上穷碧落下黄泉 331

下乡劳动 334

高中同学 339

花儿为什么这样红 346

尾声：告别中学时代 351

小学：童年倒影

记忆的开始

我最早的记忆,从母亲去世时始,但不是对母亲的记忆,而是对姐姐的记忆。

那一年,我五岁。母亲才三十七岁,突然离开了我们。

那一天,我和弟弟站在家门的外面,看着有人将母亲抬出来,抬出院子。我和弟弟都没有哭,那时候,悲伤还没有来得及涌出心口,先被突然撞得不知所措。记得那一天,院子里老槐树的槐花落了一地。洁白如雪的槐花,成了为母亲祭祀的白花。

没过几天,姐姐到大栅栏为我和弟弟每人买了双白力士鞋,然后,带着我和弟弟到鲜鱼口的联友照相馆照了一张照片,全身的,为照上我们为母亲戴孝的白鞋。

五岁那年记忆里仅存的只是一些模模糊糊的印象。姐姐为我和弟弟买白力士鞋,到联友照相馆照相,这些细节都是我长大之后,再看到照片的时候,听姐姐告诉我的事情了。

前几年，我读到日本著名电影演员高峰秀子（因为我上小学的时候看过她主演的电影《二十四只眼睛》，印象很深，记得很清楚，是在大栅栏里的同乐电影院看的，便同时记住了她的名字）写的自传，知道她也是五岁那年生母去世，开始跟着继母一起到东京生活。她就是从那一年开始拍电影，拍电影和生活中的好多情景，居然记得那么清晰，细致地写在她的这本自传里。她甚至还记得，当初离开家在开往东京的火车上，自己的脖子上挂着一个胶木的奶嘴。同样是五岁，她的记忆为什么那么好？记得那么多的事情，而且清晰得须眉毕现？

我和弟弟长大以后，长相越发不像父亲，姐姐和街坊们都说我们像母亲。可我却对母亲没有一点点的印象，这让我很惭愧，觉得很对不住母亲。我开始努力寻找自己五岁时候，被遗忘的一点一点的记忆。

到联友照相后，没过几天，姐姐走了。她偷偷报名去了内蒙古。那时，修京包线铁路，正需要人。母亲去世后家里经济大笔亏空，生活愈发拮据，父亲瘦削的肩已力不可支。

在这之前，姐姐十五岁就在西河沿的六联徽章厂工作。她每天要用酒精喷灯把一种叫作烧蓝的东西，类似亮晶晶的碎玻璃碴子，烧化，凝固在徽章上面。计件算钱，一天头也不抬，能做两百多枚徽章，做一枚徽章只能够赚一分钱。这个徽章厂叫六联，是六个资本家联合办的，六个小资本家。姐姐去内蒙古之前最后一次去六联，六个小资本家每人拿出一点儿钱给姐姐，说家里出了事，你才这么小，把钱拿回家，添点儿力吧。

姐姐离开我们到内蒙古去，我是记得的。但她在六联徽章厂的事情，是我长大以后听姐姐讲才知道的。听完姐姐讲的这些往事，我才理解姐姐为什么当初那么毅然决然地离开了家,去了内蒙古,她是为了减轻家里的负担,独自一人走向风沙弥漫的内蒙古,虽未有昭君出塞那样重大的责任,但一样心事重重地为了我们而离开了北京。

到前门火车站送姐姐的情景,我还是记得的。那一晚,火车鸣响着汽笛,喷吐出白烟,缓缓地驶出站台,再看不见一点儿影子,只剩下光秃秃的铁轨,在清冷的月光下闪着寂寞的光。

我和弟弟分别躲在站台的大圆柱子后面,我在悄悄地哭,看不见弟弟,但我知道,弟弟肯定也在悄悄地落泪。这样的情景,我永远也忘不掉。

五岁那一年,我同时经历了生离死别。

带着在联友照相馆照的那张我们姐弟三人的照片,姐姐走了。那一年,姐姐还不到十七岁。

我和弟弟过早尝到了离别的滋味,它使我们过早品尝人生的苍凉,而使得我们的性格有些内向,内心有些早熟。从此,火车站灯光凄迷的月台,便和我们的命运相交,无法分割。盼望着姐姐乘坐火车回家,成为我和弟弟每年最大的心愿。

很久很久以后,我读法国作家纪德的自传,看他写了这样一段:"在溜达的时候,我们像做有点幼稚的游戏,假装去迎接我的某个朋友。这位朋友大概在很多人之中,我们会看见他从火车上下来,扑进我的怀抱,嚷道:'啊,多么漫长的旅行!我还以为永远见不到了呢。总算见到你了……'但都是一些与我无关的人从身边流动过去。"

读到这里的时候,我立刻想起了姐姐,想起了童年和少年时盼望着姐姐乘坐火车回家的情景。姐姐如果回来,下了火车,一定要沿着那条通向护城河的小路走回家的。

那条小路,离我家不远,出大院,往西走不了几步,穿过一条叫作北深沟的小胡同就是。小路是土路,前面就是明城墙下的护城河,河水蜿蜒荡漾,河边有垂柳和野花。沿着这条小路往西走不到一里,便是北京老火车站。护城河的对岸,常常可以看见被阳光照得发亮的铁轨,带有罩棚的月台,还有停靠或者驶出开进的列车。有时,车头会鸣响汽笛,喷吐白烟,让这条清静的小路一下子活起来,有了蓬勃的生气。

那时候,我常一个人走在这条小路上,一直走到河边,然后沿着河边往西走,走到火车站。我像纪德所说的那样:"假装去迎接我的某个朋友。这位朋友大概在很多人之中,我们会看见他从火车上下来,扑进我的怀抱……"

当然,并不是朋友,而是我的姐姐;不是扑进我的怀抱,而是我扑进她的怀抱。

只是,姐姐每年只有一次探亲假。

我常常一个人从家里出来,拐进北深沟,走在这条小路上,幻想着姐姐会突然回来,比如临时出差,或者和我想念她一样也想念我了。她下了火车,走出车站,走在这条回家的必经之路上,我就可以接到姐姐了,给她惊喜,扑进她的怀抱。

七十年过去了,如今,北京老火车站还在,变成了铁路博物馆。北深沟胡同被堵死,护城河被填,老城墙被拆,那条童年我不知道走了多少遍的小路已经不在,盖起了我不认识的高楼。

照片和丝线

对于母亲，我没有什么印象。更多的是对母亲的想象，这些想象常常融化在对姐姐的思念中。在我儿时的记忆里，姐姐的身上融有母亲的影子。两人重叠在我的印象和思念中。

母亲留下的遗物，只有三件。

一件是一张母亲年轻时候的照片。自从母亲去世后，那张被父亲放大成十几寸的黑白照片，一直挂在我家的墙上。这张照片，我一直保存着，成为母亲和我血脉相连的唯一凭证。这张照片上的母亲，典型民国时期的妇女装束。母亲长得是挺漂亮的，大大的眼睛里，放射出的光带有一点儿严厉，让我觉得那么陌生，而有些距离。

另一件是几管彩色的丝线。母亲的手很巧，会丝绣，我长大以后听姐姐说过，也听邻居们说起。母亲去世后，我悄悄把这几管丝线，藏在我睡觉的床铺下面，每天枕在这几管丝线上面睡，觉得母亲似乎还在我的身边。

第三件是一幅四扇屏。这幅四扇屏，姐姐离开北京去内蒙古的时候带走了。我小时候并没有看见过，也没有听父亲说起过。

姐姐去了内蒙古第二年开春，父亲把我和弟弟放在他的一个朋友家里照料，自己回了一趟老家。他回来的时候，给我们带回来了一个女人，后面还跟着一个十几岁的小姑娘，父亲指着女人，对我和弟弟说：快，叫妈妈！

弟弟吓得躲在我身后，我噘着小嘴，任父亲怎么说，就是不吭声。

不叫就不叫吧！女人说着，伸出手要摸摸我的头，我拧着脖子闪开，就是不让她摸。

望着这陌生的娘儿俩，我首先想起了那无数人唱过的凄凉小调："小白菜呀，地里黄呀，两三岁呀，没了娘呀……"我不知道那时是一种什么心绪，总是用忐忑不安的眼光偷偷看她和她的女儿。

有一天，我发现她的女儿手里拿着几管彩色的丝线，我一眼就认出来是母亲的丝线。但是，我不放心，生怕是自己疑心弄错了，赶紧跑到自己的床边，掀开褥子，一看，果然，丝线不见了。我跑了过去，不由分说，一把从她女儿的手里夺过丝线。她女儿和我争夺，我不知道哪儿来的那么大的劲儿，一把把她女儿推倒在地上。她呜呜地哭了起来。

父亲和她都跑了过来，父亲责备我，说一个男孩子要丝线干什么用，让我把丝线给她的女儿，我也呜呜地哭了起来，手心里攥着丝线就是不给。

她把她的女儿拉到一旁，说：你要丝线干什么呀！那是弟弟的嘛！

在以后的日子里，我从来不喊她妈妈。上学之后，学校开家长会，我硬是把她堵在门口，对同学说：这不是我妈。

有一天，我看见她踩着凳子上去擦照片上的灰尘。她正擦着，我突然地向她大声喊：你别碰我的妈妈！

好几次夜里，我听见父亲在和她商量：把照片取下来吧？她总是说：不碍事儿，挂着吧！头一次，我对她产生了一种说不出的好感，但我还是不愿叫她妈妈，怎么都叫不出口。

母亲的那张照片，一直挂在墙上。

母亲的几管彩色丝线，一直压在我的床铺下面。

前几年，姐姐八十大寿，我去呼和浩特为她祝寿，看见客厅的墙上，挂着四个大镜框，镜框里面是四面四季内容的传统丝绣。姐姐告诉了我，我才第一次见到母亲的这个四扇屏。丝绣的缎面已经显旧，颜色有些暗淡。但是，丝线的质量很好，依然透着光泽，比一般的墨色和油画色还能保鲜。

春绣的是凤凰戏牡丹。牡丹的枝叶，像被风吹动，蜿蜒伸展自如，柔若无骨；有趣的是凤凰凌空展翅，多情又有些俏皮地伸着嘴，衔着牡丹上面探出的一根枝条，像是用力要把这一株牡丹连花带叶都衔走，飞上天空。右上方用红丝线绣着两行小字：牡丹古人称花王。

夏绣的是映日荷花。绿绿的荷叶亭亭，粉红色的荷花婀娜，还横刺出一枝绿莲蓬。荷花上有一只蜜蜂飞舞，水草中有一只螃蟹弄水，有意思的是，最下面的浪花全绣成了红色。右上方也是用红丝线绣着两行小字：夏月荷花阵阵香。

秋绣的是菊花烹酒。没有酒，只有一大一小，一上一下，两朵金菊盛开，几瓣花骨朵点缀其间，颜色很是跳跃。上面有一只蝴蝶在花叶间翻飞，下面有一只七星瓢虫，倒挂金钟般在花枝下，像荡秋千。最底下的水里，有一条大眼睛的游鱼，有一只探出触角来的小蜗牛，充满童趣。左上方用墨绿色的丝线绣着两行小字：菊花烹酒月中香。

冬绣的是传统的喜鹊登梅。五瓣梅花，绣成了粉红色、淡紫色和豆青色，点点未开的梅萼，红的，粉的，深浅不一，小星星一样闪闪烁烁。喜鹊的长尾巴绣成紫色，翅膀黑色的羽毛下藏着几缕苹果绿，肚皮绣成了蛋青色。最下面的几块镂空的上水石，则被完全抽象化，

小学：童年倒影

绣成五彩斑斓的绣球模样了。依然是为了左右对称，在左上方用墨绿色的丝线绣着两行小字：梅萼出放人咸爱。

绣得真是清秀可爱。心里暗想，或许是"出"字绣错了，应该是"初"字。我知道母亲的文化水平不高，好多字是结婚以后父亲教她的。

姐姐告诉我，这是娘做姑娘时候绣的呢。姐姐一直称呼母亲为娘。

那一天，突然见到这四扇屏，心里有些激动，禁不住贴近墙面，想仔细看，忽然有种感觉，好像不知是这面墙热，还是四扇屏有了热度，一下子觉得有了一种温暖的感觉，好像就贴在母亲的身边。

这面墙正对着阳台的玻璃窗，四扇屏上反光很厉害，跳跃着的光点，晃着我泪花闪烁的眼睛，一时光斑碰撞在一起，斑驳迷离。春夏秋冬的风景，仿佛晃动交错在一起，很多记忆，蜂拥而至，随四季变换而缤纷起来。本来似是而非早已经模糊的母亲的影子，似乎也水落石出一般，在四扇屏上清晰地浮现出来。

我想，母亲一定在四扇屏上看着我们。那上面有她绣的牡丹、荷花、菊花和梅花，簇拥着她，也簇拥着我们。

那一刻，我想起了童年时候一直压在我床铺下面的那几管彩色丝线。

大皮鞋

我掐着手指头算得很清楚，姐姐去内蒙古一年半多后的春节前，才第一次回家看我和弟弟。那时候，我已经快七岁了。

虽然，一直想念着姐姐，但她出现在我和弟弟的面前，还是让我感到那么地突然，以为不是真的，而像是在做梦。我心里有些埋怨：姐姐，你为什么不告诉我一声，我好沿着护城河边那条通往火车站的小路，去接你呀！

姐姐是第一次见到父亲给我们带回来的这个新妈妈。姐姐很客气地叫她大妈，这样的称呼，让我感到很奇怪，既不是叫妈妈，但又带有一个"妈"的字眼儿。

第二天，姐姐带我和弟弟去劝业场。劝业场，在我家住的老街对面的西河沿街上，那时候，在前门一带，是最大的一家商场。姐姐给我和弟弟一人买了一双皮鞋。翻毛，高靿，系带，棕黄色。记得那么清楚，因为这是我和弟弟第一次穿皮鞋，以前穿的都是妈妈亲手缝制的布鞋。

还记得很清楚，买鞋的时候，售货员阿姨对姐姐说：小孩子长得快，鞋买大一点儿的好，要不明年一长个儿，脚丫子长大了，鞋穿不进去了，怪可惜的。

姐姐听从了售货员阿姨的建议，给我和弟弟买了两双大皮鞋。问题是，给我买的那双皮鞋，实在是过大了些，穿在脚上像踩着小船一样不住直晃荡。当时穿在脚上，光顾着高兴了，根本顾不上大不大，晃荡不晃荡。在我们大院所有孩子中，我和弟弟是最早穿上皮鞋的呢。那时候过年唱的儿歌："过新年，真热闹；穿新衣，穿新鞋；戴花帽，放鞭炮……"我也有了新鞋，而且是皮鞋，第二天穿上它，可以在院子显摆一下了。

年三十吃完饺子，放完鞭炮，大概是吃得撑了，我憋不住，跑去厕所拉屎，擦完屁股，刚提上裤子要走，一只脚丫子竟然像脱了壳的小鸡一样,从皮鞋里伸了出来,等我想赶紧再把脚丫子伸进鞋里去的时候,没有想到,脚丫子没有伸进去,反倒把鞋踢进茅坑里了。这皮鞋也实在太大了!

"哇——"的一下,我哭了起来。毕竟这双大皮鞋我刚刚穿了没几天呀。我不知如何是好,望着茅坑,一个劲儿地哭,仿佛只要使劲儿哭,那只大皮鞋就能听见,就可以像鱼游上岸一样,自己从茅坑里跳上来,重新回到我的脚丫子上。

厕所就在我们大院里,离我家很近,大概是我的哭声过于惨烈,惊动了四邻,很多人跑过来,还以为出了什么事情,大概是觉得我不小心掉进茅坑里了。厕所外面有一扇简易的木门,有一个插销,说是插销,其实就是一小条窄窄的木条,谁上厕所,就进去把这个木条挂在门框的钉子上。门缝很大,从外面可以伸进手,很容易打开插销。我们小孩子常这样从外面伸手打开插销,突然跑进去,怪叫一声,吓唬一下正上厕所的小伙伴。

没有想到,这一次拨开插销,第一个跑进来的,是我新来的妈妈。她问清我怎么一回事之后,二话没说,立刻弯腰探身,伸手将那只皮鞋从茅坑里捞了上来,根本不管手上沾上了脏兮兮的屎尿。

她拎着这只臭烘烘的皮鞋回到家,先用清水洗净,然后,晾在窗台上,对我说:没关系,皮鞋晾干了,照样能穿。

姐姐在一旁笑了,对我说:都怨我,买的皮鞋太大了!

父亲却在一边开玩笑说:大皮鞋,大皮鞋嘛,就是得大点儿!

姐姐带我又去了一趟劝业场,可惜,人家过年关门休息。

姐姐临离开北京回内蒙古的前一天,还是带我到劝业场,买了一双新皮鞋。还是翻毛，高靿，系带，棕黄色。这双大皮鞋，一直穿到我读小学二年级的冬天。

金鱼、蛐蛐和土鳖

小孩子没有不爱玩的。小孩子的玩，和环境关系密切，老北京孩子玩的花样很多，是和老北京人居住的胡同、四合院相关联的。那样一种邻里密切的环境，孩子的玩再五花八门，也一定是群体性的，只要在窗户根儿前招呼一声，其他孩子便跑出来和你玩在一起了，不会如今天居住在单元楼房里的孩子，一个人昏天黑地和电脑游戏玩一天。居住的形态，决定着大人的心态，也影响着孩子玩的样式。

在老北京，不管穷人富人的孩子，尽管玩的花样会有不尽相同的许多种，但正月里养小金鱼和十月里玩蛐蛐这两种，是绝对少不了的，而且是最有讲究的。

我小的时候，玩的也逃不出这样两种。

当然，大人也玩这两样，讲究的名堂多。长大以后，我读《帝京景物略》中说，光蛐蛐的颜色之分就颇为讲究："青为上，黄次之，赤次之，黑又次之，白为下。"至于养蛐蛐的罐、斗蛐蛐的法子和场面，更是讲究层层递进，繁文缛节，最后"铁甲将军战玉霜"，决斗出冠军，大概是当时的"超女比赛"吧。

至于金鱼，光龙睛鱼就举出有红龙、蓝龙、墨龙、紫龙、翻鳃等多种，养的方法也是有喂鱼虫、晒水、换水多步骤，光是鱼虫就有苍虫、青虫、米虫之分，什么时候喂什么虫，是不能乱套的。所以，旧时谈起四合院，有"天棚鱼缸石榴树"一说，可以想象，那时候养金鱼是四合院构成的"软件"之一。

对于我们小孩子而言，没有大人那样多的讲究，正月里养金鱼，图的是"吉庆有余"的意思。那时节，满胡同都会有挑着担子卖鱼小贩的吆喝声："大小金鱼儿的买——"再穷的人家，图个吉利，也会给孩子买条小金鱼的。老舍先生写的话剧《龙须沟》里那个小妞子为了一条小金鱼而丧了命，可见养金鱼对于老北京的孩子是多么不可或缺，是那时孩子们玩的重要游戏之一。

我小时候，很少买小金鱼，即便买了，也养活不长。有时候，我闹着买小金鱼，父亲便带我去中山公园看金鱼。公园的唐花坞前，摆着很多个硕大的鱼缸，里面养着各式各样的金鱼，铺铺展展一片，很是壮观。说是鱼缸，并不准确，它们都是用厚厚的木板做成的，应该叫木盆才是。后来听相声《钓鱼》，钓不着鱼从市场上买回鱼，回家刚进院子就喊："二他妈妈，把那个大木盆拿来呀！"就会让我想起中山公园里养着金鱼的那些大木盆。

这样在室外大鱼缸里饲养金鱼的传统，来自宫廷。这一传统保持很长时间，一直到20世纪70年代末。按照我爸爸的说法，傻小子才花钱买金鱼玩，想看金鱼，到这里来，不用花一分钱，就能看到这么多各式各样的金鱼！哪条鱼不比你买的小金鱼大？不比你买的小金鱼好看？我知道，他是抠门儿，怕花钱。

至于玩蛐蛐，更是我们男孩子爱玩的游戏。老北京的孩子看重的是蛐蛐的勇武争斗之气。如果说养金鱼大多是女孩子的玩意儿，那么斗蛐蛐则是属于男孩子的游戏。男孩子即使买不起也逮不着如《都门纪略》中说的那种"以铜渣和松香为膏,点镜上,振羽即带铜音"的上等蛐蛐,就是弄只等而下之的"油葫芦",也得玩玩啊,那时候再笨的孩子,在四合院的老墙根儿那里也能够逮着一两只油葫芦的。

当然,这样的油葫芦是上不了台面的,我还是要捉到好一点儿的蛐蛐,要不是很丢脸的事情。捉好一点儿的能斗的蛐蛐,必须要到晚上,我常常会跟着大一点儿的孩子,晚上到护城河边上老城墙根儿那里去。那里的残砖碎瓦的缝隙里,草坷垃里,酸枣棵子里,常常会藏着好玩意儿,好像那些蛐蛐得了老城墙的仙气,个个身手不凡,能舞善斗。老城墙根儿,离我们大院很近,穿过北深沟胡同,过了护城河就是。翻砖弄瓦,踩泥扒草,虽然捉到蛐蛐,但弄脏了一身像泥猴似的,回到家,没有一个孩子不挨家长骂。但是,大家乐此不疲。

有钱人家的孩子,有蛐蛐罐,那时候,我知道一种澄浆的蛐蛐罐最好,其实,我根本不懂什么澄浆不澄浆,我捉到的蛐蛐,只养在一个磕掉了漆皮的破搪瓷缸子里,把捉到认为好的蛐蛐,和别人的蛐蛐斗。有澄浆罐的孩子是不愿意把蛐蛐放在我的搪瓷缸子里的,好像怕掉价儿;我也不想跌份,不愿意把蛐蛐放在他的澄浆罐里。于是,我们把各自的蛐蛐从罐子里拿出来,放在地上斗。我们的手里拿着一根狗尾巴草,探着蛐蛐的须子,撅着屁股,看蛐蛐相互厮杀成了最开心的事情,仿佛真的在观看一场金戈铁马的大戏。

那些我认为最棒的蛐蛐,就命名为铁头将军,或金刚元帅;那些不怎样的蛐蛐,管它叫锛儿头,因为有个小孩外号叫锛儿头。他不住我们大院,住旁边院子里,特别爱斗蛐蛐,又特别爱和我们叫板,便常抱着蛐蛐罐,跑到我们院子里来斗蛐蛐。每一次斗输,抱着蛐蛐罐,灰溜溜走去，望着他的背影，我们院子的一帮孩子，常冲着他一遍遍地唱着那时候非常有名的童谣：

  锛儿头，锛儿头，
  下雨不发愁，
  人家有草帽，
  我有大锛儿头！……

  我小时候，很少玩一般男孩子玩的什么弹球、拍洋画、滚铁环、跳房子之类的游戏，爱玩的是金鱼和蛐蛐这样的活物。

  上小学之后，我便不怎么再玩金鱼和蛐蛐了。记得小学一年级，第一天上学，老师发下课本，翻开语文课本，满满的第一页有一幅画，字只写着两行，是竖着排的，每个字的旁边，有老式的注音：

  第一课：开学了
  开学了！

然后，老师带着我们学生跟着他念：

  第一课：开学了
  开学了！

  记得那么清楚。一下子觉得课本上的字那么有趣。全班同学跟着老师一起反复读着"开学了"这三个字，这三个字仿佛活了起来，像长上翅膀一样，在教室里飞了起来。

到中山公园看金鱼，夜晚跑到老城墙根儿下逮蛐蛐，都成了往事，只出现在作文本上的回忆里。只有在读了初中之后，因为赶上闹灾荒，我和弟弟曾经在晚上到墙根儿下，打着手电筒，不是捉蛐蛐，是捉土鳖，因为可以卖给药铺做药材。每个土鳖，卖两分钱。记得那么清楚，捉到四只土鳖，卖八分钱，可以买一斤棒子面。

1977年的夏天，结婚之前，带着即将新婚的妻子，特意到中山公园看金鱼。那时，唐花坞前，那一个个大木盆还在，大木盆里色彩纷呈的各种龙睛鱼还在，童年的情景，便一下子重现眼前。

演员之梦

进我们大院的二道门，有一道迎面影壁，影壁的后面，有一个挺豁亮的空场，一左一右种有两株老丁香树，一株开白花，一株开紫花，每年春天，花开得烂烂漫漫，热热闹闹，让我们孩子特别地兴奋，那劲头儿一直能够蔓延到暑假达到高潮，丁香树枝叶葱茏，撒下一地的绿荫。

暑假，我们全院所有的小孩子玩的兴奋点，都集中在这里。趁着大人上班不在家，我常常从家里偷出被单、床单，跑到空场上，把床单或被单挂在两株丁香树之间。这就是我第一次登台演出的幕布。似乎只有有了幕布，才像模像样真的那么一回事似的，有了真正当演员正式演出的感觉。幕布，对于我最初对话剧的认识，就那么地重要，有那么大的神秘感。我想以后我考上了中央戏剧学院，最初的启蒙就在这里吧?

在丁香树下演节目,是我们一群孩子最开心的一种游戏。

那时候,我刚刚上小学,和几个半大小子、丫头躲在幕布后面,几个上中学的大姐姐是导演,指挥得我们团团转。她们也为我们化装,不过是把指甲花揉碎了,挤出一手红红的汁,就往脸上和嘴唇上抹,然后划着火柴烧着一段吹灭了,用那火柴头上的炭灰把眉毛涂黑(这法子我姐姐带我和弟弟照相的时候早就试过),便自以为真像演员了,演员都是要化装的嘛。

记得有一次,我们正在幕布后面,大姐姐把指甲花往我们脸上抹的时候,床单大概没系牢,不知怎么忽然掉了下来,后台一览无余,逗得小崩豆儿们捧着肚子乐,算是演出的最高潮。

还有一次,我们在台上兴致勃勃正演着,台下一个小崩豆儿憋不住了,掏出小鸡鸡就尿,惹得大家不看我们演节目,光看他尿了。我们想尽办法叫大家看节目,怎么喊也不灵,一直到他把尿长长流水般尿完为止,大家的目光才又重新像小鸟飞回丁香树的枝头一样回到我们身上。

记忆里,我表演最精彩的节目是一首表演唱,歌名叫作《照镜子》。这是院子里的一位叫安琪的大姐姐教我唱的一首外国民歌,歌词至今还记忆犹新:

妈妈她到林里去了,
我在家里闷得发慌,
墙上的镜子请你下来,

仔细照照我的模样，

让我来把我的房门轻轻关上……

其实，这应该是一首女声表演唱，但是，虚拟的房门和镜子，让我特别感兴趣，觉得那才叫表演。一会儿面朝着这边装着照镜子，一会儿面朝那边装作关门，特别地来情绪。

不过，后来，总觉得唱歌跳舞，并不是最高级的节目。真正最高级的节目，应该是演戏。

于是，放学跑回家，我就拉着弟弟，趁着爸爸妈妈不在家，把床当成舞台，我们两人跳到床上，演出我自认为精彩的大戏。那时，刚刚看过电影《虎穴追踪》和《扑不灭的火焰》，我们两人分别扮演《虎穴追踪》里的侦察员李永和和特务头子崔希正。

《虎穴追踪》，是当年非常出名的电影，赵联演的侦察员李永和，李景波演的特务头子崔希正，都特别棒，让我难忘。可以说，这是我最早记住的两个演员，因为知道了他们两人的名字，以后李景波演的《新局长到来之前》，赵联演的《红旗谱》，我才有兴趣去看。他们二位是我看电影和演戏的启蒙。

记得第一次看《虎穴追踪》，是暑假里和同学一起去新中国电影院看的。新中国电影院在大栅栏南面的大小李纱帽胡同里面，那地方离家稍微远点，要穿过粮食店街。那时候，弟弟就像跟屁虫一样，我干什么事情，总想跟在我的屁股后面，听说我是和同学一起看电影，更是非要跟着我一起去不可。我不想带他去，便和同学故意多穿了几条胡同，甩掉了弟弟。谁想到，我买了电影票，刚从售票处出来，一眼看见了弟弟站在对面的街口,眼巴巴地望着我。这家伙就像根甩不掉的小尾巴一样,不知道怎么跟着我们到了这里。但看见他望着我的眼神,心一下子就软了下来,不忍心让他回家,转身进了售票处,又买了一张电影票。

弟弟跟着我,一起看了好几遍《虎穴追踪》。电影里的内容和台词已经记得烂熟,弟弟演李永和,我演崔希正,演起来不费事。但演完之后,觉得光是动嘴皮子说,不过瘾,便想接着演《扑不灭的火焰》里一场汉奸蒋二和八路军蒋三的对手戏。谁想问题来了。

谁演蒋三,谁演蒋二,争执起来。我非要演八路军蒋三。弟弟不乐意,因为蒋三是弟弟,蒋二是哥哥,他一个劲儿地对我说:你是哥哥,怎么演弟弟蒋三?不合适!

我说:在《虎穴追踪》里,你已经演了一回好人了,这一回,咱们得换换,我演一回好人!

这么一说,说得弟弟有点儿哑口无言。

我进一步坚持演八路军蒋三,要不就不演了。弟弟拧不过我,没办法,只好去演哥哥蒋二。

演《虎穴追踪》还好说,侦察员和特务头子相互之间,就是唇枪舌剑来回地说台词,我和弟弟早已经背得滚瓜烂熟,站在那儿,照着说就是;演《扑不灭的火焰》,有相互追逐的打斗戏,就热闹大发了。在搏斗的时候,我们两人真的扭打在一起,打急了眼,我赶紧跳下床,弟弟也跟着跳了下来追我,追不上,他急了眼,顺手抄起地上的一个小板凳,不管三七二十一,朝我砸了过来,正好打在我的左腿膝盖上,立刻流出了血。弟弟傻了眼,等着父亲回来挨说吧。

演戏演得我的左腿膝盖留下了一块小小的伤疤。

莲蓬的诱惑

由于离我家近，中山公园是我小时候去过次数最多的公园。那时候，中山公园只要三分钱一张门票，很便宜，一根红果冰棍的钱。

长大一点儿以后，我去中山公园，不是为了去看金鱼，而是为到唐花坞看花。那时候北京还没有室内植物园，另外，我的见识也少，从来没有见过其他的室内花园。因此，每一次去唐花坞，都会很兴奋，好像去参加花仙子邀请的盛会。尤其是冬天，大雪纷飞的日子里，那里温暖如春，会看到很多从来没有见过的花在争奇斗艳，真的是感到神奇无比。

北京有这么一个唐花坞，要感谢朱启钤。他当时任内务部总长兼京都市政督办（应该相当于北京市的市长），有这份权力。长大以后，我知道，1914年，他就着手将这个原本皇家的园林初步建成人民的公园。如果没有他，不知道在北京要晚多少年才能建成一座公园。

如今唐花坞前的长廊、荷花池和水榭，也都是当年朱启钤主持挖的、建的。尽管有人批评水榭建得太偏于里面，发挥不了作用，但是，当年有这样的设计，为百年后的今天留下这样的景观，也实在是不容易了。

如今，外地游客到故宫的人多，到中山公园来的很少。在北京市内所有的公园里，我爱去中山公园，独自一个人走走，想一墙之隔的天安门广场上的人山人海。这里像是远避万丈红尘之外，有别处难有的清静。更主要的，是能让我一步跨进童年。

上小学三年级那一年夏天，在中山公园，我有一件很让人害羞的窘事。

我和同院住的一个小伙伴一起到唐花坞前的荷花池，去偷摘荷花和莲蓬。那荷花和莲蓬，早就让我们两人盯上了。那时候，在语文课上，我们刚学过古诗：接天莲叶无穷碧，映日荷花别样红。对荷花很感兴趣。但是，说心里话，我更感兴趣的是莲蓬。因为那时我只见过干莲子，腊八时候，家里熬粥，会放一些清水泡过的干莲子。我没有看过长在莲蓬里的莲子是什么样子的，会和花生一样，麻屋子，红帐子，里面坐着白胖子吗？我非常好奇，特别想摘一个莲蓬看看。

我们特意在中午的时候到那里，那时候清静，没有什么人，身边又有个伴，给我们彼此壮胆。池塘边上，有一些石头，零零散散地散落在水中。站在池塘边上，荷花就在跟前，很容易就摘到了。莲蓬没有够着，它在前面一点儿的荷叶上面探着脑袋，随风轻轻地摇摆着，好像故意在逗我们。这怎么能让我们两人甘心呢？

要想够着莲蓬，就得踩在石头上，一块块地踩过去，一直踩到水里面靠近莲蓬的石头上，才能够着。由于被水浸泡过，石头很滑，我踩上去，脚站不稳，伙伴看见我的身子摇摇晃晃的，赶紧跑了过去，在我的身后伸出一只胳膊，冲我叫道：拉住我的手，别掉下去。

我伸出自己的一只手，拉住了他的手，另一只手使劲儿往前伸，还是够不着。脚底一打滑，我们两人都落进水中。

公园的工作人员发现后救上我们，不客气地把浑身湿淋淋的我们两人带到办公室，一通数落之后，通知学校老师来公园领人。

我已经忘记了，那天我们是怎么灰溜溜地离开中山公园的，回到家又是怎么挨了家长的一通数落的了。我只记得,为了让湿的裤子风干,我们两人磨磨蹭蹭地走回大院,已是黄昏。走到自来水龙头的前面,拧开水龙头,我们两人分别洗了一把脏兮兮的脸,若无其事地分别回家了。我不知道他回到家怎么样了,我回到家,以为洗干净了脸,唐花坞前的池塘里犯的事,就露不出什么痕迹来了,谁想到脚上一双湿淋淋的鞋,还是泄露了秘密,后妈一眼看见了,叫道:小祖宗呀,你这是到哪儿疯去了呀!

但是,这并没有阻挡我去中山公园的兴致,以后我上了中学,还常常会自己一个人到唐花坞去看花。到唐花坞看花,我喜欢上了花。那时,我已经不只是到唐花坞看花了,哪个公园里举办花展,我都要去看。我对植物的爱好,对事物观察的乐趣,来自中山公园。

记忆中的童年,中山公园是我无法忘却的一段华彩乐章。我和小伙伴把玩的舞台,从大院延伸到了公园里。对于小孩子而言,怎么能满足于院子这样窄小的天地呢?谁不渴望能像只鸟,飞出笼子,飞向一片开阔的新天地呀!

房顶上

房顶上,铺着鱼鳞瓦。用脚踩在上面,没觉得什么,坐在上面,有点儿硌屁股。

我家的房后面,有一个小夹道,夹道里堆着一些碎砖头和零七八碎的杂物,顺着它们往上爬,很方便就能爬上房。上小学二、三年级的时候,我常常会像小猫一样,从那里爬上房。尤其是夏天的晚上,吃完晚饭，做完作业，我总会悄悄地溜出屋，从那里上房，坐在鱼鳞瓦上，坐久了，也就不觉得硌屁股了。

我不知道为什么总爱爬到房顶上去。那里有什么东西吸引我吗？除了瓦片之间长出的狗尾巴草和落在上面的鸟屎，或者飘落的几片树叶，没什么别的东西。不过，站在上面，好像自己一下子长高了好多，家门前的那棵大槐树，和我一般高了。再往前面看，西边的月亮门，月亮门里的葡萄架，都在我的脚下了。再往远处看，胡同口的前门楼子，都变得那么矮，那么小，像玩具一样，如果伸出手去拿着它，能把它抱在怀里。

房顶上面，很凉快，四周没有什么遮挡，小风一吹，挺爽快的，比在院子里拿大蒲扇扇风要凉快。

风大一点儿的时候，槐树的树叶被摇得哗啦啦响，像是河里一阵阵翻滚着浪花的声音。我会从裤兜里掏出手绢——那时候，每天上学，老师都检查你带没带手绢——迎着风，看着手绢抖动着，鼓胀着，像一面招展的小旗子，呼呼的也有响声，好像风在说着什么话，只是我听不懂。

有时候，我也会特意从作业本上撕下一张白纸带来，叠成一架纸飞机，顺着风，向房后另一座大院里投出去。看着飞机飘飘悠悠，在夜色中起起伏伏，像是夜航，最后不知道降落到那座大院的什么地方。

那座大院里，住着我的一位女同学。她是我的同桌，有一次，上课铃声响了，我才想起忘记了带手绢，有些着急，她递给我一条手绢，说她有两条。这样，躲过了老师的检查，我还给她手绢，谢了她。其实，我有点儿不想还她，那条手绢上印着北海的白塔，还有湖上的一条小船，挺好看的。但是，手绢也用红丝线绣上了她的名字。幸好，老师只是扫了一眼，要是仔细一看，看见了她的名字，就麻烦了。

我希望，纸飞机落在她家的门前，她能够看到，从地上捡起来。她一定会有点儿惊奇，不会猜得到是我叠的纸飞机，特意放飞到她家的院子里。后来，我想，要是纸飞机真能那么准飞落到她家的门前，又那么巧被她捡起来，我应该在上面写几个字才好。写什么呢？我瞎琢磨开了，琢磨半天，也不知道写什么好。那时候，我乱想了很多，会写的字不太多。真要想好了写什么，也不会写。

坐在房顶上，没有一个人，天气不好的时候，或者雾气大的时候，白天能看到的房子呀树呀花草呀积存的污水呀堆在院子乱七八糟的杂物……这所有的一切，都变成了黑乎乎的影子，朦朦胧胧的，看不大清楚，甚至根本看不见了。院子里嘈杂的声音，也变得朦朦胧胧，轻飘飘的了，周围显得非常的安静，静得整个院子像睡着了一样。

更多的时候，我就是这样无所事事，东一榔头西一棒子胡思乱想。有时候，也会想母亲，但想得更多的是姐姐。母亲过世几年了，姐姐就离开我和弟弟几年了。

母亲去世时，我年龄小，对母亲没有什么印象，对姐姐的印象很深。姐姐是我和弟弟的守护神。姐姐对我说：娘的脾气大，气头儿一上来，常常不管三七二十一，就会伸出巴掌来打不听话的我或者弟弟，都是姐姐用身子挡住我们。母亲的拳头便像雨点一样，砸在姐姐的身上。

不知道内蒙古是什么样子，但听说那里属于塞外，冬天很冷。姐姐离开家第二年回家探亲的时候，把父亲的一个羊皮筒子拿走，说是到内蒙古后做条皮裤。姐姐的腿有关节炎。我便想象内蒙古风沙弥漫

小学：童年倒影　　025

的样子，想象有骆驼在风沙中穿行的样子，想象姐姐在风沙中跌倒的样子。

后来，姐姐给父亲来信，说她在那里当电话台的接线员，不会在风沙中跌倒。我便又想象姐姐在电话台接电话的样子。电话线很多，像雨后的蚯蚓一样，在姐姐身旁乱爬。姐姐的声音很好听，说的是一口北京话，在风沙呼啸中飘荡，通过电话线，能传得很远，应该还会有回声。

站在房顶上，视野开阔，如果天气晴朗，又赶上大月亮天，能看得到前门楼子前面，靠近我们胡同这一侧北京火车站的钟楼。姐姐就是从那里坐上火车离开北京去内蒙古的，每一次从内蒙古回家看我们，也是从那里下的火车。火车站，成为我童年最悲伤的地方，想去，又怕去。

站在房顶上，我不止一次探着脑袋，望着火车站。那时候，我最渴望的是，也能够从那里坐上火车，到内蒙古去看姐姐。如果夜晚很安静，我能够听得到火车站发出的火车汽笛声，一声声传来，又一声声消失，回声荡在夜色中，那样撩人心扉，让我直想落泪。

有时候，我什么也不想，只是默默地望着夜空，但更多的时候是胡思乱想，或想入非非。有一次，老师带我们参观动物园对面的天文馆。在那里，讲解员讲解夜空中的很多星星，我只记住了北斗七星的位置，像一把勺子，高高地悬挂在天空之北。夜空中的星星很多，我只认识北斗七星。天气好的时候，我一眼就能找到北斗七星，感觉它们就像是在对着我闪烁，像见到老朋友一样，一直等着我在找它们，让我涌出一种亲切的感觉。

有雾或者天阴的时候，雾气和云彩遮挡住了北斗七星，天空一下暗淡很多。夜色浓重如漆，像一片大海，浪潮暗涌，茫茫无边，找不到哪里是岸，显得那样地神秘莫测。

房顶上，更显得黑黝黝的，只有瓦脊闪动着灰色的反光，像有什么幽灵在悄悄地蠕动。只有眼前的那棵大槐树一树浓密的树叶的影子，打在墙上和房顶上，风吹过来，树在摇晃，影子也在摇摇晃晃，树哗哗响，影子也在哗哗响，像在大声喧哗，树和影子争先恐后说着什么我听不懂的话。

这时候，我有些害怕。会忍不住想起院里的大哥哥大姐姐曾经讲过的鬼故事。越想越害怕，便想赶紧从房顶上爬下来，但脚有点儿发软，生怕一脚踩空，从房上掉下来，便坐在那里，不敢动窝儿。

有一天晚上，就在这样紧张得不敢动窝的时候，突然，身后传来了砰砰的声响。无星无月的浓重夜色中，那声音急促而沉重，一声比一声响，一声比一声近。我很害怕，怕真的有什么鬼蓦然出现，赶紧转过身去，不敢朝声音发出的方向看。

这时候，一个黑影出现在我的面前，叫了我一声：哥！

原来是弟弟。

他对我说：爸找你，到处找不着，让我出来找！我就知道，你一准儿在这里。然后，他又说了句，我看见你好几次一个人爬到房顶这里来了。

问清父亲找我没什么大事，我便拉着他一起坐在房顶的鱼鳞瓦上，东一榔头西一棒子地聊起来。在家里，我们很少这样聊天，更别说坐在房顶上了。我总觉得他太小。

他问我：你总爱坐在房顶上干什么呀？

我没有回答他这个问题，只是问他：你认识北斗七星吗？

他摇摇头。

我告诉他北斗七星很亮，要是有一天迷路了，找不到回家的方向了，你看到了北斗七星，就能找到回家的路了。

他便让我告诉他夜空中北斗七星在哪儿。

可惜，那天天阴，看不到一颗星星。

姐姐又回来了

小时候，我是多么不懂事呀！那时候，我决不认可父亲给我带来的这个后妈。我和弟弟总盼姐姐回来。因为每次姐姐回来，都会给我们带回许多好吃的、好玩的，让我暂时忘记心里的这些不快。我还真是只小馋猫呀！

记得三年困难时期，姐姐到武汉出差，想买些香蕉带给我们，跑遍武汉三镇，只买回两挂芭蕉。那是我第一次吃芭蕉，短短的，粗粗的，口感虽没有香蕉细腻，却让我难忘。望着我和弟弟贪婪地吃着芭蕉的样子，姐姐悄悄落泪。那时，我不明白姐姐为什么要落泪。

姐姐结婚很早。我不知道，她为什么那么早结婚，父亲知道，说是为了减轻家里的负担。那一次，姐姐和姐夫一起来北京，看见我和弟弟如狼似虎贪吃的样子，没说什么。正是我们长身体的时候，肚子却空空的像无底洞，家里粮食总是不够吃……父亲念叨着。姐姐掏出一些全国粮票给父亲，第二天一清早便和姐夫早早去前门大街全聚德烤鸭店排队。那时，排队的人多得不亚于现在办出国签证。我不知道姐姐、姐夫排了多长时间的队，当我和弟弟放学回家时，见到桌上已经摆放着烤鸭和薄饼。那是我们第一次吃烤鸭，以为该是世界上最好吃的东西了。望着我们一嘴油一手油可笑的样子，姐姐苦涩地笑了。

盼望姐姐回家，从小到大，成了我和弟弟重要的生活内容。于是，我们尝到了思念的滋味。思念有时是很苦的，却让我们的情感丰富而逐渐成熟起来，人的感情里需要苦的滋味滋养。

姐姐生了孩子以后，回家探亲的日子越来越少。她便常寄些钱来，有时寄二十元，有时三十元钱。那时候，她每月的工资只有六十几元。父亲拿这些钱照样可以买各种各样的东西给我们，我却感到越发思念姐姐了。我们盼望姐姐归来已经不仅仅为了馋嘴，一股浓浓依恋的情感，已经长成枝繁叶茂的大树，即使无风也要婆婆摇曳。

终于，又盼到姐姐回来了，领着她的女儿。那一年，我上小学三年级。姐姐回家第二天，带着我和弟弟一起去中山公园玩，先到儿童乐园坐旋转木马，中午在来今雨轩吃冬菜包子。

记得很清楚，那一天，是星期天，学校组织少先队到街头，宣传爱国卫生运动。那时候，我刚刚入少先队不久，但我那样果断地逃了活动，跟着姐姐蹦蹦跳跳去了中山公园，疯玩了一天。第二天，大队辅导员把我叫到她的办公室，严厉地批评我一顿。这是预料之中的事情，我心里有准备，能够和姐姐在一起，挨顿批评也是值得的。我没对大队辅导员说：你哪里知道，姐姐来北京，只能待那么有限的几天，我一盼又得盼整整的一年呢！

好日子太不经过，像块糖越化越小，即使再精心地在嘴里小心翼翼地含着。既然已经是渴望中的重逢，命中必有一别。分别的那一天，姐姐说什么也不要我和弟弟送，她已经知道了那天我没有参加少先队的活动，受到大队辅导员的批评。

那一天中午，我和弟弟从学校里回家匆忙吃完午饭，姐姐带我们到家附近的鲜鱼口联友照相馆。每一次回来，她都要带我和弟弟到联友照相馆照一张合影。照相前，她划着几根火柴，用火柴上烧后的可怜的一点点如笔尖上点金一样的炭，分别在我和弟弟眉毛上描了描，涂得黑一些，想把我们打扮得漂亮些。照相的师傅总会看着我们，耐心地等姐姐画完，然后微笑地招呼我们过去，站在他那蒙着黑布的照相机前。

匆匆忙忙照完相回到家，整理好行装，我和弟弟送姐姐她们娘儿俩到大院门口，姐姐不让送了，执意自己去火车站。走了几步，回头看我们还站在那里，便招招手，大声说："快回去上学吧，时间不早了，别迟到！"

我和弟弟谁也没动，谁也没说话，就那样呆呆站着望着姐姐的身影消失在胡同尽头。当我们看到姐姐真的走了，一去不返了，才感到那样悲恸，依依难舍又无可奈何。我和弟弟悄悄回到大院，一时不敢回家，一人伏在一棵丁香树旁默默地擦眼泪。

我们不知在那里站了多久，忘记了上学的时间，一直到一种梦一样的声音突然在耳边响起，抬头一看，竟不敢相信：姐姐领着女儿再次出现在我们的面前，仿佛她早已料到会有这样的场面一样。她摸摸我们的头说：我今儿不走了！你们快上学吧！

我们破涕为笑。那一天过得格外长！我真希望它能够永远那样长！

崔大婶

花园大院，是一条胡同的名字。北京胡同的名字，有不少土得掉渣儿，比如我们大院后身的狗尾巴胡同，离我们那条老街很近的粪场大院。但花园大院的名字就好听，不知道是怎么起的。

花园大院，在石碑胡同旁边，东邻天安门，背靠前门大街，离我家不远，过前门楼子，穿过天安门广场，走着就可以到。印象中，我第一次到那里去，是母亲去世之后那一年的春节。那时，我快六岁了。去那里，是因为那里有崔大叔崔大婶家。崔大叔和我父亲是西城区税务局的同事，崔大婶和我生母是河南信阳的老乡，两人从小一起长大，两家自然很熟。抗战胜利后，崔大叔到北京找到了工作，然后邀请父亲前往北京。母亲带着我和姐姐来北京投奔父亲，起初没有住处，是先住在崔大叔家的。后来，父亲才在前门外的西打磨厂的粤东会馆找到了房子搬的家。有意思的是，父亲带着我们全家从崔大叔家搬出，崔大叔到我家庆祝父亲乔迁新居的那天晚上，两个人都喝多了，一个小偷溜进我家外屋，偷走父亲新买的一袋白面，扛在肩上，大摇大摆地走出我们大院，一路上还和街坊们打着招呼，以至于街坊们都以为小偷是我家的什么亲戚，这成为关于我家的笑谈。

只有和崔大叔在一起，父亲才会喝那么多的酒。一种新生活开始的兴奋，让他们两人都有些忘乎所以。崔大叔是父亲唯一的朋友。每年的春节，父亲都要带我和弟弟去给崔大叔和崔大婶拜年。

以前拜年的情景，都不记得了，有印象的，是从这一年开始。一路上，父亲嘱咐我和弟弟进了崔家的门要先拜年，然后一遍又一遍地教我说什么，怎么说。那时候，我内向得很，也自卑得很，非常害怕当着外人的面说话。一路走，一路背着父亲教给我要说的话，一路担心说不好，或者说错了话。

那是一条闹中取静的胡同，胡同尽头，大门朝东，就是他们家，门前有棵老槐树，春节去拜年时，老槐树疏枝横斜。进了大门，是一个开阔的院子，房子围成半圆形，和我们大院的格局完全不一样。房前有高高的台阶，还有宽宽的廊檐，形成弧形走廊。走进屋子，铺的是木地板，吊的水泥磨花吊顶，更是和我们住的房子完全不同，是典型的西式样子。这样的陌生感，加剧了我的紧张，见了崔大叔和崔大婶，尽管父亲一再催促着我叫崔大叔叫崔大婶，我却更不敢张口了。

崔大婶嗔怪地对父亲说道：孩子脸皮薄，不叫就不叫吧，别逼孩子啦！

崔大叔在一旁听了呵呵大笑起来，一边笑一边也劝着父亲。

父亲却死拧，不管崔大婶和崔大叔怎么说，非逼我叫一声"崔大叔崔大婶"不可。没有办法，我只好低着头，羞羞答答地叫了一声"崔大婶……"

还没有叫崔大叔呢！父亲生气地说我。

崔大婶一把把我拉过去，搂在她的怀里，说：行啦！快别难为孩子了，都快坐下吧！

那是我对崔大婶和崔大叔的第一印象。

那时，他家的老奶奶，也就是崔大叔的母亲还健在，就住在刚进房门左手的那一间小屋里。老奶奶总要对我说：你爸你娘带着你，刚来北京时候，就住在我这屋子里，那时还没有你弟弟呢。去一次，说一遍。

那一年春节去崔大叔家，觉得他家好像有了一些变化，到底有什么变化，我又说不清。后来，我仔细想了，是崔大叔没在家，每次去，他都会在家的，他都要烫上一壶酒，陪父亲喝上几杯的。为什么父亲带着我们特意去他家，他偏偏不在家呢？而且，又是春节，难道他不放假吗？

后来，发现父亲不仅仅是春节时带我们去崔大叔家，而是隔一段时间就去一次。奇怪的是，每次去，崔大叔都不在家，这在以前是绝对不可能出现的事情。这让我的疑惑越来越重，也越来越让我好奇。我问过父亲，父亲并不回答我，只是带着我和弟弟接长补短儿去崔大叔家，每次去，都和崔大婶在一旁低声说着什么，老奶奶在一旁叹气，不时地咳嗽。

在我的记忆里，大概就是这期间，老奶奶去世了。每次再去崔大叔家，因缺少了崔大叔爽朗的笑声，也因缺少了老奶奶温和的话语声和一阵阵的咳嗽声，让我觉得这个家不仅缺少了生气，还笼罩着一些悲凉的气氛。一切雾一样迷离得那样似是而非，那样地遥远而弥漫着轻轻的叹息。

那是1957年之后发生的事情。那一年，我上小学三年级。

那一年，崔大叔成了右派，被发送到南口农场下放劳动，一般不允许回家。他和我父亲都是从旧社会里过来的人，在国民党的税务局干过事，加上他爱说，就这样莫名其妙地成了右派。

记得那时父亲在拼命地写检查材料。在税务局里，一定是谁都知

小学：童年倒影　　033

道他和崔大叔非同一般的关系吧？父亲谨小慎微，态度又极其恭顺，卑微的性格帮助了他，好歹没有跟着崔大叔一起倒霉。父亲所能够做的，就是在崔大叔劳动改造的日子里，多去几次崔大叔家，看望崔大婶一家。

　　崔大叔和崔大婶有四个孩子，老大小玉比我大一个月，我管她叫小玉姐。小玉初中毕业就参加工作，在地安门百货商店当售货员。那时候，崔大叔一直在南口农场劳动改造。她早早地替家里分忧，担起了生活的担子。我想她和我姐姐一样，心里暗暗庆幸，她家有她这样一个姐姐，我家也有这样一个姐姐。

　　后来，常到崔大叔和崔大婶家去，如果是夏天去，门前那棵老槐树下，一地槐花如雪。在北京，我家没有一个亲戚，我愿意去他们家，特别是崔大婶待我像母亲，总会让我涌出分外亲切的感觉，她那带有信阳口音的话语，常让我想我母亲说话的时候是不是也是这样子呀！

　　每一次去，崔大婶总会留下我，给我做好吃的。有时候，她拉着我的手，爱抚地对我说：你娘要是活着该多好啊！看你长得都这么大，这么懂事了！说着，她会忍不住掉下眼泪。

　　"文革"中，我去北大荒，弟弟去了青海油田，崔大叔崔大婶都是派小玉姐来送的我们，一直把我们送上了火车，我们在车窗里掉眼泪，小玉姐在车窗外跟着哭。

　　1970年的冬天。我到北大荒两年多之后，第一次回北京探亲，自然要先去崔大叔崔大婶家。从我进门到落座，崔大婶的目光一直落在我的腿上。我穿的棉裤厚厚的，笨重得很，棉花擀毡都臃在一起。崔大婶没说什么。临离开北京要回北大荒之前，我去崔大婶家告别，她拿出一条早已经做好的棉裤,让我换上。仿佛要和我穿的这条笨拙的棉裤故意做对比似的,那条棉裤又薄又轻。我对崔大婶说:北大荒冷,我穿不上这个!崔大婶笑着对我说:傻孩子,这是丝绵裤,比你身上穿的暖和多了!快换上,北大荒天寒地冻的,别冻坏了,闹成了寒腿,可是一辈子的事。

这是崔大婶为我特意做的一条丝绵裤,这是我这一辈子穿的第一条也是唯一一条丝绵裤。那丝绵裤做得特别好,由于里面絮的是丝绵,又暄腾,又轻巧,针脚分外细密。我换上这条丝绵裤,感动得很,一再感谢她,并夸她的手艺好。她叹口气说:你的亲娘要是还活着,她比我做活还要好,还要细呢!她说这番话的时候,我从她的眼睛里能够看到对往昔的一种回忆,也看到只有作为母亲才有的一种慈爱之情。

当然,这是后话。想起崔大婶,总会想起不到六岁那年到她家第一次羞羞答答叫"崔大婶"时的情景。

一晃,竟然过去了整整七十年,崔大婶!

老阳儿

在我们大院里,住着的人家,不少是一些引车卖浆者流,生活不大富裕,日子各有各的过法。

冬天,屋子里冷,特别是晚上睡觉的时候,被窝里冰凉如铁,家里那时连个暖水袋都没有。我的新母亲有主意,中午的时候,她把被子抱到院子里,晾到太阳底下。其实,这样的法子很古老,几乎各家都会这样做。有意思的是,母亲把被子从绳子上取下来,抱回屋里,赶紧就把被子叠好,铺成被窝状,留着晚上睡觉时我好钻进去,被子里就是暖乎乎的了,连被套里的棉花味道都烤了出来,很香的感觉。母亲对我说:我这是把老阳儿叠起来了。母亲一直用老家话,把太阳叫老阳儿,外人听不清的时候,觉得是叫成了"老爷儿"。

从母亲那里,我总能够听到好多新词儿。把老阳儿叠起来,让我觉得新鲜。太阳也可以如卷尺或纸或布一样,能够折叠自如吗?在母亲那里,可以。阳光便能够从中午最热烈的时候,一直储存到晚上我钻进被窝里,温暖的气息和味道,让我感觉到阳光的另一种形态,如同母亲大手的抚摸,比暖水袋温馨许多。

街坊毕大妈,靠摆烟摊养活一家老小。她家门口有一口半人多高的大水缸。冬天用它来储存大白菜,夏天到来的时候,每天中午,她都要接满一缸自来水,骄阳似火,毒辣辣地照到下午,晒得缸里的水都有些烫手了。水能够溶解糖,溶解盐,水还能够溶解阳光,大概是童年时候我最大的发现了。溶解糖的水变甜,溶解盐的水变咸,溶解了阳光的水变暖,变得犹如母亲温暖的怀抱。

毕大妈的孩子多,黄昏,她家的孩子放学了,毕大妈把孩子们都叫过来,一个个排队洗澡,毕大妈用盆舀的就是缸里的水,正温乎,孩子们连玩带洗,大呼小叫,噼里啪啦的,溅起一盆的水花,个个演出一场哪吒闹海。那时候,各家都没有现在普及的热水器,洗澡一般都是用火烧热水,像毕大妈这样法子洗澡,在我们大院是独一份。母亲对我说:看人家毕大妈,把老阳儿煮在水里面了!

我得佩服母亲用词儿的准确和生动,一个"煮"字,让太阳成了我们居家过日子必备的一种物件,柴米油盐酱醋茶,这开门七件事之后,还得加上一件,即母亲说的老阳儿。

真的,谁家都离不开柴米油盐酱醋茶,但是,谁家又离得开老阳儿呢?虽说如同清风朗月不用一钱买一样,老阳儿也不用花一分钱,对所有人都大方而且一视同仁,而柴米油盐酱醋茶却样样都得花钱买才行。但是,如母亲和毕大妈这样将阳光派上如此用法的人家,也不多。这需要一点智慧和温暖的心,更需要在艰苦日子里磨炼出的一点儿本事,这叫作少花钱能办事,不花钱也能办事,阳光才能够成为居家过日子的一把好手,陪伴着母亲和毕大妈一起,让那些庸常而艰辛的琐碎日子变得有滋有味。

对于阳光,大人有大人的用法,我们小孩子也有小孩子的用法。我家的邻居钟叔叔是个工程师,他家有两个男孩两个女孩,最小的男孩,比我大三岁,很聪明,喜欢招猫逗狗,总爱别出心裁玩花活儿。有一次,他拿出他爸爸用的一个放大镜,招呼我过去看。放大镜我在学校里看见过,不知他拿它玩什么新花样。我走了过去,他在放大镜底下放一张白纸,用放大镜对着太阳,不一会儿,纸一点点变热,变焦,最后居然烧着了,腾地蹿起了火苗,旋风一般把整张白纸烧成灰烬。

又有一次,他拿着放大镜,撅着屁股,蹲在地上,对准一只蚂蚁,追着蚂蚁跑,一直等到太阳透过放大镜把那只蚂蚁照晕,爬不动,最后烧死为止。母亲看见了这一幕,回家对我说:这叫什么玩法?老钟家这孩子心这么狠,小蚂蚁招他惹他了,这不是拿老阳儿当成火了吗?你以后少和他玩!

长大以后,我看过一部电影叫作《女人比男人更凶残》。有时候,小孩比大人更心狠，小孩子家并不都是天真可爱，小孩子的玩，也会透露出人性中的一点点的残忍呢。

憋老头儿

　　我住的大院很老了，据说前清时就有了。我家搬进去的时候，大院早已经破败了，但三进三出的院落还在，前出廊、后出厦，大影壁、高碑石，月亮门、藤萝架，虽然都残破了，但也还都在，可以想象前清时建造它时的香火鼎盛。院子大是大，有个唯一的缺点，就是只有一个公共厕所。当初，人家就是一家人住，一个厕所够用了，谁想后来陆续搬进来那么多人，当然就显得紧张了。全院十多户人家老老少少，一般都得到那里方便，一早一晚，要是赶上人多，着急的人就只好跑到院子外面大街上的公共厕所。

　　厕所只有两个蹲坑，但外面有一条过道，很宽阔，显示出当年的气派来。走过一溜足有七八米长的过道，然后有一扇木门，里面带插销，谁进去谁就把插销插上。我们孩子中常常有嘎小子，在每天早上厕所最忙的时候，跑进去占据了位置，故意不出来，让那些敲着木门的大爷干着急没辙。我们管这个游戏叫作"憋老头儿"，是我们童年一个最能够找到乐子的游戏。

　　厕所过道的那一面涂成青灰色的山墙，则成了我们孩子的黑板报，大家在"憋老头儿"的时候，用粉笔和石块往上面信笔涂鸦。通常是画一个长着几根头发的人头，或是一个探出脑袋的乌龟，然后在旁边歪歪扭扭地写上几个大字：某某某，大坏蛋；或某某某，喜欢谁谁谁之类，自然，前者的某某某是个男孩子，后者的谁谁谁是女生。当这个某某某的男孩子上厕所时，一眼看见了墙上的字和画，猜想出是谁写谁画的后，就会把某某某几个字涂掉，再写上一个新的某某某，要是一时猜不出是谁写的，就在旁边写上：谁写的谁是王八蛋！

大院的孩子，无形中分成了两派：一派是以柱子为首的一大帮，一派则是孤零零的大华一个人。大华那时确实很被孤立，除了我还能和他说几句话之外，没有一个孩子理他。当然，这其中也有怕柱子的因素在内，想略微表示一下同情也都不敢了。柱子的一头明显占了绝对的上风，弄得大华抬不起头，惹不起，就尽量躲着他们。

柱子的领袖地位似乎是天生形成的，也可以说是柱子就有这个天分。孩子自然而然地围着他，他说什么，大家都信服，也照着办。他的一个眼神，一个手势，一个口哨，就能够把全院的孩子们，都像招鸟一样招过来。

大华倒霉就倒霉在他是个私生子，他是前两年和他小姑一起投奔他大姑，才搬进我们大院里来的。他一直跟着他小姑过，他的妈妈在山西，偶尔会来北京看看他。谁都没有见过他爸爸，他自己见过没见过，谁也不清楚，我曾经想问他的，但最后还是没敢问。

柱子领着一帮孩子，都不跟大华玩，还把当时我们在学校里唱的《我是一个黑孩子》的歌"我是一个黑孩子，我的家在黑非洲"改了词："我是一个黑孩子，我的家不知在何处……"，故意唱给大华听。一遍一遍反复地唱，一直唱到大人们听见了，出来干涉，把柱子他们骂走。

那时，柱子和大华比我高两年级，都上小学五年级，却成了不共戴天的仇人。我夹在他们中间，三明治一样的难受。我既不想得罪柱子，对大华也很同情。

柱子他们决心要把大华搞臭到底，柱子要占领舆论阵地，厕所的那面墙，成了最好的地方。首先，柱子招呼着他的那些小喽啰，把平常"憋老头儿"的功夫用到了大华身上，每逢大华要上厕所时，准是十有九次被憋。好不容易进去了，一面山墙上写满的都是：滕大华是一个黑孩子，滕大华没妈又没爸之类的话。大华擦了一遍，墙上很快又出现第二遍同样的内容。

大华只好不再上大院里的厕所，宁可跑到大街上去上公共厕所。每一次，大华都要拽上我，陪他一起跑到大街上的公共厕所里去。那时他把我当成了他唯一的朋友。他是个私生子，我有个后妈，我们两人同命相怜，天然成了朋友。

那个公共厕所离我们大院很远，我们得跑一两百米，每次都像是冲刺似的，你追我赶的，迎风呼呼直叫，特别地来劲，在大街上很惹人眼目，以为我们是在练跑步，或者是在抽风。这时候，大华总是显得很高兴，忘记了一切的不愉快。

有一天下午放学，刚刚走出学校的门口，我看见柱子突然一面墙似的横在我的面前。他一步走近我，鼻子尖都快顶住了我的鼻子尖，眼光很凶地死死盯着我。他是特地在这里憋住了我，我知道他要干什么，一定是要我不能再理大华。

果然，他把这话说出了口。

听见了吗？

我没有说话。

他又问了我一遍：你聋了怎么着？问你话呢，听见没有？然后，他挥挥拳头：你想尝尝"栗子暴"怎么着？

我怕他，只好点了点头。

不行，点头不算，你必须说话答应！你又不是哑巴。

许多学生都围了上来，好多是柱子他们班上的，是他的同伙。我只好答应了。

答应了，是答应了，心里总觉得有些对不起大华，也恨柱子太霸道。当大华找我时，我还是和大华在一起。看到大华孤零零一个人在大院里徘徊，总觉得自己也很孤独，和大华有一种惺惺相惜的感情。

大院里的孩子开始都不再和我玩了，见了我，就远远地走开。他们在一起玩，比如玩官兵捉匪或老鹰捉小鸡的游戏或斗蛐蛐时，故意把我闪在一边，成心对着我大呼小叫，向我示威。我知道，是柱子的主意，他们把我和大华彻底孤立起来。

就在这时候，大院厕所的那面山墙上出现新的内容，画着两个小孩的头，一个高，一个低，一个圆，一个方，歪歪扭扭地在一边写着上下两行大字：肖复兴没妈滕大华没爸，肖复兴和滕大华是一丘之貉（这是柱子在语文课本里新学的成语）！

这事把我惹火了，一种从来没有的自尊心被伤害的感觉，让我燃起复仇的火焰。那天晚上，我找到大华，问他：你看见厕所墙上的东西了吗？

他点点头。

我说：欺人太甚了！

他又点点头。

我说：咱们得报仇，你说对不对？

他接着点点头,然后问我:怎么报?

我说:首先要捉贼捉赃,捉到写的人,跟他没完。

于是,每天在上学前的早晨和放学后的晚上,我和大华分工合作,分别盯着去厕所的所有的孩子。有时候,我们两人索性藏在厕所里,希望能够看到他们动手往墙上瞎写瞎画的时候,一把抓住他们的手。他们似乎知道了自己的身后落有我们的目光,都有些收敛,以致我们一连好多天都一无所获。

那天早晨,柱子的爸爸上厕所,厕所的木门关着,老爷子刚要走,听见里面有人在说话,是柱子的声音,隔着门缝一看,看见柱子正在往墙上瞎写呢,气得老爷子一脚踹开门,上前扭住他的胳膊,在厕所里就把他臭揍一顿,算是替我们报了仇。

从此,厕所黑板报的内容才有了更改。

柱子和大华都上了中学以后,对到厕所去玩"憋老头儿"的游戏越来越失去了兴趣,都觉得有些太小儿科了吧?于是,那块阵地便让位给了新起来的一帮子小孩了。

打枣前后

我们大院里有三棵枣树,是前清时候种的老树,在整个一条老街都非常出名。枣树长得很高,高出房檐,走在院外,一眼能看见树梢上的枣,如果有风,树梢上的枣晃动着,很招摇的样子。

我特别喜欢这三棵老枣树,秋天,国庆节快要到的时候,枣树上的枣红了,月光下,像一颗颗小星星一样,眨着眼睛。风吹得树枝轻轻地摇动，枝叶扑扇之间，能看见夜空跟着一闪一闪，瓦蓝瓦蓝的，像萤火虫似的，好像能飞呢。

别的院子里也有枣树，都没有这三棵枣树的年龄大。关键是这三棵枣树每年结出的马牙枣特别多，还特别脆，特别甜。只要吃过这三棵树的枣，别的院子里的枣，包括街上摊子卖的枣，都不用吃了。

大院里的枣，成了大院的骄傲。每年打枣的日子，都得听大院里德高望重的老人来选定良辰吉日，一般都在中秋节前的一个星期天，大人们都休息在家。虽说大人们都在家，但打枣都是孩子们在树下树上折腾，大人们图的是看个热闹。看着大一点儿的男孩子，蹿天猴一样，挥动着竹竿，在树枝上蹦来蹦去；女孩子和小一点儿的男孩子们，在地上大呼小叫争先恐后地捡枣，不顾砰砰梆梆的枣砸在头上的样子，大人笑个满怀。最后，孩子们把地上的枣拢成一堆，用洗脸盆盛枣，分给每一家的有足一脸盆那么多。看着孩子们鱼贯一样往各家送枣，其乐融融，欢欢喜喜的，像过节一样，大人们最开心不过。

打枣的那天，全院的孩子出动，齐刷刷地来到了枣树下面。这是一年里最让孩子们兴奋的事情了。那时，我胆子小，从来不敢爬树，弟弟虽然比我小三岁，胆子却大得很，我眼巴巴地看着他跟着几个大一点儿的男孩子，猴子似的噌噌地上了树，心里很羡慕。

那时候，院子里有一个叫鸽子的女孩子，胆子也很大，她是全院唯一一个敢爬上树打枣的女孩子。她和我年龄一般大，小学时和我是同学。她常常拿爬树这事嘲笑我。每次嘲笑，我都羞愧得无话可说。爬到树上打枣，和站在树下捡枣，完全是两种不同的感觉。就是一个是在水里游泳，一个在水上划船看人家游泳，能有一样的感觉吗？一个是鱼，一个是船呢。

鸽子的胆子确实大，身手也灵活，爬在树上得意扬扬的劲头，一点儿不像个女孩子，倒像个男孩子。男孩子往树尖上爬，她也跟着往树尖上爬，越往上面爬，树枝越细，被风一吹，摇晃得越厉害。一般这时候，都是大一点儿的男孩子大显身手，那些胆小的女孩子，站在树下面，像踩了鸡脖子一样尖叫起来。就像戏台上的角儿，一套惊险的动作之后精彩的亮相，是以柱子为首的那几个男孩子最得意的时候。

不管鸽子妈在树底下怎么叫她，骂她，她跟没听见一样，脑袋后面甩着小辫子，还紧紧跟在那几个男孩子的身后，往上面爬。仰着脖子，看她那样子，我还真的有点儿佩服，别说，她一点儿不怵头，身子还挺灵巧，眼睛盯着树尖尖。树尖上是蓝蓝的天，好像一伸手就能摸到，抓一片两片白云彩，揣进兜里。树叶之间，闪烁着一点点的红，就是红枣。风吹过来，又吹过去，树叶来回地摆动，那一点点的红跟着在飘动，像眨着眼睛，故意和她逗闷子。

我站在地上，禁不住冲着她高声叫了起来：小心！

这上面的红枣最甜了！鸽子低下头，故意冲我大喊，那是有意在嘲笑我。

她向身边的柱子要过竹竿，要打树尖上的那颗红枣。不过，那颗红枣故意和她捉迷藏，长长的竹竿，拿在手里，由于树枝被风吹动得来回摆动，竹竿变得轻飘飘的，使不上劲儿，明明觉得可以打上了，那颗枣偏偏像只小鸟，又歪着脑袋，飞到一旁去了。

柱子有些不屑地对她说：把竹竿给我，我帮你打吧！

不用!

她一手抓住树干,一手挥动竹竿,探出身子,非要把那颗枣打下来不可。

我和好多孩子冲着她高喊着:小心!

她终于打着了那颗红枣,"砰"的一声,枣像一只被击中的小鸟,应声落地。树下的孩子都欢叫起来,蜂拥过去,抢那颗枣。

枣打了一下午,三棵树上的枣基本打完了,树尖上,还有好多颗枣,不是打不着,老人说,不能都打光了,要留一些,给那些鸟儿吃。

打完枣的孩子,还有一个最后的表演,便是爬到最靠近房顶的树干上,然后使劲一悠,像荡秋千一样,一下子悠到房顶上面,一松手,顺势跳到房顶上。尽管家长都骂他们,一再嘱咐他们,不要做这样危险的动作,但是,玩疯的这些大孩子都当作耳旁风,他们不觉得这是危险的动作,而当作是像演出杂技一样勇敢的表演。一年只有一次的表演机会,怎么舍得放过呢?自然,柱子得是第一个出场表演!

要命的是,鸽子扒拉开几个男孩子,紧跟着胆大妄为的柱子,也要从枣树上悠到房顶。只见她一手抓住悠荡回来的树干,只听"哗哗"的一阵响,枣树叶跟着一起落下好多;再听"哗哗"的一阵响,树底下的小不点儿孩子跟着拍起巴掌叫起好来。这让在树底下一直抬头看的我,吓得心差点儿没跳出嗓子眼儿,而鸽子在这一瞬间已经一朵云彩一样飘到对面的房顶。

打枣,让我真的很难忘。更难忘的是鸽子。我再也没有见过胆子这么大的女孩子,就连天老大他老二平常对谁都不服气的柱子,也有点儿佩服她呢。

20世纪50年代，北京的天际线很低，基本上被起伏的灰瓦顶所勾勒。因为那时候成片成片的四合院还在，基本占据了北京城的空间。想想，很有意思，那时候，四合院平房没有如今楼房的阳台，鱼鳞状的灰瓦顶，就是各家的阳台，对于我们许多孩子而言，就是我们的乐园。老北京有句俗话，叫作三天不打，上房揭瓦，说的就是我们这些孩子，淘得要命，动不动就跑到房顶上揭瓦玩，是那时司空见惯的儿童游戏。

上房，比上树要容易好多。起码，房顶是相对平整的，稳定的，风吹来，不会像树枝来回摇晃。在我们大院，打枣的节目结束，下一个紧接着的节目，就是国庆节晚上站在房顶上看礼花。这样的节目，我是可以参加的，从我家房后的小夹道上房，对于我已经是轻车熟路。

国庆节的傍晚，扒拉完两口饭，我们会溜出家门，早早爬上房顶，等待礼花腾空。即使平常骂我们最欢的大妈大婶，也会网开一面，一年一度的国庆礼花，成了那一天我们上房的通行证。由于那时没有那么多的高楼，晚霞中西山一览无余。我们的院子就在前门东侧一点，天安门广场看得真真的，仿佛就在眼前，连放礼花的大炮都看得很清楚。看着晚霞一点点消失，等候着夜幕一点点地降临，就像等待着一场大戏上演一样，我们坐在灰瓦顶上，心里充满期待，也有些焦急，不住问身边的大哥哥大姐姐：礼花什么时候放呀？

其实，我们心里谁都清楚，让我们期待和焦急的，不仅仅是礼花点燃的那一瞬间，更是礼花放完的那一刻。由于年年国庆爬到房顶上看礼花，我们都有了经验，礼花放完之后，随着礼花腾空，会有好多白色的小降落伞，一般国庆节那一天都会有东风，那些小降落伞便会随风飘过来。燃放礼花的那一瞬间，我们会稳稳坐在那里，看夜空中色彩绚丽的礼花，绽放在我们的头顶。但降落伞飘来的那一刻，我们立刻像弹簧一样，都跳了起来，伸出早已经准备好的妈妈晾衣服的竹竿，争先恐后去够那些小小的降落伞。

这样的游戏，很少见到鸽子和柱子的影子。大概他们都觉得这样的游戏没有上树打枣惊险和精彩，不屑于与我们为伍吧。

没有鸽子和柱子参加，我们更高兴，省得他们和我们抢降落伞。礼花垂落，降落伞飘过来的时候，我们一帮孩子最是兴奋雀跃。当然，够得着够不着，全凭风的大小和运气了。那一刻，附近四合院的房顶上也站满孩子，和我们一样伸着竹竿在够降落伞。风如果小，就被前面院子的孩子够走了；风要是大，降落伞就会像成心逗我们玩似的从我们的头顶飞走，让我们干着急没辙。

记得国庆十周年，我上小学五年级，那一天晚上，不知是天助我也，还是那一年国庆放的礼花多，降落伞飘飘而来，一个接着一个，让我轻而易举就够着好几个，成为我拿到学校显摆的战利品。

探亲证明

要上小学四年级的时候，火车第一次驶进我的生命里。那一年，我十岁。暑假，我坐火车到包头看姐姐。虽然我家住在前门外，紧靠着老的前门火车站，成天看见火车拉响着汽笛喷吐着白烟跑来跑去，但我还没坐过火车。因为姐姐在铁路局工作，我对火车充满感情。因为那火车可以带我去看姐姐，我对火车更充满向往。

快放暑假的时候,我几乎天天都在吵吵要去看姐姐。可我才上四年级,那么小,一个人坐那么长时间的火车,父亲不放心,说死说活,不同意我去看姐姐。

姐姐已经离开北京六年了,她在包头结了婚,有了孩子之后,回北京的次数渐渐少了。我真的很想姐姐,便给姐姐写信,说我就要上四年级了,一个人坐火车,没有问题。我觉得我已经长大了。

没有分离,就没有思念,从五岁那年和姐姐的分离,而且是那么远的分离,让思念一天天加深,思念便也像一棵树一样,一天天长大,根深叶茂,花枝飘摇起来。那时候,我最想的就是姐姐。当然,姐姐也想我,她最后来信对父亲说就让复兴来吧,上车托付给列车员,应该没问题。

听说学校开张证明,便可以买张半价的学生火车票。父亲去了趟学校,碰壁而归。校长说学生只有探望父母才可以买半价学生票,看姐姐不行。我仿佛看到了那位脸总是像刷着糨糊一样绷得紧紧的校长,他说出的话从来都是钉天的星。我们看见他,都像耗子见了猫一样,躲得远远的。

母亲说:我去试试!

我不抱什么希望。果然也是碰壁而归。不过,母亲不是就此罢休,接着再去,接着碰壁。我记不清她究竟几进几出学校了。一天晚上,她去学校很晚没回家,父亲着急了,让我去找。我跑到学校,所有办公室都黑洞洞的,只有校长室里亮着灯。我走近校长室门前,没敢进去。我从来没进过一次校长室,只有那些违反校规、犯了错误的同学,才会被叫进去挨训。我扒在门口听听里面有什么动静。没有。什么动静也没有。莫非没人？母亲不在这里？再听听，还是没有一点儿声响。我趴在窗户缝瞅了瞅，校长在，母亲也在。两人演的是什么哑剧？

我不敢进去，也不敢走，坐在门口的石阶上等。

不知过了多半天，校长的声音吓了我一跳：大妈！我算服了您了！给您，证明！我可是还没吃饭呢！接着就听见椅子响和脚步声，吓得我赶紧兔子一样跑走，一直跑出学校大门。

我站在离校门口不远的一盏路灯下，等她出来。我老远就看见她手里攥着一张纸，不用说，那就是探亲证明。

她走过来，看见灯影下黑乎乎的人影，吓了一跳，走近一见是我，把证明递给我：明儿赶紧买火车票去吧！

回家的路上，我问她：您用什么法子开的证明呀？我觉得她能把那么厉害的校长磨得好说话了，一定有高招。

她微微一笑：哪儿有啥法子！我磨姜捣蒜就是一句话：探亲，探亲！复兴就这么一个亲姐姐，除了姐姐还探啥亲？不给开探亲证明哪个理？校长不给开，我就不走。他学问大，拿我一个老婆子有啥法子！

我的脸好红。我不是最怕她去学校吗？好像她会给我丢多大脸一样。可是，今天要不是她去学校，证明能开回来吗？

那天晚上，走在回家的路上，望着路灯下她那被拉长的身影，我很想对她叫一声"妈妈"，我还从来没有叫过她"妈妈"呢。可是，我始终没有叫出口。

虚荣心伴我长大。当浅薄的虚荣一天天减少，我才像虫子蜕皮一样渐渐长大成人。而在那时候，我懂得多少呢？在我心的天平上，一头是亲妈，一头却是姐姐，并没有她的位置。

独闯京包线

怎么那么巧,那个暑假,我们大院里有一个大姐姐,刚刚从幼儿师范毕业,想在工作之前,利用最后的这个暑假,去呼和浩特看望她的哥哥。爸爸把我托付给了她,心里踏实了很多。可我多少有些扫兴,心里一直把暑假里穿越京包线看姐姐视为了不起的大事情,和好几个同学吹过牛皮了,在我们就要上四年级班上所有的同学里,还没有一个出过这么远的门,甚至有人连北京都没有出去过呢。这一下,一个人变成了两个人,让我原本以为独自一人闯荡京包线的壮举,变得平淡无奇了许多。

不过,再一想,我又很愿意和她一起走,因为她长得很漂亮,还会拉手风琴唱歌,这是她在幼师学校里的功课吧。平常我们小孩子玩的时候,我总是希望她也能够来和我们一起玩,自从她上幼师之后,总是很忙,即使不忙,她也总是很高傲的样子,不大瞧得起我们小孩子。放暑假了,她有时间了,也很少和我们一起玩,只是一个人坐在大槐树下,抱着一本书看。树荫的影子斑驳地洒在她的身上,地上落满白中泛着淡淡绿色的槐花,美得像一幅画。我们大院里,有好几个长得好看的姑娘,她应该算是最好看的,起码,那时我这样认为。

现在,她终于和我一起坐火车了,要坐整整一夜外带半个白天的火车。

我们一起坐上了火车,是硬座,那时的硬座是真正的硬座,光光的木板,一片一片地拼起来,黄色的漆很亮。车开了,能看到火车头喷出的白烟，袅袅地飘荡在我们的窗前。绿油油的田野，路旁的树木和电线杆，风一样，"唰唰"地从车窗前掠过，又像一群孩子，活蹦乱跳地跑走老远……车窗像一个镜框，每一分钟一秒钟，都把变换不停的画面镶嵌在车窗里。一切显得那么地新鲜，是我从来没见过的风景，有点儿像小时候在天桥看过的拉洋片。

上了车没多久，天就黑了，车窗外扑闪而过的灯光如流萤，车过山洞让我感到幽深莫测的新奇之后，我糊里糊涂地睡着了。一觉醒来，发现自己的头倒在她的怀里。车厢微醺似的晃动着，她也睡着了，能够感觉到她均匀的呼吸像河面上冒出的温馨的气泡，一起一伏着。那时，我感到特别幸福，因为这在平常的日子里，是根本不敢想象的事情。大概我的醒来惊动了她，她睁开了眼睛，我马上有些不好意思地起来，她却伸过一只胳膊搂住我的肩膀，轻轻地说了句：就这么躺着别动，睡吧！

第二天天亮的时候，我醒了，发现还躺在她的怀里。她拍拍我的头说：醒了？快吃点儿东西！可是，我吃了她准备好的东西就开始吐。夜里睡觉不觉得什么，醒来晕车的感觉潮水似的一阵阵袭来，让我把吃的东西全部都吐出来还不解气，直觉得自己如此狼狈的样子在她面前没有了一点儿面子，哪里有一点能够独闯京包线的英雄样子，特别害羞地不敢睁眼看她。

还惦记着一个人独闯京包线呢，心里暗暗地笑自己。

她开始慌乱起来，给我捶背，给我倒水。列车员也来了，帮助打扫，一直忙到呼和浩特就要到了。火车缓缓进站的时候，她再一次嘱咐列车员，又嘱咐我，不要乱跑，一定要跟着列车员阿姨，等着你姐姐来接你！然后，她提着行李向车门走去。下车后，还特意走到车窗前，再次嘱咐我。还有三四个小时才能够到达包头，这三四个小时，只剩下我孤零零的一个人了。

我已经忘记了那三四个小时是怎么过来的了，没有了大姐姐的火车，只剩下晕眩的感觉。一个十岁的孩子，就这样惨淡地完成了独闯京包线的壮举。

以后，京包线成了我许多个假期必走之路，一直到1968年我去北大荒之前。那几次不同时刻的列车，对我而言越来越不陌生，而晕车随童年的逝去而逝去了，代之在心中清晰记住的是，那沿途每一个车站的站名，哪怕只是柴沟堡、卓资山、察素齐、土贵乌拉这样的小站名，也记得那样清晰。火车缓缓驶出车站，月台上写着这些站名的站牌，从车窗前掠过，仿佛一个个熟悉的朋友，站在那里向我挥着手，一次次地告别，又一次次地迎接我。随着姐姐在京包线上工作的迁徙，我跑遍了包头、临河、集宁和呼和浩特，沿线播撒种子似的，火车帮我收获对姐姐的思念。

那一年在姐姐家，我干了一件傻事。姐姐姐夫都上班去了，他们的孩子上幼儿园了，家里就剩下我一个人，无聊得很，在空荡荡的屋子里无所事事，忽然看见墙壁上电灯的开关。那时候，我真的什么也不懂，少见多怪，我家里和学校教室里的电灯开关，都是老式的长长拉绳，我没有见过这样安装在墙壁上按钮式的开关，它有一个四四方方白色的胶木外壳。我心想它没有绳，怎么连接到电灯上呢？连不上，就凭这个小小的按钮，怎么管着电灯的开关呢？我非常好奇，眼盯着它，百思不得其解，不知道怎么忽然心血来潮，想打开它看看里面藏着什么秘密。我看到它的外壳上有两个小小的螺丝，就找来改锥，很容易起下螺丝，打开了外壳，看见里面有两根线，和我见过的拉一下电灯就亮的线绳不一样。真的是无知无畏啊，我竟然立刻伸出手摸了一下，一下子手颤抖得发麻，才立刻想到会不会是电线呀，自己被电着了呀！那样可是要电死人的！我吓坏了，赶忙跑开，跑到厨房的水池前，打开自来水龙头，用凉水使劲儿地冲这根发麻的手指头。冲了老半天，手指不麻了，才回去把开关的外壳安上。姐姐姐夫下班回家，我也没敢告诉他们这件傻事。

不过，这一年暑假，我也有一个意外的收获。我看见姐姐家里有一本漂亮的美术日记，里面的纸张非常好，还有好多插页，上面印着好多幅名画家的画作。我非常喜欢，姐姐看了出来，把它送给了我。那是她作为劳动模范的奖品。拿着这本美术日记，我好长时间都没有舍得用，一直到我上中学之后，在上面抄录了我写的作文，成了少年时代最好的纪念。

我小学没有毕业的时候，和我一起坐火车送我看姐姐的那位大姐姐结婚了。那个男的是在区委工作的一个干部。结婚之前，他到我们大院里来过，我见过，觉得他长得一点儿都不帅，大姐姐这么漂亮，怎么看上他了呢？不知为什么，他们结婚的那天，我的心里还挺别扭的。大姐姐特意塞在我手里两块喜糖，我没有吃，给了弟弟。

我一直记得大姐姐的名字：安琪。一个非常好听的名字。

作文课

　　小学四年级，多了一门作文课。教我们这门课的是新班主任老师。我记得很清楚，他叫张文彬，四十多岁的样子，有着浓重的外地口音，只是我听不出来究竟是哪里的。他很严厉，又正是年富力强的时候，站在讲台桌前，挺直的腰板，梳一头黑黑的头发——他那头发虽然乌亮，却是蓬松着，一根根直戳戳地立着，总使我想起他给我们讲课讲解的"怒发冲冠"这个成语——我们学生都有些怕他。我们教室的窗子朝西，如果是下午最后一节课，西落的太阳光照进教室，照在他的头上，他的头发像被染成金色，如一根根直立的金针。

　　第一次上作文课，张老师没有让我们马上写作文，带我们看了一场电影，是到儿童电影院看的。儿童电影院，在王府井南口路东。电影院前，有条小路，靠着长安街，路旁是一条带状的街心花园，种着好多花草树木，枝条袅袅婷婷，遮挡住长安街车水马龙的喧嚣，让这条小路分外幽静。

　　这条小路的建成，要归功于民国时期做过内务部总长兼京都市政督办的朱启钤。有皇上的时候，长安街是皇家御道，普通百姓不能走，是朱启钤打通了长安街，让百姓也可以畅行无阻。长安街可以通行了，紧挨着长安街的东单头条，近水楼台先得月，有了生机，先在东头拆掉一些民房，盖起了不小的东单菜市场，方便了附近居民买菜，生意一下子红火起来，便开始乘胜向西进发，紧贴着东单菜市场，陆续盖起了邮局和美琪电影院。洋人也看到了商机，跟进盖起了一些洋楼，作为旅馆和办公楼。这条小路,日渐繁荣,昔日东单头条的平房,被拆除殆尽。交通的发达,必然带来商业的发达;新楼盘新建筑群的兴起,必然是以拆除旧房为代价的。一条老路东单头条消失了,一条新路诞生了。

儿童电影院,便是在这条新路的建筑群兴起时建起来的。它最早是洋人建起的一座叫作平安的电影院,因为这里靠近东交民巷的使馆区,这是家专门为洋人服务的电影院,当时的美国大片《出水芙蓉》,最早就是在这里放映的。

当然,这些历史是我长大以后知道的。小学四年级,我第一次知道北京城还有这样一个专门为我们小孩子设立的儿童电影院,也是第一次走进这座电影院。同时是第一次走在这条漂亮幽静的小路上。

这条小路很特别,一溜儿虎皮墙高出长安街足有两米多,很漂亮,墙外侧是便道,墙内侧是小树林。其实,说小树林,有些夸张,因为树没有那么多,也都不高,不粗。不过,这片小树林挺宽的,足有十来米宽,在闹市里,有一条这么宽的绿化带,确实不简单。

对于我,印象最深的,还是儿童电影院。到现在还记得,那是一座米色的二层小楼,刚被改造成儿童电影院不久,内外装饰一新。外面墙上宽大的电影广告牌非常醒目,老远就能看见。那天看的电影是《上甘岭》。

我的位置在楼上,由于在楼下的小卖部花五分钱买了一支小豆冰棍,吃完后才跑上楼,耽误了时间,电影即将开始的预备铃已经响了,灯光一下子暗了下来。我看见一层层座位由低而高,像布在梯田上的小苗苗。特别让我感到新鲜的是,每一排座椅下面,都安着一盏小灯,散发着柔和而有些幽暗的光,可以使迟到的小观众不必担心找不到座位。那一排排小灯，我觉得特别的新鲜，以致看电影时总是走神，忍不住低头看那一排排灯光，好像那里闪闪烁烁藏着什么秘密或什么好玩的东西。

张老师带我们到儿童电影院看电影，是有目的的，是让我们写作文。那是我们第一次作文课，他让我们写这次看电影。他说："你们怎么看的，怎么想的，就怎么写，你觉得什么有意思，什么最感兴趣，就写什么。"我把我所感受到的这一切写了，当然，没有忘了写那一排排我认为最有意思最新鲜的灯光。

没想到，第二周作文课讲评时，张老师向全班同学朗读了我的这篇作文。几十年过去了，我还清楚记得，他特别表扬了我写的那一排排灯光，说我观察得仔细，写得有趣。他那浓重的外地口音，朗读作文所写的一切，听起来都那么亲切，好像那作文不是我自己写的，而是别人写的似的。

张老师对这篇作文也提出了意见，具体什么意见，我统统忘记了，虚荣心让我光记住表扬。从这之后，我迷上了作文，作文课成了我最喜欢最盼望上的一门课。在以后的作文讲评时，张老师常常要念我的作文。他常在课下对我说："多读一些课外书。"我觉得他那一头硬发也不那么"怒发冲冠"了，变得柔和了许多。

小学毕业之后，我再也没有见到过张老师，但我常常会想起他。儿童电影院，我也再没有见，前些年，建东方广场，拆掉了那条漂亮小路和小路旁那么多洋味儿十足的漂亮建筑，其中包括儿童电影院，也拆掉了那片小树林，还有那一溜儿虎皮墙。我也常常会想起儿童电影院。如今的北京城，再没有专门为孩子建的儿童电影院了。

第一本课外书

那时候的孩子,听老师的话,要甚过听家长的。可能是张文彬老师告诉我要多看课外书的缘故吧,我想应该自己买本课外书来读。以前,爸爸给我买的《小朋友》和《儿童时代》,都有很多插图,是那些小孩子看的画书。大孩子要看的是那种插图为辅,绝大部分是字的书,我们称之为"字书"。我想买字书。

我第一次买的课外书,就是那种我想要的字书,是一本杂志。

在我家住的老街上,有一家邮局。它在我们大院的斜对门,一座二层小楼,门窗都漆成绿色,门口蹲着一个粗粗壮壮的邮筒,也是绿色的。这样醒目的绿色,是邮局留给我最初的印象。远远望去,那邮筒像邮局的一条看门狗,只不过,狗都是黄色或黑色,没见过绿色的狗,就觉得说它是邮局的门神更合适。这家邮局,曾经是老北京城最早的几家邮局之一。

四年级的那个春末,院子里的丁香花还没有落干净的时候,一个星期天的下午,我第一次走进这家邮局。那时的邮局,兼卖报纸杂志,放在柜台旁斜躺着的书架上,供人随便翻阅挑选。我花了一角七分钱,买了一本上海出的月刊《少年文艺》。翻了翻,里面的内容挺好看的。更主要是封面上"少年"两个字吸引了我,觉得和自己同类而亲近,一定会更适合我。

回到家,迫不及待地从头看到尾,其中有美国作家马尔兹写的一篇小说,名字叫《马戏团来到了镇上》。之所以把作者和小说的名字记得这样清楚，是因为小说特别吸引我，让我怎么也忘不了：小镇上第一次来了一个马戏团，两个来自偏远农村的穷孩子从来没看过马戏，非常想看，一清早从村子里赶到了镇上，才知道看马戏得买票入场。可是，他们没有钱。别人告诉他们，帮马戏团搬运东西，可以换来一张入场券，他们帮助搭起了演出的帐篷，又马不停蹄地搬了一天的椅子和道具，晚上坐在看台上，马戏开始演出，两个小丑刚刚上场的时候，他们却累得睡着了。

这是我读的第一篇外国小说，同在《少年文艺》上看到的中国小说似乎不完全一样，它没有怎么写复杂的故事情节，而是集中在一件小事上：两个孩子渴望看马戏却最终没有看成。这样的故事，格外让我感到异样。可以说，是它带我进入文学的领地。我第一次见识到的文学，就是这样子的。它在我心中引起的是一种莫名的惆怅，一种夹杂在美好与痛楚之间忧郁的感觉，随着两个和我差不多大的孩子睡着，像雾一样弥漫起来。

应该承认，马尔兹是我文学入门的第一位老师。合上这本《少年文艺》，我忽然想起我写的到儿童电影院看《上甘岭》的那篇作文，如果我也像马尔兹这样写，也是非常想看这场电影《上甘岭》，好不容易来到电影院，电影放映了，我却睡着了。张老师看了，会怎么说？还会在作文讲评时表扬我，并朗读我的作文吗？我不知道，也不敢这么写。但是，我这么想了，想入非非，涌出一种莫名的兴奋。第一次感觉到还可以有和眼前现实不一样的另一种生活，第一次尝到和生活现实并不完全一样的感觉。这种感觉有些奇妙，有些伤感，也有些快感。那时候，还不懂什么是想象和虚构，但它们已经先迫不及待地破门而入到我的脑子里了。

一直到现在，六十多年过去了，记忆还是那样地清晰，马戏团第一个节目，两个小丑出场了，两个孩子却睡着了。他们为什么偏偏在这时候睡着了呀！

那时候，在东单体育场，用帆布搭起了一座挺大的马戏棚，在里面正演出马戏。坐在那里看马戏的时候，我的脑海里也掠过了马尔兹的这篇小说，曾想小说结尾为什么非要让两个和我一样大小的孩子累得睡着了呢？再一想，如果真的让他们如我一样看到了马戏，我还会有这样的感觉吗？我还会爱上文学并对它开始想入非非吗？

就是从那时候开始，每月我都会跟家里要一角七分钱，到那个小邮局买一本《少年文艺》。每一次，心里都充满期待，都会感到温暖，因为有《少年文艺》上那些似是而非的故事在那里神奇莫测地跳跃，或朦朦胧胧在那里闪现。

我忽然特别想看看以前的《少年文艺》，而且渴望看全，看看那上面还有什么样的小说故事。《少年文艺》是解放初期就有的一本杂志，封面上"少年文艺"四个字，是宋庆龄题写的，富有魅力，吸引着我。以前没有买到的，我在前门和西单的旧书店买到了一部分，余下没有看到的各期，我特意到国子监的首都图书馆借到了它们。渴望看到全部的《少年文艺》，成了那时候蠢蠢欲动和心里膨胀着的欲望。那些个星期天的下午，无论刮风下雨，都准时到国子监的图书馆借阅《少年文艺》的情景，至今记忆犹新。特别是到了春天的时候，国子监里杨柳依依，在春雨中拂动着鹅黄色枝条的样子仿佛就在眼前。这样的日子，一直延续到我读初二，我终于看完了所有期的《少年文艺》，走出

小学：童年倒影　　059

国子监，有些扬扬得意。小小男子汉的占有欲，让我心里充满一种占领了敌人全部阵地的胜利与骄傲的感觉。

少年时的阅读情怀，总是带着你难忘的心情和想象，它对你的影响是一生的，是致命的。即便有很多文章当时我并没有看懂，只是一些似是而非的印象和感动，但它给予我的温馨和美感，以及善感和敏感，是无可取代的。我常想，日后长大当然可以再来阅读这些书籍，所有的感觉和吸收却都是不一样的。阅读和生命的成长一样，都是一次性的，无法弥补。一切可以从头再来只是安慰自己于一时的童话。

第一本书的作用竟然这样大，像是一艘船，载我不知不觉并且无可抗拒地驶向自己意想不到的地方。

《少年文艺》是我小学时代最好的阅读伙伴，我在那里读到了好多优秀的作品，比如王路遥的《小星星》、王愿坚的《小游击队员》、刘绍棠的《瓜棚记》、任溶溶的《没头脑和不高兴》……并拔出萝卜带出泥认识了好多作家，开始有目地去书店买他们写的书。

每个月买一本《少年文艺》，一直到在"文革"中停刊的最后一期。记得很清楚，家门前的那个小邮局关门停业，我是到前门大街上的报刊门市部买到的。街上已经乱糟糟了。

少年宫

区少年宫在芦草园胡同，离我家不远。那里是我们孩子的乐园，特别在寒暑假，那里会组织很多活动，我们可以随便参加。在我的记忆里，并没有什么报名或学校推荐这样烦琐的环节和人为设置的门槛。

那时候的少年宫，没有如今那么高大上，没有那么多为求孩子高一等或升学加分的才艺班，很平民化，平易近人，属于所有少年，大门敞开，脚面水——平蹚！

少年宫不大，只有一个四方的院落，进入大门，呈U形的房屋环绕着一座小院，院子里有几棵老树。但是，在当时我们孩子的眼里，觉得挺大的，因为有很多的活动教室，有花样繁多的活动，可以让孩子们根据自己的兴趣爱好有多种多样的选择。

有这样两个地方最吸引我。一个是讲故事的地方，在一间教室那样大的房间里，没有老师监管，讲故事的就是你自己。里面坐着好多同学，你可以随便从中站起来，也可以随便推门走进去，站在前面给大家讲故事。听故事的孩子可以随意出出进进。如果你讲的故事吸引人，他们就坐在那里认真听你讲。如果你讲的故事不吸引人，陆续退场的人就会很多。面对着冷清没有几个人的教室，你自己也觉得臊不答答，转身退场，换另外一个同学上来讲故事，这里有点儿像是铁打的营盘流水的兵。

现在想想，也很像当时在大栅栏广德楼剧场搞的"十分钟相声"，你买一张票，只用两分钱，很便宜，可以进去听十分钟相声，如果听得满意，再接着花两分钱，买下一个十分钟的票；如果不满意，可以站起来拍拍屁股走人。那里说相声的人，和少年宫讲故事的人，一样都有些打擂台的意思。听的人和说的人，是双向的选择，有点儿挑战性，颇能吸引人。

我就是被吸引的人之一。记得有一年寒假，那时候，我才上四年级，胆子怎么那么大？站在那里讲故事，颇为吸引听众，很来情绪，几乎天天都去那里，站在那里，面对一帮小孩子，自以为是地讲不知所云的故事。我记不住讲的是一些什么故事，大概是刚在《少年文艺》或者别的书上看到的，又经过自己的添油加醋。反正，坐在那里比我小的小同学听得津津有味，让我占据了几乎整个一上午的时间，眉飞色舞在那里讲呀讲个没完。回到家，我兴奋地跟我父亲讲，我父亲没说话，母亲笑话我说是穷白话。

不过，我很有成就感。面对着一双双紧紧盯着你的眼睛，在全神贯注听你讲故事，有一种在学校里体会不到的感觉。那里锻炼了我的表达能力，甚至是表演能力。而且，为了吸引人，需要不时调整讲故事的思路，及时捕捉听众的心理变化而随机应变。应该说，这也是一种本事的锻炼，是和后来流行的演讲完全不同的本事，和照本宣科背诵故事更是不可同日而语。我应该感谢当年的少年宫有这样一方园地，让我这样的孩子得以舒展腰身，如野花一样随心所欲地尽情开放。

另一处是乒乓球室。在那里，我没有见到过有一个教练教大家打球。只要排队，上去随便打，打擂似的，每人打五个球或六个球，谁输谁下去，下一个再上来。占台时间长的人，很牛，那劲头儿，和在故事室里占据讲故事的时间长，一样得意扬扬。

记得少年宫曾经组织过一次全区小学生乒乓球比赛。那时，我在学校里乒乓球打得不错，被选中到那里比赛。记不得打了几轮，只记得有一轮和我交手的，是一个比我高一头的高年级的学生，他的球打得不错，第一个球，就打了我一个滑板，我人跑到球台一侧，可是，球却飞到另一侧，我扑了一个空，引得在场的同学哈哈大笑。一下子，我乱了方寸，稀里哗啦，就败下阵来。我才知道了天外有天，强中自有强中手。我们第三中心小学，只是一所太小太小太不起眼的小学校。

这一年的冬天，是1959年，我刚上五年级不久，学校老师通知我，让我到少年宫参加活动，和中国青年乒乓球队的队员见面。那次参加活动的同学，大多是前不久全区小学生比赛获奖的同学，不知为什么少年宫的老师也选中了我，在比赛中，我是被淘汰的呀。有时候，你真的要感谢阴差阳错的命运，在这样的命运中，有老师好心有意或随心无意地帮助你，都会像是对你吹来一股清风，助你能够像一艘小船一样，向前划行到更远一些的地方。

那时候，中国青年乒乓球队在欧洲比赛胜利归来。他们在欧洲刮起一阵中国旋风，让世界刮目相看，日后都成了世界乒坛的显赫人物。他们的名字：庄则栋、李富荣、徐寅生、张燮林……早在报纸上见过，他们都只有十七八岁，年轻英俊，潇洒飒爽，一个个，让我羡慕，心生崇拜。我记不得他们都分别对我讲了些什么勉励的话，只记得最后一个项目，最让大家兴奋，是让我们在场的每一个同学，上场和这些冠军运动员各打一个球。只是一个球，太少了点儿，哪里能解渴啊。但是，能够和这些世界冠军对打一个球，也是格外幸运的，是多少人想都想不到的事情呀。

我没有想到居然还有这样的一个节目，跃跃欲试，很是兴奋，也多少有些紧张，心里暗想，别一个球都没有接着，就下来了。按照当时的话说，只吃了一个"球屁"吧。

打我一个滑板的那个高年级的学生，排在第一个上场，我排在第二个。第一个和他对阵的是庄则栋，我第二个上场，站在我面前的是李富荣，那时，他十七岁，英俊而潇洒，分头梳得倍儿齐倍儿亮。我心想，别给我发一个转球，我可是接不住呀。没有，他只是发给我一个和平球，很高，要是平常，我完全可以打一板抽球，扣死它。但是，我没敢，怕没有抽过去，一板下网，就露怯了。我一板平稳地打过去，我看见，李富荣隔网冲着我微微地笑了。

很久，很久，我都不明白，他为什么笑。是礼貌的笑吗？还是笑我打的这一板太保守：看，我给你这么高的一个和平球，你都不敢抽吗？

真的，我有些后悔，为什么不敢抽球了呢？就因为他是一个世界冠军？我心里骂自己真是没出息！

红木桌椅

发小儿，是地道的北京话，特别是后面的尾音"儿"，透着亲切的劲儿，只可意会。发小儿，指的应该是从小拜一个师傅学艺，后来也指从小在一起读书的同学。但是，发小儿比起同学来说，更多了一层友谊的意思在内的。也就是说，同学之间，可能只是同在一个班里学习而已，没有那么多的交情可言；而发小儿是摸爬滚打一起从小到老，有着深厚的友谊一说的。童年的友谊，虽然天真幼稚，却也最牢靠，如同老红木椅子，年头再老，也那么结实，耐磨耐碰，而且漆色总还是那么鲜亮如昨。事过经年之后，发小儿就是那把老红木椅子。

黄德智就是我这样的一个发小儿，不能和一般的同学同日而语。小学同学中，和我从小一起长大，能够维持七十年友谊的，黄德智是唯一一个。

他家境殷实，住处宽敞，住在草厂三条一个独门独户的小四合院里，在整个一条胡同里，那是非常漂亮的一个院子，大门的门楣上有镂空带花的砖雕，大门上有一副精美的门联：林花经雨香犹在，芳草留人意自闲。虽然看不大懂，但觉得词儿很华丽。

他家离我家不算远，为了放学之后便于监督管理学生写作业，老师把就近住的学生分配到一个学习小组。我和黄德智在一个小组，学习的地方就在他家，学习小组的组长，老师指定他当。几乎每天放学之后，我都要上他家写作业，顺便一起疯玩，天棚鱼缸石榴树，他家样样东西都足够让我新奇。我第一次才有了这样的感觉，同样都是过日子，各家的日子是不一样的。

到他们家那么多次，我从来没有见过他的爸爸，可能他爸爸一直在外面工作忙吧。每一次，出来迎接我们的都是他的妈妈。他妈妈长得娇小玲珑，面容姣好，皮肤尤其白皙，像剥了蛋壳的鸡蛋。后来，我知道她是旗人。她没有工作，料理家里的一切，说一口地道的北京话，很和蔼客气，看我们一帮小孩子在院子里疯跑，没有什么不耐烦，相反夏天热的时候，还给我们酸梅汤喝。那是我第一次喝酸梅汤，是她自己熬制的，酸梅汤放了好多桂花，上面还浮着一层碎冰碴儿，非常凉爽，好喝。

黄德智长得没有他妈妈好看，但是，和他妈妈一样白皙。和我们这些好玩爱闹的男孩子不大一样，他好静不好动。他没有别的爱好，就是喜欢练书法，这是他从小的爱好。他家有一个老式的大桌子，一把带扶手的老式椅子，大概都是红木的，反正我也不认识，只觉得油漆很亮，像涂了一层油似的，即使阴天里也有反光。那是我第一次见到这样古色古香的椅子和桌子，特别是那大桌子，那么老长，两边还弯弯拱起一个花边，像花卷一样卷到下面，桌子上面摆放着文房四宝，还有那么多支大小不一的毛笔悬挂在笔架上，还有一个青花瓷的大圆笔洗，都是我第一次见到，笔洗还是黄德智告诉我我才认识的，起初，我还以为是养金鱼的鱼盆呢。这一切让我格外感兴趣，特别好奇。因为我家只有一个饭桌，吃饭写作业都在这个饭桌上，上面只放着一个磕碰了漆皮的圆瓷盘，盘子里放着一个暖壶和几个茶杯。每一次写完作业，我们这些同学回家，可以在街上疯跑，或踢球打弹，或去小人书铺借书看，黄德智不能出来，被他那个长得秀气的妈妈留在屋子里，拿起毛笔写他的书法。

在学校里，黄德智不爱说话，默默的，像一只躲在树叶后面的黄雀，不显山不显水。但他的毛笔字常常得到教我们美术（兼教大字课）的老师的表扬，这是他最露脸的时候，我特别为他感到骄傲。我的大字写得很一般，他曾经送过我一支毛笔和一本颜真卿的字帖，让我照着字帖写，他对我说，他四岁不到就开始临帖了。

有一次，在区少年宫举办全区中小学生书法展览，他写的一幅书法在那里展览了。我记得很清楚，是写得很大的一幅横幅，用楷书写的五个大字：学而时习之。我也不懂是什么意思，反正是学习的好词。展览会开幕那天，我和他一起去少年宫，其实，我不懂书法，对书法也没有什么兴趣，黄德智送我的那支毛笔和那本字帖，我根本就没有动过。但是，有黄德智的书法在那里展览，我当然要去捧场。所以，去那里，主要是看黄德智这五个墨汁淋漓的楷书大字。

那天的展览，除我之外我们班上的同学一个也没有去，常到他家写作业的学习小组里的人，也都一个没有去。我挺不高兴，替黄德智愤愤不平。他却说：你来了，就挺好的了！这话，我听后挺感动，我知道，这就是我和他发小儿之间的友谊。

看完展览回去的路上，天上忽然下起雨来，开始雨不大，谁想不大一会儿工夫，雨越下越大，溅起一地白烟。我们两人谁也不想找个地方躲雨，一直往前跑，都觉得离他家不远了，想赶紧跑到他家再说。但是，就这样不远的路，跑到他家的时候，我们都已经被淋得浑身湿透，像落汤鸡了。

他妈妈看见我们两人狼狈的样子，忙去找来黄德智的衣服，非让我换上不可。然后，又跑到厨房去熬红糖姜汤水，热腾腾地端上来，让我们一口不剩地喝光。

雨停了下来，我穿着黄德智的衣服走出他家的大门，黄德智送我到了胡同口，我又想起了刚才喝的那碗红糖姜汤水，问他：都说红糖水是给生孩子的妈妈喝的，你妈妈怎么给咱们喝这个呀？

他笑着说：谁告诉你红糖水只能是生孩子的妈妈喝？

我们两人都忍不住咯咯地笑起来。

高中毕业，我去北大荒插队，黄德智留在北京，在肉联厂炸丸子，一口足有一间小屋子那么大的大锅，哪吒闹海一般翻滚着沸腾的丸子，是他每天要对付的活儿。我插队回来探亲时候到肉联厂找他，指着这一锅丸子说：你多美呀，天天能吃炸丸子！他说：美？天天闻这味儿，我都想吐。

可是，在这样艰苦的环境和条件下，他一直坚持练书法，始终没有放弃。

　　如今，黄德智已经成了一名不错的书法家，他的作品获过不少的奖，陈列在展室里，悬挂在牌匾上，印制在画册中。前些日子，黄德智乔迁新居，我去他新家为他稳居。奇怪的是他的房间里没有他的一幅书法作品，我问他，他说觉得自己的字还不行。他的作品一包包卷起来都打成捆，从柜子的顶部一直挤满到了房顶。他打开柜子，所有的柜门里挤满了他用过的毛笔。打开一个个盛放毛笔的盒子，一支支用秃的笔堆在一起，如同一座小山。他说起那些笔里面的沧桑，胜似他的作品，就如同树下的根，比不上枝头的花叶漂亮，却是树的生命所系，盘根错节着日子的回忆，其中一段，属于我和他的小学记忆。

　　只是，他的新居里，没有以前儿时他家的红木桌子和椅子。我总能想起那老式的红木桌子和椅子。

小鹿姐姐

　　在我们大院里的孩子中，有不少嘎杂子琉璃球，期末考试总得补考，甚至蹲班留级；但也有几位学习拔尖的孩子，在全院里灵光闪烁。小鹿姐姐是其中一位佼佼者，成为家长教育自己孩子的典范。家长们常会在孩子考试成绩不行或者不及格的时候，拿出小鹿姐姐说事，说得孩子一个个垂下头，臊不答答的，没有了脾气。

　　小鹿姐姐一直是我学习的榜样。在我读小学就要升入五年级的那一年暑假，她以优异成绩考入人大附中的高中。这是一所北京市有名的市重点中学，能够考入这所中学，在我们大院，小鹿姐姐是第一个。

小鹿姐姐住校。学生能否住校，在当时也是衡量一所学校实力强弱的一项标准。因为大部分的中学没有学生住宿的条件，能够专门建有学生宿舍的学校，都是不简单的。而且，所有的学生都可以住校，并不需要自己申请和学校审查等烦琐的手续，也说明学校的学生宿舍不小，自然显示了学校的实力。小鹿姐姐提着行李，背着书包，去学校报到那天，我们大院里好多街坊出来为她送行，足见小鹿姐姐此行的不同凡响。

小鹿姐姐家有两个孩子，她有个姐姐叫小燕，比她大五岁。论性格，小鹿姐姐赶不上小燕姐姐开朗活泼；说长相，更赶不上小燕姐姐漂亮。而且，小燕姐姐爱唱爱跳，小时候，在我们大院里两棵丁香树下演节目，她是我们的孩子头儿，就是她总爱用指甲花涂抹我们的脸。但是，论学习成绩，小鹿姐姐把小燕姐姐甩出了不止一个节气。她们的妈妈是小学校长，对孩子的教育抓得紧，只是，在小燕姐姐身上看不到什么效果。她们的妈妈不止一次生气地说小燕姐姐：整天就知道臭美，把臭美的心思用在学习上，你能弄成这样吗？小燕姐姐没有考上高中，最后只能勉强上了一所中专，毕业后分配在一家街道工厂当工人。

小鹿姐姐从小学到中学，没有让妈妈操过一点儿心，学习成绩在全学校一直名列前茅，从来都是妈妈拿她做榜样，数落姐姐的。姐姐也是老和尚的木鱼——挨敲打惯了，死猪不怕开水烫，没心没肺，我行我素。漂亮就是最好的通行证，小燕姐姐到哪里都是人见人爱，进了工厂，又能唱能跳的，很快就当上了工会的宣传委员，带着大家排练节目，常到外面演出，自己也乐呵呵的，一天到晚不知愁，愁的只有她爹妈。

我和小鹿姐姐接触不多，甚至都想不起来和她讲过话，只是一直暗暗以她为楷模，在心里默默地追赶着她。接触不多，不只因为她比我大好多，更主要的是她不爱说话，平常走路都是低着头，和谁也不打个招呼。有人说她太清高，但也有街坊说：你们没看见吗？人家是低头背书呢，要不就是背外语单词呢！看看，时间抓得多紧，要不人家孩子的学习怎么那么好呢！

小鹿姐姐上了高中住校以后，我很少能见到她了。一天到晚，从她家里只能听到小燕姐姐扯开嗓门儿唱歌，以及她妈妈骂她的声音。

我再次见到小鹿姐姐，是第二年年初，新学年的第一个学期还没有结束，期末考试还没有开始。我有些奇怪，还没有放寒假呢，小鹿姐姐怎么这么早就从学校回到家里来了呢？

第二天上午，记得是个星期天，我们大院里，来了两个警察。他们先去了小鹿姐姐家，向小鹿姐姐和她妈妈爸爸问了一些话。然后，他们出了她家门，就径直去了公共厕所。这让我更加奇怪。大院里好多街坊也都出了家门，望着厕所，议论纷纷。我忽然有些紧张起来，不住猜测，怎么也猜测不出来出了什么事情，会突然来了警察。而且，警察怎么就从她家出来，径直奔向了厕所？

我们大院的厕所，曾经是我们小时候调皮捣蛋的场所，把厕所的木门插销反插上，别人就进不来了，是我们专门玩"憋老头儿"恶作剧之地。如今，怎么跑进来警察呢？在我的印象里，警察的突然出现，总不会有什么好事！

不一会儿工夫，我和街坊们看见两个警察从厕所里出来了，他们戴着手套的手里拿着一个像钱包样的东西，沾着屎尿，湿淋淋的，远远地，好像就能闻见臭味儿。

这一天上午，小鹿姐姐跟着两个警察走出了家门，在街坊们的众目睽睽下，耷拉着脑袋，走出大院。她姐姐一清早出去玩没在家，她的爸爸妈妈没有再出门。全院一下安静下来，静得出奇，静得有些压抑。

小鹿姐姐再没有回到我们大院。过了好久，寒假都快要过完了，我才听说，小鹿姐姐偷了同宿舍一个同学的钱包，被学校开除，送去劳教农场劳动教养了几年。学习那么拔尖的小鹿姐姐的大好前程，就这么被一个钱包断送了。那时候的判罚，真是好严厉。不只我一个孩子，大家的心里都不禁打个寒噤。

小鹿姐姐为什么要偷钱？一直是困扰我心头的一个谜。按理说，在我们大院里，她家的生活算是比较富裕的，她父母和姐姐都上班有工资，供养她一个人上学，是没有问题的。后来，听街坊们的议论，才多少明白了一点儿，小鹿姐姐的妈妈对她要求严格，每月给她的钱是有数的，除了伙食费和书本费，还有每个星期天从学校回家往返的车费，剩在她手上的没有什么钱了。上了高中住校的同学中，比她富裕的多得是，她们吃的穿的用的，平时买的零食，还有文具衣服什么的，家里住的楼房和自己专属的书房……都让小鹿姐姐开了眼，让她羡慕，心里很不平衡。她不敢回家冲爸爸妈妈要钱，知道要也不会给，还会挨一通数落。一时鬼迷心窍，小鹿姐姐竟然瞄上了宿舍里同学的钱包。

小鹿姐姐出了事情之后，好一阵成了大院里茶余饭后议论的话题，成了好多家长教育自己孩子的样本。我父亲也不时对我和弟弟敲敲边鼓：穷不可怕，怕的是人穷志短，俗话说得好，有毒的不吃，犯法的别干！然后，会再一次将小时候就对我们讲过无数遍的民间传说，不厌其烦地再说一遍——一个小孩子偷东西，开始偷的小小不然的东西，他妈看见了，娇宠他，没管；以后，他越偷东西越多越大，他妈妈还是没管；最后被警察抓了去，判了刑。走向刑场的时候，他最后向他妈提出了一个要求，要吃他妈的一口奶，他妈让他吃了，他一口咬下了他妈的奶头，冲他妈叫道，我小时候你为什么不管我啊！……

　　说实在的，父亲这样老驴拉磨一样不停地念叨，我根本听不进去，而且，让我很烦。我又不是那个吃奶的孩子，我也不是小鹿姐姐！

　　可是，小鹿姐姐的事情，还是给了我很大的刺激。好长一段时间，我都不怎么敢上厕所，总觉得茅坑里会突然冒出来一个钱包似的，像鱼跳上岸，从茅坑里跳出来，让我心里惴惴不安。

　　一个学习成绩那么好的小鹿姐姐，就因为一个钱包，让自己的人生命运拐了那么大的一个弯。那一阵子，常出现在我脑子里的是这句成语：一失足成千古恨。不管怎么着，千万不能因为一件小事，让自己一失足成千古恨。我对自己说：再穷，也不能偷东西；别人的东西再好，也不要羡慕别人。要有志气，要学习好，只有学习好了，才会让别人羡慕自己！

　　那时，我就是这样想的，这是小鹿姐姐的事情之后，一个五年级孩子心里的总结。纵使幼稚，却是经过了自己的心砸烂了磨碎了之后的一点儿坚定的省悟。我自以为，经历了这件事情之后，我好像长大了一点点。因为我已经是五年级的学生了,再过一个学期就要升入六年级,就要考中学了,就是中学生了。我应该长大了才是。

天鹅绒幕布

小学五年级,好像突然长大,我像一匹没有笼头的小马驹,开始到处散逛。特别是星期天,嫌家里狭窄,弟弟在家又闹腾,常在上午写完作业,中午吃过午饭后,便逃跑似的跑出家门,到外面散逛。

那时候,我常去的地方:

一是前门大街。在我家胡同的西口,有一家报刊店,店很小,但全国的文学杂志样样俱全,全部开架,任人随便翻看。我常到那里,一看看半天,没人管,站在那里也没觉得累。它成了我的阅览室。河北的《蜜蜂》,辽宁的《芒种》,青海的《青海湖》,云南的《边疆文艺》……都是我第一次在那里看到的,封面上它们的名字就很吸引我。

一是正义路,穿过北深沟,过护城河和老城墙的垛口就是。那里有北平和平解放之后第一座街心花园,花木葱茏,树荫匝地,坐在那里的长椅或石头上读书,特别安静。

另一处是王府井大街,我去那里,主要是到南口的新华书店买书或看书。

最初,我只是到王府井南口,转完新华书店,就打道回府了。有一个星期天的下午,从新华书店出来,时间早些,突然心血来潮,想到北边去看看,我还从来没去过那边呢。就这么信马由缰一直走到王府井北口,看见西边人头攒动,很是热闹,不由自主拐到西边。没走几步，看见一家店前聚集着好多人，走近一看，是一家集邮门市部。又往西边走了几步，看见一家剧院，剧院的最高处，悬挂着一个弧形的招牌，上面几个大字写着：中国儿童剧场（长大以后，知道它是民国时期的真光电影院，儿童剧院是根据老电影院改造的，成了北京第一家专门为孩子演出话剧的剧院）。旁边是售票处，墙上有巨幅的话剧《白雪公主》演出的广告。我从来没有进正式的剧院看过话剧。售票处很小，我很好奇地走了进去，看到下午正好有一场演出，票价很便宜，大概只要一角钱或者是一角五分钱，便买了一张票，走进了剧院。

  剧院不大，感觉还没有我们学校的礼堂大。不过，我们学校的礼堂是以前老庙的大殿改造的，请走了佛像和香座，自然空间要大。格外引我注目的是舞台上绛红色的天鹅绒幕布，顶天立地，在灯光照耀下，格外光彩闪烁，像映满夕阳的水一样，微微在抖动。我见少识短，第一次见到这么大这样漂亮的幕布（也是第一次见到天鹅绒），立刻想起我们大院里两棵丁香树间用床单拉起的幕布，几乎羞惭得想笑。

  下面的演出，无论是演员的表演，还是舞台上的布景，尽管都很精彩，不知怎么，给我留下印象最深的，还是那绛红色的天鹅绒幕布，以致长大以后，只要说起儿童剧院，总会立刻想起它的幕布。孩子时候，留下的第一印象，就是那样先入为主，自以为是，浅薄却不可磨灭。

  回到大院里，我向小伙伴们吹嘘儿童剧院的幕布怎么好看，嘲笑我们的床单寒碜。小伙伴们不服气，反驳我说：天鹅绒幕布有什么了不起的，他们是大人，有钱。咱们长大了，有了钱，也可以有天鹅绒幕布！不过，虚荣心作怪，我还是有些看不起床单幕布，从那以后，我再没有和小伙伴们一起躲在床单幕布后，跃跃欲试地等待着出场表演节目了。

儿童剧院，成了星期天下午我新的选择地。选择地的扩大，是因为有吸引人的新玩意儿，是一个孩子爱好的增多。在不断增多的爱好中，孩子往往会喜新厌旧，如狗熊掰棒子，掰下新的一个，而丢弃怀里抱着的那一个。正是在这样的不断选择中，一个孩子逐渐长大了。只要他的怀里还牢牢地抱着一个，那么，他的童年便不会一无所获。

有时候，我会逛完新华书店，一直走到王府井北口，往西拐到儿童剧院，看看有没有新的话剧演出，如果有，会买张票进去看一场。我看了《马兰花》《枪》《报童》《以革命的名义》……好多场话剧。儿童剧院，成了我最初的戏剧启蒙，让我幻想着有一天我也能登台演出一场话剧。

这确实是我心里的渴望，有一天，我也能站在这样有真正幕布的舞台上，正儿八经地演出。天鹅绒幕布缓缓拉开了，我站在舞台上，追光灯如雪一样落在身上。

合欢花

第一次见到合欢，在台基厂。从我家出来，往东走不远，穿过后河沿，正对着就是台基厂。这是一条老街，明朝建北京城的时候，工部设立备料的五大厂：台基厂、大木厂、黑窑厂、琉璃厂和神木厂，台基厂是唯一在内城的，离皇宫很近。台基厂北口，即是长安街，和王府井遥遥相对。这条街两旁种的街树都是合欢。

从我家去王府井新华书店，台基厂是必经之路。五年级的那一年暑假，我穿过东交民巷的十字路，刚进台基厂，一眼看见合欢，愣在了那里。满树开满的那种花，我从来没有见过。不是常见的红色、猩红色或粉色，是那种梦一样的绯红色，毛茸茸的，那么轻柔，仿佛一阵风吹来，就能把花都吹得飞起来，像跳着芭蕾舞一样，轻盈地飞满天空。台基厂整条街两旁，齐刷刷种的都是这样的树，树上面都飘浮着这样绯红色的美妙云朵，我像走进童话的世界。

像发现了新大陆一般，我怎么也忘不了那种花。尽管当时我还不知道它的名字。那一年的暑假，我常走那条街，为去新华书店，更为看合欢。

有一天下午从新华书店出来，走到台基厂的时候，光顾着抬头看花，没留神撞到一个人，是一个中年女人，个子很高，微微发胖，面容白皙，很漂亮，穿着也很漂亮的连衣裙。我连忙向她道歉，她笑笑，没说什么，只是用手摸了一下我的头发，便向前走去。我跟在后面，好几次想快走几步超过她，赶紧回家。可是，不知怎么搞的，总不好意思，就这么一直跟在她后面，看着合欢的花影落满她的肩头，连衣裙的裙摆被风微微吹起。

她就那么不紧不慢地在我前面走着，没有想到，她走过台基厂，走过后河沿，走到我家住的那条老街，居然也是往西拐，一直走到我读书的前门第三中心小学，走到乐家胡同的时候，拐了进去。我愣愣地站在乐家胡同口，望着她的背影消失在胡同尽头。好长时间，我都弄不清当时我为什么望着她的背影，望了那么久。

暑假过后，开学第一天，上学路上，我居然又遇见了她。和她擦肩而过的时候，她冲我笑笑，好像也认出了我。但是，没有和我说话，也没有摸一下我的头发。

以后，几乎每一天清早上学的路上，总能遇见她，每一次，她都冲我笑笑。笑得很和善，很慈祥，很好看。在以后的日子里，回想起每天上学路上和她的邂逅，我才发现，是自己的潜意识里，觉得她的样子、她的笑，像是妈妈的样子、妈妈的笑。其实，妈妈已经去世六年了，妈妈去世的时候，我才五岁，妈妈的样子、妈妈的笑，我没有一点儿印象。

一直到有一天上学的路上，看见她向我走过来，有几个小孩子从我身边跑过，一边叫着方老师，一边向她跑过去，我才知道，她是老师。进乐家胡同不远，是贾家花园小学，我们院里的孩子，有在那里上学的。自从知道她是贾家花园小学的老师，不知怎么搞的，我异想天开，总想转学到贾家花园小学，她当我的老师才好。只是，这样的念头，从来没有对任何人讲。贾家花园小学是私立学校，家里花不起那样多的学费。

我和这位漂亮的女老师，每一次上学路上的邂逅，都会让我忍不住想起第一次和她在台基厂合欢树下的相撞。长大以后，几乎每一次看到合欢，总忍不住想起她。尽管她从来没有和我说过一句话，我并不了解她，对她一无所知。但是，她那温和、善良、慈祥又美丽的笑容，温暖了我小学五、六年级两年的时光。她是我苦涩寂寞童年的一束光，让我对母亲、对未来、对美好充满想象。

读中学以后，我再没有见过她。偶尔，我会想起她。高一那年的暑假，我重走台基厂，到王府井新华书店买书，绯红色的合欢依旧满树轻柔地飘浮。我再一次想起了她，写了一篇作文《合欢》。

1973年秋，父亲突然病故，我从北大荒回北京，一时待业在家，母校第三中心小学的教导主任好心要我去代课。第一天早晨上课，走过乐家胡同的时候，我再一次想起了她，甚至幻想，会不会像小时候那样能再次遇见她？

乐家胡同已经改名同乐胡同，静悄悄的，没有一个人影。我心里想，不知道动荡的前些年她的情况怎么样。她是那样地时髦、漂亮，会不会受到批斗？粉碎"四人帮"后，我写了一篇短篇小说《合欢路口》。我将合欢树，从台基厂移植到我家前这条老街；我和她在合欢树下重逢。这是我一直的愿望。

如果有什么花可以象征一个人的童年，合欢，是我的童年之花。

小放牛

大约是小学五年级第二学期开学不久，学校排练节目，准备参加儿童节区里举办的文艺会演。排练的事情，由教我们音乐的汪老师负责。汪老师带着同学排练别的什么节目，我都不记得了，只记得一个节目，是《小放牛》。这是一个民间传统的小演唱，两个小孩，一男一女，边唱边舞，女孩是村姑，男孩是牧童。边唱边舞的时候，男孩子要吹笛子，为女孩演唱伴奏。那个男孩，汪老师最初选中我来演。那时候，我爱演个节目。更主要的是，我会吹笛子，而且，最开始学会的笛子曲就是《小放牛》，已经吹得烂熟于心。

我的那把笛子，是花一角七分钱，在前门大街东侧一个叫永义合的乐器店里买的。那是我这辈子买的第一件乐器，记得格外清楚。乐器店里的笛子有很多种，一角七分钱，是最便宜的一种。虽然最便宜，但对于经济拮据的我家，磨我爸爸掏钱，买这种我爸爸认为和学习不沾边的玩意儿，也不那么容易。我又花了三分钱，买了一小包笛膜。薄如蝉翼的笛膜，不知是用什么做的，装在一个小小的纸袋里，纸袋上印着永义合乐器店的名字。虽然只是三分钱的笛膜，但是平常吹笛子时，我也很少用，舍不得。我只是用普通薄一点儿的纸，沾上吐沫，贴在笛孔上，也能够吹。只有在关键的时候，比如班上新年联欢会演节目，我才会贴上笛膜，显得那么庄重正式，像过年才能吃到饺子一样。我已经忘记当初是谁教我贴笛膜的，用蒜汁先涂抹在笛孔四周，然后把笛膜平整地贴上去，这样笛膜才会贴牢，而且不会漏气。

第一次排练《小放牛》的时候，我早早地跑到学校的礼堂，先将从家里带来的蒜瓣，用牙咬下一小块，蒜瓣上留下的齿痕部分，才会渗出蒜汁，黏黏地粘在笛孔四周；然后，再从那个小纸袋里抽出一枚笛膜，牢牢地贴在笛子上。等着汪老师和扮演村姑的同学到来，我心里暗想，我宝贝的笛子和笛膜，这回才算是真正派上了用场。

其实，我的心里还有一个小九九，便是扮演村姑的女同学是麦素僧。不知为什么，那时候，我暗暗地喜欢她。为什么喜欢，我说不上来，最初或者更多的原因，可能是她的名字：素僧，全班女同学，没有一个起这样名字的，和班上那些叫秀珍、凤琴、玉玲、美娟的女同学的名字比，仿佛如缥缈在天的云朵，让我莫名其妙地充满好奇和想象，便爱屋及乌地喜欢上了这个人吧？当然，她人长得白白净净，也挺好看的。能够和她一起排练并演出《小放牛》，让我的心里暗暗有些得意，因为不只班上，全学校都有不少男同学希望能和她演这个《小放牛》呢。这便在单纯的喜欢之外，加上了男孩子争强好胜的另一番心理在作怪吧。

现在回忆起来，排练，并没有几次，快到儿童节的时候，汪老师忽然派同学让我去办公室找她。见到我，她直戳戳地告诉我：这个节目临时换人了，你不再演了。至于为什么换人，换了谁，汪老师没有做任何的解释，就让我回教室了。临走前，我使劲儿望了望汪老师，希望她能透露给我一点儿信息。可是，我看见她面无表情，甚至让我感到有些冷漠，和她平常的样子完全不同，平常的时候，她一直都是和蔼可亲的呀。

这让我有些伤心。心里暗想，大人也许并不知道，他们偶然的决定，对一个孩子的自尊心和自信心，是一种多么大的伤害。

事过好久，我一直非常后悔，为什么要在临走前那样望了望汪老师，我的目光里，一定有一种不甘心，甚至像小狗一样眼巴巴的乞求。不就是一个节目吗！不就是一个《小放牛》吗！

很快，我就知道了，替换我的那个同学，是比我高一年级的男生，叫黄杰。我在心里暗暗地将自己和他做了一番比较，真的有点儿不服气。别的不说，起码他不会吹笛子。据说，排练时候，他只是边舞边唱。笛子由另外一个高年级的同学在场外伴奏。有同学说他舞跳得比我好，这让我不服气。也有同学说他妈妈和我们学校的教导主任认识，这就更让我愤愤不平。一个五年级的小男孩，内心像涨潮春水中荡漾的一只小船，就是这样的颠簸不平呢。

文艺会演，儿童节那天的上午，在区少年宫举行。那天放假，同学可以自愿去观看演出。儿童节前一天放学，有同学问我去不去，我赌气说不去。同学嘲笑说我一句：没你演出，你就不去了？便扬长而去。我更赌气不去了。

　　但是，第二天上午，我还是去了少年宫。少年宫离我家不远，走着去，十多分钟就到。在家里磨蹭了半天，心里长了草。我故意晚点儿到，只想看看黄杰和麦素僧演《小放牛》，又不想让他们在台上看见我。

　　舞台临时搭在少年宫的院子里，我去的时候，演出已经开始了一会儿，台前观看的人不少，《小放牛》还排在后面。我躲在人群的后面张望，等待着他们出场，我倒是想看看黄杰替代我，到底演得比我强在哪儿！

　　《小放牛》演出开始了，熟悉的笛子声先响了起来（那笛子曲本应该是我吹奏的），伴随着曲子的节奏，黄杰和麦素僧出场了，边歌边舞（本来在麦素僧身旁边歌边舞的牧童应该是我呀）！我一点儿也没有觉得黄杰比我演得好。我鼻子轻轻地哼了一下，心里暗暗地骂了一句汪老师，没有看完，转身走了。

　　我始终也不知道到底为什么最后要用黄杰替换我演出《小放牛》。我很想问问汪老师，一直也没有好意思问。那一阵子，汪老师见到我的时候，目光总是躲躲闪闪的，我不知道因为什么，总觉得大人们的心思难猜。这成了我小学时代一个解不开的谜。

　　那个笛子，我再没怎么吹。笛膜剩下好多，也没有用，放在小纸袋里，夹在我抄书的日记本里。上高中的时候，我偶然发现它居然还夹在那里。一直到如今，它还夹在日记本里，像一枚标本，夹在少年时光的册页里。

记得不再吹笛子后不久,我到永义合乐器店买了一把二胡,花了二元二角钱,开始学二胡。那是我学生时代买的最贵的一件乐器。

有意思的是,事情已经过去了六十多年,少年时候会吹的笛子曲有很多,如今,只剩下《小放牛》还会吹。

听妈妈讲那过去的事情

四年级开始,教我们音乐课的是汪老师,我已经忘记她叫汪什么了。在我的眼里,她是个老太太了。不过,孩子的眼睛常常看不准,因为那时自己太小,便容易把比自己大许多的大人都看成老人。

现在回想起来,汪老师最多也就是四十多岁。

她很胖,个子不高,但面容白皙,长得很好看,戴着一副金丝边的近视眼镜,是那种家境很好又很会保养的人,在全校的老师中很是显眼。其实,这都是我自以为是的猜测,小孩子看人常常走眼。

她是脾气很温和的老师,有一天下午放学,我和几个同学在教室里扯开嗓子唱歌。那时,流行一首叫作《歌唱二郎山》的歌,广播喇叭里总唱,不知是哪个学生把歌词"二呀嘛二郎山呀,高呀嘛高万丈,古树荒草遍山野,巨石满山岗……",改成了"二呀嘛二大妈呀,搞呀嘛搞对象,东搞西搞没搞上,搞上了个秃和尚……",我们觉得这词改得特别好玩,就一起驴吼马叫一般唱了起来。正巧汪老师从教室门前路过,听见我们唱歌,走进教室,冲我们摆摆手,我们以为她招呼我们有什么事情呢,就停下唱,走到她的身边。她轻轻对我们说:这么好听的歌,不兴这么瞎唱。说完,冲我们笑了笑,走了。

她教我们唱歌教得很好,既认真又有方法,她最主要的方法就是从不批评我们,而是常常表扬我们,总是说我们唱得真好听,学得真快……我们都爱上她的音乐课。那时候,学校里只有一架脚踏的风琴,每一次上音乐课前,都要几个同学从办公室搬到教室里来。每一次,我都争先恐后跑去搬琴。

她听我们唱歌时爱侧着脑袋,双脚踩着踏板,一只手弹琴,腾出另一只手轻轻地打着拍子,非常专注的样子,好像特别地喜欢听我们唱,我们就像语文课本里学的古诗"鹅鹅鹅,曲项向天歌"一样,伸长了脖子,唱得格外卖力气。她教我们唱歌时略微带有南方的口音,挺甜的,有点像我们小孩子说话一样。尤其是她一边弹着风琴一边仰着脸唱歌的样子,特别天真,像小孩子。

我对她印象极好,还有一个原因,就是我特别喜欢她教我们唱《听妈妈讲那过去的事情》这首歌。如果每个孩子都有属于自己童年的歌曲的话,《听妈妈讲那过去的事情》就是属于我的那首,它的旋律始终飞翔在我童年最美好最难忘的回忆中。

说来也许好笑,我特别喜欢这首歌的原因,除了它的旋律美之外,另一个原因是在全校歌咏比赛时,高年级领唱这首歌的,是那个叫秦弦的大队长,与其说我喜欢这首歌,不如说我更喜欢领唱这首歌的秦弦大姐姐。秦弦这个名字,特别好听,立刻让我想起琴弦。还有起这样名字的吗?把生活中真实具体的东西,而且一定是美好的东西,当作自己的名字。那时候,我见识少,想起秦弦这个名字,曾经胡思乱想,姓胡的,也可以叫胡琴了呀;姓马的,也可以叫马头琴了呀;姓杨的，也可以叫杨（扬）琴的呀……但是，都觉得没有秦弦这个名字好。我们班上就没有一个同学有这样好听又别致的名字。所以，我希望也能像秦弦一样领唱这首《听妈妈讲那过去的事情》，最好也在学校礼堂的舞台上。我觉得自己唱得还不错，在底下悄悄练过好多次了呢。

汪老师好像钻进我的心里去了一样，猜到了我的心事，那天，快要下课的时候，她宣布我们班谁来领唱这首歌，竟然念到的是我的名字！

放学后，我被留下来，跟着她的琴声练了一遍又一遍《听妈妈讲那过去的事情》，那真是挺幸福的事。她主要教我唱歌要带着感情和表情，而且说是先要有感情，才能有表情。感情从哪儿来？你就要边唱边真的觉得好像是在夏天的夜晚，坐在谷垛旁边听妈妈讲那个动人的故事……

她说话声特别好听，南方绵软的声音，像汤圆一样糯糯的，让我觉得就像唱歌似的，不知不觉地学会好多东西。所有这一切，都是我第一次听到，我感到特别新鲜。我想如果说这也能算是艺术的话，我最早接触的艺术，大概就要算这首《听妈妈讲那过去的事情》；而最早引我进入艺术殿堂的领路人，就是汪老师。

一个小孩子对一个老师的好感或恶感，就是这样简单地产生了。不管怎么说，汪老师是一个挺受我们学生欢迎的老师。我对她充满感激之情。

四年级的时候，汪老师不仅让我成为我们班这首歌的领唱，而且，五年级的时候，最初让我演唱《小放牛》的，也是汪老师，至于后来换人不让我演，开始的时候，我挺埋怨她的，后来我总是想，换人的主意，肯定不是她提出的，而且，我想这也不是她能够主宰的事情。想想汪老师待我一直很好的，心里埋怨她的结也就解开了。

汪老师教了我两年多一点儿的时间，六年级刚开学不几天的那个九月，有一天音乐课，上课铃打了老半天了，也没见汪老师的人影。起初，我以为她病了。过了一会儿，我们的班主任张老师来了，改上语文课。看张老师那表情，好像他也感到挺突然、挺茫然的。

汪老师好像不是病了，而是发生了别的什么事情。我们不知道汪老师到底因为什么没有来上课，谁也不敢问，问了，老师也肯定不会说的。起初，我还盼望着过些天，忙完她的事情，汪老师就会来上课的。但是，以后好多堂音乐课，她都没有来上，直至有一天换了一个新的音乐老师。

这时候，在学校里传开了，汪老师是倒卖粮票被公安局抓住，送进了拘留所。

如今的年月，人们已经对粮票很陌生了，难以明白在我国的历史中，曾经有过那样长一段日子，买粮食要粮票，买肉要肉票，买布要布票……买什么东西，都要票。在饥饿的年代，粮票对于一个人是多么重要。那时，虽然我仅仅还是个小学生，但我懂这些。只是过了许久许久，我都弄不明白，为什么汪老师要去倒卖粮票？一个那么有修养那么好看又那么会唱歌的老师，干吗要去倒卖粮票？那是要鬼鬼祟祟，战战兢兢的呀！

以后，稍稍长大一些，想起汪老师，便总是在想：一个饿着肚子的人，有时为了生存会铤而走险；一个过惯了优越生活的人，有时也会为了虚荣一失足而成千古恨。汪老师是这两方面的综合？我不大清楚，只是猜测。不管怎样，我都为汪老师有些惋惜，怎么都觉得干这样事的不该是汪老师，而应该是别的什么人。有时，我甚至想也许他们抓错了人。过不了多久，他们就会把汪老师放回来的，汪老师还能教我们的音乐课。

可是，我小学毕业，升入中学，乃至中学毕业，汪老师都没有再返校教书。

忘记是什么时候了，我听别的同学告诉我，汪老师当时其实是为了几个孩子。那时整个三年困难时期刚刚露出了端倪，她的孩子有好几个，而且都是正长身体饭量大的男孩子，她又是离婚独自挑起这沉重的家庭大梁，没有办法，想用钱换点儿粮票，偏偏遇到了公安局的人，不由分说给抓了起来，便一下子断送了她音乐老师的生涯。

她是一个多么好的音乐老师！起码，对我而言是这样一个难忘又可惜的音乐老师。我常常会想起她，特别是听到《听妈妈讲那过去的事情》的时候，总会情不自禁地想起她。

远航归来

王老师是我们班语文课的代课老师。虽然已经过去了六十多年，我还清楚记得他的名字叫王继皋。

是五年级的第二学期，教我们语文的张老师病了，学校找王老师来代课。他第一次出现在教室门口，引得全班同学好奇的目光聚光灯一样集中在他的身上。他梳着一个油光锃亮并高耸起来的分头，身穿着笔挺的西装裤子，白衬衣塞在裤子里面，很精神的打扮。关键是脚底下穿着一双皮鞋格外打眼，古铜色，鳄鱼皮，镂空，露着好多花纹编织的眼儿。

从此，王老师在我们学校以时髦而著称，常引来一些老师的侧目，尤其是那些老派的老师不大满意，私下里议论：校长怎么把这样一个老师给弄进学校来，这不是误人子弟嘛！

显然，我们的校长很喜欢王老师。因为他有才华。王老师确实有才华。王老师的语文课，和我们原来语文老师教课最大的不一样地方，是每一节课都要留下十多分钟的时间，为我们朗读一段课外书。这些书，都是他事先准备好带来的，他从书中摘出一段，读给我们听。书中的内容，我都记不清楚了，但每一次读，都让我入迷。这些和语文课本不一样的内容，带给我很多新鲜的感觉，让我想入非非，充满好奇和向往。

不知别的同学感觉如何，我听他朗读，总觉得像是从电台里传出来的声音，经过了电波的作用，有种奇异的效果。那时候，电台里常有小说连播和广播剧，我觉得他的声音，有些像电台广播里常出现的董行佶。爱屋及乌吧，好长一阵子，我喜欢听人艺演员董行佶的朗诵。私底下，模仿着王老师的声音，也学着朗诵。有一次，参加学校组织的朗诵比赛，我选了一首袁鹰写的《在美国，有一个孩子被杀死了》，老师找王老师指导我。他很高兴，记得那天放学后在教室里，他一遍一遍辅导我。离开校园，天都黑了，满天星星在头顶怒放，感觉是那样地美好。我越发地喜欢文学，有来自王老师教给我的这些朗诵的原因。

王老师朗读的声音非常好听，他的嗓音略带沙哑，用现在的话说，是带有磁性。而且,他朗读的时候,非常投入,不管底下的学生有什么反应,他都沉浸其中,声情并茂,忘乎所以。有时候,同学们听得入迷,教室里安静得很,他的声音在教室里水波一样有韵律地荡漾。有时候,同学们听不大懂,有调皮的同学开始不安分,故意出怪声,或成心把铅笔盒弄到地上。他依旧朗读他的,沉浸在书中的世界,也是他自己的世界里。

王老师的板书很好看,起码对于我来说,他是我见到的字写得最好看的一位老师。他头一天给我们上课,先介绍自己的名字的时候,转身用粉笔在黑板上写下了"王继皋"三个大字,我就觉得特别好看。我不懂书法,只觉得他的字写得既不是那种龙飞凤舞的样子,也不是教我大字课的老师那种毛笔楷书一本正经的样子,比我们学校字写得最好的黄德智要潇洒很多。没错,他的字和他的人一样,带点儿那种潇洒劲头儿。

我从没有描过红模子,也从来没有模仿过谁的字,但是,不知不觉地模仿起王老师的字来了。起初,上课记笔记,我看着他在黑板上写的字的样子,照葫芦画瓢写。后来,渐渐地形成了习惯,写作文,记日记,都不自觉地用的是王老师字的样子。这个习惯,一直延续到我读中学,即使到现在,我的字里面,依然存在着王老师字抹不去的影子。这真是件非常奇怪的事情,一个人对你的影响,竟然可以通过字体,如水一样,绵延渗透那么长的时间。

不仅字写得好看,王老师人长得也好看。我一直觉得他有些像当时的电影明星冯喆。那时候,刚看完《南征北战》,觉得特别像,还跟同学说过,他们都不住点头,也说是像,真像。后来,我又看了《羊城暗哨》和《桃花扇》，更觉得他和冯喆实在是太像了。这一发现，让我心里暗暗有些激动，特别想对王老师讲，但没有敢讲。当时，年龄太小，觉得王老师很大，师道尊严，拉开了距离。其实，现在想想，王老师当时的年龄并不大，撑死了，也不到三十。

王老师给我留下最深的印象，是好几次讲完课文后留下来的那十多分钟，他没有给我们读课外书，而是教我们唱歌。他自己先把歌给我们唱了一遍，唱得真是十分好听。教我们音乐课的汪老师唱得就很好听了，他比汪老师唱得还要好听。特别是汪老师没有的那种沙哑的嗓音，显得格外浑厚，他唱得充满深情。全班同学听他唱歌，比听他朗诵要专注，就是那几个平时调皮捣蛋的同学，也抱着脑袋听得入迷。

不知道别的同学是否还记得，我到现在记忆犹新，王老师教我们唱的歌的歌名叫作《远航归来》。我到现在还清楚地记得那里面的每一句歌词：

> 祖国的河山遥遥在望，
> 祖国的炊烟招手唤儿郎。
> 秀丽的海岸绵延万里，
> 银色的浪花也叫人感到亲切甜香。
> 祖国，我们远航归来了，
> 祖国，我们的亲娘！
> 当我们回到你的怀抱，
> 火热的心又飞向海洋……

这首歌不是儿童歌曲，但抒情的味道很浓，让我们很喜欢唱，好像唱大人唱的歌，我们也长大了好多。全班一起合唱响亮的声音，传出教室，引来好多老师，都奇怪怎么语文课唱起歌来了？

一连好几次的语文课上，王老师都带我们唱这首歌，每一次唱得我都很激动，仿佛真的像一名水兵远航归来，尽管那时我连海都没有见过，也觉得银色的浪花和秀丽的海岸就在身边。我也发现，每一次唱这首歌的时候，王老师比我还要激动，眼睛亮亮的，好像在看好远好远的地方。

没有想到，王老师教完我们这首歌不几天，就离开了学校。那时候，我还天真地想，王老师教课这么受我们学生的欢迎，校长又那么喜欢他，兴许时间一长，他就可以留在学校里，当一名正式的老师。

我们的张老师病好了，重新回来教我们。我当时心想，他的病怎么这么快就好了呢？王老师在课上，没有说一句告别的话，甚至连他就要不教我们的意思都没有流露，就和我们任课老师完成了交接班的程序。甚至根本不需要什么程序，像一阵风吹来了，又吹过去了，了无痕迹。那一天语文课，忽然看见站在教室门前的是我们熟悉的张老师，不再是王老师，心里忽然像是被闪了一下，有点儿怅然若失。然后，又为自己心里潜在涌起的喜新厌旧而惭愧。

那时，我们都还是孩子，王老师没有必要将他的人生感喟对我们学生讲。我总会想，王老师那么富有才华，为什么只是一名代课老师呢？短暂的代课时间之后，他又会去做什么呢？当时，我还太小，无法想象，也没有什么为王老师担忧的，只是觉得有些遗憾。但是，时过境迁之后，越来越知道了一些世事沧桑和人生况味，对王老师的想象在膨胀，便对王老师越发地怀念。有时候，没有来由，《远航归来》这首歌的旋律甚至连歌词一起，会突然在心头响起，遥远的少年时光，便一下子像水流一样回溯眼前。

第一次挨打

很多童年的事情，过去了那么多年，仍然恍若面前，连一些细枝末节，都记得特别清楚。记得我买的第一支笛子，是一角七分钱；买的第一本《少年文艺》，是一角七分钱；买的第一把二胡，是二元二角钱……那时候，家里的生活拮据，一家五口依赖爸爸菲薄的薪水维持生活，为了给我买这些东西，爸爸掏出这些钱来，是咬着牙的。因为那时买一斤棒子面才八分钱，花这么多钱，买这些在他看来和学习并不沾边的东西，特别是花两块多钱买一把二胡，显得有些奢侈。

那时，我爱上读书，不知怎么的，也不管看得懂看不懂，忽然迷上了古诗。仔细想想，大概是曾经看过一套四本专门为孩子编选的古诗选，开本很小，不厚，每个字旁边有拼音，还有很多彩色插图。但因为是给低年级孩子看的书，让我有些不满足，觉得自己过了暑假马上就上六年级，都已经长大了，特别想看看大人们看的书。

我家离大栅栏不远，大栅栏路北有一家挺大的新华书店，放学以后，我常到那里看书。屡次翻看后，从那书架上琳琅满目的唐诗宋词里，我看中当中四本，最为心仪，爱不释手，拿起来，又放下，依依不舍。一本是复旦大学中文系编选的《李白诗选》，一本是冯至编选的《杜甫诗选》，一本是游国恩和李易编选的《陆游诗选》，一本是胡云翼编选的《宋词选》。都是给大人看的古诗词!

每一次,翻完这四本书后,总要不由得看看书后面的定价,《李白诗选》是一元五分,《杜甫诗选》是七角五分,《陆游诗选》是八角,《宋词选》是一元三角。四本书加起来,统共要小五元钱呢。那时候的五元钱,能买六十多斤棒子面,就是买白面,也能买满满的一面口袋呢。

每一次看完书后面的定价,都隐隐地叹口气,这么多钱,和爸爸要,爸爸不会答应的。每次翻完书,心里都对自己说,算了,不买了,到学校借吧。可是,学校里根本没有这四本书呀!每次到新华书店里来,总忍不住还要踮着脚尖,把这四本书从架上拿下来,总不由得翻完书后还要看看后面的定价,好像希望这一次看到的定价,会比上一次看到的要便宜了似的。

那时候,姐姐为了帮助爸爸分担家里的负担,有时候会给家里寄点儿钱,有时寄二十元,有时寄三十元。正是放暑假的时候,开学后,就上六年级了,心里总觉得自己长大了似的,整天在家里无所事事,却又像个小大人似的,煞有介事地天马行空地胡思乱想。

那一天下午,邮递员骑着自行车喊我父亲的名字叫喊着:拿戳儿!我知道,一准儿是姐姐寄钱来了。我从我家放"金银细软"的小牛皮箱子里拿出我父亲的戳儿,跑出去,交给邮递员。邮递员盖好戳儿,把戳儿和汇款单递给我。果然是姐姐寄钱来了,我看看汇款单,是二十元钱,回到家,把汇款单交给母亲,说了句:二十块钱,我姐姐寄的!

母亲拿着汇款单和戳儿,转身就去了邮局。不一会儿的工夫,母亲从邮局里取回二十元钱回到家,我正倚在床头看书,清清楚楚地瞥见她把那四张五元钱的票子放进了小牛皮箱子里。妈妈离开家以后，我马上翻开小箱子，从那四张票子里抽出一张，揣进衣兜，飞也似的跑出家门，跑到大栅栏，跑进新华书店，几乎是比售货员还要业务纯熟地从书架上抽出那四本书，交到柜台上，然后从衣兜里掏出那张五元钱的票子，骄傲地买下了那四本书。终于，李白、杜甫和陆游，另有宋朝那么多著名的词人，都属于我了，能够天天陪同我一起吟风赏月、说山论河了。

回到家，我放下那四本书，非常高兴，就揣着剩下的零钱跑出家门，跑到离家很近的信大小人儿书铺看小人儿书去了。在那里，租一本小人儿书一分钱。有好多中国和世界名著改编成的小人儿书，我都是在那里看的。可以说，那里是我童年常去的地方。刚才买书还剩下一元一角钱，我想用剩下的一角零钱，租几本小人儿书，美美地看看。

傍晚的时候，突然瞥见刚下班的爸爸走进信大小人儿书铺，一脸乌青地向我走来，什么话也没说，把我领回家，进了家门，一把把我摁在床板上，用鞋底子狠狠地打了我屁股一顿。

这是我这辈子第一次也是唯一一次挨打。

我没有反抗，没有哭，什么话也没有说，因为我一眼看到床头上放着那四本书，知道爸爸一定晓得了小箱子里少了一张五元钱的票子是干什么去了。我知道，是我错了，我不应该私自拿钱去买书。

五元钱，对于一个清贫的家的日子来讲，是笔不小的数目。

挨完打后，我没有吃饭，拿着那四本书，跑回大栅栏的新华书店，好说歹说，求人家退了书。我把拿回来的钱放在爸爸的面前，爸爸抬头看了我一眼，什么话也没有说。

第二天晚上，爸爸下班回来晚了，天完全黑了下来。妈妈已经把饭菜盛好，放在桌子上，我们一家正等他吃饭。爸爸坐在饭桌前，没有先端饭碗，而是从他的破提包里拿出了几本书，我一眼看见，就是那四本书：《李白诗选》、《杜甫诗选》、《陆游诗选》和《宋词选》。

爸爸对我说：爱看书是好事，我不是不让你买书，是不让你私自拿家里的钱。

六十多年的光阴过去了，我还记得爸爸讲过的这句话和讲这句话时的模样。那四本书，跟随我从北京到北大荒，又从北大荒到北京，几经颠簸，几经迁居，一直都还在我的身旁。大栅栏里的那家新华书店，奇迹般地也还在那里。统统都好像还和童年时一样。

警告处分

暑假终于过去了。我盼望着开学。我不是一个贪玩的孩子，尽管暑假里可以尽情地玩，想到哪儿玩就去哪儿玩；也可以睡懒觉，想几点起就几点起；还可以随便看书，想看哪本就看哪本。开学了，每天虽然要起早，但还是会让我格外兴奋。对比家和大院甚至公园，我更喜欢校园，校园里的一切，操场、礼堂、老槐树、公告栏、乒乓球台……特别是我们的教室，仿佛它是我的一位老朋友，分别了整整一个暑假，尤其想念。

自从上五年级之后，我们在新建的教室里上课了。在原来老庙的东边，拆掉了一些旧房子，盖起一排红砖房，我们班的教室在最北端。教室朝东朝西有好几扇高大的玻璃窗，整个上午到中午，阳光如水，从窗子里流泻进来,一下子让整个教室无比地明亮。朝西的窗正对着校长室朝东的一面窄窄的山墙。上午的每一节课,总让我们上得有些心旌摇荡,谁都在蠢蠢欲动,都想在下课铃声打响的时候,第一个冲出教室。在这一排新教室前的空场上,有几个水泥的乒乓球台,稍微一晚,就会被别人占领。

那时,我们几乎都会时不时地把目光投向教室的那一扇扇玻璃窗前。我们的目光会不约而同地落在窗外校长室的那一面窄墙上。这时候的阳光一般总是灿烂无比,照射在那面窄墙上,每一节下课铃声响起的时候,光线会准确无误地落在从房顶往下数的第几块不同的红砖缝儿上,仿佛那光线和铃声是默契的配合。我们的校长,做梦也没有想到,他办公室的山墙,就是我们的座钟。在下课前的那几分钟内,我们都伸长了脖子,死死地盯着校长室那面窄墙上的太阳光线,我们会像听到发号令起跑的运动员,瞬间如同开闸的水奔涌而出,毫无顾忌地把老师甩在身后。这个秘密,后来被聪明的老师发现。我们的班主任张老师,老笑我们是"长脖老等"。"长脖老等",是北京人对长脖子鹤的称呼。

我不知道的是,面对开心的日子,不开心的日子,会像一只恶狠狠的小狗,龇着牙,瞪着眼,在哪棵树后面或者不知什么地方的墙角里躲着,等着你,然后突然间跳将出来,让你躲也躲不开。开学之后兴奋的日子刚过一个多星期,没有想到的事情发生了。

一天上午课间操结束的时候,我从操场回教室,走过礼堂,忽然看见布告栏前围着好多同学。布告栏不大,只有我们教室里的黑板的四分之一大,框上涂着鲜亮的绿漆,外面镶着玻璃。平常的日子,学校里一些通知布告都张贴在里面,也不定期张贴一些学生的优秀作业和作文。能有作业和作文张贴在里面,是一种荣誉,学校所有的老师和同学都能够看到。开家长会的时候,家长们也能看到,有的家长的脸上有光,也有的家长会指着布告栏数落自己的孩子,看看你,什么时候也给我露露脸!

自从写了儿童电影的那篇作文得到张老师的表扬,我的作文有时会张贴在布告栏里,成为我露脸的事情。那天,我很想挤近前看看,有没有我暑假交给张老师的作文。我自以为写得不错,兴许能幸运地被张老师看中。我走上前去,刚要往里面挤,有同学看见了,用一种异样的眼光望着我;很多同学像犁铧耕地一样,泥土立刻翻开到了两边,给我让出中间的一条过道。这让我格外奇怪,不知道布告栏里出现了什么。

我走进去一看,里面只贴着一张课本一样大小的纸,上面写着细细的毛笔字,第一行醒目地写着:当众警告处分;下面赫然写着的是我的名字。

我的脑袋"嗡"的一声,一下子炸开了。什么原因呢?突然给我这样的一个当众警告的处分?上面并没有写明,只是笼统地写着违反小学生守则,违反学校纪律这样几句话。

我像挨了一闷棍的小狗,耷拉着脑袋回到了教室,一上午的课都没有上安稳,时刻觉得同学的目光都落在我的身上,心里像塞满了蒺藜狗子,扎得我疼痛无比。明年就要考中学了,身上背着这么一个处分,会不会影响我考中学呀?想完这个,按下葫芦起了瓢,又想我究竟犯了什么错,栽在老师的手里,学校要给我这样一个当众警告的处分，当众让我露丑？翻来覆去，想了一溜儿够，百思不得其解。我想中午放学的时候，班主任张老师会找我来具体说说吧。可是，第四节课下了，我坐在教室里，最后一个离开，也没见张老师找我，或者让别的同学叫我到他的办公室去。

我只好灰溜溜地回家吃午饭。没有胃口，抱着饭碗发呆。母亲直问我怎么啦？不舒服吗？

这时候，柱子出现在我家门口，招呼着我出来，拉我到前院僻静的地方，问我：今天你们学校是不是给你处分了？

我点点头，奇怪地问他：你怎么知道的？他已经上中学了呀，不再在我们小学校了。

你甭管我怎么知道了吧，我来就是告诉你，你知道是谁给你使的坏吗？

我摇摇头。

唐家！唐家的老三！柱子指指二道门外东跨院。唐家和他家是邻居。

我非常奇怪，唐家老三大我有二十多岁，我平常很少见到她，我家从来也没和唐家打过交道，我和唐家老三无冤无仇，她是一个大人，为什么要给我一个小孩子使坏？

唐家老三，你忘记她是干什么的了吗？

我当然知道，她是老师，教小学数学。大院的街坊都叫她唐老师。但是，她不在我们学校教书。偶尔见到她，我都是恭恭敬敬地叫一声唐老师您好的呀！她也都是和蔼可亲地回一声你好的呀！

我跟你说吧，大人的心思，小孩子永远不懂！就像小孩子的心思，他们大人永远不懂一样!

柱子为说出这样很有哲理的话而有些得意,望了望我。

我真的是不懂,忙问柱子:你帮我分析分析,她为什么要给我使坏?

柱子摇摇头,说:我也弄不明白,刚才听我妈说,你暑假里是不是拿你家里的钱买书了?你以为别人不知道呀?咱们院里,没有不透风的墙,这事让唐家老三知道了,添油加醋地告诉你们学校的校长了。他们是熟人。就这样,给你上了眼药,她不说是你私自拿了家里的钱去买书,她说你是偷钱,是偷盗的行为!严重了吧?这不,校长发话,给了你一个处分!

我一下子如五雷轰顶。大人的心幽深莫测,真的是难以揣摩。同样一件事,这样说,那样说,意思完全不一样了,一下子,春天就能够变成凛冽的冬天了。我们学校也真是的,怎么就不来问问我,问问我家里呢?张老师应该了解我,怎么也不帮我说几句话呢?

柱子见我发愣,又说了句:你忘了,今年年初小鹿姐姐把偷来的钱包扔进茅坑里的事了?我听我妈说,唐家老三把这件事和你拿家里钱的事联系在一起说。这不是火上浇油吗?我妈昨晚听她说小鹿姐姐给了个劳动教养,给你个警告处分算是轻的!

柱子这么一说,说得我有些毛骨悚然。她为什么恶狠狠地这样讲呢?从小到大,还从来没有人这样恶狠狠地说过我,我也从来没有受到过这样的打击!难道我真的是一个小偷?一个坏蛋?大人的心,让我第一次产生了不信任感,甚至畏惧感。后来,我在书中看到这样的一句谚语:画虎画皮难画骨,知人知面不知心,便想起了唐老师。

柱子对我说：你自己知道就行了，别跟别人讲。以后防备着点儿！

我谢过柱子，匆匆回家扒拉了几口饭，就去上学了。到学校，我来到老师办公室的门前，很想走进去，找张老师说说这件事。在那一瞬间，我忽然想，我和张老师说了，张老师是信我的话呢，还是信唐老师的话？还是信我们校长的话呢？即使张老师信了我的话，那张贴在布告栏里的处分的纸，就能帮我取下来吗？一个小孩子说的话，在大人们说的话、老师说的话，特别是校长发的话的前面，能够有一点儿分量吗？

犹豫了半天，我没有进去，转身离开了。九月正午的阳光，挺热的，辣辣地照得我出了一脑门子的汗。

德国墓地

第一次到德国墓地，是跟柱子一起来的。那时候，我还没有上学，上学之后，长大一些，有时候，自己也来过，不过次数很少。尽管柱子称它是不要门票的公园，但这里很荒，每一次来，都很少能见到人影，要说是公园，也是野公园。

德国墓地，在现在的北京火车站东边一点，紧靠着老城墙根儿，原来是八国联军侵占北京后留在北京的德国人死后埋葬的地方，后来成了荒芜的花园，里面还残存着一点儿童游乐的玩具。那里倒是挺好玩的，特别是那里的水车——我们都管它们叫作水车，上面有一根铁棍，手可以扶着，下面有一个椭圆形木制像水桶一样的东西，脚踩上去可以转动，就像农村里用脚踏的水车。

那里离我们大院不远，出我们那条老街的东口，再走十多分钟，就到了德国墓地。第一次去那里，给我的感觉，是树多，阴凉多。而且，是一片有些年头的老树，一棵挨着一棵，有些密不透风。我认不出都是什么树，高大粗粗的树干上的树皮皱纹纵横，叶子却很绿，在阳光的照耀下，地上一片斑驳的影子，被风吹得不安分地乱动，有些吓人。吓人的原因，是周围一个人都没有，街头车水马龙的喧嚣，一下像是被过滤掉一样，统统听不见了，静得出奇。北京城的闹市里居然有这样一个地方，真有点儿让人匪夷所思。

再一次来到德国墓地，是学校的布告栏里贴出了对我的处分这一天。下午放学，出了校门，我没有回家，往东一拐，就走出老街。其实，当时，我的心里乱糟糟的，并不知道要去哪儿，就是不想回家。不知怎么搞的，鬼使神差，就走到了德国墓地。我已经好久没来过这里了。

古木参天的小树林，地上陈年的落叶，堆积了一层又一层，软绵绵的，踩上去，像踩在体育课练后滚翻厚厚的海绵垫子上。九月树上的叶子很密，西边一道阳光穿过树叶的缝隙，投射进来，显得很醒目，也很孤单。我自己也很孤单，不知为什么，心里特别想姐姐。

忽然，我听见树的枝头上有鸟啾啾地叫。四下寻找，很快找到了，是一只长着灰尾巴黄额头的小鸟，挺好看的，从枝叶间大胆地露出整个身子，张大黑黑的眼睛，一点儿不认生地冲着我一个劲儿叫。我不认识是什么鸟，莫名地有些气恼，在地上捡起一块石子，向鸟扔了过去，鸟鸣叫了一声，飞走了，不知道飞到哪棵树上躲起来。到处找，也没有找到。我朝着空空的枝头，一连扔出去几块石子，只有树叶纷纷落下,落在我的身上和头发上。

走出林子,我找到熟悉的水车,三个破旧的水车,落满灰土,像不听话挨了处分被罚站的孩子,一排呆呆地在那里立着。上面的铁棍都生锈了,下面的木桶的木纹斑驳,裂开了大口子。踩了上去,居然还能动,吱吱呀呀地响,像是林子里的老鸹嘶哑着嗓子在叫唤,摇摇欲坠,老态龙钟的样子,似乎再使一点儿劲儿,木桶就会粉身碎骨。我连忙跳了下来。

有的地方,裸露出来的是一些沙子。有的地方,长满没膝的荒草,我不认识别的草,只认识狗尾巴草,毛茸茸的,蹿得挺高。还有一些蒺藜狗子,藏在狗尾巴草中间,扎人的腿。有的地方,开着星星点点的野花,花都很小,红的,黄的,粉的,白的,没有一朵认识。每一朵,张开着花瓣,或耷拉着花瓣,像睁着陌生的眼睛望着我,怪罪我怎么闯入了它们的王国,惊破了它们的好梦。

不远处,能听到北京火车站火车呜呜的鸣笛声,看得见火车头喷吐出的白烟。一团团的,滚着雪球一样,然后像抻面一样,拉得很长,被风吹散,散成一缕一缕,最后一点儿也看不见了,也不知道它们都跑到哪里藏起来了。

要是能偷偷地爬上一辆火车的车厢,该多好啊!哪怕爬上的是一列货车,或者是一列运煤车呢。不知道它们会驶向哪里,会一直开到姐姐那里吗?跳下火车,到姐姐那里去上学,那里的同学老师就都不知道我有这么一个当众警告的处分了。

我胡思乱想,一屁股坐在一片沙丘上。让自己什么也别再想,可是,心里这么对自己说,脑子里还在风车一样不停地转,不停地胡思乱想。

天渐渐暗了下来，可我不想回家，还想再待会儿，回家干吗呢？我们大院里不少孩子，都在我们小学里上学，今天，他们都看见了布告栏里处分我的公告，他们当中肯定有人多嘴，消息在院子里传开了，不知道我家里的人知道不知道？回到家，跟家里怎么说呢？警告处分，全学校里，只有我一个人呀！这是多么丢脸的事情呀！

我坐在那里，不知又坐了多长时间，脑子里纷乱如云。

不知什么时候，朦朦胧胧的晚霞，像被橡皮擦得干干净净，没有了一点儿影子，天说黑就黑了下来。该回家了，别在这黑乎乎的荒凉地方，再撞上个什么鬼。想到这儿，心里还真有点儿怕，责怪自己应该早点儿回家，跑到这里抽什么风？

往外走的路上，树的影子密密地在地上一个劲儿地晃，像水流一样不住向我涌来，让我更有点儿心慌，禁不住加快了脚步。正走着，前面忽然晃动着个黑乎乎的影子，真吓了我一跳，别真的是撞见鬼了吧？立刻停住了脚步，没敢再往前走，心里突突地跳。只听见有响亮的声音从影子那边传过来，是叫我的名字。

原来是柱子。我向他跑了过去，冲他说了句：吓死我了！

柱子说：学生放学都早到家了，天黑了，你爸都下班回家了，见你还没着家，你爸你妈都有点儿着急，要去学校找你，让我给拦住了。我怕他们真到了学校，就知道了你今儿挨处分的事情了，就对你爸你妈说我知道你去哪儿，我去找吧！

说到这儿，他冲我嘿嘿一笑：就知道你一准儿跑到这儿来了！

我说他：你是我肚子里的蛔虫呀，怎么一准儿就知道我到这儿来了？

我们俩嘻嘻说笑着，很快就走出了德国墓地，来到了大街上，街灯明亮，直晃我的眼睛。柱子来这里找我，挺让我感动的，让我一时忘了那个倒霉处分的事！

那天回到家，父亲母亲都没对我说什么。关于我的这个处分，在以后的日子里，他们从来没有说什么。一直到现在，我也不知道他们知道不知道这件事情。对于我，这可是整个学生时代的一件大事呀！

读初一的时候，我曾经来过一次德国墓地散心。这里显得更荒了，很多树被砍伐，很多草被铲平，水车也没有了，似乎要改建，不知改建以后做什么用。

玻璃糖纸

小洁是个很小的小姑娘，也就五六岁的样子。她的爸爸妈妈都在部队上，离北京很远的边疆，一年只能回家探亲一次。小洁一直住在我们大院里她奶奶家。那时候，我们大院的小孩子，没有送幼儿园的，都是老人带。小洁的奶奶忙得很，因为家里的孩子多，光给一家人做饭，就够老太太忙乎的。小洁太小，和我们这些就要上中学的大孩子玩不到一起，只好一个人玩，显得很寂寞。

小洁的奶奶家，和我家只隔着两家的门。她奶奶忙乎的时候，小洁如果看到我正好在家，有时会溜到我家里来，找我玩。可是，我能和她玩什么呢？我家里没有任何玩具，我只能给她讲故事。故事讲腻了，就丢给她一本小人儿书，或者好多年前我看过的儿童画报《小朋友》，让她自己一个人玩会儿。

有一天，小洁拿着好几张不同颜色的玻璃糖纸，找我玩。我照样找出几本儿童画报，递给她，让她在一边玩。那时候，学校布告栏处分的事情像一块石头压在我心头，哪有心思陪她玩！

她把儿童画报丢在一边，把糖纸一把都塞我的手里，对我说：你把玻璃糖纸放在你的眼睛上看太阳，可好玩了！

我拿着一把花花绿绿的糖纸，望了望，不知说什么才好，但心里真的不想陪她玩。

她指着糖纸对我说：你把玻璃糖纸放在你的眼睛上，对着太阳看看嘛！

我反问她：看太阳干吗？说着，我没好气地把糖纸又塞到她的手里。

她看看手里的糖纸，很失望地对我说了句：我知道这几天你都不高兴，所以才让你对着糖纸看看太阳嘛！

这句话，说得我心头一动。她那么点儿一个小孩子，怎么知道我这几天不高兴呢？或许是听她奶奶说起我的事吧？她是想用她的玻璃糖纸宽慰我一下呢，一个多么懂事的孩子啊，我怎么能拂了她的这一份好意呢？心里忽然一阵感动，也有一点儿歉疚，从她的手里拿回了糖纸。

这一下，她高兴了，对我说：你对着糖纸看看，能看到不同颜色的太阳呢！

我用糖纸遮住一只眼睛，然后闭上一只眼睛，对着太阳看，看到了不同颜色的太阳，黄色的玻璃糖纸中的太阳就是黄色的，绿色的玻璃糖纸中的太阳就是绿色的，蓝色的玻璃糖纸中的太阳就是蓝色的，彩色的玻璃糖纸中的太阳就是五彩斑斓的……

是不是能看到不同颜色的太阳？小洁问我。

我点点头。

好玩吧？小洁又问我。

我又点点头。

那一刻，望着她，我有些要落泪，赶紧忍住了，为转移情绪，掩饰心情，忙找出这样一个话题问她：你怎么想起了这么个法子来玩的呢？

这个问题撞在枪口上了，好像她正等我问呢。她更高兴了，告诉我：我有好多这样的糖纸呢！晚上，我睡不着，用这些糖纸对着灯光看，灯光的颜色也就不一样了！对着我奶奶看，我奶奶也变成不一样颜色的奶奶了呢！

是吗？你真聪明！我夸奖她。

这样的玻璃糖纸，只有那些高级奶糖、太妃糖、咖啡糖、夹心糖的包装才会有。一般人家，不会买这样贵的糖，像我家，只有在过年的时候，爸爸才会买一些便宜的硬块的水果糖，这种水果糖不会用这样透明的玻璃纸包，只用一般的糖纸而已。

小洁听我夸奖了她，越发高兴地对我说：我把我的糖纸拿来给你瞧瞧吧，我攒了好多呢！

说着，她就跑回家，不一会儿，抱着一个大本子，又跑了回来，把本子递给我。

是一本精装的硬壳书，书名叫《祖国颂》。打开一看，是本诗集，里面全都是一首首现代诗。扉页上，歪歪扭扭地写着她爸爸妈妈和爷爷奶奶的名字，最后一行特别写着：这些字都是梁洁写的。

我夸奖她说字写得真好！她有些得意地笑了，让我赶紧往后翻书。我翻开一看，书里面好多页之间夹着一张或两张玻璃糖纸，都快把整本书夹满了。每张糖纸的颜色和图案都不一样，花团锦簇，非常好看。我认真一页一页地翻，一页一页地看，从头看到尾。

那时候，我积攒邮票，所以，我知道集邮，还没有听说集糖纸的。我禁不住接着夸小洁：你真够棒的，攒了这么多的糖纸！真好看！你怎么一下子攒这么多糖纸的呀？

她告诉我，她爸爸妈妈每一次回家看她，都会给她买好多的奶糖，探亲假结束，爸爸妈妈回部队了，奶奶怕吃糖吃坏了牙，只许她一天吃一颗奶糖，她一颗颗吃着奶糖，一天天数着日子，盼望着爸爸妈妈再回来看她。开始是奶奶帮助她把每天吃完奶糖扔的糖纸，随手夹在她爸爸以前读过的这本诗集里，夹的糖纸多了，她觉得挺好看的，自己就开始积攒起糖纸来了，糖纸越来越多，把这本书都给撑得鼓胀了起来。

每次我爸爸妈妈回来，我都让他们给我买不一样的奶糖，我的玻璃糖纸就更多更好看了！小洁看我这么欣赏她的糖纸，非常兴奋地对我说。

其实，我不光是看她攒的这些漂亮的糖纸，更是看每一页上面的诗，虽然有玻璃糖纸隔着，密密麻麻的诗句看不全，但每一首的作者是看得到的，记住了有袁鹰、艾青、邵燕祥、公刘、贺敬之、张志民、苏金伞、李学鳌……那时候，我读的诗很少，这里面大多是我没听说过的诗人，没有看过的诗，我真想看看这些诗，便对小洁说：你能把这本书借我看两天吗？

她立刻点头说：行！

这本《祖国颂》，我从头到尾仔细看了一遍，还抄了好多首诗。这是我第一次读到这么多诗人写的关于祖国的诗歌。我把书还给小洁，谢了她，她很奇怪地问：谢什么呀？然后，她像个小大人似的又问我：你是不是心情好点儿了？

我抚摸她的头发说：好多了！所以才要谢谢你呀！

她不好意思地低下了脑袋。

她还会常抱着这本书，从书中拿出玻璃糖纸找我玩，不过，不再玩玻璃糖纸遮住眼睛看太阳的游戏了，而是教我怎么把一张玻璃糖纸折成一个小人，一只小鸟，一条小船。她的手指很灵巧，不一会儿的工夫，就能折成一个小人，一只小鸟，一条小船，是穿着裙子跳舞的小姑娘，是张开翅膀会飞的小鸟，是船角尖尖的彩色小船。我看得出来，说是教我，其实，是在表演给我看呢。

我问她：你可真行！谁教你的呀？

她告诉我：是奶奶。

过了一会儿，她又悄悄地对我说：告诉你一个好法子，我想爸爸妈妈了，心情不好的时候，就用糖纸叠这些小鸟小船，心情就好了！

是吗？这可真是个好法子！我用几乎夸张的语气对她惊叹道。

她一听我这么夸她，来了情绪，立刻对我说：你心情不好的时候，也用这个法子试试！

我尽量表现得很认真的样子说：对，我一定也试试！

那我给你点儿糖纸吧！说着，她从书中扒拉出好多糖纸给我。

我忙把这些糖纸又夹回书中，对她说：这都是你好不容易攒的！

没有糖纸，你用什么叠呀？

我可以用白纸叠，效果是一样的！

我读初二的那年春节前，小洁的爸爸妈妈从部队转业回到北京，把小洁接走了。那一年，小洁要上小学二年级了。临走的前一天晚上，小洁跑到我家找我，手里拿着那本夹满玻璃糖纸的《祖国颂》，说是送给我了！

我很有些意外，这本书里，积攒着她的糖纸，也积攒着她的童年。我自己集邮，集了一本的邮票，可不舍得给人，她却那么大方地把这一整本糖纸送给了我，我连忙推辞。她却很坚决：我爸爸妈妈总给我买奶糖，我的玻璃糖纸多的是！再说，我知道，你喜欢这本书里的诗。说着，她调皮地冲我眨眨眼睛。

我再也没有见到过小洁。每一次看到这本《祖国颂》，我都会想起她，想起六年级开学不久的那个秋天，她让我对着玻璃糖纸看太阳的情景。在那段我最难受也最难忘的日子里，除了柱子，只有小洁，用这样别致的法子帮助了我，安慰了我。一个不到六岁的小孩子呀！

"疤痢眼儿"

六年级的第一学期快要结束的时候，学校有了食堂，学生统一在学校里吃午饭。这本是挺普通的事情，但对于我们有些奇怪，因为就是从这时候开始，无论大人孩子，都开始流行到食堂里吃饭，而不再在家里开伙。尽管这样一段时间不长,却是我第一次进食堂吃饭,那感觉,很新鲜。

那时候,管这个现象叫作"大食堂",这是一个旧词新用,很有时代色彩。连街道上都办起了"大食堂",我们大院里的那些没有工作的家庭妇女,都被动员到"大食堂"去做饭,大人下班,学生放学,都到那里去吃饭,说是实现了"共产主义"的新生活。

我们街道上的"大食堂",设立在我们大院斜对门一家叫作泰山永的油盐店里。油盐店早就不办了,房子空在那里,正好被利用起来。我母亲每天到那里做饭,这是她一辈子唯一一段短暂的上班时间。第一次到那里吃饭,还没到吃饭的时间,屋子里,除了母亲和我,没有人。屋子很暗,没开灯,我看见母亲系着白围裙,在幽暗中闪着明亮的光。她掀开一口非常大的锅上面的笼屉,从里面拿出一个白馒头递给我。我非常好奇,不是因为馒头,而是我从来没见过这么大的锅,也没见过母亲围过这么白的围裙。

那时候,到我们学校里做饭的,也都是街道上的家庭妇女。因学校前身是座大庙,原来有斋房,有做饭的厨房,厨房里现成的灶火,把它恢复过来就行,食堂便是现成的了。每天中午,老师指派我们学生轮流去食堂取饭菜,学生端着几个大盆和笸箩,分别装菜、装馒头、窝头或米饭,颤颤悠悠端到教室里,负责给同学们分饭菜。馒头、窝头论个儿,还好分;米饭是整盆蒸在一起的,得用铲子切成一格一格的,分给大家。这格切得哪会那么均匀?肯定有大有小,有时会引起同学的不满甚至争执。那时候,正闹饥荒,每个同学都吃不饱,肚子里空荡荡的。

有一周，是我和另外一个同学负责打饭、分饭。我们班有个左眼皮有块挺明显疤瘌的同学，同学给他起了外号"疤瘌眼儿"，"疤瘌眼儿"在班上是有名的调皮蛋。有一天中午，就是这样分饭盆里的米饭，我切成一格一格，分给他那一格米饭时，他非说我分给他的饭少了，横横地瞪了我一眼，当着全班同学的面，恶狠狠地向我甩出这样一句：怎么给我这么点儿？你后娘待你也这样吧？我气得浑身发抖，扔下盛米饭的盆，上前就和他扭打了起来。

我从来没和别人打过架，自小力气便弱。"疤瘌眼儿"力气大，个子也比我高，很会打架。我知道我打不过他，可还是要打。结果，吃亏的当然是我，我被他打得鼻青脸肿。但他也没占什么便宜，最开始的时候，他毫无防备，我用脑袋朝他的小肚子结结实实撞了好多下，又攥着拳头打了好几拳。

这一辈子，我只和别人打过这样一次架。这一架厮打得难解难分，一直到有同学把我们班主任张老师叫来，才算结束。

回到家，见我狼狈的样子，母亲吓坏了，忙问：小祖宗，你这是怎么啦？我没告诉她我和"疤瘌眼儿"打架的事情，心里却记恨着"疤瘌眼儿"。

离我们大院不远南深沟边上，有家自行车修理铺，外带电焊的生意。它旁边还有卖芸豆饼和爆肚的几家小铺。可以说，这里是我们这条老街上的一个小小的集市。小时候，不仅是我特别爱到修车铺那里去，好多小孩子也都爱凑到那里去，电焊时喷出的蓝色火苗，像烟花一样好看，散发出的气味儿格外好闻，用当时语文课上新学的词儿，真有种沁人心脾的感觉。

"疤痢眼儿"就住在修车铺里面，自从打架那天以后，每次路过车铺，不管看见没看见他，我都会冲着车铺大声叫喊着：

疤痢眼儿，开茶馆儿，
一喝喝了三大碗儿，
三大碗儿，还不够，
挨了他爸爸一顿揍……

有时候，我也会带着一帮小孩子，路过修车铺，让他们跟着我一起喊：

疤痢眼儿，开茶馆儿，
一喝喝了三大碗儿，
三大碗儿，还不够，
挨了他爸爸一顿揍……

每一次喊完之后，我们如鸟兽散，一下子跑到老远，生怕"疤痢眼儿"听见后跑出来追我们。但是，从来没有看见过"疤痢眼儿"的影子，不知道他到底听见没有。或者是，他听见了，也出来了，但没有看见我。

上学的时候，"疤痢眼儿"见到我，我心里有些犯嘀咕，生怕他和我再打架。但他没有什么别的表示或表现，好像什么也没有发生过。这是我一直以来的不解之谜。我们堵在他家修车铺前的叫喊，不知道他到底听见还是没听见。

小学毕业之后,我再也没有见过他,也不知道他考上了哪所中学。一直到我高中毕业,那个修车铺一直都在。

新年晚会

冬天来了。那一年的冬天特别冷,雪也下得格外勤。积雪覆盖着我们教室红砖房的房顶,白雪红墙,映衬得十分漂亮。学校空间有限,种的花很少,冬天的校园,有雪的映照,感觉比春天夏天都要漂亮,整个校园也显得清爽干净轩豁了许多。

不过,一到这样飘雪的日子,元旦就要到了,元旦一过,期末考试就到了,就快放寒假了。过了寒假,是小学最后的一个学期,马上就要准备升中学的全市统考了。张老师早就发话了:这是你们小学最后冲刺阶段,成败在此一举,你们得抓点儿紧,不能再像没笼头的马驹子一样散逛了!

期末考试之前,唯一能让大家稍微放松的,就是新年晚会了。学校里,每年元旦前一天晚上,都要举办一次新年晚会,这是学校的经典节目。虽然临近期末考试,但是,大家还是倾心倾力准备,各班出节目,暗中较劲,在比赛呢。每年的新年晚会,都是由大队辅导员和汪老师负责组织,把礼堂布置得张灯结彩,特别漂亮。可惜这一年的新年晚会见不到汪老师了。

我们班出的节目,是话剧《枪》的片段。这是我出的主意,我在儿童剧院看过话剧《枪》,觉得挺有意思。我们班主任张老师听我这么一说，立刻拍板同意，还特意带着我们几个演出的同学到儿童剧院看了一场《枪》。最后，在张老师的帮助下，我们改编了其中精彩的一小段：一帮机智勇敢的小八路，偷了日本军官的一把手枪，最后把一个日本兵打死的故事。

我自告奋勇演这个小八路，张老师让"疤痢眼儿"演那个日本兵。"疤痢眼儿"不愿意，我也不愿意。我们两人还闹着别扭。张老师本来想通过演这个小话剧，帮助我们解开心里的疙瘩，见我们俩都不乐意，也没勉强，换了另外一个同学。放学之后，在教室里排练了好几次。没有布景，只有一身黄军装，作为日本兵的衣服，也不知道张老师是从哪儿弄来的。我从家里拿了一把木头手枪，还是小时候和弟弟演《扑不灭的火焰》时候做的。日本兵的枪，都是用普通木棍代替。甭管多么简陋，我们学校礼堂是今年重新整修过的，舞台不大，却有紫色天鹅绒的幕布，这是最让我向往的。我终于可以在有这样正式幕布的舞台上露一回脸，风光风光了。

元旦前夕的上午，下了一场雪，雪很大，一直在纷纷扬扬地飘。不做课间操了，同学们自由活动，很多人都拥到礼堂前，想看看里面布置得怎么样了。我也很好奇地走到那里。没有想到，礼堂大门前围着好多同学，礼堂前面的布告栏前也围着好多同学。这一天，学校还要发布什么布告吗？我也走上前去，看见布告栏的四周都沾满皑皑的雪花，像给布告栏镶上了一圈洁白晶莹的花环，间或露出绿色框框的一点点缝隙，像是衬托着的绿叶。

我挤过去，同学都冲着我笑，笑得我有些莫名其妙。凑近一看，竟然是撤销我的当众警告处分的公告，依然是毛笔字，依然赫然写着我的名字。我的心里忽然如释重负。在紧张的学习中，在校园里玩耍时，在到王府井的新华书店买书和进儿童剧院看戏时，包括在这几天排练话剧《枪》的时候，好像这件事已经被忘掉了，其实，它一直像一块沉重的石头压在我的心里；又时不时像小虫子钻出来，咬噬着我的心呀。学校里那么多的同学，谁在小学时代背上过这么一个处分呀？

可能校长和老师没觉得这是什么大事，但是，对于我却是大事呀！既然已经撤销了给我的处分，张老师怎么不事先告诉我一声呢？我挤到礼堂的大门前，看见张老师正和其他老师一起布置会场。在舞台四周，在礼堂的顶棚和圆柱上，挂上了好多彩带和气球。不知道张老师看见我没有，我觉得他好像抬起头朝大门这边看了几眼。

不管怎么样，处分终于撤销了，特别是在这样的日子里。新的一年就要到了，一切都翻到新的一页了。

我一直不明白学校为什么要这样做，一个处分，不到三个月就撤销了，处分前，撤销后，学校任何一个老师，包括我们张老师在内，都没有找我谈过一次话。一切好像水过地皮湿一样，似乎未曾发生过。我非常奇怪。一直到小学毕业，我考入汇文中学之后，重返校园，见到张老师，他才对我非常简单地说了句：你是个好孩子，学校的处理也重了些，但也是响鼓重锤。放在新年前夕撤销处分，也是不想把坏事弄到新的一年里，老话说了，那会让孩子一年的心情都不好的。

那天的新年晚会前，雪越下越大。校园里，铺满了白雪，高大的槐树枝头缀满雪花，玉骨冰肌一般玲珑剔透，整个校园，变成了一个银装素裹的水晶般的童话世界。礼堂里彩带气球，舞台前的天鹅绒幕布，十分光彩夺目，如果不看外面的房檐屋脊上的老铜铃，光看里面灯火辉煌，看不出一点儿以前是老庙大殿的痕迹来了。

晚会开始了。各班大显神通，有歌有舞，有蹦有跳，有利索的快板，有滑稽的相声，还有让人看出了破绽而引得满场开怀大笑的魔术……我们小话剧《枪》片段，是重头戏，放在压轴出场。没有想到，费了那么大气力，竟然在关键时刻掉链子。我扮演的小八路从腰间拔出手枪，要枪毙日本兵的时候，后台的同学要摔一个砸炮，当作我手中的枪响。由于雪大砸炮受潮，一连摔了好几个都不响，光看我傻傻地把枪干举着，日本兵听不见枪响，也没法应声倒地，惹得全场大笑不止。天鹅绒的大幕，只好无可奈何地拉上了。

谁也没有想到，就在大幕徐徐拉上，大家的笑声还没有断的时候，礼堂的大门忽然被推开了，一位身穿白羊皮翻毛大衣，戴着白羊皮帽子，长着一脸长长的白胡子的老爷爷，像一幅画一样出现在门口，大门的门框，成为这幅画的画框。

大片大片的雪花，呼呼地跟了进来。关上大门，同学们才看见老爷爷的身上背着一个鼓鼓囊囊的大布袋子，布袋和他的身上披满了雪花。

就看见老爷爷一边朝着舞台走去，一边大声向同学们打着招呼：亲爱的孩子们，我是新年老人呀！我给你们送新年礼物来了！

同学们都好奇地纷纷站了起来，紧接着，热烈地欢呼起来，忘记刚才枪声没响的场面了。

新年老人走到舞台中央，打开了布袋，从里面掏出一件件新年礼物，是用彩纸包裹的新年礼物，里面装的是橡皮、三角板、铅笔等文具，是一块糖果、几粒蜜饯或琥珀花生，还有一些小小的布娃娃、小汽车之类的小玩具。虽然都是一些普通的小东西，是平常时候同学们都见惯的东西，但是，剥开彩纸，露出这些东西那一刻，还是让大家兴奋，雀跃不已，欢叫不止。

我站在舞台的侧幕边上，已经看出来了，新年老人就是我们的张老师呀。而且，我看清了，他嘴唇上的白胡子，是用棉花粘上去的！

小学最后一缕光

记忆中的那个夏天，是那样地明亮而炎热。我十三岁，读小学六年级，暑假前最后一节体育课打篮球。

教我们体育课的是赵老师，打篮球，就是跟他学的。那时候，小学有篮球队的很少，我们学校有一支，在前门地区有点儿名气。赵老师带着我们篮球队东征西伐，有时候也在我们这个篮球场比赛，很是朝气蓬勃。不仅我一个人，篮球队所有的人，对赵老师都非常喜爱和尊重。

我们学校的操场，只是一个篮球场，是用原来老庙大殿前的空地改造的，说是改造，就是简单地铺了一层水泥，安装了两个篮球架。但是，再简陋，也是我们同学最爱玩的地方。体育课打篮球是我们的最爱。特别是把男女同学分开，各占半个球场，然后分成两拨，打半场比赛，我们更是喜欢。这时候，赵老师就站在球场外面，抱着双肩，坐山观虎斗，无为而治，任我们疯玩。

这一天的体育课，因为是最后一节体育课，马上就要放暑假了，赵老师丢下几个篮球,让我们随心所欲地玩个痛快。天很热,阳光很足,一节体育课,打篮球打得我一身汗水淋淋。

体育课刚刚上完,站在篮球场外面的领操台旁的赵老师向我招手。我不知道有什么事情,向他跑了过去,看见他身边站着一个个子高高的男人,正笑眯眯地望着我。他不是我们学校的老师,我没有见过他。看样子,他比我们赵老师要年轻很多,不到三十岁的样子。

赵老师向我介绍他说:这是少体校的航模教练叶教练。叶教练到咱们学校选人,看中你了!

他对我说:我看你一节体育课了,也听了赵老师对你的介绍,愿不愿意到少体校跟我学航模?

说老实话,那时候,我根本不知道航模是什么,我不怎么想学这个航模。但赵老师对我说:学航模不仅要求身体好,学习成绩也好才行,航模是体育,也是科技。然后,又补充一句:叶教练在咱们学校就选中你一个。这话说得我把到嘴边的话咽了下去。

放暑假的第二天上午,按照叶教练说的地址,我去龙潭湖边上的体育馆里找他报到,就要正式开始我少体校航模队的训练了。非常巧,少体校篮球队也在那里招生,这才是我喜欢的呀。鬼使神差,我去那里报了名,教练让我投了两个篮,又让我跑了一个三步上篮,居然收下了我,当天我就参加了训练。第一次在木地板的正规篮球场上打球的感觉,比在我们学校的水泥地篮球场不知强哪儿去了,我便早把叶教练忘到了脑袋后面。

可惜的是,一个暑假还没下来,我被篮球队淘汰,教练认为我的个子以后不会长高。我再也没有去过体育馆,近在咫尺的少年体育生涯，仓促又苍白地结束了。

记得那样的清晰，初三寒假刚过，一天清晨上学的路上，我路过崇文门外大街，进了街东边的锦芳小吃店，想买个炸糕当早点。为什么记得那么清楚，难道一定是炸糕，就不会是油饼吗？因为排队站在我前面的那个人买的也是炸糕。当然，如果是别人，我也不会记得那么清楚，他买好炸糕，回过头来，竟然望着我笑了笑。我开始没有认出他来，以为那笑只是出于礼貌。等我买好炸糕，准备出门的时候，看见他在门外等着我，对我说：不认识我了？我是叶教练呀！

我才想起来，是叶教练，我忽然非常地羞愧。三年多的时间过去了，我的个子长高了一头多，他居然还能一眼认出我来。而我三年前辜负了他的好意。

那一刻，我真的怕他问起我那一年为什么没有找他参加航模队，更怕他说我可是看见你参加了篮球队的哟！

他没有对我提及往事，只是问我现在在哪儿上中学。我告诉他我在汇文中学，他说：是好学校，我就知道你差不了！然后，问我：还想不想学航模了？

我垂下头，没敢回答。

他接着说：还是跟我学航模吧！我觉得你一定是一个很不错的航模运动员！说着，他从他的背包里掏出一支笔和一个本，在本上写了一个他的电话号码。他把那张纸从本子上撕下来，递给我说：这是我的电话，你如果想学了，可以随时给我打电话。

我们就这样在小吃店门口分手了。我走得很匆忙，有些像逃跑。因为我从心里不怎么喜欢航模，我想我不会给他打这个电话了。我走了几步，回头一看，他还站在小吃店门口向我挥手。我心里想，他要是个篮球教练多好啊！

我永远忘不了站在小吃店门口向我挥手的叶教练。只要想起那一幕，就让我想起小学时光。因为叶教练是小学时光留给我印象和回忆的最后一位老师，尽管他一天也没有教过我，但是，经过了三年多那么长的时间之后，他还能记得我，还对我充满期望，让我对自己有了一份信心，也有了一份期待。我心里是暗暗称他为我的老师的，我心里暗暗地对他说：叶教练，尽管我没有跟你学航模，但我会努力的，我不会辜负你的！

叶教练，他这样两次出现在我的面前，串联起我的小学和中学的生活。尽管两次的出现都是那么地偶然和意外，又那么地短暂，但是，偶然中有必然，意外中有真诚的期待，短暂却留给我绵长的记忆，让我不敢忘怀那些曾经给予我真诚关怀和无私帮助的老师。

真的，只要想起叶教练，就会让我想起小学最后的时光，或者说小学那最后一缕明亮而温暖的光芒，至今仍在眼前闪烁。

初中：少年心事

校训的力量

我读书的时候，没有派位和择校，小升初是全市的统一考试，以分数论英雄。那时候的流行语：分分分，学生的命根儿！虽不尽善尽美，还带有点儿苦涩，曾被批评是"分数挂帅"，却相对公平。师生和家长都为此而努力竞争，少了好多暗箱操作和家长学生的内心焦虑。

六年级毕业前那一个学期，为了迎接决定小升初命运最后一战的考试，班主任张老师带领我们全班同学奋力备战，主要是做题，几乎每天都各有一张语文和数学模拟的考试卷子发下来，我们昏天黑地地伏案做题。这种做题大战，和今天相似。静静的教室里，笔在纸上唰唰的响声，像蚕贪吃桑叶的声音，在这种有异于常听到的风声雨声的声音中，教室里的气氛很有些紧张。最后那几天，从早到晚一连好几张卷子发下来时哗哗作响的声音，已经不再是蚕吃桑叶那样安静了，而是如同大雨来前狂风掠过树叶急促的声响，让我们猛地紧张起来，知道山雨欲来风满楼，最后的升学考试就要到了。

印象最深的一次数学模拟考，一共四道应用题，我错了一道，得了七十五分。全班同学都答对了这四道题，全部一百分，只有我得了七十五分，便如同天缺一角那样醒目。那天数学课，教我们数学的徐老师，一脸阴云走进教室，站在讲台桌前，双手撑着桌角，先严肃地点了我的名字，讲了我的七十五分之后，然后回转身用粉笔在黑板上写了四个大字：奇耻大辱！那四个字几乎占满整个黑板，触目惊心，不仅是我，全班同学都看得格外吃惊，目光如同聚光灯一样聚集到我的身上，教室里鸦雀无声。我的脸唰的一下通红，红得肯定赛过了关公。

从那以后，我不敢大意，不敢有丝毫的放松，在家埋头复习，在学校埋头答卷子。终于，我考上了汇文中学。黑板上，徐老师写的"奇耻大辱"四个大字成了我升入中学铜钹铁镲般响亮的前奏。想想，没有这四个大字，也许我无法进入汇文中学。

汇文中学，那时已经改名为北京市第二十六中，数字化的名字，遮盖了悠长历史的痕迹。但它依旧是我们那一片最好的中学。它是一所男校，当时北京市的十大重点中学之一。它最早是用庚子赔款建立起来的一所教会学校，历史悠久。我报到的时候，还在汇文老校，老校在崇文门内的船板胡同。印象最深的是，校园里有一则汇文校训的醒目牌子，是当年蔡元培先生题写的手书：好学近乎智，力行近乎仁，知耻近乎勇。

说实在的，当时，我并没有看懂，但是，蔡元培这个人还是知道的，他当过北京大学的校长，而北京大学的前身就是汇文大学校。请蔡元培来题写校训，应该不简单，我心里便有一种异样的感觉，面对着这则校训，看了许久。

时过境迁，这则校训，依然具有鲜活的力量。如果将蔡元培在这里提到的"好学"、"力行"和"知耻"，对应学校长期主张的"德智体"（所谓三好，绵延至今还有三好学生评选的传统），可以发现，两者是相近的，却又是不同的。仔细比较两者差异，可以看出学校教育特别是中学教育值得注意的方面，这些方面，不仅仅是词语的差别，更是办学理念和教育思想的差别。

长期以来，我们是把"德"放在第一位的，而蔡元培则把"学"放在第一位。品德，对于学生当然至关重要，它是一个学生成长的底色。但对于学生，在校求学阶段，知识的学习是第一位的，品德的教育要蕴含在所有的学习之中，而不是皮肉分开，让德育课也就是后来我们学习的政治课，只是一门独立成章的课程而已。这样"学"和"德"才不至于割裂，让德育不至于仅仅成为品德课和政治课的演讲、修辞，或作文中最后的升华，试卷上的标准答案，而和学生的实际相离太远，甚而成为假大空。

对于德智体的要求，我们长期以来讲究的是"全面发展"，这是一个笼统的概念和标准。蔡元培则将这样的要求具体化，并且具有靶向性，使其有了明确的目标，而这样的目标又都是和中国传统文化密切关联的。

他将"学"的目标定位于"智"，即学习的目标不仅仅是为求得书本的知识和考试的成绩，而是要让自己成为一个头脑充满智慧的人，不仅仅是一个书呆子。

他将"体"的目标定位于"仁"，即不囿于身体健康方面，而更强调身体力行之中对于社会的作用和自己思想的成长,他所指的"仁",和孔夫子所讲的"仁"是一致的,这是中国社会经久不衰推崇的一种精神品格和理想。

他将"德"的目标定位于"勇",不仅仅指的是勇敢,更是一个人心底和性格的健康和健全,以及自身的坚强与自我的完善,而不是做柔弱顺从的小绵羊。

蔡元培还将"德"集中在了"知耻"这一点上,当然和当时的历史有关,在当时半封建半殖民地的社会背景下,中国因落后而遭受外侵和外侮,"知耻"需要拥有正视自己的勇气,唯有"知耻"才能让自己看到和世界的差距,才能让自己警醒而奋起,从而立足于世界民族之林。

如今的新时代,我们就不需要"知耻"的勇气和精神了吗?我们的经济长足发展了,但不等于我们的文化和精神随之一起发展。为了经济的发展,我们所付出的代价是昂贵的,甚至有些方面是透支的。如此,要求新一代的年轻人在校期间明白"知耻"这一点,难道不正当其时吗?关注社会,不满足于现状,正视自己的问题,才是真正的"勇",才有真正的力量。

当然,这些都是我在这所中学学习之后,一直到今天,我对于校训的思考。当年,刚刚考入这所中学的时候,我是不懂得这些的。面对校训,那瞬间的新奇感,很快随风而逝,更多的是进入中学,尤其是进入这样一所百年老校的兴奋,一切都觉得是那样地新奇鲜艳,如同满校园的鲜花盛开。

开学典礼是在新校举行的。因为那时候汇文老校的地方几乎全部成了新建起来的北京火车站。新校迁址到崇文门过去的火神庙，那里以前有一所火神庙，后来渐渐变成了乱坟岗子。新中国成立之后，它的前面建起了一片面积很大的居民新区，起名幸福大街。汇文中学迁到这里的时候，火神庙更名为培新街，让一个旧地名有了培育新人的明确意义。可以毫不夸张地说，是汇文中学，带来培新街这样一个新时代清新明喻的街名。

有意思的是，我读中学那几年，8路和23路公交车在学校前后都有一站，一直到我高中毕业，8路的站名还坚持叫火神庙，顽强地留下旧时代的影子，和新时代做不自量力的抗衡。

到新校报到的时候，学校还没有院墙，没有校门，教学楼突兀地立在眼前，楼的两侧，有两棵高大的合欢树，据说是从老校移植过来的。树上正开着最后的花朵，毛茸茸的，绯红色的云彩似的飘浮在风中，像在欢迎我们，让我感到那样地亲切。

开学典礼是在学校的操场举行的。典礼完毕之后，我们新生参观校园，新校将老校的那口百年老钟移了过来，放在了教学楼前的花坛里。同时移过来的还有纪念在"三一八"惨案中死难学生的纪念碑，它和后来竖立起来的彭雪枫将军的塑像，成为汇文的骄傲。

只是校园的面积，已经缩水很多，记得为了建成一个有四百米跑道的标准体育场，多方多年努力未果，成了最头疼的事情。我在那里初高中共读书六年，"文革"两年，一共八年时光，始终没看到体育场建成。那时候体育课中的长跑，我们只能跑出校门，短距离的，要绕着学校前面的验车场跑；长距离，要沿着幸福大街跑一圈，再跑回学校。每逢那个时刻，同学们尤其是高年级的学长，都会想起汇文老校

初中：少年心事　　127

那轩豁的校园。

那天,走进学校的礼堂,我看见舞台上学校的男生和女十三中的女生正在演出《黄河大合唱》。那时候,这两所男女邻校,有男女同学组织一个社团的传统,合唱团、话剧团、舞蹈队、口琴队,特别是口琴队和合唱队,曾经在全北京市的中学里很是活跃。

那是我第一次听《黄河大合唱》,被歌声所震撼,同时震撼我的还有那领诵和领唱的男同学,这所学校里的学生个个都是这样才华横溢吗?(后来我听说了,领唱的那位男同学,刚刚考上了中央音乐学院声乐系,特意回母校参加他最后的演出。难怪他唱得那样棒!)我像一条小鱼,游进了这所学校汪洋恣肆的大海里,我是默默无闻,还是有一天也能像这些高年级的师哥一样,鲤鱼跃龙门呢?

《可爱的中国》

1960年的秋天,我读初一,班主任是司锡龄老师。

20世纪50年代,正处于新中国初期,北京中学缺少教师,本校高三毕业生,有些没有考大学的,留校一批做老师,补充当时燃眉之缺。留校的这些老师,品学兼优,如果以高考成绩为标准,考上大学是没有问题的。只是不少人由于出身问题,被拦在高考之外,便只好退而求其次,留校做了老师,还可以高调称之为祖国的需要。

那时候,我们汇文中学这样的留校老师有好多位,司老师是其中之一。

司老师留校不久,也就二十岁出头的样子。面色黧黑,身材瘦削,富于朝气和激情。第一堂课，他没有讲别的，先向我们介绍了方志敏烈士的事迹和他写的《可爱的中国》，然后，大段大段背诵了《可爱的中国》其中的段落，气势磅礴，如同高山滚滚落石，先把我们砸晕。

六十多年过去了，我的眼前总还浮现司老师背诵时的样子。他的背诵充满激情，他的眼睛在高度近视镜片后闪闪发光。教室里，一下子安静异常，只有窗外高大的白杨树叶摇响哗哗的响声，如同涨潮时翻滚的海浪，在为司老师，为方志敏伴奏。

> 到那时，中国的面貌将被我们改造一新。……到那时，到处都是活跃的创造，到处都是日新月异的进步，欢歌将代替了悲叹，笑脸将代替了哭脸，富裕将代替了贫穷，康健将代替了疾苦，智慧将代替了愚昧，友爱将代替了仇杀，生之快乐将代替了死之悲哀，明媚的花园将代替了凄凉的荒地！……这么光荣的一天，决不在辽远的将来，而在很近的将来，我们可以这样相信的，朋友！

司老师背诵的《可爱的中国》中这几段话，我记忆犹新。那情景恍如昨日。一位英雄，一个老师，一篇文章，一次激情洋溢的朗诵，对于一个少年的影响，竟然是一辈子的。那一年，我十三岁。

在此之前，我没有读过方志敏的《可爱的中国》。方志敏写得好，司老师朗诵得好，那一连串的排比，水银泻地一般，把对祖国的热爱和对未来的向往，抒发得那样激情澎湃，像国庆节天空中绽放的璀璨礼花，燃烧得我们每一个同学的心里火热而明亮。

我渴望读到《可爱的中国》的全文。没过多久，我在前门旧书店里买到了《可爱的中国》，这是一本薄薄的小册子，1952年人民文学出版社出版。这本方志敏牺牲之前写下的著作，几经辗转，一直到新中国成立之后才得以出版，更凸显其不凡的价值。世上有很多书，连篇累牍，厚厚如同砖头，精装宛似豪宅。但是，书从来不以薄厚精粗论英雄，正如人的生命价值不以长短为标准，方志敏只活了三十六岁，却顶天立地；他的一本薄薄的《可爱的中国》，却是中国革命史和中国文学史绕不过去的一座丰碑。

回到家，我一口气读完《可爱的中国》。这本书中还收录有方志敏的另一篇散文《清贫》。我从未有过这样读书的激动，在那样贫穷落后黑暗残酷而且时刻面临生命威胁的年代，方志敏对于祖国充满那样深厚而不可动摇的感情，充满那样坚定而不可动摇的信心，寄托着那样多美好的向往和心愿，这不是每个人都可以做到的，也不是仅仅靠生花妙笔可以写出的。

在《可爱的中国》中，还有这样一段话，我也非常喜爱：

朋友！中国是生育我们的母亲，你们觉得这位母亲可爱吗？我想你们和我一样的见解，都觉得这位母亲是蛮可爱蛮可爱的。

然后，他以丰富的想象和真挚的情感，将中国温暖的气候比之母亲的体温，将中国辽阔的土地比之母亲的体魄，将中国的生产力、地下宝藏、未曾利用的天然力比之母亲的乳汁，将中国绵延的海岸线比之母亲的曲线，将中国的自然美景比之母亲这样天生丽质的美人……

我不知道将祖国比喻成母亲，方志敏是不是第一人，但我是第一次看到，感到那样的贴切、生动，含温带热，充满情感。他那又是一连串热情奔放的排比，绝对不是只靠修辞方法可以书写出来的，而是对于祖国母亲深厚情感的情不自禁又无可抑制的流露，是心的回声，是血液的奔涌，这些都激荡着一个十三岁少年的心。

如果说少年时代，哪一位英雄最让我难以忘怀？是方志敏！

从那以后，方志敏留给我抹不掉的记忆。想起他来，眼前总会浮现那张他牺牲前披着棉大衣，拖着沉重脚镣的照片所呈现的威武不屈的形象。（后来我看到一幅以此形象创作的版画，黑白线条爽劲醒目，至今难忘。大前年年底在中国美术馆里看到这幅木刻，画幅没有我想象的那样大，但站在它面前，凝视着，心里那样地感动，久久没有离开，仿佛看见了方志敏，也仿佛看见了司老师，还有我自己的少年时代。）为此，我心里一直非常感谢司老师为我们朗诵了《可爱的中国》，在我刚上中学的时候，为我推荐了这本一辈子难忘的好书。

司老师只教我初一一年，中学毕业之后，我再也没有见过司老师。一直到1986年的夏天，我在中宣部的一间会客厅里，才再次见到司老师，也才知道他已经是中宣部的一个司的副司长，负责中学教育。当时，我的长篇小说《早恋》引起争议，特别是收到一些来自中学的校长和老师的反对，书已经在印刷厂准备印刷了，不得不停印下来。这部书的责编，北京十月文艺出版社的吴光华先生不服气，带着我，拿着书，找到中宣部评理。没有想到出面接待我们的是司老师，司老师把书留下了，说看完后再提具体的意见。

阔别多年的重逢，司老师笑着对我说：一直关注你的写作。希望你多写点儿，写好点儿！我对身边的吴光华提起了当年司老师为我们全班同学大段大段背诵《可爱的中国》的情景，司老师听了笑了起来。逝者如斯，日子在时代的动荡和变迁中飞逝，我和司老师的人生都发生了重大的变化。我心里揣测，不知这本《早恋》，司老师看过之后，会有什么看法。他的位置，会让他的意见举足轻重，甚至决定着这本书的命运。他很快就看完了，传达了他的意见，觉得写得挺好的，没有问题。书顺利地出版了。

前几年的一个冬末，我去美国，在芝加哥，借住在一位留学美国攻读历史博士的朋友的公寓里，那时，他回国探亲，正好房子空着，好心让我来住。他的书架上摆满各种英文和中文的书，闲来无事，我翻他的书，忽然发现有一本方志敏的《可爱的中国》，居然是和我当年买的同样的版本，连封面都一样。尽管封面已经破旧，褪色，却让我突然间在心中涌起一种他乡遇故知的感觉。重读这本书，那些曾经熟悉的几乎可以背诵下来的段落，迅速将我带回初一时的青葱岁月，让我想起司老师的激情背诵，想起自己买到这本小册子回家一口气读完情不自禁地抄录……

这位老博士从家回到美国的时候，我和他聊起了这本《可爱的中国》。我告诉他我少年时的经历，司老师的朗读，我买的旧书，等等。他告诉我他读博出国前，尽管筛选下好多书没有带，但还是从国内海运了满满两大箱子书，其中没有忘记带上这本《可爱的中国》。他很喜欢这本书，这本书会让他想起祖国。

他问我：这本书里还有一篇《清贫》，你看了吧？

我点点头，说看了。

他接着说：方志敏说，"清贫，清白朴素的生活，正是我们革命者能战胜许多困难的地方"！方志敏被捕的时候，仅仅从他的身上搜出一块手表、一支钢笔和两块铜板。想想如今那些贪污受贿动不动就是几千万甚至上亿的人，你会不会很感慨？如果像方志敏这样的革命者多一些，可爱的中国，不是会更可爱？

在异国他乡，他的这一番话，让我难忘。那是他的，是我的，也是司老师的对于我们祖国的一份感情和一份期望。那一夜，因谈起方志敏的《可爱的中国》，我想起了司老师。

花市电影院

读初一，学校离家较远，家里每月给我三元钱，其中两元是月票钱，一元是早点和零花钱。不买月票，走着上学，要走半个小时，但省下的这两元钱，可以买书，也可以看电影。那时候，看一场电影，学生票只要五分钱，真的很便宜，给在包头的姐姐寄一封普通的信，买一张邮票，还要八分钱呢。每月这三元钱，挺经花的。

从我家住的胡同东口出来，过崇文门外大街，我要穿过花市大街去学校。街西口路北，有一家花市电影院。刚刚开学，同学不熟，下午放学，常是独自一个人寂寞地走回家。路过花市电影院，看看广告，猜想着会不会有意思，如果觉得有意思，就花五分钱买张票进去看。初一那年，是我看电影最多的一年。

印象最深，看的是《白痴》和《珍珠》两部电影。前者是部苏联电影，后者是墨西哥电影。说实话，都没有看懂。

《白痴》里，到底谁是白痴，看到最后，我都没弄明白。只是觉得梅斯金公爵和那个女主角长得都非常漂亮。那种漂亮，和我们中国电影里男女主角的漂亮不大一样。那时候，我一直觉得我们电影里男演员中王心刚，女演员中王晓棠，最漂亮。可是，和《白痴》比，没有人家那种忧郁和内心的深不可测。还有更重要的一点，女主角的名字忘记了，男主角的名字梅斯金却记得那样清楚，想想，只不过是因为以前看过电影《家》，里面有一个黄宗英扮演的梅表姐，便觉得梅斯金和梅表姐都有一个梅字，就像眼前梅花绽放一般，又那么好看。一个初一的小孩子的心思，有时候就是这样地莫名其妙。

《珍珠》，我更是看得一头雾水，电影里讲的什么故事都不明白。和《白痴》相比，男女主角，一点儿也不漂亮。我只觉得那海水真的是非常清澈透明，水下面的鹅卵石看得那么清楚，阳光下，水在动，鹅卵石跟着也在动。我真的从来没有见过这么清澈透明，流动得又那么曼妙的水，还有那一颗颗像鱼一样会动的鹅卵石，亮晶晶的，随着水面泛起的波光，不停在闪动。

那时候，下午一般只有两节课。放学后，走到花市电影院，正好赶上四点多的那场电影，看完电影，六点多，冬天的时候，天已经黑了，街灯都亮了起来，明晃晃地照得花市大街亮堂堂的，人来人往，车水马龙，明显热闹了起来，嘈杂喧嚣，和电影里是完全不同的两个世界。

不过，走进我家住的那条胡同，一下子就安静下来，路灯也稀疏、昏暗了下来，只有暗淡的影子跟随着我自己。刚才电影里看过的一些镜头，一下子如同沉在水底的鱼，振鳍掉尾，浮出水面，浮现眼前。

到现在还能想起来的是，梅斯金眼睁睁地看着那个漂亮女人往火炉里大把大把扔钞票的情景，尽管我并不明白她为什么要这样做。

学生时代，特别是初中，不懂的东西有很多。世界，对于我大多是不可知的，尽管充满好奇，渴望弄懂，却一直都是懵懂的。学习上的具体问题，可以问老师问家长问同学，查字典，或者看当时流行的书《十万个为什么》。但是，电影看不懂，我不知道去问谁。尤其看的是外国电影，是大人看的而不是小孩子看的电影，如果问老师或家长，又怕挨说。于是，《白痴》和《珍珠》，一直到我中学毕业，我也没弄懂。即使上了高中，我知道了这两部电影分别改编自陀思妥耶夫斯基和斯坦贝克的小说，我从学校的图书馆里借到了这两本小说，但是，说老实话，似是而非，我还是没有看懂，却在合上书之后，自以为看懂，当别人问起的时候，还不懂装懂地讲上那么几句。

有时候，我会想，也许，一个孩子，就是这样在似是而非不懂与不懂装懂的过程中长大的，就像罗大佑的《童年》里唱到的那样："一天又一天，一年又一年，迷迷糊糊的童年。"一个孩子在小时候，过早进入成人世界，万事通一样，什么都懂，也不见得是什么好事。对于未知的世界，充满疑惑和迷茫，充满好奇与不解，懵懵懂懂，迷迷糊糊，恰恰是人生这个阶段的一种状态，如同野渡无人舟自横，无须别人帮助，只要独自横在那里那么一会儿，静听风吹，乃至雨打和冰封，长大以后，自可以风帆渐渐鼓起，涉水渡江而去。

流年似水，转眼过去了六十多年。仔细回想，初一那一年，在花市电影院，看过那么多场电影，却只记住《白痴》和《珍珠》两场，还没有看懂。留在记忆中的，只是梅斯金眼睁睁地看着那个漂亮女人往火炉里大把大把扔钞票，还有那清澈透明的海水和水中像鱼一样会动的鹅卵石。

第一个朋友

升入初一，在这所陌生的中学里，大多数人不认识，大家彼此往来不多，都是上课来下课走，只有从同一所小学考进来的小学同学，在一起的时间多一些。那时，我想，大家都显得有些孤独，可能和我的心思是一样的，都很希望能找到一个或两个新朋友，可以更快地融入这个班集体里，也让自己的心爽朗一些。只是人家和我不一样，我不大合群，不像有的同学天生自来熟，很快就能和陌生人交上朋友。

非常奇怪，我认识的第一个朋友，还不是我们班上的。他比我高一年级，读初二。我现在怎么也想不起来，我们是怎么一下子就认识了，仿佛他乡遇故知，就在校园里走着走着，偶然间相见，一下子就电火相撞一般，那么快便走在一起。或许是他和我一样，也不合群，像风吹落两片寂寞的树叶，凑巧碰在一起。想想，人与人之间的交往，有时候真是很奇特，大概是每个人都有属于自己的磁场，彼此的磁场相近，便容易相互吸引，倏忽间走近，情不自禁就走到一起了吧？

有这样一个情景，怎么也忘不掉，就像电影里的特写镜头：初一第一学期快要结束的时候，一天下午放学之后，我们走在永定门外沙子口靠近西口的路上。落日的光芒烧红了面前西边的天空，火烧云一道一道流泻着，好像是特地为我们而烧得那么红，那么好看。那一幕情景，尽管过去了六十年，依然清晰如昨，如一幅画，垂挂在我的眼前。

前面不远，是北京食品厂，小时候，母亲养了几只鸡，常让我到这附近买鸡麸子，剩下的零钱，便到食品厂的门口，买瓶北冰洋汽水喝或双棒雪糕吃。对这里，我还算熟悉。现在，我已经弄不清，为什么那一天我们会走到这里来，应该是他的家就住在附近吧。

那时候的沙子口比较偏僻，路上的人不多，很清静，路旁街树上的叶子被冬日里的寒风吹落干净，光秃秃的枝条，呈灰褐色，没有了一点儿生气。但我们的心里却那样地春意盎然，兴奋地聊个没完。

他叫小秋。这个名字，我觉得特别好听，后来读到柔石的小说《二月》，里面的主人公叫萧涧秋，名字里也有个秋字，便会想起他，更觉得这个名字好。他人长得特别白净，比好多爱美的女人都白净，长得也英俊。这是他留给我最初的印象，我心里总是这样偏颇地认为，好朋友，应该都是长相英俊的才是。

那天，我们走出学校的大门口，走出培新街的西口，沿着幸福大街，走到体育馆路上。这几条路，都是北平和平解放之后新建的，显得很平整宽敞；两旁是新建不久整齐划一的红砖楼房，更和老北京四合院错落的街巷不同。特别是体育馆路上，还立有运动员的白色雕塑，更显出新气象。他带我从体育馆路往南拐进四块玉老胡同，景观就大不一样了。胡同窄了许多，弯曲了许多，两旁的平房也矮了许多，东南一侧的跳伞塔，像只伸长了脖子的大鸟，显得格外地突兀高大。

我们就这样一边交谈，一边走到了沙子口，从东口一直走到西口。这一路不近，但我们都没有觉得远和累，也没有觉得冷，反而走出了一身汗。

这一路上，主要是他对我说着话。具体说的什么，我已经记不清。只记得他对我说，他每天都是这样走着上学的。这句话，之所以印象深，是因为那时候我也是走着上学，有时候会觉得天天走，有些累，有些单调乏味，便想买张公交车的月票，坐车上下学。他这一路要比我每天上学远多了，我有些惭愧，觉得这个学校里的同学可真不一样，比我刻苦的人有很多。

再有印象的是，他读的课外书真多，一路上向我不断讲起了好多书，我不仅没有读过，连听都没有听过。小学阶段，我的课外书仅限于《小朋友》、《儿童时代》和《少年文艺》几种杂志，还有从新华书店里买来的薄薄的几本书而已。在小学时期，我以为我读书挺多的呢，老师当着全班同学的面表扬我的作文的时候，还特意表扬我读书读得多，帮助了我作文水平提高呢。听他这么一说，我才知道自己和人家的差距那么大，便谦恭地听他讲，不敢插话，生怕露怯。

大概正是由于这样印象深刻的两点，我有点儿佩服他，觉得自己以前懂得的太少，看的书太少，很有些自惭形秽。汇文中学就是不一样，学生里藏龙卧虎，有这样一位同学做朋友，真是太好了，可以帮助我打开眼界，我可以好好向他学习了。一个小孩子长大的过程中，特别需要身边出现朋友，当然需要的不仅是能玩在一起的朋友，更需要能够学在一起的朋友。作为年龄小，或者知识能力弱的一方，如果能有一个比自己稍微大一点儿、各方面能力强一点儿的朋友，将会非常受益。找这样的人做朋友，像蹦一蹦才能够到树上高一些的叶子，让你不停努力往上蹦，会让自己有提高。有了这样的朋友，你的进步才有了明确的方向，你的生命才会完整，你的情感才会从家庭亲情扩展到更为轩豁的新天地,像一只笼中鸟,飞进一片树林,有了可以落栖的新鲜树枝。

小秋出现在我面前,非常奇特,突然得简直有点儿像是横空出世的侠客,特意前来帮助我一样,给我很多意外的收获,让我看见了眼前满天晚霞似锦,是那样明亮璀璨,令人向往。

那天,小秋对我讲起的很多书名,我都没有记住,只记住一本叫作《千家诗》。我听说过这本书,但没有看过,似乎在新华书店里也从来没见过有这本《千家诗》卖。

他对我说：比起《唐诗三百首》,《千家诗》收录的都是律诗和绝句,简单好懂,也好记,好背,更适合咱们这样年龄的人读。

他告诉我他家有《千家诗》,可以借给我看。

上午第一节课前,小秋拿着《千家诗》,到我们班的教室门前,招呼我出来,把这本书借给了我。

这是一本年头很老的书,纸页很旧,已经发黄,很薄,很脆,竖排的字体,每一页,下面半页是一首诗,上面半页是一幅画,画的都是古时候的人物和风景,和这首诗相配。我从来没有见过这样的书,以为是古书,起码也得是清末民初的书了。我很怕把书弄坏,回家后,立刻包上了书皮。我又买了两个田字格本,开始抄上面的古诗。每天抄几首,一直把这一本《千家诗》抄完。记得很清楚,抄录的第一首诗,是宋代僧志南写的一首七言绝句：

古木阴中系短篷,杖藜扶我过桥东。
沾衣欲湿杏花雨,吹面不寒杨柳风。

宋词里的上学路

应该特别感谢小秋。他借我的这本《千家诗》，让我真正地迷上了古诗。尽管小学我买过《杜甫诗选》、《李白诗选》、《陆游诗选》和《宋词选》，但我并没有怎么好好读过。那时候买这几本书，更多是心理上的占有欲在作怪。

这所校园浓厚的读书氛围无形中增添了我对书的渴望。我发现很多书我都没有读过，还发现很多同学读书比我读得多。自从抄了《千家诗》之后，抄书，成了我的一种习惯，正像大人们说的那样：买书不如借书，借书不如抄书。我抄录的第二本书，是胡云翼编的《宋词选》，不是全部，是其中的一部分。这本书是我自己买的，不用还，我抄录的目的，是背诵。

上学的路每天要走半个小时，这半个小时足够把一首宋词背下来了。因此，每天早晨上学之前，我会在一张纸条上抄录一首宋词，揣在衣袋里，一路走一路背；当我背诵卡壳的时候，掏出纸条来看看，再接着背诵。我不是那种过目不忘的人，记忆力远不如班上有些同学，但只要下苦功夫，就可以铁杵磨成针。我相信水滴石穿。

"无可奈何花落去，似曾相识燕归来。小园香径独徘徊。"（晏殊《浣溪沙》）

"舞低杨柳楼心月，歌尽桃花扇底风。"（晏几道《鹧鸪天》）

"会挽雕弓如满月，西北望，射天狼。"（苏轼《江城子》）

"天涯也有江南信。梅破知春近。"（黄庭坚《虞美人》）

"无奈归心，暗随流水到天涯。"（秦观《望海潮》）

"今宵酒醒何处？杨柳岸，晓风残月。"（柳永《雨霖铃》）

"红酥手，黄縢酒，满城春色宫墙柳。"（陆游《钗头凤》）

"九万里风鹏正举。风休住，蓬舟吹取三山去！"（李清照《渔家傲》）

……

多少美妙无比的宋词，都是在上学的路上背诵下来的。有这些宋词相伴，那些日子真是惬意得很。一张张抄满宋词的小纸条揣在我的衣袋里，沉醉在悠悠宋朝的春风秋雨落花流水之中，身旁闪过车水马龙喧嚣的街景，便都熟视无睹，或都幻作宋代的勾栏瓦舍，草木风雨。半个小时的路，便显得短了许多，也轻快了许多。

少年不识愁滋味，正是不知天高地厚的年龄，可能是青春期的逆反心理作怪，偏偏不喜胡云翼先生在前言里推崇的柳永、周邦彦。胡先生高度评价"北宋词至柳永而一变"。又极其赞美说周邦彦是"以高度形式格律化被称为'集大成'的词人"。我不以为然，以为柳永的词有些啰唆直白，周邦彦的词又太文绉绉，有些雕琢。那时，我就是这样自以为是。那时，我喜欢辛弃疾，喜欢秦观；喜欢辛弃疾的阳刚之气，喜欢秦观的阴柔之美。

秦观的《鹊桥仙》和《踏莎行》，精美的意象和朴素的词句，传达了人类共同拥有的感情，那时我背得滚瓜烂熟："金风玉露一相逢，便胜却人间无数。""两情若是久长时，又岂在朝朝暮暮。""雾失楼台，月迷津渡。桃源望断无寻处。"……即使到现在依然记忆犹新。

辛弃疾的许多词句，令我怦然心动："落日楼头，断鸿声里，江南游子。把吴钩看了，栏杆拍遍，无人会，登临意。""斫去桂婆娑，人道是,清光更多。""青山遮不住,毕竟东流去。""闲愁最苦,休去倚危栏,斜阳正在,烟柳断肠处。""江头未是风波恶,别有人间行路难!""醉里挑灯看剑,梦回吹角连营。八百里分麾下炙,五十弦翻塞外声,沙场秋点兵。""何处望神州?满眼风光北固楼。千古兴亡多少事?悠悠。不尽长江滚滚流。"……

不用说,喜欢的辛弃疾的这些词,染上了我作为一名初中一年级学生心中向往和想象的色彩,和辛弃疾一起登上建康赏心亭、赣州造口壁、京口北固楼,以及带湖的那轩窗临水、小舟行钓、春可观梅、秋可餐菊的稼轩新居。那种词句和心境合二为一的情景,大概只有在那种年龄读书时才会拥有。那些妙不可言的词句,刻在青春的轨迹上,到现在也难以磨灭。

其实,当时好多词我并没有看懂,以一个少年的心情触摸老年的心事,自然难免雾中看花。但那种读书抄书背书的情景,让我难忘。抄录并背诵这些古诗词,对于语文考试没有什么用,老师和家长也从来不会检查这些。但是,它们对我的帮助与作用,是长大以后显现出来的。它们给予我的营养,存在于生命成长的情感与血液里。

初一上学路上,因有宋词的氤氲弥漫,那条走出打磨厂,走过花市大街,穿过珠营胡同,一直到学校前的培新街的长路,都变得短了许多,美妙了许多。

公用电话

鸽子家有一台公用电话。这不仅是我们大院里,也是这半条老街上唯一的公用电话。她家在我们大院的前院，有一扇后窗，白天，电话就放在窗台上，夜里，她爸把电话收回窗内，把窗户关上。

鸽子在家里是老大，她还有一个弟弟、两个妹妹，家里就她爸爸一人上班，日子过得紧巴巴，她爸爸到街道办事处好说歹说，磨了大半年，才好不容易申请下来，安装了这样一部公用电话。附近的人都上鸽子家这里打电话。

鸽子的爸爸长得不出众，妈妈却是我们大院公认的美人，大高个儿，大长腿，街坊们都说鸽子长得随她妈。

鸽子和我一般大，上了初一之后，鸽子突然间长个儿，一下比我高出小半头，特别是出落一双长腿，格外显得亭亭玉立。院子的大人给她起的外号：刀螂腿儿。刀螂，如今难找了，那时，夏天在我们院子里常能够见到，绿绿的，特别好看，那腿确实长，长得动人无比，不动的时候，像一块绿玉雕刻成的工艺品。

鸽子那时候也没有体会出自己这一双长腿的价值，她一直好好学习，想考上女一中，可惜，小学毕业考试，成绩不理想，只考上一所普通的女中，特别地灰心丧气。没想到，刚上中学，就被来学校选苗子的少体校的田径教练看中了她的这一双大长腿，把她招进少体校练跨栏。这让她喜出望外，已经烧得只剩下灰烬的心，死灰复燃。在学校里没少有男生追她，她都一概不理，一门心思就是练跑，如果练到初中毕业，能练到三级运动员，就能够在高中时保送到女一中，那也是北京十大市重点中学之一。

她那时想得就是这样简单，没有想到初一这一年她遭遇到柱子。

我读初一时，柱子读初三。有一天放学，柱子在学校门口等我，我见他挺怪的样子,好像有什么心事。他说:我带你到东单体育场!

他有辆自行车,驮上我就跑。那时的东单体育场很空旷,专业体校生和一般人都在那儿玩。我们坐在大杨树下看一帮男女绕着圈在跑步。他指着他们冲我喊:你看!你看!我不知道他让我看什么,但我很快在跑步的人中看到了鸽子。这有什么奇怪的呢?到这儿就是为了看她的吗?要看在大院里天天可以看得见。

柱子对我说:你说奇怪不奇怪,我以前怎么就一直没注意到她呢?

他连连对我说这家伙了不得,跑得真快!敬佩之情发自肺腑。

自从那天在东单体育场看完鸽子的训练后,柱子天天晚上就跑到鸽子家打公用电话。打一次电话三分钱,三分钱也是一根冰棍、一张中山公园的门票、一个田字格本、一支中华牌铅笔的钱。对于我这样一个月家里只给一块钱零花钱的人来说,每天要消耗三分钱,一个月下来,不是小数字。柱子总能够从家里磨到钱,钱对于柱子不成问题,相比大院里的穷孩子家,他家是富裕的。但每天都打电话,给谁打?一个初三的学生,有什么电话非要每天打?

有时,他只是拨个121问个天气,117问个时间,有时拨半天拨不通,自己对着话筒瞎说一气,自说自话的样子非常可笑。我知道,他是醉翁之意不在酒,不过是借机会看看鸽子。但鸽子连个招呼和正脸都不给他,只埋头写作业,或是看他又在窗口出现了,而且又是对着话筒,像啃猪蹄子似的,一个劲儿地没完没了,她心烦地把书本往桌子上一摔,扭头就出了门。

鸽子她妈不怎么待见柱子,一直觉得柱子是个一心就知道玩不知道学的嘎杂子琉璃球,任柱子打多少次电话,只要把打电话的钱撂下就行。鸽子她爸好心，问柱子怎么总打电话。他含混地支吾着，说不出所以然。鸽子她爸就说：等有电话来我叫你，省得你总跑。

他照样乐此不疲，几乎天天狗皮膏药一样贴在人家的电话机上，几乎天天把鸽子气得摔门走出屋子，空留下电话的一片杂乱的忙音。

有一天的晚上，满院子传来叫喊声：柱子，电话！柱子，你的电话！

由于很晚了，院子里很静，大院里响起了很响亮的回声。

柱子一时没有反应过来，每天都是他自己在瞎打电话，并没有真正给什么人打通过。谁能够给他打电话呢？

柱子，电话！……

满院子还在回响着喊叫声。

柱子一跑三颠地冲出屋，跑到鸽子家。哪里有他的电话，那电话像是睡着的一只老猫，正蜷缩在鸽子家的窗台上。

他问正在屋子里做功课的鸽子：是有我的电话吗？

鸽子给他一个后背，理也不理他。

他问鸽子她爸：是有我的电话吗？

鸽子她爸向他走过来说：没有呀！有，我会叫你的。

鸽子她妈可能看出来他总来瞎打电话的猫腻，不愿意让他缠着她家鸽子，冲他像轰蚊子似的挥挥手，不耐烦地说道：哪儿有你的电话，小孩子家家的，瞎打什么电话！

他只好臊不答答地走了。

他根本没有分辨清，那是我憋着嗓子的叫喊，故意逗他呢。他那点儿花花肠子，早让我看出来了。

从那以后，柱子不再去鸽子家打电话了。

从那以后，柱子也不怎么再和我一起玩了。

我不知道，就是从那时候起，我们的童年结束了。

黑白日记

升入初二，我们的班主任，换成了杨老师。他和我初一的班主任司老师一样，也是高中毕业留校的老师。杨老师教体育，在我们学校里，体育老师当班主任的绝无仅有，起码，在我读书的时候，杨老师是学校里的唯一，可见他当班主任的水平在学校里是排得上号的。

和有些班主任不同，杨老师事必躬亲，事无大小，什么都要管到，像个鸡婆婆，恨不得把所有的学生都拢在自己的羽翼之下，方才放心。那时候，杨老师还没有结婚，年富力强，精力充沛，常看他在教室里忙这忙那，工作非常投入。

留给我印象最深的是初二一开学，他提出要求每个同学每天必须写日记，而且，要在第二天清早上第一节课之前，把日记本交到他的手里，他要逐本审阅，每本写下批语，当天下午放学之前发回给大家。全班四十多个学生，工作量够大的，可是，他乐此不疲，足见认真负责，目的是了解掌握全班同学的思想动态，和大家有个交流，方才能够带好这个班。那时，评选三好学生要求是"思想好，学习好，身体好"，思想是排在首位的，杨老师的班主任经验，就是纲举目张，首抓我们的思想。他想通过日记，掌控我们学生的脑子和心。在我们学校里不知道这是杨老师的创举，还是早有先例，杨老师只是效法。

每天清早，第一节课前，同学们都要把自己的日记本放在讲台桌上，厚厚的码成两或三大摞，摞得比所有科目交上来的作业本都高。班长和学习委员一起把日记本拿走，交给杨老师；大多时候，是杨老师亲自来取走。看着他怀里沉甸甸地抱着那么多日记本的样子，像体育课上抱着一网兜篮球，鼓起了大肚子，昂首挺胸往前走，企鹅似的，我会觉得既可爱，也可敬，又有些可笑。

当然，最后这一点可笑，是我心里的感觉，不知别的同学有没有和我一样的感觉。我从来不敢对任何一个同学说起。

我对杨老师这个做法，是有意见的。日记，是写给自己看的，又不是给别人看的。日记，总要写点儿自己心里的秘密，是留给自己的一点私人领地，怎么可以像公园一样向别人开放呢？老师，班主任，就有这份权力看每个人的日记吗？这样就真的能够像孙悟空一样，可以钻进每个同学的心里和脑袋里去了吗？那时候，全班同学正到了退少先队的年龄，开始申请加入共青团，要想入团，先要写思想汇报，交给团支部。日记，又不是思想汇报，怎么也要交出去给别人看呢？

当然，这样的想法，只是我在腹诽而已。每个人都写日记，都交老师，我怎么能特殊呢？只是，从一开始，我就买了两个日记本，一本是专门写给杨老师看的；一本是写给自己看的。写给杨老师看的那本日记，所写的内容都是每天学的什么，看了什么书，班集体发生了什么好人好事，反正罗列的都是好事。偶尔也会写点儿作业写马虎了，上课开小差了，思想有时落后，要求自己不高不够严格之类，显得真诚点儿，要求自己严格点儿。有时候，也会敷衍，字迹潦草，匆匆交差了事。当然，这样的日记，杨老师火眼金睛，一眼洞穿，批语上，少不了批评。

杨老师的批语，字体硕大，常会跑出格外，但写得格外认真，也很真诚，有时会有批评，大多数以鼓励和希望为主。但是，我内心里总觉得这不过是一些大话空话而已，尽管每一句批语说得意思都对，都是为了你好，但让你感动的是杨老师的这份认真执着，而不是批语本身。我不知道其他同学的看法如何，我心里对每天要交这样的日记，稍有抵触情绪，又不敢有丝毫的流露。

初二一学年，我写满了整整一本日记。写给我自己的那一本日记，却远远没有写满，写得都很简单。后来想，是杨老师要求写给他看的日记，让我对写日记的兴趣有所丧失，很多心里话，对谁也不想讲，也不敢写在日记里，觉得随时都有可能被人看见，最好、最保险，还是藏在自己的心里。

那时候，我买的这两本日记本，一本是从我家住的胡同西口专卖处理品的复兴成文具店买的简装日记本，那时正是全国经济困难时期，日记本里的纸，很粗糙，很薄，很黑，也很便宜。一本是在前门大街的公兴文化用品商店买的日记本，封面是苹果绿的绒布，凸印着"北京"两个大字，里面是道林纸，很白，很光滑，有很多张北京风光的彩色照片，但很贵。至今想来，我感到非常不好意思，有些对不住杨老师，那时我居然留有这样的小心眼：前一个日记本，是专门每天交给杨老师看的；后一本日记本，留给了自己。

批注李白和杜甫

《李白诗选》和《杜甫诗选》，这两本书是我上小学时候买的，包上了书皮，一直放在那里，并没有怎么读。初二那一年，才把这两本书拿出来，认真地读了一遍。尽管很多都读不懂，架不住不懂装懂，在似是而非中，仿佛收获满满，居然用钢笔吸满那时最喜爱的鸵鸟牌天蓝色墨水，在书上的诗句下面，画下弯弯曲曲的曲线，写下自以为是的点评。少年心事当拏云！一点不假，那曲线，那点评，做得都异常正规，好像和李白、杜甫平起平坐，甚至对他们指点江山。

在李白的《横江词》里，我在这样三句诗下画了曲线："一风三日吹倒山"，"一水牵愁万里长"，"涛似连山喷雪来"。一句写风，一句写水，一句写浪，三句用的都是夸张的修辞方法，写法却有所不同：一句是直接夸张，让风将山吹倒；一句则用拟人，水伸出手臂一般将愁牵来；一句则用比喻，把浪涛涌来比成喷雪。

和那样年纪的孩子一样，我对诗的内容是忽略不计的，感兴趣的是词儿，希望学到手的是好词汇，就像愿意穿漂亮的新衣裳一样，希望把这些好词儿穿戴在自己的作文上。在《登太白峰》里，我在"举手可近月，前行若无山"画了曲线。一样，看中的还是夸张的好词儿。

在《与夏十二登岳阳楼》里，我画下这样一句："雁引愁心去，山衔好月来。"这一句，我记忆最深，不仅因为对仗工整，也因每一个词用得都恰如其分，又恰到好处，一个"雁去"，一个"月来"，画面如此地清晰；一个"引"字，一个"衔"字，动词用得是那样地生动别致。更重要的是，这句诗给我一个启发，忧愁也好，苦闷也罢，一切不如意的，都会过去，而美好总还存在，将会到来。我就是这样鼓励自己的。

在《侠客行》里，我画的诗句是"三杯吐然诺，五岳倒为轻"，这真的是我自己真心的向往了,将诺言作为吐出的吐沫钉天的星,是那时的一种情怀,也是追求的一种境界。

最喜欢李白的诗,还是《寄东鲁二稚子》。在这首诗里,我在好几句诗下画了线:"南风吹归心,飞堕酒楼前。楼东一株桃,枝叶拂青烟。此树我所种,别来向三年……"我还特别在"向"字上画了圆圈,旁边注上了一个字,"近"。这是李白想念他的两个孩子的诗,写得朴素而情真。我开始明白了一点点,好词儿不是唯一,感情的真切才是重要的呢。

在《翰林读书言怀呈集贤诸学士》里,我画下这样一句"片言苟会心,掩卷忽而笑",便是那时我读李白诗真实的写照了。那时读书真的能够给予自己那么多会心的欢乐。

对于杜甫,少年时是理解不了的。虽然,课堂上学过《石壕吏》,还背诵过全诗,但我不认为那就是杜甫最好的诗篇。在这本《杜甫诗选》里,《北征》等长诗都有详细的注音注解,但给我的印象并不深,不深的原因是不懂,也不能要求一个十几岁的少年懂得那时沉郁沧桑的杜甫。

印象深的,还是杜甫对于感情的表达很真切的那些诗。《后出塞》中"战伐有功业,焉能守旧丘";《月夜忆舍弟》中"露从今夜白,月是故乡明";《彭衙行》中"谁肯艰难际,豁达露心肝";《登高》中"无边落木萧萧下,不尽长江滚滚来"……这些句子下面,都被我画下了曲线。"战伐有功业,焉能守旧丘"和"谁肯艰难际,豁达露心肝",心情表达得直白明确,却那样让人感动;"露从今夜白,月是故乡明"和"无边落木萧萧下,不尽长江滚滚来",则那样地情景交融,让人难忘。

我也在《梦李白》中的"冠盖满京华，斯人独憔悴"下画了曲线，但实际上是似懂非懂的，只不过那时刚刚读了冰心的小说，其中一篇题目是《斯人独憔悴》而已，便觉得他乡遇故知一样，感到分外亲切。

杜甫诗中最令我难忘的，是《赠卫八处士》，那时全诗背诵过，但也未见得真正懂得。逐渐明白其中的含义，应该是在以后的日子里，特别是到了北大荒插队，有了一些人生的颠簸和朋友的风流云散之后，才多少明白一点儿"人生不相见，动如参与商"，"夜雨剪春韭，新炊间黄粱。主称会面难，一举累十觞"的意思。而"访旧半为鬼，惊呼热中肠"，则更是在以后，面对许多亲人相继离去时的情景。"明日隔山岳，世事两茫茫"，是那一阵子我心里常有的伤怀感时的感慨。我要感谢少年之时读过背过这首诗，让我日后的日子里心情抒发的时候，找到了对应的寄托，那不仅是诗的寄托，更是民族古老情怀和血脉的延续和承继。

有意思的是，这本《杜甫诗选》里夹着一小页已经发黄的纸，上面开始用红墨水笔写着字，写着写着，没墨水了，接着用铅笔在纸的正反两面写下了密密麻麻的小字。是我读孟郊的诗的一些感想。现在回忆起来，大概是上高中的事情了。不知道为什么夹在这里，经历了几十年的岁月，竟然完整无缺地还保存在这里，作为我少年时光曾经存在的物证。应该说，还是要感谢《李白诗选》和《杜甫诗选》这两本书，因为我对唐诗的喜爱，是从这里开始的。可以说，没有读李白和杜甫，就没有后来读孟郊。

将这一页抄录如下——

一提起"郊寒岛瘦"来，孟郊的诗可谓是瘦石嶙岩，苦吟为多。

"万俗皆走圆，一身犹学方"，"小人智虑险，平地起太行"的对人世的感慨，以及"抽壮无一线，剪怀盈千刀"，"触绪无新心，丛悲有馀忆"的感叹，几乎在孟郊的诗集中比比皆是。但这样一位苦吟诗人也不乏有清新的小诗，脍炙人口、传之于世的。比如"春风得意马蹄疾""月明直见嵩山雪"，或者是形容那"吹霞弄日光不定，暖得曲身成直身"的炭火。但我以为，更清新的诗似乎被弄丢了。

试举一例说明——《游子》一诗四句："萱草生堂阶，游子行天涯。慈母倚堂门，不见萱草花。"艳阳春光，堂前春草，相争而出，然而慈母却都没有看见，因为她看的不是这咫尺之近的萱草花，而是远游未归的游子。从眼前有之物，写出无限之情。

天呀，那时怎么竟是如此地自以为是，刚刚从老师那里学到的一点东西，就在这里煞有介事地激扬文字，挥斥方遒，指点江山了。

酸枣面

初一的暑假，我去呼和浩特看姐姐。那时候，姐姐一家从包头搬到了呼和浩特，住在一个叫四合兴的地方。那个地方，在呼和浩特老城外，四周开阔，房子不多，人也不多。四合兴这个地方，像一大棵卷心菜，包裹在最里面，新建不久的一片楼房，是铁路宿舍；楼房外面有一些散落的平房，大多是土坯房，是当地人住的老房子。再外面便是一片开阔地，种着几排高大的白杨树。包裹在最外面的，是一座叫作新华桥的水泥桥，桥下没有水，干涸的黄土裂开着口子。走过新华桥不远，是一条宽敞的马路，可以到老城。但是，我没有去过，不知道要走多远。

姐姐家住在铁路宿舍。白天，姐姐姐夫上班，他们的孩子上幼儿园，我在屋里很是无聊，常走下楼，来到房前的空地，穿过白杨树，走到新华桥，转一圈回家。站在新华桥上，望着远处雾霭或沙尘中的房子和车子，如同海市蜃楼一般朦朦胧胧，想象着前面老城是什么样子。

来呼和浩特前，弟弟让我买点儿酸枣面带回家，他听院里的大孩子说，酸枣面都是山西和内蒙古产的，要比北京便宜得多。

酸枣面，是老北京小孩子的一种很老的零食。我们大院门口摆着一个小摊，卖一些小孩子吃的零食，其中最醒目的，就是酸枣面，样子像黄土，颜色也像黄土，一堆黄土山，高高地堆在摊子上，一两分钱，能买不小的一块，能吃老半天。大多穷孩子吃一颗没有糖纸的硬块水果糖，也得等到过年呢。酸枣面便是可以解馋的吃食。我们还可以用酸枣面冲水喝，不甜，但酸酸的，是那时候我们自制的汽水。

虽然，我都已经上中学了，但还是和小孩子一样馋，也没吃过别的什么好吃的东西，和弟弟一样，也馋这口酸枣面。心里想，如果真的很便宜，就多买一些，带回北京，给大院那帮比我还馋的孩子，一人冲一杯酸枣面的汽水喝。

再说，每一次来内蒙古找姐姐，都是我一个人来，弟弟当然也想来，可是，他从来没有来过一次。父亲母亲都说他太小，姐姐也从来都不发话。弟弟认为，无论我爸我妈，还是我姐姐，都偏向我。他也就不再提和我一起来内蒙古看姐姐的事情了。这一次，我来呼和浩特，他提出让我买酸枣面，我说什么也得买，而且得买多多的，带回去给他。

那天，我下楼，来到这片空地上。那里常有一群孩子绕着白杨树疯跑，我想问问他们，哪儿有卖酸枣面的，到老城怎么走。去老城，总应该能买到酸枣面。

白杨树下疯跑的孩子，看我一个陌生人向他们走过去，忽然不跑了，停在那里，很好奇又有些疑惑地望着我，大概我的穿戴和他们不大一样吧。

是几个男孩子和女孩子，有的年龄比我大，有的比我小。其中一个梳着羊角辫的小女孩，年龄最小，被塞外太阳晒得黝黑黝黑的小脸上，有一双黑亮黑亮的大眼睛，正呆呆地望着我。

我问她：你知道去老城怎么走吗？

她没有回答，却立刻笑了，黑黑的大眼睛里，闪着一种我猜不明白的光，似乎她所有的心情都浓缩在这一闪的光和笑里面了。我猜想，大概是因为在这一群孩子里，我没有问别人，独独问了她。

停了一会儿，她才对我说：我知道。然后，她紧接着对我说：我带你去吧！

现在？

对呀，现在！

我跟着她走，其他的孩子散了，接着绕着白杨树疯跑。

走过新华桥，我问她：远吗？

不远！

我又问：用坐公交车吗？

不用，抄近道，一会儿就到。

她带着我走近道，是土道，周围不是稀疏地长着荒草的空地，就是零星散落的土房子。我们边走边说着话，我知道她上小学三年级，比我弟弟低一年级。

我们都见过你，知道你是从北京来的，住铁路宿舍，对不对？说着，她冲我俏皮地眨眨大眼睛。

我问她：你怎么知道的？

她笑了：我怎么不知道？我们都知道。

我又问她：你住哪儿？是那片平房吗？

她点点头。

一边走，一边说着话，我知道了，她的爸爸妈妈就在老城一家工厂上班。

我问她知道老城在哪儿能买到酸枣面吗？

她一听就咯咯地笑了：你们北京人也爱吃这家伙？

我说：是呀！北京的孩子和你一样地馋呢。我们还用酸枣面冲水喝呢！

她笑得更厉害了：是吗？我们也用酸枣面冲水喝！

果然，抄近路，很快就到了老城。轻车熟路，她带我买到了酸枣面。她带着几分骄傲的神气对我说：我敢说，这是老城里卖得最便宜也最好吃的酸枣面！

初中：少年心事　　155

我抱着一大包酸枣面胜利而归。空地上,白杨树下疯跑的孩子已经回家。走到那片平房前,她对我说:我到家了。我谢了她,使劲儿掰下一大块酸枣面送给她,她连连摆手不要,说着就跑了。我追了几步,把酸枣面塞在她的衣兜里。

以后好几天,我都没有见到她。我很想见到这个可爱的小姑娘。不知道为什么,白杨树下,见到别的孩子绕着树疯跑,或打闹,或捉迷藏,就是没有见到她。

我问那帮孩子,那个小姑娘怎么没来玩呢?

他们望着我,都不说话。最后,一个男孩子憋不住了,没好气儿地对我说:还不是因为你!

我很奇怪:怎么是因为我呢?

他接着说:你给她酸枣面,她妈看见了,问她哪儿来的?她妈就不让她出来玩了!不是因为你,因为谁?她一直和我们玩得好好的!

我有些发愣,一点儿没有想到,痴呆呆说了句:我是个坏人吗?

谁知道!他撇撇嘴,甩下这样一句话,扭身跑走了。那群孩子跟着他也跑走了。

我离开呼和浩特之前,也没能再见到这个小姑娘。我不明白我错在哪儿了,她又错在哪儿了。但我很想念这个曾经帮助我并带我到老城买酸枣面的可爱的小姑娘。

回到北京,我把一大包酸枣面给弟弟,对他讲起了帮我买酸枣面的这个小姑娘的事情。他非常不解地说:为什么?她妈怎么这样呢?不就是酸枣面嘛!

美术老师

在汇文读书时教过我的老师，我都记住了他们的名字。唯独美术老师的名字，连姓什么都没有记住。

她是代课老师，四十来岁，不苟言笑，总是很严肃的样子，比刷了一脸糨糊板正的班主任老师还显得严厉。

那时，刚上初一。中学有专门的美术教室，软硬件都很齐全，每人一把右边带拐弯的木椅子，是专门为美术教室定做的，方便一边听课一边画画，真的让我觉得中学就是和小学不一样，仿佛自己一下子长大了许多。每次上美术课时，发每人一张图画纸，大家在上面画。偶尔，老师教我们照石膏像写生；有时老师也会拿来她自己画的一张画，让我们照葫芦画瓢，也只是偶尔。大多时候，是布置一个题目，让我们随意画，当场画完，交给老师，下次上课时，老师发下来，上面有老师的评分。她也不讲评，只是让我们画。

只有初一和初二两年有美术课，我已经忘记了是一周一节还是两周一节，美术课是副科，大家都不太重视。我还是很期待的，因为那时候我喜欢画画。后来，我写过一篇作文《一幅画像》，里面写的就是我上数学课画画的事情。

我们班上有两个同学画画最好，他们都拜画家吴镜汀为师，放学之后，常到吴镜汀家学画，然后第二天到学校来和我白话。受他们的影响，我也喜欢涂涂抹抹，虽然赶不上他们二位画得那样好，但总还是画得有点儿模样吧。当然，这只是我自己这样觉得，所谓敝帚自珍吧。

可气的是，美术课上每一次作业，这位老师给我判的成绩最高只是"良"，一次"优"也没有。那时候，少年气盛，争强好胜，也因为每学年评定可否获得优良奖章，要看期末所有科目评分是不是都在"良"以上，所以，我非常努力想画好，哪怕只是争取得到一个"优"也好。但是，每一次发下作业，看到自己的画上面，老师给我不是"中"就是"良"，很让我丧气，又很不服气，特别想找老师理论理论。一想到她那张总是绷着糨糊的脸，就泄了气。

我各科的学习成绩都好，唯独美术课拉了后腿。但是，现实残酷，让我只能退而求其次，没有"优"就没有吧，命中注定，不是你的，就别再强求。希望"良"多一点儿而"中"少一点儿，就念佛了。到期末，这位老师总评分能够发慈悲给我个"良"，不耽误评优良奖章就行了。不过，说句心里话，每次发下作业，看到上面的评分，再看看老师她那张冰冷的脸，我都提心吊胆，心总是小把儿地紧攥着，生平头一次感到自己的小命是掌握在这美术老师的手心里。

没有想到，初一这一年成绩册发下来，我打开一看，美术课一栏，给我的总评分是"良"。一直提到嗓子眼儿的那颗悬着的心，终于安稳地放进肚子里了。想想这位美术老师，还是挺善解人意的，起码懂得我的心思。再想想她那一张绷满糨糊的脸，也不觉得那么冷若冰霜了。再开学上美术课，我应该谢谢她高抬贵手才是。

初二开学第一节美术课，站在美术教室门口的，是一位高个子的男老师，姓邓，叫邓元昌，是正式从美专学院调进来的美术老师。那位女老师，不再代课了。从此，我再也没有见过她。

美术课，是中学最不起眼的副科，美术老师相应地也处于教师队伍的边缘位置，清闲，却也不受重视。美术老师真正受到重用，是在"文革"早期，我们学校的教学楼前悬挂的巨幅毛主席画像，花坛中矗立起来的毛主席挥手的巨幅水泥雕像，都是邓老师主要在忙乎，其他老师当帮手。看他一个人站在脚手架上，挥洒着油画笔，或拍打着水泥，总会让我想起初一教过我一年的那位不苟言笑的女美术老师，如果她还在我们学校，也会和邓老师一起忙乎，现在有了她的用武之地。可是，我连她的姓都忘记了。每次想到这儿，我都很惭愧。

东北旺

学校周六下午，一般没有课，课外活动都安排在这时候。学校里有好多社团，话剧、舞蹈、合唱、口琴各文艺队，篮足排的体育队，还有物理、化学、数学的课外小组，应有尽有，非常丰富。不过，我一个社团都没有参加过。我生性不大好热闹，不大合群。

周六的下午，我一般会去文化宫的图书馆，那里离我家不远，是原来太庙的一座什么配殿，虽然不大，但毕竟是皇家宫殿，红墙琉璃瓦，古木参天，夏天的阴凉遮住整个阅览室，特别凉快。

那个周六，是初二第二学期开学不久，刚刚开春，上午最后一节课下后，我立刻跑进食堂，匆匆吃过午饭，就往外跑，想抓紧时间赶去文化宫。在食堂门口，遇见了小秋。我已经很久没有见到他，他正准备考高中，学习紧张。见到他，我挺高兴的，才知道他在食堂门口是特意等我的。他先去教室找我，没有找到，问了同学后，来到食堂。也不知道他吃没吃午饭。

他问我下午准备去哪儿？我告诉他去文化宫图书馆。他说：我和你一起去！我们两人来到文化宫图书馆，各人抱着一本书，像老猫一样蜷缩在软椅上，待了整整一下午。

黄昏时分，我们走出文化宫，穿过天安门广场，走到前门楼子，再往东拐，就拐进我家住的老街。我知道他是特意陪我走到这里的，不知道他陪我一下午，是不是有事情对我说，但一直有些犹豫，憋了一下午。

我指着旁边的有轨电车，挺感谢地对他说：你快回家吧！

我们在电车站等车，他忽然对我说：明天星期天，你有空吗？

我这才明显感到他明天有事，他陪了我一下午，其实就为要说这句话和这件事的，便忙对他说：有空！有空！你有什么事情吗？

我想让你陪我去一趟东北旺。

东北旺？

我第一次听说这个地名，这个陌生的地名，让我觉得不在城里，一定挺远。不知道他有什么事情，非要去那里？但他决定要去，而且是想让我陪他一起去，肯定是有要紧事情的。

我对他说了句：行啊，没问题！心里还是有些好奇，忍不住小心翼翼地问他：有什么事情吗？

他说：说来话长，明天在路上告诉你！

行！我立刻答道。听他的语气，看他的神情，我明白，他中午就来找我，又陪我看了一下午的书，鼓足了勇气让我明天陪他去东北旺，是对我友情的表示，还有什么比朋友之间的友情更重要呢？

他和我约好明天上午，还在这里碰头。他说：我坐电车到这里，然后，咱们再坐汽车，不过，得倒好几回车，路挺远的，你得做好准备！

没事！咱们早点儿走！

第二天早晨，天有些阴，风有些料峭。我早早赶到电车站，想自己离车站近，早点儿来，别让小秋等。谁想到，远远看见小秋已经站在电车站前了。

确实倒了好几回车，公交汽车一直往北开，过了西直门，又往西北开。城里的高楼和商店都见不到了，见到的是大片大片的农田和矮矮的平房，乌云低垂，只能隐隐看见西山起伏的淡淡轮廓。

在车上，小秋对我讲了去东北旺的原因。他的父亲犯了什么经济案，还不错，最后没有被判刑，只是到劳教农场劳教六年。这个劳教农场，就在东北旺。这是他刚上小学六年级时发生的事情，那时，他小，不明白家里突然少了爸爸是怎么一回事，上中学之后，才彻底弄清事情的原委。妈妈觉得这事情太让她感到羞耻，所以从来没有到东北旺看过一次爸爸。小秋有一个姐姐，比他大好多，已经工作了，有时候会来看看爸爸。姐姐前两年结婚有了小孩，没有时间了，他就来东北旺看望爸爸。

每一次来，坐在长途汽车上，心情都特别难受，特别想有个伴儿能陪陪自己，自己也好把憋在心里的话说出来。但是，这又不是什么光彩的事情，找谁说呢？所以，犹豫了好久，想到了你！我想，你不会嘲笑我，看不起我……

小秋这样对我说，让我好感动，我知道这是友情带来最真诚的信任，我从来没有感受过这样的友情，这样的信任。

那一年，我十三岁，小秋十五岁，一对这样年龄的孩子之间建立起来的友情，像水一样清澈透明。这样的友情，这样的信任，没有什么额外要求，只要那么一点点的陪伴和你的倾听与理解。

我真的没有想到，平常那么好学向上又那么开朗的人，竟然有着这样的难言之隐。父亲带给他的压力，深深地藏在他的心里。听完小秋的话，我忽然有一种想哭的感觉。我望望小秋，他并没有望我，而是扭过头望着车窗外。窗外的云彩压得很低，像要下雨。

车子在东北旺的站牌前停下来，只有我们两人下了车。还要走老远的路才到劳教农场。走到半路，我们走出一身汗，有些累了。前面有一棵山桃树，鲜红的山桃花开得正旺，让阴云笼罩的田野有了明亮的色彩。小秋指着树说，咱们到那儿歇一会儿。他想得周全，带来了义利的果子面包和北冰洋汽水，让我先垫垫肚子，说到了那里没有饭吃。从他的手里接过面包和汽水，看他的那样子，感觉像一个细心的大哥哥；再看他的神情，又觉得掩藏着那样深深的忧伤，是我们那样年纪不应该有的。我闷头吃着面包，不敢再看他。

那天见到小秋爸爸的具体情景，记不太清了，只记住一个场面，他爸爸伸出两个胳膊，让我们两个一人抱着他的一只胳膊，在上面打摽悠。他是那么强壮，胳膊上隆起饱满鼓胀的肌肉，像学校操场上那结实的单杠。我们都是那么大的孩子了，真的抱住他的胳膊，蜷着腿，他像体操的十字悬垂，带着我们来回旋转着，我感觉就像坐在公园里的旋转木马上，惹得周围的人都笑了起来，连站在一旁的警察都忍不住笑了。我看见，小秋也露出难得的笑容。

我们从东北旺回到城里，天已黄昏。乘车到前门的时候，我送他坐上有轨电车的那一瞬间，趁着车门没关，一步紧跟着也迈上了电车。

小秋吃惊地问我：你这是干吗呀！

我对他说：我送送你！

这个念头，是他上车那一瞬间突然冒出来的。我不想在这一天他一个人回家。

他望望我，没再说话。有些拥挤的车厢，在大栅栏这一站上来的人多了起来，挤得我们两人常会碰撞到一起。从来没有挨得那样近过，能闻得见他身上的汗味，甚至能听到他怦怦的心跳声。我想，他肯定一样，也闻得见我身上的汗味，听得见我的心跳。那时，我想这应该就是友情的味道，友情的心跳吧，尽管有些酸文假醋，却是我少年时期对友情最温暖最天真的一次感受。

有轨电车，永定门是终点站。下了车，要走到沙子口。小秋没有再说什么，任我陪着他走到沙子口，一路上，我们默默地走着，没有说话。我们在沙子口的路口分手告别，他突然伸出双臂，拥抱住了我。那一刻，稀疏的街灯亮了起来，在越发晦暗而阴云笼罩的夜色中，昏黄的灯光洒在我们的肩头。

返程的途中，憋了一天的雨，终于下了起来，不大，如丝似缕，沾衣欲湿。

《小百花》

初二那年，我做了件事情，大概是我读中学以来最值得骄傲的一件事情。当时，引起全校的轰动。

那一年，学校教学楼的大厅出现了一面墙那样大的墙报，取名叫作《百花》。这是我们学校语文教研室的老师们办的,他们把几块墨绿色的乒乓球台挂在墙上,上面贴满了一张张四百字的稿纸。稿纸上,是用钢笔写的文章,有高年级学长写的,也有老师写的,还有我们学校的高校长写的。

墙报上,最醒目的是报头,每一期的水粉画,都是老师们画的。这些水粉画画得十分漂亮,除了教过我们美术课的邓老师画的,还有教我们英语的邱信老师画的。邱老师教我初一英语,对我青睐有加,常叫我到办公室去,给我吃点儿小灶,鼓励我好好学。他正襟危坐听我读英语的情景,总让我难忘。他教英语,水粉画却画得那么好,真是多才多艺,我心里便暗暗地比较他和邓老师的画,觉得邱老师画得更好呢。他平常不怎么爱说话,一身衣服总是笔挺,头发梳得纹丝不乱。在我们学校里,这样头发整齐的,只有邱老师和数学组的特级教师阎述诗两位老师。

墙报上,还有不同栏目分类标识,每篇文章的后面,补有彩笔画的尾花。文章题目都是学校教大字课的闵仲老师所写,她当时是北京市有名的书法家。墙报名师荟萃,花团锦簇,非常醒目,可以说是学校的创举,很吸引人。

下课的时候,墙报前围满了同学和老师,大家都觉得新鲜。我更觉得新鲜,感到这和报纸杂志有些相似。不同的是,这是学校语文组的老师的杰作,读着更为亲切。老师们的字迹不一样,有的整整齐齐,有的龙飞凤舞,有的倾斜一边倒,有的顶天立地出了格子……很多老师没有教过我,我没见过,便常一边看一边猜想他们长的样子,仿佛从字迹上可以看到一个人的样子,甚至一个人的心呢。以后,定期更换墙报，每期的文章和报头都不一样，画报头的依然是邓老师和邱老师，写文章的老师却常变换人马，《百花》真的成了一块百花盛开的园地，成为当时校园里的别致一景。

放学后，我趴在墙报前，每期都会从头到尾仔细看一遍。高处看不清的，就踮起脚尖；低处的，得蹲下来看。那些文章，因为都是高年级的学长和老师所写，水平自然挺高。但是，佩服之后，心里又有些不平，怎么都是高年级的同学写的文章，就没有我们初中同学写的呢？不平之后，心里又有些不服气，难道我们不会写文章吗？难道我们写的文章就一定比他们写的差多少吗？

那时，我是班上的宣传委员，第二天上学，我和几个同学商量，《百花》不带咱们玩，咱们自己也办个墙报怎么样？大家立刻赞成，跃跃欲试。马上，找平常作文写得不错的同学分头写文章，也抄录在四百字一张的稿纸上，大家都摩拳擦掌，得写得漂亮点儿，拿出水平来。再找班上两位画画好的同学（我知道他们二位已经拜吴镜汀先生为师学画），负责画报头、栏目图和尾花，他们两人二话没说，立刻答应，回家准备材料。

文章写好了，交到我的手里之前，我让大家把文章的题目空出来，我想照葫芦画瓢，也得找毛笔字写得好的人帮助我们写。我把厚厚一摞稿纸带回家，让我父亲帮助写楷书，他小时候练过几天楷书；又请邻居黄大叔帮忙写隶书，他的隶书写得相当不错。

万事俱备，只欠东风，也得给自己的墙报取个名字呀。大家议论纷纷，我说：老师办的叫《百花》，咱们的就叫《小百花》，怎么样？

大家都同意。

我们让班主任杨老师帮忙从学校里找了一块黑板，放学之后，大家一起动手，把一张张稿纸贴在黑板上。别说，和《百花》一样，也有报头，有尾花，有栏目图，有毛笔字的题目……沙场点兵一般，齐齐整整，五彩斑斓，大家站在远处观看，自己为自己的劳动成果兴奋。

下午最后一节课后，我们把我们的《小百花》搬到大厅，摆放在《百花》旁边左侧墙前的架子上。不一会儿工夫，我们的《小百花》前，围上了好多同学和老师，大家纷纷啧啧赞叹着。我知道，不见得是我们的文章写得有多好，是大家觉得挺新鲜，而且这个《小百花》竟然是出自初二小同学之手，有点儿初生牛犊不怕虎的意思吧？甚至有点儿和《百花》打擂台的意思呢！

《百花》定期，我们《小百花》也定期。我被我们的班主任杨老师封为《小百花》的主编，让我一定坚持下去，说学校里的老师看了，都说不错，是好事，语文组的老师说还要写文章表扬你们呢！（果然，后来在《百花》上贴出了由《百花》主编王西恩老师写的《为〈小百花〉鼓吹》的文章。）

每期《小百花》搬到大厅，放学之后，我都会悄悄地躲在一旁，看有多少人在看，听他们的议论，心里暗暗得意。有一次，我看见高校长也来了，他的眼睛高度近视，俯下身子，凑近前去，仔细在看，眼镜都快撞上黑板了。

忘记过了多长的时间，忽然，有一天，在大厅右侧的墙边，又出现了一个新板报，名字叫《一枝梅》。那块小黑板和我们的《小百花》一般大小，也贴满了四百字的稿纸，上面写着各种各样的文章。而且，和我们《小百花》一样，也有漂亮的刊头、栏目图以及尾花。我相信，绝对不止我一个人看出来了,这不是明显在和我们的《小百花》叫阵吗？

《一枝梅》是高一五班的师哥们办的。看看师哥能不能打败小师弟吧。我猜想,很多同学看看左侧我们的《小百花》,再看看右侧的《一枝梅》,会揣着这样看热闹不嫌大的想法吧？

不过,我们的班主任杨老师不这样想。有一天,在大厅里,他看我站在《一枝梅》板报前面很不服气地噘着嘴笑着,指着《一枝梅》,对我说：这是好事！有个对手,才叫比赛；就你一家蹦,叫表演。

看我眨巴着眼睛望着他,他又指了指大厅中央的《百花》,接着对我说：再说了,你们《小百花》和他们高一五班的《一枝梅》,共同挑战的是站在大厅中间的大《百花》呢！

一个《小百花》,一个大《百花》。现在,又多出来个《一枝梅》！校园里,一下子热闹了许多。不过,说句骄傲的话,学校里,当时议论更多的,后来说起来更多的,还是大《百花》和我们班的《小百花》。《一枝梅》渐渐被人们遗忘。

不管怎么说,大《百花》是老师办的,《小百花》是学生办的。这几乎成为我中学时代最露脸的一件事。"小百花"和"大百花",一度成为校园里的新名词。

扁桃事件

我们学校的墙报《百花》,就是学校的文学杂志,尽管仅仅存活五年左右的时间,但是,在20世纪60年代,曾经被全校师生引以为豪。

和当时的《少年文艺》《儿童文学》不一样，和如今专门给学生看的文学杂志如《东方少年》《中国校园文学》也不一样，它基本没有儿童文学所弥漫的孩子气，更多像一本成人文学杂志。我想，这大概是因为在《百花》上面写文章的大多是老师，除语文老师写的阅读指导和散文小说之外，物理老师余朝龙在《百花》上开设有专栏"大科学家的小故事"，每期讲一个科学家的小故事，很受欢迎。学生在它上面写的文章，和一般的作文拉开明显的距离，大多创作的是小说散文，作者大多是爱好文学的高中生。如我一样的初中生，很少也很难在上面露面。它有自己的门槛的。

我非常喜欢看《百花》。尽管它上面的文章水平并不能完全赶上正规的文学杂志，但是，由于是自己的老师和学长写的，会感到亲切，读起来会有一种走进学校食堂里吃饭的感觉，而没有进饭馆的那种距离感和陌生感，吃起来的味道便格外惬意。我特别爱读学生的文章，他们常会学着作家也给自己起个笔名，看到那些写得好的文章，心里很是佩服，总让我忍不住猜测会是哪个班的哪个同学写的。很有一种"但愿一识韩荆州"的感觉，会萌生起想见见这个同学的想法，向他讨教一下学习写作的方法。那时候，我是那样地痴迷于文学写作。

大约是我读初二的第二学期，有一件事，突然在同学中议论开来，是关于《百花》上一篇高三同学写的名字叫《扁桃》的文章。这篇文章，我看过，大概意思：写他童年时喜欢班上的一个女同学，从小学到初中，两人一直都在同一所学校，考高中后，他考上了汇文，是男校，女同学考入一所女校，两人分别，彼此想念。写的是男女同学之间的友情，有那么一点朦朦胧胧的感情涟漪。我并没有完全看懂，只是觉得挺美好的。

问题出在了"扁桃"上面。记得文章中提到的扁桃，是这个女同学从小爱吃扁桃，有时候，男同学会买来送给她。已经过去了六十年，记忆中隐隐约约是这样的，也许会有偏差，但大概意思是差不太多的。不就是一个扁桃嘛，我没有觉得会有什么问题。

但是，超出我的认知，也超出我的想象，"扁桃"的问题，一下子变得严重起来。同学之间的议论多了起来，却都是含混不清，遮遮掩掩，欲言又止的。最后，我听明白了问题严重的根结，说"扁桃"形容的是女同学。为什么要拿扁桃形容女同学呢？拿扁桃形容女同学，又为什么成了严重的问题呢？这样的问题，在当时，我和我的同班同学都是不解的，只有面面相觑。我们很想问明白，但找谁问呢？找老师吗？老师会瞪着一双疑惑甚至责备的眼睛，反问你为什么对这样的事情感兴趣？

于是，扁桃，在很长一段时间里，成为一个不解之谜。

听说，写《扁桃》的这个高中同学，和同意把这篇文章登载在《百花》上的语文老师，都受到学校严厉的批评，至于最后怎么处理的，这位马上就要高考的同学，考大学受没受影响，我就不知道了。事情很快就平息了，学校不想闹大，大家的兴趣转移了，紧张的复习考试也来临了，扁桃的季节，过去了。

一直到长大以后，我才明白，是有一位老师首先对文章发出质疑，认为扁桃象征着女性的性器官。这可不是小问题了，一个学生，居然将扁桃写成性器官，不仅是大逆不道，而且是下作，是思想意识问题了。只是，我不知道，这真的是这位学长自己想到的象征，还是老师

初中：少年心事　　169

自己敏感的想象和从文学到道德到思想意识阶梯式的联想？事情已经过去了六十年，"扁桃"已经成为无头案。

在学生时代，特别是进入高中的青春期，男女之间的情感，性的朦胧迷惑乃至冲动，其实都是很正常的。但是，在当时的环境下，尤其是在我们的男校里，没有这方面的教育，对这样的问题，是讳莫如深的，只能冲撞在同学自己的心里。这位写《扁桃》的同学，或是隐晦曲折的表达，或是美好抒情的想象，我一直不清楚究竟是哪一种。无论哪一种，都是真实的，作为老师，可以引导，可以帮助，也可以批评。但是，首先要弄清到底是哪一种，而不能仅仅以成年人的思维先入为主地进行主观武断的判断。这样做，很容易把不是问题的事情小题大做，误判为问题，一下子从青春心理上升到道德乃至思想问题，这对正处于青春期的同学来说，伤害是极其大的，也是无法弥补的。作为老师，这是和知识与思想教育同等重要的问题。在我读书时的汇文中学，是重视同学的学习、思想与身体方面的教育的，但是，坦率地讲，学生青春期的情感与生理教育方面，是缺乏的，甚至可以说是空白。当然，在当时的时代背景和教育情势下，这不仅是我们汇文一所学校的问题。

在我读高三第一学期的那年年底，即1965年底，和我们班一墙之隔的高三四班，发生了一件令人触目惊心的事情。在众目睽睽下，一位姓赵的同学突然被警察带走，最后以"猥亵幼女罪"被发配长春劳改。这在我们学校是一件非常严重的事情，远超过当年的"扁桃"事件。

其实，它和"扁桃"事件一样，也属于误判。赵同学品学兼优，初中毕业,优良奖章获得者,保送汇文中学。不过是他和邻居的一个女孩有了青春期懵懂的感情,女孩的家长发现了,不干了,把事情闹成不可收拾的局面,居然把一个优秀的学生,就那么轻而易举地送进了劳改农场。

高三四班的班主任是王瑷东老师。那时候,她三十五岁,正值年轻,班上出现了这样的事情,令她措手不及,面对警察突然闯进教室,她不知如何是好。警察带走赵同学,经过讲台桌她身边的时候,赵同学望了她一眼,眼光中充满惊恐,还有无辜和一丝丝求救以及悲伤的复杂情感。

她不相信一直表现良好的赵同学会是罪犯,可是,她能说什么?又能做什么呢?警察带走赵同学后,教室里死一般寂静,她只能对全班同学含糊其词地说:"这是青春期好奇心理所犯的错误吧?大家要引以为戒。"

已经过去了五十多年,这件事,很多人都早已经忘记,王老师一直却盘桓在心。去年,王老师年整九十,依然健康如旧。她所教的高三四班同学为她祝寿,全班同学都找齐了,唯独缺少了赵同学。她再一次想起了他,一个品学兼优的学生,怎么一下子沦为劳改犯呢?她想起"文革"期间,自己被扣上那么多莫须有的恶毒污秽罪名而被批斗,无力反驳,只能沉默不语。设身处地想,在那样一个有口难辩的极"左"年代,只有十七岁的赵同学,怎么来证明自己的清白无罪?她坚信自己的这个判断。当年,自己作为赵同学的老师,无力阻止这样荒诞行为的发生,现在,应该找到赵同学,起码让他在当年高三四班的全班同学面前,证明自己是清白的,也弥补当年眼瞅着赵同学从自己的眼皮底下被警察带走的遗憾，她无法忘记那时赵同学望着自己无辜而悲伤的眼神。

王老师开始寻找赵同学。这成为九十岁这一年王老师要做的一件大事。去年夏天，我见到王老师的时候，王老师对我说：我已经九十岁了，想做的事就去做，不给自己留遗憾。

寻找五十五年前被注销北京户口的一个人，如同大海捞针。其中的艰难，可想而知。架不住王老师桃李满天下，可以帮她如海葵的触角伸向大海深处，一身化作身千百；更架不住王老师心如铁锚，坚固地沉在海底，等待船远航归来。终于，在这一年的年末，王老师找到了赵同学故去父亲户籍上有一女士的登记信息，没有名字，只有一个电话号码。王老师迫不及待地打过去电话，问及接电话的女士知道不知道赵同学这个名字。她说那是我大伯！但是，她没有她大伯的电话，说她大伯在河北迁安，他的儿子在北京工作，她问问后再给王老师回电话。五分钟过后，电话打过来了，没有想到，竟是赵同学。

一个只教过自己两年半的老师，居然还记得五十五年前的一个学生，而且，笃定地相信他是被冤枉的。这样的老师，是少见的，因为不是每一个老师都能做到这样。她理解学生青春期的心理秘密，她相信学生青春期的感情萌动。

听到王老师终于找到赵同学的消息，我想起了当年"扁桃"事件。在同一所学校，老师和老师是不一样的，我不知道当初思想敏感和想象力丰富的那位发现"扁桃"秘密的老师，会不会还记得当年的"扁桃"事件？我也不知道写作《扁桃》这篇文章的学长，会不会有赵同学如今类似的命运？

第一次叫妈妈

自我五岁那年，母亲从家乡来到北京，把我和弟弟拉扯大，待我们一直都挺好的。我心里很感激她，很想叫她一声妈妈的，却一直磨不开脸面，总觉得她不是我的亲妈，"妈妈"这两个字，便总叫不出口。后妈，像一块拦路石，挡在我的心口上，就是迈不过来。

其实，早在我刚刚上小学一年级的时候，就想叫她一声妈妈的，话都拱到嗓子眼儿，却犹豫再三，还是没有叫出口。

孩子哪有一盏省油的灯？大人的心操不完。我们大院对门的大丰粮栈前，有块平坦、宽敞的水泥空场，空场上放着一个大车轮子，我们一帮小孩子，放了学，没处玩，把它当成了公园儿童游乐场的水车，常踩在上面滑着玩。有一天，我在车轮上玩疯了，车轮越转越快，脚踩在上面太快，一脚踩空，后脑勺朝地，重重地摔在了水泥地上，立刻晕了过去。

等我醒来的时候，看见的是一位穿白大褂的大夫。大夫告诉我：多亏了你妈呀！她一直背着你跑到医院里来的，生怕你留下后遗症，长大可得好好孝顺呀……

她站在一边不说话，看我醒过来，俯下身摸摸我的后脑勺，又摸摸我的脸。不知怎么搞的，我第一次在她面前流泪了。真的想叫她一声妈妈的，话都到嗓子眼儿，还是叫不出口。

还疼？她立刻紧张地问我。

我摇摇头，眼泪却止不住。

不疼就好，没事就好！

回家的时候，天早已经全黑了。从医院到家的路很长，要穿过一条漆黑的小胡同，我一直伏在她的背上。我知道刚才她就是这样背着我，跑了这么长的路往医院赶的。我真的想叫一声妈妈的，这一声"妈妈"，却只是在心里翻滚。真的，那时候，我怎么那么不懂事呢？为什么就不能叫出声儿来呢？

以后的许多天里，不管见爸爸还是见邻居，她总是一个劲儿埋怨自己：都赖我，没看好孩子！千万别落下病根儿呀……好像一切过错不在那硬邦邦的水泥地，不在于我那样调皮，而全在于她。一直到我活蹦乱跳一点儿没事了，她才舒了一口气。

一晃几年，三年困难时期突然来了。家里有我和弟弟两个男孩子，正是要饭量的年纪，一家的粮食总是不够吃，每月没到月底，米缸面缸就要见底。母亲向父亲提出早点儿把她的闺女嫁出去吧。父亲有些为难，她说：复兴和复华正长身体，不能缺了吃呀！闺女早晚都要嫁人，你就给她姐姐写封信，让她帮忙在他们铁路上找个人家，铁路上的人好，挣钱也多，我看她姐姐自己找的人家就不错，认识的人多，这一次肯定也错不了！

父亲写信给姐姐，姐姐托姐夫，真的帮助找了一个复员军人，他志愿军回国之后在铁路的干部学院管后勤，人挺不错的，和姐姐一家很熟悉，算是知根知底。那一年，我已经上初二了，心里知道，只是为了省出家里一口人的饭，母亲就把自己的亲生闺女，那个老实、听话，像她一样善良的小姐姐嫁到了内蒙古，那年小姐姐才刚刚十八岁。

我记得特别清楚，那一天，天气很冷，父亲看小姐姐穿得太单薄了，就把家里唯一一件粗呢子的半长大衣给小姐姐穿上。她看见了，一把给扯了下来，对小姐姐说：别，还是留给弟弟吧。啊？

　　车站上，她一句话也没说，只是在火车开动的时候，她向女儿挥了挥手。寒风中，我看见她那像枯枝一样的手臂在抖动。回来的路上，她一边走一边不住对父亲唠叨：好啊，好啊，闺女大了，早点儿寻个人家好啊，好……

　　我实在是不知道人生的滋味，不知道她一路上唠叨的这几句话，是在安抚她自己那流血的心。她也是母亲，她送走自己的亲生闺女，为的是两个并非亲生的孩子，世上竟有这样的后妈吗？

　　望着她那日趋佝偻的背影，我的眼泪一个劲儿往上涌，"妈妈"！我第一次这样叫了她，她站住了，回过头，愣愣地看着我，不敢相信这是真的。

　　我又叫了一声"妈妈"，她竟"呜"的一声哭了，哭得像个孩子。多少年的酸甜苦辣，多少年的委屈，全都在这一声"妈妈"中融解了。

　　实在是，我的这一声"妈妈"，从七岁上小学那一年，到十四岁上初二，竟然延迟了七年。真的，我太不懂事！

不翼而飞

　　《小百花》在学校轰动之后，我在学校里有了点儿小名气。我在《小百花》上写的文章，教我语文的刘舜华老师看后，颇为重视，常常表扬我。一个小孩子，得到老师的表扬，心里会来劲儿。当然，小孩子也需要批评，但是，相比起表扬，批评总会让孩子臊不答答的，总

初中：少年心事　　175

得到批评，和总得到表扬，孩子的心气，会拉开很大的距离。

　　我最爱上的课就是作文课，每一次的作文，我都会在老师批改之后，重写修改一遍，抄录在姐姐给我的那本美术日记本上。那本小学四年级从姐姐家里拿来的日记本，我一直没有舍得用，这时候，派上了用场。

　　除了作文课上写的作文，我也会自己写一些想写的东西，甚至学习大《百花》上高年级同学写的诗歌或小说。我特意买了一瓶鸵鸟牌的纯蓝墨水，我喜欢这种颜色的墨水，我用它灌满我的钢笔，然后将文章抄录在日记本上。我觉得只有这样纯蓝的墨水，才配得上这本漂亮的美术日记。我会像出《小百花》一样，把文章在日记本上编排得漂亮一些，每篇作文的题目，我会用红墨水写上美术体的字，也会在每篇作文的后面，画上一点尾花，作为装饰。

　　刚刚升入初三的时候，这本日记本上，密密麻麻写着我的小字，像蚂蚁驮食物一样，积少成多，快填满了整个日记本。这本日记本，被我的班主任杨老师发现了，那时候，学校正在筹办校史展览，杨老师把我的这本日记本推荐给了学校，学校把它作为学生课外学习成果的展品，陈列在校史展览室里展览。展览室，暂时设在学校一楼的会议室里。一连多日，同学们放学之后，都会到展览室里观看。有时候，外校的老师，区教育局的人，也会来参观。一本普通的日记本，居然能登堂入室被作为校史的一部分展览，这并不是很多同学能够有的荣誉，它成了我的骄傲。有时在那里看见有同学拿起这本日记本翻看，脸上露出赞许或羡慕的面容，在悄悄和别的同学交谈，虚荣心让我隐隐有些激动。

有一天放学，班主任杨老师叫我，说负责校史展览的高老师找我，要我到他的办公室去一趟。高老师教历史，但没有教过我，我不知道他找我有什么事情，下到一楼的办公室找到高老师，他是一个高高大大的老师，很和蔼地让我坐下，然后告诉我，我的那本美术日记本，在校史展览室里丢失了。高老师对我抱歉地说：真是对不起，我知道，日记本里全部抄录的都是你的作文，是你的心血。

我很吃惊。日记本放在校史展览室里，每天都是人来人往的，老师下班后，会锁上门，好端端的，怎么会不翼而飞呢？我愣在那里，半天没有说出话来。

高老师说：我想可能是哪个同学拿走了。他说完这句话望了我一眼，接着说，你想呀，肯定是他觉得你的日记本里的作文写得好，要不他怎么会拿走呢？要是这么看，你应该感到高兴才是，你的作文让别的同学羡慕，甚至嫉妒呢！

高老师的这番话，我真的没有想到。他这么一说，刚才掠过心头的不快，像是被风吹跑了好多。

或许，这个同学只是想拿回家好好学习学习，过几天，兴许他就会悄悄地再把日记本送回来的。最后，高老师这样说。

但是，过了几天，一直到校史展览结束，我的这本日记本也没有被人送回来。

高老师再一次把我叫到他的办公室，对我说：真的对不起你！但是，我想对你说，你千万不要灰心，一定还是要把你写的作文抄在新的日记本上，那是学习的成果，会对你帮助很大的。

说完这些话后，他忽然话锋一转，对我说起了李时珍来。当时，赵丹演出的电影《李时珍》放映不久，李时珍的模样，在我的眼睛里，就是赵丹的样子。

高老师问我：你知道李时珍的这个故事吗？李时珍写《本草纲目》的时候，要到深山老林里采集草药，一边采药，一边记录，一不小心，大风把他已经写好的好多页《本草纲目》，全都刮到山下去了，一页也没有了。这样的挫折，没有让李时珍灰心，放弃，他接着坚持写，终于写成了《本草纲目》。

我知道，电影《李时珍》里，演了这段故事。我只是不知道该对高老师说些什么，只觉得这个老师真是挺能说的，挺能安慰人的。但是，他说得挺有道理，他安慰了我，也鼓励了我，让我尝到了小小的挫折，也让我懂得了坚持。

没过多久，我在前门大街的公兴文化用品商店买了一本美术日记，虽然和姐姐送我的那本美术日记不一样，不过，也挺好看的，苹果绿的绒布封面，还有一个硬壳封套。我用它开始接着抄写我新的作文。

羊　羹

在我们大院里，明冬和我很要好。他比我小两岁，性格内向，不大爱说话，和我一样，不怎么合群，院里的孩子都不爱带他玩。他像只孤雁，总是一个人坐在他家的门槛上，或者趴在他家的窗前，望着大家玩。有时候，他会到我家找我借书，他和我一样爱看书，书，让我们两人彼此接近。

明冬长得很秀气，白白净净的，像个小姑娘。他姐姐明春比他大六岁多一点儿，长得也很漂亮，这一点，是遗传，因为他们的爸爸妈妈长得都很漂亮。在我们大院里，谁家的大人见到明冬、明春，都会夸完了他们姐儿俩之后，忍不住再夸他们的爹妈，看看人家这一家子长得！那时候，人们不懂"遗传基因"这个词，要是知道，肯定会用这个新词夸这一家子。人们嘴上夸他们，心里很羡慕呢！

明冬有一个舅舅，在北京开一家点心厂，主要做羊羹卖。那里离明冬家比较远，他舅舅平常日子很少来，但每年春节之前，必定会来一趟，看望明冬全家，每次来，都是坐一辆三轮车，会带来好多礼物，大盒子小盒子的，沉甸甸地从三轮车上搬下来，其中带的最多的是羊羹。

明冬跟我说过，他舅舅的羊羹厂，北平城和平解放以前就开张了，解放以后越开越大。最早，他舅舅跟着明冬的妈妈也就是他的姐姐从乡下来到北京，在日本人开的明治糖果厂里做学徒工，学会了做羊羹的手艺。日本投降之后，明治糖果厂倒闭了，他自己想开个做羊羹的小点心厂，没有本钱，是明冬的爸爸妈妈出资帮助了他，把厂子办了起来。

明冬之所以告诉我这么多，是因为每一年的春节前，他都会到我家送我好多块羊羹，让我和他一起分享他舅舅做的羊羹。我不好意思吃他送来的那么多块羊羹，他才对我说了上面的一番话，意思是说他舅舅每年送的羊羹很多，吃都吃不完，让我不要客气。

说实在的，如果不是明冬，我根本不知道北京城还有这样一种吃食。那时候，家里不富裕，吃的东西很少，小孩子吃的零食，我只吃过铁蚕豆、酸枣面、棉花糖、爆米花。过年的时候，家里买一点儿花生粘和杂拌儿，就是最好的吃食了。第一次吃羊羹，感觉怪怪的，绵绵软软，和北京的小点心完全不一样的滋味，有浓浓的红小豆的味道。家里做的豆包儿馅也是煮烂的红小豆，但和羊羹的味道不一样，羊羹要更细腻，更有回味。每一块羊羹，都是长方形，用精致的玻璃糖纸包裹着，比树皮要明亮的一种棕红的颜色，表面光滑得很，有点儿像我吃过的金糕，但比金糕要更有韧劲，经嚼得很。后来，我知道了，这是一种日本的小吃。难怪和北京的点心不一样。

  第一次吃明冬送我的羊羹，我还没有上学，那以后，每年的春节之前，我都能吃到这种美味的羊羹，一直吃到我小学六年级的那年春节为止，心里特别感谢明冬。

  这一年刚开春的时候，明冬家出了事，他爸爸不知道犯了什么案子，被判了刑，送到东北兴凯湖劳改。明冬家一直靠他爸爸工作赚钱养家，他妈妈没有工作。他爸爸一走，家里的顶梁柱塌了。他妈妈一下子病倒了，竟然一病不起，去医院治，最后也没弄清是什么病，没熬到年底，死在了医院里。

  那时候，明冬的姐姐明春读高二，正在准备来年的高考。家庭的突然变故，让她不知如何是好，只好把希望寄托在唯一的亲戚舅舅的身上，希望舅舅能帮助他们姐弟俩渡过难关。妈妈去世之后，舅舅来过一次，就再也没有露面。生活没有了经济来源，妈妈病逝还欠下一屁股债。没有办法，明春和谁也没有说，就办了退学手续，没有参加高考，匆匆找到一份工作，在永定门外一家电池厂当工人。院里的街坊知道明春的学习成绩挺好，是块学习的材料，都替她特别惋惜，纷纷说这孩子的主意太大了，这么大的事，也不和人商量商量！可是，妈妈去世，爸爸不在，舅舅又是那样绝情，她和谁商量去呀！

工作不到两年，明春草草结婚了，她的主意更大了！我们谁也不知道男的是什么人，全院的人都替明春惋惜。听我们院里的大人说，结婚之前，明春向男方提出的唯一要求，是带弟弟一起住，她要把弟弟养大成人。结婚以后，明冬和姐姐明春搬离我们大院。临别的时候，我把从大人那里听来的话，说给明冬听，问他这些事都是真的吗？明冬点点头。

我们年龄太小，不懂得世事的沧桑和人生的况味。那一年，我刚上初二，十四岁；明冬六年级，十二岁；他姐姐明春，还不到十九岁。

过了元旦，快要过春节的时候，我找到柱子，又和大院里其他几个小伙伴商量，一起去看望明冬。大家都觉得，比起我们任何一个人，明冬太可怜了。这么小，就没有了妈妈和爸爸，在姐姐家过着寄人篱下的日子。就是那些平常不愿意和明冬一起玩的孩子，对明冬也充满同情，愿意和我一起去看望明冬。

我们一起商量给明冬带点儿什么过年的礼物。大家衣袋里的钱都很少，如果等到过年家长给了压岁钱，会多一点儿，能给明冬买点儿像样的东西。可是，大家都不愿意等到过年，都想在过年之前去看望明冬。最后，大家把衣袋里可怜巴巴的一点儿钱都掏了出来，我说：就给明冬买点儿羊羹吧！他已经两年过年没有吃到羊羹了。大家都同意，因为都知道每年明冬舅舅送给他家的羊羹，而且，大家也都吃过他家的羊羹。大家把钱都塞到我的手里，让我去买羊羹。

那时候，我见识很少，知道北京点心铺子很多，但真不知道哪里专门卖羊羹，正经找了好多地方呢。终于买到了羊羹的时候，想象着明冬看到我们拿着这不多羊羹的样子，心里为自己还有些感动呢。

可是，我错了。我还是太小，不懂事。当我和小伙伴一起找到明冬的姐姐家，明冬脸上现出意外的神情，还有些莫名的慌张，没说两句话，就把我们匆匆地带出家门，仿佛他姐姐家里埋藏着炸弹一样，随时都有可能爆炸。我们跟着明冬走到大街上，把羊羹递在他手上的时候，明冬的脸上并没有出现我想象的高兴或感动的表情，相反，一下子就落泪了。

好久以后，我读高中的时候，在街上遇到过一次明冬。好久不见，站在马路旁边，我们聊了一会儿，他不好意思地对我说：我知道你们是好意，但你们别怪我，那年春节前，我把你们送我的羊羹都扔了。

盖浇饭

离我家住的大院西边不远，南深沟胡同口，有一家叫广玉的老饭馆，据说民国时期就开在那里。它家做的是家常菜，味道不错，价钱便宜，生意一直很好，附近的街坊们常去那里打打牙祭。当然，得是富裕一些的人家。再阔绰的人家，对它看不上眼，得到我们这条老街的西口，那里有一溜儿好多家饭馆，专门招待从火车站出来的外地人，炒菜水平更高，南北风味都有；要不就干脆到前门大街去，吃那里的全聚德、一条龙、都一处、力力餐厅，或者新从上海迁来的老正兴，都是正经有名的老饭庄。

我家这样贫寒而节省的人家，是从来没有去过广玉的。再便宜，也不如家里做的饭菜更实惠。从家里出来，只要到前门大街，必要经过广玉，我没有怎么特别注意过它，它远不如街旁的一棵老槐树吸引我，因为槐树会开花，还能够让我多看几眼，而它离我很远。

广玉饭馆，这辈子，我只进去过一次。是读初二的那年初冬。那时候，赶上连年自然灾害，家里的粮食总也不够吃，我和弟弟正是长身体要饭量的年龄，一天到晚，肚子里空荡荡，总觉得饿。有一天下午放学，路过广玉饭馆，一股饭菜的香味，像小狗一样从饭馆里窜了出来，热乎乎地直扑进我的怀里。我禁不住站在那里，肚子咕咕叫得更厉害了。

那是我第一次仔细端详着它，才发现它有些特别。一般饭馆的厨房是在后面，它家厨房在前边，而且是明厨，临街。一整天开火点灶，里面很热，即使是天冷，只要不刮风下雪，也要窗户四开，好像成心让大家看见，吸引人们进去吃饭。炉火闪烁，油烟四起，蒸气翻腾，厨师颠勺翻炒的忙碌样子，一览无余，好像在上演煎炒烹炸的一台大戏。炒菜爆出的香味，更会像放学之后一群调皮的孩子一样闹腾腾地窜到街上，横冲直撞到过往人们的鼻子里。

这样的情景，看得我有些目瞪口呆，嗓子眼儿里没出息地直咽口水。到底没有禁得住这一股股冲撞在鼻子里香味的诱惑，鬼使神差，我走了进去。

还没有到饭点儿，里面没有几个客人。整个屋子挺宽敞，就是显得黑乎乎的，可能是多年烟熏火燎的缘故，也因为除朝街的一面有窗子，其余三面都是墙壁，光线明显不足，又正是黄昏时分，更显得幽暗，我心里忽然有些犯怵。姐姐回北京时，带我和弟弟去过前门的全聚德吃过烤鸭，除此之外，我从来没有独自一个人进过饭馆。便有些后悔，不该那么沉不住气走进来，怎么就那么馋？现在，走出去，还来得及。

正想转身出门,一个声音传过来:吃点儿什么呀?

问话的是位阿姨。原来前面不几步,就是开票收钱的小柜台。阿姨站在小柜台的后面,看样子四十来岁,模样挺和蔼的。她这么一问,我不好意思后退离开了,只好硬着头皮走上前去,看见她身后的墙上挂着一块小黑板,上面用白粉笔写着菜谱和菜价。菜谱品种虽然并不很多,还是看得我满眼的雾水,不仅一种也没有吃过,好多都没有听说过。我不知道要吃什么。其实,心里想的是,我能吃什么?

你要吃点儿什么呀?阿姨又问了我一遍。

我被阿姨问得心里有些发慌,只是一个劲儿盯着黑板上的菜谱看,仿佛我真的像那么一回事,要认真地选一个好吃的菜尝尝。

我看到了最后一个菜名:盖浇饭,眼前忽然一亮。因为只有这个听同学说过,他们吃过,说是物美价廉。

每月家里给我有两块钱买公交车学生月票的钱,我正好没有花,心想只要不贵就买一碗吃。看了看价钱,确实不贵,但要二两粮票。又一想,在学校食堂里吃饭时候找的粮票,有好几张零的。咬咬牙,就指着黑板,对阿姨说:我买一碗盖浇饭。

阿姨收了钱和粮票,开了一张手指宽的小纸条,递给我,然后,冲着前面的厨房清脆地喊了声:盖浇饭一碗!

我走到前面的厨房前,把纸条递给了大师傅,那纸条上面,并没有写盖浇饭,只写了一个阿拉伯数字,像我们学生的学号一样,在考试卷子上,老师一看学号就知道是哪个学生。大师傅接过纸条,夹在一个木夹子上,很熟练地从饭锅里舀出一碗热腾腾的米饭,然后掀开一口锅的锅盖，舀出一勺黑红黑红的东西，极其夸张地把勺子高高举过头顶，把这股稠糊糊的浇头儿准确无误地浇在米饭上，冒着热气的浇头儿，滑下来一道弧线，如果是彩色的话，真像一道彩虹，看得我直发愣。

　　我端着热腾腾的盖浇饭，在靠窗的桌前坐下，慢慢地吃。这是我第一次吃盖浇饭，浓稠的浇头儿上，漂着几片黑木耳和海带，还有几片肥肉片。那时候，每人每月只发半斤的肉票，我都有好久没有吃过肉了，那肥肉片很香，吃起来，觉得比学校里和家里做的饭都要香。我慢慢地吃，咂摸着滋味，不舍得很快吃完。毕竟是第一次吃盖浇饭，以后，同学们再提起盖浇饭，我也可以对他们说我也吃过，没什么了不起的，就那么一个味儿！

　　忽然，窗前有一个影子，借助黄昏时晚霞的余光，沉甸甸压在这碗盖浇饭上。抬起头一看，是弟弟，脑袋趴在窗玻璃上，正瞪着眼睛看着我，看得我好像一下子人赃俱获，一时不知如何是好。我慌忙地垂下了头，不敢再和弟弟的眼睛对视。

　　过了好大一会儿，我抬起头来，窗外已经没有了弟弟的影子。

　　弟弟回家了，我也得赶紧回家。只是我舍不得碗底还剩下的盖浇饭，匆匆扒拉了几口，吃完之后，才起身离开了广玉饭馆。那时，我怎么这么馋，这么没出息呀！

　　那一晚，回到家，十分害怕弟弟当着爸爸妈妈的面，说起我在广玉饭馆吃盖浇饭的事情。我饿，他就不饿吗？

　　那天晚上，弟弟没有说。一连好几天，弟弟什么也没有说，甚至连问我一句都没有问。

护城河

　　大华的小姑人很好,就是脾气很烈,我们小孩都有些怕她。特别是她管大华很严,如果知道他在外面惹祸了,和九子或者和哪个孩子打架了,不问青红皂白,总是要让大华先从他家的胆瓶里取出鸡毛掸子,自己交到她的手上,然后撅着屁股,结结实实挨一顿揍。大华也有些怕她,但是,大华特别听她的话。即使大华读中学了,她对大华还是那样的暴烈。大华从来不反抗,任由小姑惩罚。

　　我特别替大华鸣不平,曾经当着大华的面说他小姑:她怎么能这样,下手也太狠了吧?

　　大华对我说,小姑从小把他带大,不容易,小姑打他,是爱他的。

　　我还能说什么呢?爱有这样的爱法吗?爱就是打?

　　大华上高一那年春天,我上初二。那天,我放学回家晚了,刚进我们大院,看见大院乱了套,街坊们都站在院子里,议论纷纷,人心惶惶。一打听,我才知道,这一天,大华的小姑突然病故,他的生母从山西赶来,要带着他回山西。那天,大华放学回家,刚看见他的生母,扭头就跑,一直跑到护城河边。护城河,在老城墙外面,环绕整个北京城,和大运河相连。那时,河水很深,很宽,河岸种着很多柳树,夏天,柳树成荫,灌木丛深,我们常到那里捉蛐蛐玩。穿过北深沟胡同,就到了护城河,很近的道。

　　起初,人们都认为是大华不愿意见他的生母,躲到一旁,等一会儿就会回来的。可是,等到晚上了,大华还是没有回来,大华的生母担心了，央求大家帮助找找大华。她，还有大院好多人都跑到护城河边，找了一圈，最后，只在河边的一棵大柳树下，看见了大华的书包和一双白力士球鞋，不见他的人影。大家沿河喊他的名字，一直喊到了半夜，也再没有见他的人影。街坊们劝大华的生母，兴许孩子早回家了，你也回去吧。大华的生母回家了，但还是没见大华的人影。大华的生母一下子就哭了起来，大家也都以为大华是投河自尽了。

我不信。我知道大华的水性很好，他曾经带我到龙潭湖游过野泳，那时的龙潭湖西边有一片水，很深，芦苇丛生。我只敢在水边游泳，他却能游很远，再悠闲自得地游回来。他要是真的想不开，也不会选择投水。

夜里，我一个人又跑到护城河边，河水很平静，没有一点儿波纹。我在河边站了很久，突然，我憋足了一口气，双手在嘴边围成一个喇叭，冲着河水大喊了一声：大华！没有任何反应。我又喊了第二声：大华！只有我自己的回声。心里悄悄想，事不过三，我再喊一声，大华，你可一定得出来呀！

我第三声"大华"落了地，依然没有回应，一下子透心凉，我一屁股坐在地上，再也忍不住哇哇地哭了。

就在这时候，河水有了哗哗的响声，一个人影已经游到了河中心，笔直地向我游来。我一眼看出来，是大华！

我知道，我们的友情，从童年开始的友情，这时候像花开一样绽放出最灿烂的花蕊。一直到现在，只要我们彼此谁有点儿什么事情，不用开口，就像真的有什么心理感应，有仙人指路一样，保证对方会在第一时间出现在面前。别人都会觉得过于神奇，我们两人却相信，这不是什么神奇，是真实的存在。这个真实的存在就是友情。人的一辈子不会有那么多所谓的朋友，但真正的朋友，一个就足够。

宽银幕立体电影

初二那年刚刚放寒假，我国第一部宽银幕立体电影《魔术师的奇遇》上映。宽银幕电影，以前看过，但是，宽银幕又加上立体的电影，从来没看过，不知道会是什么效果。听说进电影院之后先发每人一个特殊的眼镜，戴上眼镜之后，才能看出立体的效果，眼镜和银幕仿佛起了化学反应似的，非常奇特，让我想象不出来究竟会是一种什么样子。再加上电影由陈强和韩非主演，这两个喜剧演员，当时很出名，以前看过《白毛女》里陈强演的黄世仁，《乔老爷上轿》里韩非演的乔老爷，都非常精彩，自然就更吸引我，非常想一睹为快。

当然，也不仅仅我想看这个电影，电影上映的消息，在《北京晚报》上一刊登，很多人都知道，宽银幕立体电影，大家都没有看过，当然都觉得新鲜，消息你传我，我传你，口口相传就传开了。连我母亲不识字，都听说了。她听说了这个消息，倒不是真想看这个电影（她很少看电影），只是看着大院里很多街坊纷纷打发孩子去买电影票，很觉得新奇，什么电影，这么吸引人？吃晚饭的时候，她这样冲我父亲念叨。我父亲很耐心，煞有介事地跟她解释什么是宽银幕和立体的电影。

其实，父亲的解释，根本不是那么一回事，只是对着晚报上的描述照本宣科，又啰啰唆唆地没有说清。我自以为是地对母亲说：那电影你看着就跟真的一样！比如，飞机真的就像在天上飞来了，而且是从我们的头顶上嗡嗡地飞过去一样，你要是一伸手，就能摸着飞机！这就叫立体！我也是凭自己的想象瞎说一气。

母亲听我这么一说，连忙摆手说道：怪吓人的，有什么看头！

说是这么说，我看得出来，母亲和父亲心里都想看这个电影呢。

这个电影，满北京城，只在大观楼一家电影院放映。大观楼，在大栅栏里，离我家很近，我们看电影很方便，常去那里看电影。

那天早晨，吃过早点，我和弟弟早早就去大观楼买电影票。走在路上，我对弟弟说：帮咱爸咱妈也买张票吧。

弟弟有些奇怪，抬头望了望我，没说话。那时候，他上小学五年级，似懂事非懂事。但是，我明白他为什么奇怪，因为我和父母一起看电影，印象中只有一次，是父亲的单位发的票，在首都电影院，看的电影是《虎穴追踪》。还是好多年前的事，我刚刚上小学不久，弟弟还没上学，没有带他去。记得我和父亲去晚了，进到电影院里，电影已经开始，我们摸着黑，服务员打着手电筒，带我们找到座位。记忆中，只有这样唯一一次和父亲看电影；和母亲，一次也没有。

我和弟弟长大以后，都是自己看电影，或者我和弟弟一起看电影，从来没有和父母一起看过电影。这原因，我和弟弟都很清楚，由于父亲解放之前当过国民党的军官，母亲的年龄比我们大很多，又是缠足小脚，我们的心里和他们隔膜得很，怎么会愿意和他们一起看电影呢？和父亲去看电影，让别人尤其是同学看见了，会说我没有和父亲划清界限；和母亲去看电影，也怕别人尤其是同学看见了，会嘲笑自己。

自尊心和虚荣心，就是这样伴随我们长大。看电影，不过是一面镜子，能够照见自己的心，即使别人看不见，自己却是看得清清楚楚的。

　　这一次，宽银幕立体电影《魔术师的奇遇》，听到母亲和父亲破天荒那样地议论，忽然让我想起了往事，觉得从来没有带父母一起看过一次电影，是自己脆弱的自尊心和虚荣心在作祟。其实，是自私的心理在作祟。这么一想，觉得有点儿对不住父母。

　　都已经上到初二，暑假过后，就上初三了，那一年，马上就到十五岁了。已经长大了，应该多少懂点儿事了。翻涌在心里的这些话，一时对弟弟也说不清，便只对弟弟说了句：你没看出来吗？咱爸咱妈也想看这个电影呢！

　　弟弟没说什么，跟着我一起走进大栅栏，刚过瑞蚨祥大门口，就看见前面人很多，乌压压一片，人头攒动，很是热闹。再往前走一点儿，看见一溜儿蜿蜒的长队，已经排过了同乐电影院前的门框胡同了。上前一打听，才知道都是排队买《魔术师的奇遇》电影票的。好家伙！弯弯曲曲的队伍，从大观楼排到这里，足足有一两百号人了！我和弟弟以为来得够早的了，没有想到，还没到售票时间，就已经长龙一样排了这么长的队伍。

　　再一打听，一人只卖两张票，不过，我和弟弟两人，可以买四张票，带上父母来看电影，倒是没问题，只是这队排得也太长了，售票的时间还没到，看样子，没有小半天的时间，恐怕是排不上了。我对弟弟说：你先排着，我回家一趟，待会儿来接你！咱俩轮班排。弟弟点点头，我转身跑回家。

那时候，我和弟弟，一个爱玩，一个爱学，各得其所。我的时间观念很强，时间抓得也紧，有片刻的工夫，也要读书写作业的，是全院公认用功的孩子。弟弟则贪玩，有一点儿时间，是要疯跑的。那时候，大观楼对面是广德楼，这是家老戏园子，当时已经改成演出相声的小剧场，随时可进可出，按照听相声的时间算钱，每十分钟两分钱，很便宜。这是弟弟常去的地方。对付这么长的队伍，我和弟弟各有自己打发时间的地方，便心照不宣地对付了排队这么长的时间，终于把票买到手。

父母没有想到我和弟弟也给他们买了电影票。不过，我看得出，他们都很高兴。看电影那天，他们特意穿戴得干干净净，和我们一起出门，走出老街，过了前门大街，走进大栅栏，走到大观楼。一路上，虽然没有讲话，却是第一次一家四口走进电影院。

果然，进了电影院，先发给每人一副眼镜，那眼镜的镜片是茶色的，镜架和镜腿是纸板做的，看完电影，要把眼镜放在门口的箱子里，下一场电影循环使用。

我们都充满好奇的心思，望着舞台前的宽银幕，等待着电影的开始。那宽银幕似乎是弧形的，也似乎比一般电影院的宽银幕要宽，不知道电影开始后，那上面会出现什么样的奇迹。水真的会从上面流出来吗？飞机会从上面飞出来吗？……

电影开始了，先放映的加片（那时放映电影前都有加片，大多是新闻纪录片），是桂林风光片。印象最深的，是漓江水涌过来，真的像向我扑过来一样，要立刻打湿我的脸，淹没过我的头顶，让我禁不住往后仰了仰。我偷偷侧过脸，瞥了一眼父母，听见母亲轻轻说了句：

真像真的一样呢!

父亲没有说话,全神贯注地盯着屏幕看。

弟弟掩着嘴,偷偷地笑了。

集　邮

我集邮很早,大约在刚上小学不久。姐姐常写信寄给家里,有时候,信封上贴着一张或两张纪念邮票,花花绿绿的,很好看。我就把邮票从信封上直接揭下来,夹在书本里。有一次,正揭邮票,恰巧被邻居钟家小儿子看见,对我说:邮票不能这样揭,这样邮票就让你给弄坏了!

他教我先用剪刀把邮票沿着信封的边缘一起剪下来,然后,把邮票泡在清水里,等待着邮票和信封慢慢地分开,不能急。那样子,有点儿像冬天泡在水里的冻柿子,等着柿子外面的一层薄薄的冰壳和柿子分开。最后,把湿淋淋的邮票贴在窗玻璃上,再等,更不能急,邮票上的水分干透了,像熟透的果子,自己就会落下来。这个过程有点儿慢,但挺有意思,等待着信封上的邮票变成夹在我书本里的邮票,就变成了大人所说的集邮,有点儿点石成金的意思呢。

积攒的邮票多了起来,我常拿出来摆弄。还是钟家的小儿子对我说:你得去公兴买本集邮册,把你这些宝贝夹在里面,才像集邮那么一回事!

于是,我去前门大街的公兴文化用品商店买了一本集邮册,最小的那种,和课本大小差不多,很便宜,但是很正规,里面每一页有一层层透明的玻璃纸，邮票插在上面，整齐好多，好看很多，确实像那么一回事，好像给邮票找到了家。

小学五年级的时候，在王府井北口之西，第一次见到集邮门市部，我好奇地走进去看了看。里面有卖邮票的柜台，大厅里有好几个长方形高高的展柜，里面展览着好多邮票，除中国的外，最多的是苏联的纪念邮票，邮票上的CCCP字母很醒目。心里想，我的集邮册里没有苏联邮票，要是能有几张该多好！

回到家，我给姐姐写了一封信，想让她帮我找几张苏联邮票。因为我知道，她那里离蒙古很近，单位有同事和蒙古常有公事或私事的往来；她所在的铁路局里有列车员专门跑到莫斯科和乌兰巴托的国际列车，找几张苏联或蒙古的邮票，应该很容易。不管什么事，什么时候，我总是这样不管不顾地向姐姐发出求救的信号，仿佛姐姐那里有一个无所不有的百宝箱；而姐姐总是会在第一时间毫无保留地帮助我，仿佛她那里真的有这样一个取之不尽的百宝箱。

果然，我的猜测没错，我的希望没有落空。没过几天，姐姐就来信了，信里夹着几张苏联的纪念邮票。我的集邮册里，终于也有了外国邮票，好像我的鸟笼里多了几只漂亮的鸟，叽叽喳喳地鸣叫得热闹起来。我的集邮册里的邮票越来越多，居然鼓胀得合不拢。有时候，我会拿到学校，向同学显摆。

星期天，我也会去集邮门市部，把姐姐寄给我的重复的苏联邮票，拿出来和邮迷交换。看着他们手上没有而我有的邮票，兴致勃勃和我交换的样子，给了我极大的满足感，觉得自己和他们一样，平起平坐，也成了大人呢！而且，在交换中，滚雪球一样，我的邮票积攒得越来越丰富，认识邮票上的人物和知识也越来越多，便也越发地自得其乐。

初三那年，灾荒闹得全国粮食紧张，每人每月粮食定量，我家有我和弟弟，两个正在长身体要饭量的男孩子，肚子像无底洞，总也填不饱。每月没到月底，粮食不够吃。父亲开始买了好多豆腐渣，掺和着棒子面蒸窝头吃；母亲到天坛根儿挖好多种我叫不上名字的野菜，包菜团子吃；把省下来的粮食给我和弟弟吃。日子久了，身体怎么受得了！先是父亲，患上高血压，由于饥饿，全身浮肿，脚面像被水泡过发酵一般，连鞋都穿不进去。他上不了班，只好提前退休，每月拿百分之六十的工资，全家只有靠他的四十二元钱过日子了。紧接着母亲也病了，那么硬朗的身子骨也倒下了。

我永远也忘不了那一夜。是刚开春的时候，这一年夏天，我将初三毕业，正在准备毕业考试，学习紧张，睡得很晚。大约刚刚睡着不久，我被外屋母亲的一阵咳嗽声刺醒，睁眼一看，外屋的灯亮着。父亲和母亲正悄悄说着话。我听出来是母亲吐血了。我再也睡不着，用被子捂着脸偷偷地哭了，又不敢哭出声，怕惊动弟弟和他们。我知道，这一切是为了我和弟弟。

第二天清早，我比父母起得都早。等他们醒来，我对他们讲：爸！妈！我不想上高中了，想报中专！我心里想的是，上中专吃饭不花钱，每月还能有点儿助学金。

父亲一听挺吃惊，不容分说地冲我叫道：为什么？你一定得上高中，家里砸锅卖铁也要供你！

他知道我学习成绩一直很好，初中几年都是优良奖章获得者，我一直是一门心思想上高中上大学，他也是一门心盼我上高中上大学。

母亲坐在一旁不说话,只是不断地咳。她每咳一声,都像鞭子抽打在我的心上。那一刻,我只想哭。咬着牙,强忍住了。

父亲又说:你听见了吗?一定要上高中!他见我不答话,生气地一再逼我答应。我急了,嚷嚷了句:妈都吐血了,我不上!不上了!

这话让他们都愣住了。母亲一把把我拉到她身边,说:你听谁瞎嘟嘟?我没……

我再也忍不住,流出了眼泪,打断了她的话,哭嚷道:您甭骗我了!昨夜里你们的话,我都听见了!

母亲本来就不会讲瞎话,让我这么一说更不会遮掩了,急忙三言不搭两语地对我说了好多车轱辘话,一个意思,她身子骨好,让我不用担心!父亲有高血压,别惹他生气,让我快点头答应上高中。

望着母亲快要流泪的眼睛四周的皱纹不停在抽搐,我只好点了点头。

我父亲一辈子留下两件值钱的东西:一是那辆破自行车,另外是一块比他年纪还要老的英纳格牌的老怀表。他卖掉了这两样东西,给母亲抓来中药。我到前门旧书店卖掉了可怜的几本课外书,也到王府井北口的集邮门市部,卖了集了七八年邮票的那本集邮册。虽然钱不多,但总算添点儿力吧。

至今依然清晰地记得,先是几个大人,看了我的集邮册,只想买其中的一些邮票。我想整本卖掉,可以多卖一点儿钱。最后,是一个大人,他从头到尾把集邮册看了一遍,抬起头问我多大了?我告诉他今年初三毕业。他说了句:哦,要考高中了?学习紧张了,不集邮了?我没有回答,本想告诉他母亲病了的实情,可我没说。他痛快地买了整本集邮册。

我把钱交给母亲的时候，没有想到她竟然哭了，抖着手里的钱票子，不停地对我说：你呀，你呀，你干吗要卖掉呢！

一时，我不知道如何是好。最后，她对我说：你答应我，以后再也别干这傻事了！

没过多久，姐姐寄来两件东西，一件是为母亲办的一张铁路职工家属的医疗证，在北京指定的铁路医院里看病，可以报销一半的医疗费；一件是给家里寄来的三十元钱。从那以后，姐姐每月都会寄来三十元，一直寄到我去北大荒。

姐姐在信中对我说：母亲的病，家里的事，不用你操心，你只管好好学习，好好读高中，考大学！

以后，母亲每次去看病，都是我陪着去。说来也巧，那家指定的铁路医院，就在王府井北口之西集邮门市部马路对面的一条胡同里，离着很近。每一次去医院，都要经过集邮门市部，但是，我再也没有进去过。

小提琴之梦

母亲的病好得很快，身体恢复得很快，她有些骄傲地对我说：我跟你说了嘛，我的身子骨好！她说得没错，我带她去铁路医院，没有多少次，不到小半年的时间，吐血的病治好了，医生说是肺炎。以后，我想再带她去医院复查，她坚决不去了，说没病了，去医院干啥？白花钱！我对她说：您不是有医疗证嘛，能报销。她说：报销，不也只是报销一半，那一半不是花钱？

没有办法，我再也没有带母亲去过那个集邮门市部对面胡同里的铁路医院。姐姐给母亲办的那张医疗证，再也没有用过。

初三的暑假过后，我如愿考上了本校汇文中学的高中，生活一下子又恢复到了正常的样子，家里的日子也好过了许多。

就在开学前，藏在我心里一个愿望，像惊蛰后的小虫子一样，又钻出土，冒出头，便是想有一把小提琴。我从小爱好音乐，虽然都没有学好，但总想学几种乐器。小学的时候，见识少，只学了笛子、二胡和阮，虽说都是"二把刀"，却兴趣浓郁。

记得刚上中学，初一开学的第一天，第一次走进汇文中学，在礼堂里看到学校合唱队在唱《黄河大合唱》，非常震撼，又看到舞台一侧为大合唱伴奏的管弦乐队，那么多的西洋乐器，闪闪发光，看得我眼花缭乱，好多都不认识。不知怎么搞的，忽然觉得自己的那把二块二角钱买的二胡，有点儿寒酸，竟然一下子"崇洋媚外"，相中了乐队里的小提琴，觉得比二胡要高级许多。又觉得它们都是弦乐器，都用一把弓子拉琴弦，方法差不多，学起来应该不难。

但是，这只是我的一个梦想，一厢情愿而已，从来不敢对别人讲，更不敢和家里说。买一把小提琴得要多少钱呀！我曾经到前门大街的永义合乐器店里看过，一看那价钱比二胡贵出那么多，吓得连忙跑了出来，从此，再也不敢进乐器店了。

初三这一年暑假快要结束的时候，已经断了快三年念想的小提琴，死灰复燃般，又闯入我的梦里。细想起来，是因为有一天，在大街上遇到我的一个小学同学和她的弟弟迎面走来。她家和我家住斜对门，离着很近，只是小学毕业后，她考入别的学校，再见面不过是前些天的一个晚上，她到我们大院找她的同学未果，顺便找我聊天，才又接上火。如果没有前几天的见面聊天，这一天街上相遇，纯属偶然，顶多简单打个招呼，也就过去了。谁让有前些天的见面呢，更何况她弟弟的身上背着把赫然醒目的大提琴，立刻吸引了我，便站在街头，一聊聊了半天，目光不住往大提琴上瞟，话题也不时落在大提琴上，一个劲儿在问他弟弟的这把大提琴，才知道人家已经学了好几年了，这一天是刚刚从老师家学完琴回来。

这把突然出现在眼前的大提琴，又勾出了我的馋虫一般，勾出了我一直梦想的小提琴。心里暗暗想，如果我也学了好几年小提琴，现在不是也已经会拉了吗？那比拉二胡要高级得多，好听得多了！

但是，买一把小提琴，得花那么多钱啊！立刻，这个老问题又在眼前冒了出来，怎么敢向家里开口呢？妈妈的病才好，爸爸的浮肿也才消，生活依然紧张，怎么能拿得出额外的钱买小提琴呢？

一连几天，眼前总是浮动着同学弟弟背着的那把大提琴，脑子里总是映现着小提琴的影子，心里总是不甘心。

唯一的希望，是向姐姐开口。又一想，妈妈病后，姐姐每月已经往家里寄三十元了，她一个月的工资才六十多元呀，怎么好意思再开口？

这样的想法，翻来覆去，折饼一样，在心里翻腾，折磨得我实在难受，又不知如何是好，也不知跟谁诉说才好。就这么折腾到快开学了，鬼使神差，竟然还是没憋住，给姐姐写了一封信，把想买一把小提琴的事告诉了她。小提琴，简直就像魔鬼，还是从我的心里无所顾忌地冲了出去。

信寄出去了就后悔，后悔自己怎么就这么沉不住气，怎么能够对姐姐这样狮子大张口？光想着自己了，是不是太自私了？

真的有点儿怕姐姐的来信。姐姐会怎么说呢？答应我买琴？她已经额外每月给家里寄三十元了，再横添一把小提琴的开销？她又不是开银行的，哪里那么富裕？不答应我的要求？以往，对我的任何要求，姐姐从来都不会不答应的呀，自从母亲去世，长姐为母，她一直都是这样把她的这两个弟弟当成她的头等大事看待的呀！

没过多久，姐姐来信了。我从来没有这样忐忑地拿着姐姐的信，惴惴地拆开信封，里面两张纸，一张纸是写给我的，另一张纸是写给父亲的。姐姐小学都没有读完，就去工作了，但姐姐的字写得很好看。这大概是母亲的遗传，母亲绣花很巧，花旁绣上的字也很漂亮，姐姐也会绣花，字写得好看，便是自然的。每一次看到姐姐信上熟悉的字体，都感到特别地亲切。但是，这一次，我是那么地不安，甚至有点儿怕。

我先看写给我的那张纸，姐姐说：你马上上高一了，学习会紧张，如果你特别想学小提琴，而且想学到底，你就告诉姐姐，我就寄钱给你去买小提琴。看到这里，我忍不住哭了。

我又看了写给父亲的信。姐姐在信上说的事，让我有些吃惊。姐姐对父亲说，她想把我接到呼和浩特，去她那里上高中，她已经和那里的铁路子弟中学联系过了。少了我上高中的开销，家里的生活会宽裕一些，而且，她也很想我，特别想让我到她身边。

读完信后，我愣愣地呆住，脑子里纷乱如云，因为这是我从来没想过的。但是，我立刻想，如果去呼和浩特上学，每天在姐姐身旁，该多好啊！从物质生活条件，从住房条件，姐姐都比我家要强好多，那时候，姐姐家已经住进楼房，是宽敞的三居室。我如果去那里，可以有自己的一间独立学习和生活的房间。脑子的乱云飘去了，我的心像一只小鸟，落定在树的枝头上了。我心里那么清楚，是很想到姐姐那里去的。我想，这应该是好事，父亲会同意的。

让我没有想到的是，父亲断然拒绝了姐姐的要求。在对姐姐和我的要求方面，父亲从来都没有反对意见。当年，姐姐十七岁说走就走，离开北京，到了内蒙古去修铁路，父亲都没有说什么。但是，这一次，父亲坚决不同意姐姐的要求，一点回旋余地都没有。父亲也没有征求一下我的意见，第二天，就给姐姐写了回信。在我见到父亲的后半生生涯中，这是父亲做的唯一一件果断的事情。父亲的性格是柔弱的，甚至是怯懦的，这让我当时特别地奇怪，看到了父亲性格的另一面。

姐姐回信没再坚持。事后，父亲没有跟我做任何的解释。这件事，仿佛并没有发生过。

等我长大成人之后，回想这件事，才感到父亲当初的决定是对的。生活条件和教育条件相比较，后者永远比前者重要。无论如何说，北京的教育条件，尤其是我考入的汇文中学，是一所百年历史的老校，北京市当时十大重点高中之一，是呼和浩特姐姐那里的铁路子弟中学无法相比的。长辈对晚辈的亲情，不能只是儿女情长，物质的富裕、宽敞的居住空间，比不上宽广的前程更重要。

父亲也看了姐姐写给我的那一纸短信，没有说什么，在他看来，小提琴不是什么大事，学不学都没什么，我想怎么办就怎么办。在他的眼里，我学的笛子和二胡，学了好几年，也没有学出什么子丑寅卯来，再学小提琴，也一样只不过是玩玩罢了，学不出什么花儿来。虽然，父亲从未对我这样说，但我知道他心里一定是这么想的。

其实，我的心里，也是这么想的。

我写信没有跟姐姐再提小提琴的事。我觉得姐姐信里说得对，小提琴只是我的一个梦，我并没有真正想学到底的决心。特别是升入高中，学习紧张，又有了新的爱好，小提琴的梦，更只是藏在心里。想想，比真正拥有它，感觉更美好。有些梦，只适合存在心里。

初中同学

相比较小学同学和高中同学，初中同学给我留下的印象是最深的。我始终弄不清这究竟是什么原因。

初一开学的第一天，教室里坐满同学，除个别同时考进来的小学同学认识外，绝大多数是陌生的面孔，都是从全北京市很多小学里分别考进来的。那时候，小升初，全市统一考试，能够考入汇文中学，应该都是学习不错的，语文考试最多只能扣除两三分，数学考试则必须是满分一百。这是一点儿都不能含糊的。坐在教室的这些人中，藏龙卧虎，不可小觑。

这一点，我心里格外清楚。只不过，居然有同学是光着脚丫子，穿着一双露脚指头的方口粗布鞋，我从来没有见过。在我们小学里，即使家里的生活再困难，也没有一个这样的同学。这让我格外惊异。原来，我以为我家生活拮据，这时候看来，还有比我更贫寒的同学。

但是，他们的学习成绩都非常好，寒门出贵子，又让我特别地佩服。

那时候的汇文中学，秉承着有教无类的教育理念，不管你家里是什么情况，都是凭考试的成绩进入学校的。考试，还可以成为大家平等民主的形式与标准。可能也有走后门进来的学生，只是我不知道，也没有见过。

我不大爱和人交往，即便交往，也属于慢热。和同学们渐渐熟悉起来，应该是一年之后升入初二。想来有意思，给我印象最深的同学，不是班上学习拔尖的，而是有特长的几个同学，我特别愿意和他们接触。其中李同学和傅同学，爱好画画。我早就知道，他们拜吴镜汀先生为师学画山水画。几乎每天下午放学之后，他们两人立刻收拾书包，匆匆离开教室，就往吴镜汀先生家中跑。

吴镜汀先生家离我家很近，住在乐家胡同一个独门独户的四合院里。当时，我也喜欢画画，可是，从来没有想过跟着他们二位一起去吴镜汀先生家，蹭蹭光，相跟着也学两手。我知道，能拜吴镜汀先生为师，不是那么简单的事情，得让吴镜汀先生看看你是不是画画的材料。我对自己的画画水平没有自信，自惭形秽，不敢靠前，只是眼巴巴地看着他们二位放学之后奔向吴镜汀先生家，有几分骄傲，又充满几分希望。

李同学小时候生过天花，落下一脸麻点。傅同学小儿麻痹症，一条腿有些瘸。有时候，我会想，正因为他们天生有点儿残缺，才让他们比我们正常人更拥有艺术的天分吧。班上的同学，从来没有嘲笑过他们，相反，因为他们绘画的才分，对他们多了几分佩服。我也是这样，常会有画画的事求教他们。特别是初二我当班上宣传委员，办起了《小百花》后，出黑板报，出《小百花》，请他们画个报头和尾花什么的，他们都会帮忙。

他们两人的性格不同。李同学不爱讲话，性情比较温和；傅同学比较活泼，性情有点儿清高。对待画黑板报的报头和尾花，傅同学一般看不上，常让李同学画，自己站在一旁看，然后指点江山一般说应该再画点儿这个画点儿那个，李同学不言声，照他的意见补几笔。

我看过他们两人画的山水画。尽管我对山水画一窍不通，也不怎么喜欢山水画。但是，我还是觉得李同学画得太老实，笔墨放不开，但基本功好，画什么像什么；傅同学画得放松，而且，能看出老派的笔法，有点儿古人笔墨的意思。每一次画完黑板报后，我们会在一起聊几句画，当然，主要是我夸他们画得好，惭愧自己小时候没能像他们找吴镜汀先生这样的大画家为师，正儿八经地学画。他们把我当成知音，愿意拿自己的画给我看，讲去吴镜汀先生家学画的事给我听。

那时候，学校每年搞一次新年晚会。晚会分为两种，一种是由学校的文艺社团排练的一台像模像样的节目。学校的文艺社团有舞蹈队、话剧队、管弦乐队、民乐队、口琴队和合唱团等好多，水平都非常高，近乎专业，比如合唱团最初是和女十三中（原来的慕贞女中）后来是和女十五中组合一起，由我们学校的音乐老师纪恒担任指挥。纪恒老师是当年口琴大师石人望的学生，名气不小，造诣颇高。合唱团在北京市多次拿过大奖，很是出名。另一种是各班搞的晚会，不仅在各班演出，还要抽出精彩的节目到其他班交换，轮流演出，串门似的，属于业余，自娱自乐。两种晚会，在不同的时间，大狗叫，小狗也叫，新年前那几天，校园里格外热闹。

我们班有几个同学爱朗诵，爱演小话剧，为首的是张同学，就是初一开学头一天我见到的那位穿着露脚指头布鞋的同学。他是班上的学习委员，朗诵确实不错，语文课上，老师讲新课时候，经常叫他来朗诵课文。

我小时候受大院钟家大哥的影响，对着他的那台录音机录过朗诵的诗文，心里对张同学便有些不服气。有一次，教语文的刘老师讲冰心的散文《樱花赞》，我事先在家里偷偷练了好几遍，觉得胸有成竹了，上课时，刘老师刚说完"下面请哪位同学先朗诵一遍课文……"我立刻举手，举得高高的，就差喊出"我来朗诵"了。刘老师一眼看见了我，叫起我，让我朗诵课文。

我的朗诵效果不错。刘老师和同学们都有些吃惊，没有想到我居然还有这样一手。新年晚会，班上组织节目，朗诵或者排个小话剧，便常是我和张同学领衔出场。不敢说我的水平超过了他，起码平分秋色，让小小的自尊心和虚荣心得到片刻的满足。

初二这一年的开春，一天下午放学，我正要出教室的门，张同学忽然叫住我，他快跑几步，跑到我的面前对我说：今天少年宫的话剧队招生，你去不去？

我有些发愣，虽然小时候我曾经对话剧一度痴迷，但升入中学之后，兴趣已经转移，连儿童剧院都很少去了。

他见我迟疑，对我说：我都打听好了，他们就要求每人朗诵一段，你朗诵多棒呀，我觉得你去没问题！

他的话，让我把渐渐远去的话剧，像一只可爱的小狗一样又拽了回来。

你去吧，我也去，咱们还能做个伴。他们每周就周末活动一次，不耽误学习的。他再次鼓励了我。

我跟着他去了少年宫。

我们学校附近的少年宫，在磁器口丁字路口的中央，以前是一座大庙。比起芦草园的少年宫，显得大好多。那天，话剧队招生，去的人真不少。我因为事先没有准备，朗诵的是什么，居然一点儿印象都没有了。但是，张同学朗诵的是郭沫若的诗《地球，我的母亲》，我记得却那样清楚。非常长的一首诗，他居然全都背了下来，朗诵得非常出色，激情澎湃，水银泻地，一泻千里，我看见负责招生考试的老师脸上露出了喜悦的神色。

我没有读过郭沫若的这首《地球，我的母亲》，甚至连听说都没有听说过，我只读过郭沫若的《天上的街市》。很是佩服，既佩服郭沫若，也佩服张同学。后来，我从学校的图书馆里借到了郭沫若的诗集《女神》，在里面找到了《地球，我的母亲》，从头到尾认真地读了一遍，心里越发佩服张同学。他读的书多多呀，起码比我多。我心里暗暗下了决心，要好好向他学习！

我们都被少年宫的话剧队录取了。但是，我好像没有怎么参加话剧队的活动，升入初三，学业加重，我再没有去过话剧队。张同学有没有再去，我没有问过他。各自忙功课，业余的爱好，如同跑得再快的马儿，也只好让它收收心，松松缰绳，先放在一旁了。

初三的第一学期，临近期末考试，突然，张同学找到我，问我：人艺这几天正演出老舍的话剧《茶馆》，你知道不？

我还真不知道。那时，我见识很浅，两耳不闻窗外事，一门心思，只知道学习,考上汇文的高中。

他对我说:机会难得,班上好几个同学都想去看,让我提前去买票,我想你也爱好话剧,你去不去?

我听着有些发蒙,一时不知如何回答。

他接着说:于是之、蓝天野和郑榕主演,都是好演员呢!真的是机不可失,时不再来。去吧!

于是之、蓝天野和郑榕,我倒是从广播里听过他们的朗诵。只是,那时候,除了去过儿童剧院看过儿童话剧,从来没有去过人艺的剧场。他知道的可真多,而我什么都不懂。经他这么一说,我还真的想去了。想去的心思里,有一种别让自己给他比下去,一种既佩服又不服气的复杂心理在蠢蠢涌动。

那天,忘记了班上有什么事情耽搁,放学晚了,我们几个同学是踩着演出开始前最后一遍铃声赶到人艺剧场的。剧场里的灯已经暗了下来,我们弯着腰鱼贯找到座位,记得非常清楚,是前面几排最边上的座位。

是1963年的冬天。风很大,但我们都没有觉得冷。散场后,我们沿着王府井大街一直走到长安街,才分手各自回家。说实在的,这出话剧,我根本没有看懂,只记住第一幕结尾时候,董行佶扮演的一个角色正在下象棋,他突然声如洪钟,喊了一声,就四个字:将!你死了!大幕就垂落下来了。充斥在我脑子里和心里的,只是话剧所造成的氛围,是剧场所弥漫的氛围,蒸腾起迷离的烟雾一般,让我有一种似是而非的感觉,感觉艺术,也感觉生活,同时也感觉着未来,美好,又缥缈和迷蒙,如同眼前飘荡着的冬天的夜雾。

走在王府井大街，开头，大家还兴致勃勃自以为是地议论着话剧。后来，都不怎么说话，默默地走着，不知道心里都在想着什么。长安街上的街灯，倒悬的莲花一样，盛开着明亮的光芒，洒满街头，如同洒满一层白霜。

初三毕业，我们班大约有一半的同学考入本校汇文高中，其他同学都风流云散。李同学和傅同学，同时考入工艺美校。张同学考入一所中专。他的学习那么好，懂得那么多，又那么多才多艺，却没能再上高中，只去了中专。当然，我明白他的苦衷。特别是经历过母亲吐血之后，我不是也一样萌生过考中专的念头吗？

谁说少年不知愁滋味？

阎述诗老师

阎述诗老师，冬天永远不戴帽子，曾是我们汇文中学的一个颇为引人注目的景观。他的头发永远梳理得一丝不乱，似乎冬天的大风也难在他的头发上留下痕迹。

阎述诗是北京市的特级数学教师，在我们学校数学教研组里，是唯一的。学校里所有的老师，包括我们的校长对他都格外尊重。他只教高三毕业班。非常巧，我上初一的时候，他忽然要求带一个初一班的数学课。可惜，这样的好事没有轮到我们班。不过，他常在阶梯教室给我们初一的学生讲数学课外辅导，谁都可以去听。他这样做，是为了我们学生，同时也是为了年轻的老师。他要把数学从初一开始抓起的重要性，用自己的实际行动告诉大家。

我那时并不怎么喜欢数学，还是到阶梯教室听了他的一次课，是慕名而去的。那一天，阶梯教室坐满了学生和老师，连走道都挤得水泄不通。上课铃声响的时候，他正好出现在教室门口。他讲课的声音十分动听，像音乐在流淌；板书极其整洁，一个黑板让他写得井然有序，像布局得当的一幅书法、一盘围棋。他从不擦一个字或符号，写上去了，就像钉上的钉，落下的棋。给我印象最深的是他随手在黑板上画的圆，一笔下来，不用圆规，居然那么圆，让我们这些学生叹为观止，差点儿没叫出声来。

四十五分钟一节课，当他讲完最后一句话的时候，下课的铃声正好清脆地响起，真是料"时"如神。下课以后，同学们围在黑板前啧啧赞叹。阎老师的板书安排得错落有致，从未擦过一笔、从未涂过一下的黑板，满满当当，又干干净净，简直像是精心编织的一幅图案。同学们都舍不得擦掉。

是的，那简直是精美的艺术品。我还未见过一个老师能够做到这样。阎老师并不是有意这样做，而是已经形成了习惯。长大以后，我回母校见过阎老师的备课笔记本，虽然他的数学课教了那么多年，早已驾轻就熟，但每一个笔记本、每一课的内容，依然写得那样一丝不苟，像他的板书一样，不涂改一笔一画，哪怕是一个圆、一个三角形，都用圆规和三角板画得规规矩矩，而且每一页都布置得整齐有序，整个笔记本像一本印刷精良的书。阎老师是把数学课当成艺术对待的，他把数学课化为了艺术。只是刚上学的时候，我不知道阎老师其实就是一位艺术家。

一直到阎老师逝世之后，学校办了一期纪念阎老师的板报，醒目地放在校园的花坛前，同学们走进校园，一眼就能看见。在板报上我见到诗人光未然先生写来的悼念信，信中提起那首著名的抗战歌曲《五月的鲜花》，我方才知道这是阎老师作的曲，阎老师原来如此学艺广泛而精深。想起阎老师的数学课，便不再奇怪，他既是一位数学家，又是一位音乐家，他将音乐形象的音符和旋律，与数学抽象的符号和公式，那样神奇地结合起来。他拥有一片大海，给予我们的才如此滋润淋漓。

那一年，是1963年，我上初三，阎述诗老师才五十八岁，太早地离开了我们。他是患肝病离开的。肝病不是肝癌，并不是不可以治的。如果他不坚持在课堂上，早一些去医院看病，不至于这么早走的。他就像唱着他的《五月的鲜花》的战士不愿离开自己战斗的岗位一样，不愿离开课堂。从那一年之后，我再唱起这首歌："五月的鲜花，开遍了原野，鲜花掩盖着志士的鲜血……"便想起阎老师。

就是从那时起，我对阎述诗老师有了进一步的了解。以他的才华学识，本可以不当一名寒酸的中学老师。艺术之路和仕途之径，都曾为他敞开。1942年，日寇铁蹄践踏北平，日本教官接管了学校后曾让他出来做官，他愤而离校出走，开一家小照相馆艰难度日谋生。新中国成立初期，他的照相馆已经小有规模，凭他的艺术才华，他的照相水平，远近颇有名气，收入自是不错。但是，这时母校请他回来教书，他二话没说，毅然放弃商海赚钱生涯，重返校园再执教鞭。一官一商，他都是那样爽快挥手告别，唯有教师生涯是他放弃不了的。这并不是所有知识分子都能做得到的，人生在世，诱惑良多，无处不在，一一考验着人的灵魂和良知。

我对阎述诗老师的人品和学品愈发敬重。据说，当初学校请他回校教书，校长的月薪九十元，却经市政府特批予他月薪一百二十元，实在是得其所哉，充分体现了对知识的尊重。现在想想，这种尊重即使今天也不是那么容易做到的。

世上有许多东西是无法用金钱衡量的。阎述诗老师一生与世无争，淡泊名利；白日教数学，晚间听音乐，手指在黑板与钢琴上，均是黑白之间，相互弹奏；两相契合，阴阳互补，物我两忘，陶然自乐。在这物欲横流之时，媚世苟合、曲宦巧学、操守难持、趋避易变盛行，阎述诗老师守住艺术家和教育家一颗清净透彻之心，对我们实在是一面醒目明澈的镜子。

诗人早就说过，有的人活着，他已经死了；有的人死了，他还活着。想想抗战胜利都七十多年了，《五月的鲜花》唱了整整有七十多年，却依然在整个中国的土地上回荡。岁月最为无情而公正，七十多年的时间呀，会有多少歌、多少人，被人们无情地遗忘！但是，阎述诗老师和他的《五月的鲜花》仍被人们记起。

在母校纪念阎述诗老师的会上，我见到他的女儿，她是著名演员王铁成的夫人。她告诉我她的女儿至今还保留着几十年前外公临终前吐出的最后一口鲜血——洁白的棉花上托着一块玛瑙红的血迹。

从血管里流出的血，与从自来水管里流出的水，终究是不同的人生、不同的历史。

那块血迹永远不会褪色。那是五月的鲜花，开遍在我们的心上。

学长园墙

学校的墙报《百花》，每一期挂在大厅里，都特别吸引我。那上面的很多文章，是高年级的师哥们写的，尽管他们比我年龄大，也都不认识，还是让我感到很亲切。和正式的杂志比如《北京文艺》《人民文学》高高在上相比，《百花》开在自己的校园里，有一种平等平易的感觉，门槛不高，仿佛一推门就能进去。

我最喜欢的是一个叫园墙的师哥写的文章。在《百花》上，他写了一组"童年纪事"，每期一篇，回忆他童年的种种趣事和他的大小朋友，文笔清秀淡雅，像散文，又像小说。我非常喜欢读。特别是在我读初三的那年寒假，看到他在《北京文艺》上发表了一篇散文《水仙花开的时候》，心里更是特别崇拜他，觉得只有作家才能够在《北京文艺》上发表文章啊，他真了不起！以前在书中见到的那些作家，离我都很遥远，但这个园墙就在我们的学校里，在这同一幢大楼里呀。也许，每天放学或上学，匆匆走在楼梯的台阶上，我们早已擦肩而过。

我特别想认识他。我打听清楚了，他是我们学校高三的同学，名叫李元强，园墙是他的笔名。我觉得这个笔名取得特别地好，比他的原名元强好很多。园墙，园子的一道墙，什么园子呢？花园？菜园？鲁迅的百草园？巴金荒芜的憩园？契诃夫的樱桃园？……不管什么园子的墙，都会比一般的墙要漂亮，要引人遐想。如果换作院墙，或者宫墙，就差多了。

那时，我也想给自己取个笔名，似乎正儿八经的作家，都应该有一个自己的笔名。你看人家鲁迅就是笔名，园墙也是笔名。但是，我想了好久，也没有想好哪一个笔名适合自己。

我已经忘记最后是怎么认识他的了。我记得一直到初三毕业，放暑假之前，我才第一次见到他。他个子不高，其貌不扬，但是，这一点儿没有影响我对他的崇拜之情。那时，他刚刚参加完高考不久，在焦急等待着大学录取通知书。我向他表达了对他的敬意，他没有什么惊讶或得意的表情，或者说脸上根本没有任何表情的流露。他很平静地对我说：我知道你！看你们班办的《小百花》的时候，就知道了你。

我接着对他说起他在《百花》上写的专栏"童年纪事"，觉得写得特别好，希望他能对我说说他是怎么写的。他打断了我的话，只对我说了句：我是看了田涛的小说集《在外祖父家里》，学着写的。你知道田涛吗？这话把我问住了，我不知道田涛，第一次听说这个名字，茫然而有些羞愧地望着他。

那时候，我不知道他的心里塞满着蒺藜，让他有一种难以言说的难受，这样的刺痛感，他是不会对一个比他小很多的我诉说的，觉得即使说了，我也不懂。我却磨着他，希望他能给我传授一点写作的经验。他大概是被我磨得没有什么办法了，便说：哪天你到我家去，我借你两本书看！

按照他给我的地址，我找到他家。离我家很近，就在我家前面那条老街东头路南的一条小胡同里。胡同虽小，他住的院子却和我们大院一样，也是一个三进三出的大四合院，院子很深，后来搭盖起的小厨房小偏厦，杂乱拥挤着，他家在院子的最里面。

那天，我在他家没有久留，他拿出早为我准备好的上下两册《莫泊桑小说选》给我，我看到书的封面上印着李青崖翻译的字样。这是我第一次知道法国还有个作家叫莫泊桑，也第一次知道李青崖这个翻译家的名字，心里非常好奇，很希望他能对我介绍下李青崖和莫泊桑。但是，他没有说别的，只是说看完了再到他家里换别的书。我很感谢他，觉得他很了不起，看的书那么多，都是我不知道的。我渴望从他那里开阔视野，进入一个新的天地。

那天，他送我走出这个深深的大院，走到前院的时候，我竟然看见了小学时给我们语文课代课的王继皋老师。起初，我以为是认错了人，但走近定睛一看，就是王老师，没错！

王老师正坐在一个小马扎上，在他家的门前一片猩红色的西番莲花丛旁乘凉。我走上前去，叫了一声：王老师！他眨着迷惑不解的眼睛，显然没有认出我来。

我进一步解释：您忘了？第三中心小学，您代课，教我们语文？

他想起来了，从小马扎上站起来，和我握手。我才发现，他是拄着一个拐杖站起身来的。

园墙对我说：是在农场山上挖坑种苹果树的时候，石头滚下来，砸断了腿。王老师摆摆手，对我说：没事，快好了。

那一刻，小学往事，一下子兜上心头，我好像有一肚子话要说，却什么也说不出来。

王老师看见我手里拿着的书，问我：看莫泊桑呢？

我所答非所问地说：我还记得您教我们唱的《远航归来》呢。

他忽然仰头笑了起来。我们就这样告别了。那以后，我好久都不明白，说起了《远航归来》，他为什么要那样地笑。我只记得，他笑罢之后，随手摘下了一片身边西番莲的花瓣，在手心里揉碎，然后丢在地上。

　　送我到大院门口，园墙向我说起了王老师的事情，因为出身于资本家家庭，王老师没有考上大学，以为是考试成绩不够，他不服气，又一连考了两年，都以失败告终。王老师不仅没有考上大学，因为出身不好，又好打扮，也没分配到工作，他只能靠临时打工谋生，最后，家里几番求人辗转，好不容易被分到南口农场当了一名农场工人。

　　然后，园墙叹了口气，又对我说：我喜欢文学，也是受到了王老师的影响。

　　我和园墙就这样分手了。一个初三毕业的学生，和一个高三毕业的学生，在那个暑假炎热的下午，挥挥手告别了。从此，我再也没有见过他。

　　他借我的这两本《莫泊桑小说选》，我看得很慢，几乎看了整整一个暑假，《羊脂球》《我的叔叔于勒》《蛮蛮小姐》《月色》《一个诺曼底人》……让我看到小说和生活的另一面。但是，说实在的，我并没有完全看懂，只是一些似是而非的印象和感动。但最初的那些零散的印象，却是和现实完全不同，它让我对眼前的生活，对未知的未来，充满了朦朦胧胧的想象，常常在书页之间，会看到莫泊桑、李青崖、园墙和王继皋老师的身影交错晃动，恍恍惚惚。

　　我看完这两本，到园墙家还书，他已经不在家了。他的母亲告诉我，他没有考上大学，原因和王老师一样，也是出身问题。更让我惊讶的是，居然还有一点同王老师的命运一模一样，他也被分配到南口农场上班去了。

那天，从园墙家走出，我的心里很怅然。想起莫泊桑，想起李青崖，想起园墙，想起王继皋老师，这四个名字，一下子都变得很伤感了，让我的眼前弥漫起一层世事沧桑难预料的迷雾。

第二次考试

1963年，初中毕业，中考的考试题，记不得是全市统一还是区统一出题，反正不是学校出题，挺正规的，也挺令人紧张的。

考试第一天，数学和语文，语文考试的作文题是《春雨》。没有想到第二天就被通知，作文题漏题了。什么原因，没说，弄得大家一头雾水，考试卷子都是密封的，一层层严密把关，居然还能漏题？这得需要多大的本事才行啊？同学们面面相觑，不敢问，也不敢多说，马上就要进行第二次考试了，时间紧张，大家忙于准备，心情多少都有些浮躁和不安。

当时，我的脑子里，立刻想起的是何为写的散文《第二次考试》。我很喜欢这篇散文，曾经全文抄录在笔记本上。他写的是一位女同学在报考音乐学院第一次考试后，因参与台风中的救灾，导致第二次考试（是面试唱歌）嗓子喑哑，成绩跌落。这篇散文的内涵给第二次考试赋予了人性与心灵美好的色彩。我们马上就要参加的第二次考试，原因却是漏题，真够背气的。不管什么原因，不管是什么人所为，都没有一点何为散文里美好的色彩。即便不是剧烈的台风，也是一场意外的风吹草动，让大家心中忐忑，毕竟以前我们都未曾遇到过，这是我们第一次经历考试漏题的突发情况，而且，是在关键的中考！

老师不容我们多想，只是告诉我们要重新考作文。记得考试是在下午，夏天燥热的天气里，我们重新进入考场，这增加了大家心里的的紧张感，不知道这一次的作文题会出成什么样子。因为第一次作文考试之后，大家普遍议论，《春雨》不大好写，很容易写空，光是一味地抒情，很难拿到高分。第二次考试的作文题，不会更难吧？

　　试卷发下来了。这一次，出的题目是《我的志愿》。

　　这个题目，比《春雨》好写，可能是出题的老师考虑到是重考，重考的原因是漏题，问题不在于学生，所以不想为难学生，有意把考题出得容易一些吧？我这样胡思乱想。

　　不过，这个题目容易是容易写，但也很容易写得四平八稳一般化，说说自己的志愿是什么，为什么有这样的志愿，为这个志愿，现在要做什么样的准备之类，写得实实在在，却只是平铺直叙，不如《春雨》可以给人更大的发挥空间。拿到这个作文题目，我竟然首先想到了《春雨》，因为自觉得写得不错，这个《我的志愿》该怎么写，能够写得出彩一些，起码不输于《春雨》。

　　我赶紧把脑子里闪过的这两个作文题目的对比念头赶走。考试的时间紧张，容不得我胡思乱想。我得把思路集中在《我的志愿》这个作文题上。

　　我没有直接下笔，想了一会儿。我确定了志愿是老师，这一点，以前有一些准备，我刚上小学，父亲和崔大叔喝酒的时候，就曾经指着我对崔大叔说过：这孩子将来长大了得当老师！这个印象很深，不知道父亲为什么在我那么小的时候，就这样笃定我长大以后的道路？父亲指定的志愿，当然会在我的心里泛起过涟漪。而且，我对老师也由衷地尊敬，将来能当一名教师，也确实是一种很不错的选择，而且，比写我的志愿是当科学家，显得更实际一些，更好发挥一些。

其实，那时候，因为我喜欢文学，读了不少儿童文学的著作，心里曾经暗暗地想过要做一名儿童文学作家。不过，这个想法，只是悄悄地埋藏在心里，不曾对任何人讲过，觉得说出来，有点儿像讲大话，让自己脸红。当然，在作文考试《我的志愿》里，绝不能写这个。说实在的，在第二次考作文的现场，我连想都没有想这个问题，坚定不移地写当老师。

我在考虑怎么写能够写得好一些。我想先要扣题，我的志愿是当一名人民教师。然后，用排比段想象将来当了老师的情景和心情。最后，将当老师的意义和价值明确写出，结尾再一次点题。这样的思路明确之后，心里有数，特别是中间排比段落的部分完全是想象，可以尽情发挥，写起来顺手，几乎是一气呵成。我觉得自己写得不错，比《春雨》写得更干净利索。老师应该会给我一个不错的分数。

记得那一天考试，我似乎是第一个交的试卷。

当天回到家，我急不可待地拿出我的那本新买不久的美术日记，把这篇第二次考试的作文《我的志愿》抄录在上面。那时候，记忆力好，又是刚刚考完的作文，居然一字不落一气呵成地抄在了日记本上面。抄完之后，有一种无比的快感，让我对未来的高中学习增添了一点自信。

附录：

我的志愿

我很早就想当一名人民教师。我想，这个志愿一定会如愿以偿的。

现在，每当看到我的老师在课堂上激动地讲课的时候，或者和我亲切地促膝谈心的时候，我的心啊，对老师油然而生敬意。每当我踏着斑斓的花影，在公园里看见一位或几位老师领着一群天真烂漫的孩子游玩的时候，或者是在明媚的夜晚，回忆起我亲爱的老师的时候，或者是在金色的清晨，在雪白的梨树下读着魏巍写的《我的老师》那篇优秀散文的时候，我的心啊，就沉浸在幸福的憧憬之中。这时候，我对自己的志愿就更加热爱，仿佛觉得自己已经成为一名人民的教师，那时候的情景在我眼前浮现出来。

那时候，也许我将到群山环绕的山村里教书；也许我将到依山傍水的海滨上课；也许我的学校就在白雪皑皑的雪峰之上；也许我的教室就在天府之国的盆地之中……

那时候，祖国会变得更富强。我遇见的将是一群群活泼可爱的小天使，他们一定会向我提出许多有趣的问题。有时，弄得我不知如何回答才好……

那时候，也许我正给孩子们上历史课，我一定要给孩子讲讲过去彤云密布暗无天日的年代；讲讲那刀光剑影战火纷飞的年月；讲讲那些朝不保夕流离失所背井离乡的场景；我要讲讲是谁把中国人民拯救于水深火热之中；我要讲讲沉眠久许的古国透露出春天气息的那一瞬间；我要向孩子们讲要以革命的名义对待过去，再以革命的名义对待现在。

那时候，也许是个夜色皎洁繁星满天的迷人之夜，我正和孩子们围坐在一起，在绿草地上，在葡萄架下，望着那浩瀚无际的苍宇，望着那荧荧耀眼的迷蒙银河，我正给孩子们讲那琼楼玉宇、玉树嫦娥的童话；或者讲那喜鹊搭桥、牛郎织女的传说；我正和孩子一起，追溯过去，展望将来，迎风怀想，遐思悠悠，孩子们兴奋地向往明天乘着宇宙火箭探测天空的奥秘。

那时候，也许是在一个繁花似锦的春天，我正领着孩子们到郊外踏青春游；也许是在一个金色的秋天，我正领着孩子们参加秋收劳动；也许是在一个酷日炎炎的夏天，我领着孩子们正把一杯杯清凉的水送给警察叔叔；也许是在一个雪花纷飞的冬天，我领着孩子们踏雪访问了一位革命英雄……

那时候，我们的校长一定是一位年逾半百、两鬓飞霜的老人。他一定会给我们青年老师讲许多革命故事，启发我们要克服教学上一切困难的决心，激励我们的革命斗志。

那时候，我送走了一批批毕业生，走向工作岗位。他们有的当工人，有的做农民，有的将是科学家……我每日提着一壶洁净的泉水，走进花园，在剪枝打叶，要在每一朵鲜花的花瓣上、叶柄上、根须上，都挂着雨露、甘霖；要使每一朵鲜花都在璀璨的阳光下，盛开得楚楚动人……

我用自己辛勤的劳动，迎来一个个桃李芬芳的春天。这时候，你才会真正体会到：教师的责任是多么重大，而又是多么光荣。

这时候，你才会真正体会到教师是"园丁"，是"人类灵魂的工程师"的真正含义……

这就是我的志愿，我愿意把自己的青春投入到祖国建设事业中。在这个事业中，孜孜不倦地工作，以火焰般的年华，给自己的青春涂上鲜艳的色彩。

1963年夏天于初三毕业再次作文考试中

那片绿绿的爬山虎

1962年，暑假过后，我上初三。语文课上，我写了一篇作文叫《一张画像》，是写教我平面几何的一位老师，他个子不高，每天上课的时候，都抱着大三角板、圆规和直尺等教具，教具高过他的头，显得他的个子越发地矮，样子非常好笑，让我觉得有点儿像漫画里的人物。但是，他的课上得很有趣，为人也很有趣。非常和蔼的一位老师，留给我的印象很深。

教我语文的田增科老师，认为这篇作文写得和几何老师一样，也很有趣，便将这篇作文修改了一遍，推荐参加当时正举办的北京市少年儿童征文比赛，没有想到居然获奖。

当然，我挺高兴。一天，田老师拿来厚厚一个大本子对我说：你的作文要印成书了，你知道是谁替你修改的吗？

我睁大眼睛，有些莫名其妙。

是叶圣陶先生！田老师将那大本子递给我，又说：你看看叶老先生修改得多么仔细，你可以从中学到不少东西！

我打开本子一看，里面油印着这次征文比赛获奖的二十篇作文。我翻到我的那篇作文，一下子愣住了：首先映入眼帘的是红色的修改符号和改动后增添的小字，密密麻麻，几页纸上到处是红色的圈、钩或直线、曲线。那篇作文简直像是动过大手术鲜血淋漓又绑上绷带的人一样。

回到家，我仔细看了几遍叶老先生对我作文的修改。题目《一张画像》改成《一幅画像》，我立刻感到用字的准确性。类似这样的地方修改得很多，长句子断成短句的地方也不少。有一处，我记得十分清楚："怎么你把包几何课本的书皮去掉了呢？"叶老先生改成："怎么你把几何课本的包书纸去掉了呢？"删掉原句中"包"这个动词，使句子干净了，也规范了。而"书皮"改成了"包书纸"更确切，因为书皮可以认为是书的封面。

我真的从中受益匪浅，隔岸观火和身临其境毕竟不一样。这不仅使我看到自己作文的种种毛病，也使我认识到文学事业的艰巨：不下大力气，不一丝不苟，是难成大气候的。我虽然未见叶老先生的面，却从他的批改中感受到他的认真、平和以及温暖，如春风拂面。

叶老先生在我的作文后面写了一则简短的评语：

这一篇作文写的全是具体事实，从具体事实中透露出对王老师的敬爱。肖复兴同学如果没有在这几件有关画画的事儿上深受感动，就不能写得这样亲切自然。

这则短短的评语，树立起我写作的信心。那时我才十五岁，一个毛头小孩，居然能得到一位蜚声国内外文坛的大文学家的指点和鼓励，内心的激动可想而知，涨涌起的信心和幻想，像飞出的一只鸟儿抖着翅膀。那是只有那种年龄的孩子才会拥有的心思。

这一年暑假，田老师找到我，说：叶圣陶先生要请你到他家做客！

我感到意外。像叶圣陶先生这样的大作家，居然要见一个初中学生，我自然当成人生中的一件大事。我从来没有见过一位作家，更别说是这样的一位大作家，心里很是激动。

那天，天气很好。下午，我来到东四北大街一条并不宽敞却很安静的胡同。叶老先生的孙女叶小沫在门口迎接了我。院子是典型的四合院，敞亮而典雅，刚进里院，一墙绿葱葱的爬山虎扑入眼帘，使得夏日的燥热一下子减少了许多，阳光都变成绿色的，像温柔的小精灵一样在上面跳跃着闪烁着迷离的光点。

叶小沫引我到客厅，叶老先生已在门口等候。见了我，他像会见大人一样同我握了握手，一下子让我觉得距离缩短不少。落座之后，他用浓重的苏州口音问了问我的年龄，笑着讲了句：你和小沫同龄呀！那样随便、和蔼，作家头顶上神秘的光环消失了，我的拘束感也消失了。越是大作家越平易近人，原来他就如一位平常的老爷爷一样，让人感到亲切。

想来有趣，那一下午，叶老先生没谈我那篇获奖的作文，也没谈写作。他没有向我传授什么文学创作的秘诀、要素或指南之类。相反，他几次问我各科学习成绩怎么样。我说我连续几年获得优良奖章，文科理科学习成绩都还不错。他说道：这样好！爱好文学的人不要只读文科的书，一定要多读各科的书。

他又让我背背中国历史朝代，我没有背全，有的朝代顺序还背颠倒了。他又说：我们中国人一定要搞清楚自己的历史，搞文学的人不搞清楚我们的历史更不行。我知道这是对我的批评，也是对我的期望。

我们的交谈很融洽，仿佛我不是小孩，而是大人，一个他的老朋友。他亲切之中蕴含的认真，质朴之中包容的期待，把我小小的心融化了，以致不知黄昏什么时候到来，悄悄将落日的余晖染红窗棂。我一眼又望见院里那一墙的爬山虎，黄昏中绿得沉郁，如同一片浓浓湖水，映在客厅的玻璃窗上，不停地摇曳着，显得虎虎有生气。

那时候，我刚刚读过叶老先生写的一篇散文《爬山虎的脚》，便问：那篇《爬山虎的脚》是不是就写的它们呀？他笑着点点头：是的，那是前几年写的呢！说着，他眯起眼睛又望望窗外那爬山虎。我不知那一刻老先生想起的是什么。

我应该庆幸，有生以来第一次见到作家，竟是这样一位大作家，一位人品与作品都堪称楷模的真正意义上的大作家。他对于一个孩子平等真诚又宽厚期待的谈话，让我十五岁那个夏天富有生命和活力，仿佛那个夏天变长了。我好像知道了，或者模模糊糊懂得了：作家就是这样做的，作家的作品就是这么写的。

在我的眼前，那片爬山虎总是那么绿着。

附录：

一幅画像

开学了。第一节课是几何。我们的新班主任王老师站在教室门口，手里拿着大三角板和大圆规。他那魁梧的身材，黧黑的面孔，粗粗的眉毛，叫人看不出他是教几何的，倒像《新儿女英雄传》里的"黑老蔡"。

上课铃一响，他走进教室，挺直了腰板望了望大家，然后鞠躬，让大家坐下，满都是军人的风度。说不定还真是个复员军人呢！看样子，他一定挺厉害。管他厉害不厉害，反正我上课的"小癖好"谁也干涉不了。不瞒你说，我上课的时候就是爱涂涂抹抹，画点儿什么。教过我的老师，差不多都在我的本子上"留了影"。今天又见到"黑老蔡"，我的手早痒痒了，就拿起铅笔在几何课本的包书纸上画了起来。

半堂多课，"黑老蔡"讲的什么，我一点儿也没听见，可画了一幅满有风趣的画像——"黑老蔡"骑在战马上，手里挥舞着大三角板和圆规，口里还不住地呐喊："冲啊，向几何进军！"

我递给同桌小强看，还悄悄地给他讲着。忽然背后伸出一只手把几何课本给拿走了。我生怕让老师瞧见，急忙说："别闹，别闹，回头再让你开眼……"我回头一看，哎呀，糟糕！原来拿几何课本的就是王老师。

我立刻紧张起来，心就像上岸的鱼，"扑腾、扑腾"一个劲儿地跳。我看见他紧皱着眉头，心里想："大祸要临头了，这顿'呲儿'挨定了！"忽然，他又把几何课本放下，望了望我，轻轻地笑了一声，像开玩笑似的说："画得不错啊，不过是个'相似形'，我的胡子可没那么长。"说完就走上讲台讲起课来。

过了几天，小强突然告诉我，王老师找我到数学教研组去。

我以为准是要挨"呲儿"了,没料到王老师见我了,就笑着问我:"你喜欢画画,是吗?明天开家长会,请你负责把教室里的黑板美化一下。""好!"我立刻答应了。是让我画画,又不是让我证什么"两角相等",干吗不呢?

一直画到晚上,总算画好了。黑板四周画了花边,靠左边又画了两个少先队员,手里拿鲜花,就像在欢迎着家长似的。王老师走进来,看了看黑板,不住点头称赞说:"不错,不错,这画画得满够味,就是头部大了点。人身和头部的比例是6∶1,你看这两人,都快像跳大头娃娃舞的了。"我的脸顿时一阵热,心跳得也厉害起来。

王老师和我一块儿回家。在路上,他从班上的小事情一直谈到了国家的大事情,谈到了今天,也谈到了明天,最后他问我:"你长大想做什么?想做个画家吗?"他见我不回答,就说:"我跟你一样,也喜欢画画,尤其是人像。嗳,明天上午开完家长会,下午你到我家来,咱们一起研究,好吗?""好。"我被他的兴致勾引起来,兴奋地望了望他,见他笑得那么亲切。"明天下午一定来,顺便带着几何课本!"我激动得不知说什么才好。一阵凉爽的晚风吹来,吹得我心里甜滋滋的。

第二天早上,我温习完了功课,画了一幅王老师的全身像。下午我带着画和几何课本,跑到王老师家,看见王老师一个人在画着什么,我轻轻地叫了声王老师。王老师见我来了,高兴地说:"看,今天我也忙上了。你看我这幅主席像画得怎么样?"我走过去,啊,这张毛主席像画得真好,仿佛毛主席正对我微微笑着。

下面还写着几个字：

送给肖复兴同学：
希望你记住毛主席的话：好好学习，天天向上！

王志斌

"送给我的?""嗯，送给你，怎么样?""太好了！王老师，我也送给你一幅！""好啊，什么画?"我把画递给他。王老师望着我的画，眼睛眯成一条缝，说："画得真像我啊！"接着又半开玩笑半认真地说："那一幅呢，怎么你把几何课本的包书纸去掉了呢?"臊得我脸上顿时火辣辣地一阵热。

高中：青春碎片

星期天记事

初三毕业,我升入本校汇文中学高中。班上一大半是不认识的新同学。我都是上学来,放学走,不怎么在学校里逗留。曾经熟悉的校园,显得有些生疏。

那时候,我给自己定了一个时间表,几点起床,几点睡觉,什么时候干什么,一天的时间定得很仔细,精确到几点几分。我把这个时间表折叠几层,放在我的铅笔盒里。我要求自己的学习生活严格按照时间表进行,希望进入高中有个新的开始,遵照的是鲁迅说过的那样,把别人喝咖啡的工夫,用在自己的学习上。那时候,我心里有个目标,就是高中毕业考北京大学中文系。

星期天,我的时间表上安排:上午是去图书馆看书,或者到新华书店买书。新学期开始,我的心气很高,干劲十足,时间表像一个上足了发条的闹钟,到点就听见它嗡嗡地响起,清澈回荡在我的心里。

每个星期天的晚上,在我的那本美术日记上,写一篇"星期天记事",也是时间表上一个规定的内容,是写完作业,预习完功课之后的必选项目。父母和弟弟都睡着了,夜深人静,月光照进窗里,写完这篇"星期天记事",合上日记本,伸伸懒腰,觉得星期天才算结束,一天没有白过,一星期没虚度,心里很充实,很满足。学生时代,无疑是最美好的,让人对未来充满无限的憧憬和期待,仿佛明天的到来,一定会有什么新鲜的事情,如晨风一样随之扑面而来,即便这样的事情是朦朦胧胧的,是似是而非的,是虚无缥缈的,也会让我的内心隐隐地波动,总觉得前方会升腾起未知的雾岚,那样神秘、迷人,而值得向前奔去。

"星期天记事",第一篇写的是庞老师,是和庞老师在鲜鱼口的邂逅。

庞老师人长得很帅,个子高高的,脸庞的棱角鲜明。他的年龄四十岁上下,在教过我的男老师中,属于英俊的那种。他只在初二教过我一年的代数课,初三的时候,他就调到别的学校去了。

虽然教我的时间很短,但是,他留给我的印象很深。原因有两点——

一是有一次数学课上,我偷偷看一本《十万个为什么》。我是把书放在抽屉里,书只露出一个头,心想反正没有把书放在课桌上,老师即便走过来,我可以立刻把书推进课桌的抽屉里,老师一时也难以发现。谁想到,看得正上瘾呢,身后传来了庞老师的声音:"看什么书呢?"不知什么时候,庞老师站在我的身后,他弯腰从我的手里拿过了书,看了看封面,说道:呃,是《十万个为什么》。是本好书,不过,你现在应该问一问自己第十万零一个为什么,为什么上课要看课外书？庞老师说完，把书还给我，全班同学都忍不住笑了起来，弄得我臊不答答的，满脸通红。

二是庞老师上课的时候，他的数学课本和备课本下面总放着一本文学书，我偷偷地瞄过几眼，有时是一本《莎士比亚剧作选》，有时是一本《普希金诗选》，有时是一本泰戈尔的《飞鸟集》。有时候，课讲完了，布置课堂作业让我们做，或者发下卷子小测验，他便搬把椅子，在讲台桌旁坐下来，翻开这些书读，一直读到下课。这让我非常奇怪，一个教数学的老师，居然这么爱看文学书，在我们全校的老师中绝无仅有。他不让我上课时看课外书，他自己却在上代数课时看文学书，这难道不也是课外书吗？

更让我好奇的是，几乎每天上午，庞老师来校都非常早，我只要早早地到校上早自习，总能看到庞老师坐在生物实验室的门前，那里有一条长长的过道，和教室前的走廊有一段距离，很安静。我总会看见他在读什么，或者对着窗户背诵什么，一直到第一节课的预备铃响起。我非常好奇，特别想知道他在背诵什么，这么入迷？这么起劲？有一天早晨，我悄悄地走过去，听清了，他在轻声背诵普希金的诗《致大海》。我刚刚读过这首诗，所以里面的诗句记得很清楚。

原来庞老师也爱普希金。我心里挺佩服他的，想悄悄地离开，生怕打搅了他，可是，已经被他发现，他回过头冲我笑笑，挥着手招呼我过去。他拍拍手里的《普希金诗选》，问我：看过这本书吗？我点点头。他说：好！我知道你爱看课外书，这是好事，你看我也看课外书，多看点儿课外书，对你有帮助！他说话很亲切，我很希望他能对我讲讲读课外书的体会。这时候，第一节课的预备铃响了，我赶紧和他告别，跑去上课了。

庞老师和别的老师不大一样，他真的是一个非常有意思的老师，在当时，他属于教师里的另类。可惜，他教我的时间太短了。他被调走，不知道是什么原因。我曾经暗想，会不会和他的另类行为有关？不过，我很喜欢庞老师，常常会想起他。他被调走之后，我一直没有再见过他，不知道他调到了哪所学校。

刚上高一的一个星期天，我去劳动人民文化宫图书馆看书。不知为什么，那天心里有些莫名的烦躁，只看了不到半个小时的书，椅子上像长了蒺藜狗子，屁股上像长了草，坐不住了，书上的字变得模糊起来，怎么也集中不了我的目光。我不想再看书了，还了书，走出文化宫的大门。

穿过天安门广场，走到大栅栏里的同乐电影院，看了一场电影。学生票只要五分钱，记得很清楚，那天看的是根据托尔斯泰的小说《复活》改编的电影，说实在的，根本没有看懂，莫名其妙却觉得挺有意思的，比枯坐在阅览室看书轻松了许多。

从电影院走出来，走出大栅栏，走进对面的鲜鱼口，想穿过兴隆街回家，迎面碰见了一个人，觉得非常面熟。四目相对，他一下叫出我的名字：是你，肖复兴！我也认出了，是庞老师！一年多没见了，突然街头相遇，让我有些激动。

他问我在高一几班，班主任是谁，又问我这一年多学习成绩怎么样，还问我课外书都看了些什么。然后，他笑眯眯地对我说：你给我的印象很深呀！这句话说的，我生怕他会接着说起上课看《十万个为什么》的事情，赶紧低下头，看见他的书包里塞满了书，鼓鼓囊囊，都要挤出来了，忙打岔问道：这么多书呀，您这是要去图书馆还书吗？

他点点头，说：是到文化宫图书馆还书。

我心里一动，庞老师也常去文化宫图书馆，我怎么一次也没有碰见过他呢？

庞老师顺手从书包里拿出一本书，是《古文观止》，问我：这本书你看过吗？我羞愧地摇摇头。他又拿出两本书，一本是袁鹰的《风帆》，一本是柯蓝的《早霞短笛》，问我：这两本你看过吗？恰巧这两本我看过，赶忙点点头，找补回一点儿颜面。

看着庞老师这满满的一书包书，我的心里忽然有些惭愧，刚才在文化宫图书馆的阅览室里，只待了半个小时，就坐不住了，就跑出来看电影了，而庞老师却看了这么多的书。

庞老师问我：你这是到哪里去了？

我不敢回答是看电影了，慌不择词，反问起他来了：庞老师，有一个问题一直想问您，您教数学，为什么那么爱看文学书？记得您给我们上课的时候，数学课本下面总放着一本文学书。

庞老师笑了：现在我这个习惯也没变呀。然后，他问我，这有什么不好吗？

我没有回答，只是笑。

他对我说，对了，你现在正是读书的好时候，要利用时间多读些书，中国的，外国的，现代的，古典的……

然后，他对我笑笑，又说道：你在市里获奖的那篇作文印在书里面了，我前几天看到了，就知道你一定写得不错，你要多读多写，我可是一直相信你呢！

他说的那篇作文是《一幅画像》，收在北京出版社的《我和姐姐争冠军》书中，书刚刚出版，没有想到庞老师就看到了，说明他真的一直在关心我，虽然他早就不教我了。我心里一阵感动，禁不住抬头望望他，说不出一句话。

分手的时候，他对我说：有时间找我玩，我就住在学校里，离这里不远。又告诉我他的新学校。

过去了将近六十年，我常常会想起庞老师。高一刚开学那个秋天的上午，庞老师的身影，总还在眼前浮现；他对我说过的要利用时间多读书的话，还是那么清晰地在耳畔回响。

有些人，有些事，尽管结识和交往的时间都不长，甚至只是匆匆一闪，却让我真的很难忘记，不仅刻进我的记忆里，更是刻进了我生命的年轮里。

那个星期天的晚上，我把在鲜鱼口邂逅庞老师的事情，记录在我的美术日记里。幸亏有这本日记，上面清晰地写着那个星期天的日期：1963年9月22日。

可惜，这样的"星期天记事"，我只坚持了一个学期，第二学期，学习紧张了，同学之间也渐渐熟悉了，要干的事情多了起来，"星期天记事"顾不上了。一个孩子，总是这样顾头不顾腚，像狗熊掰棒子，掰下新的一个，丢下旧的一个。所幸的是，没有把掰下的棒子全部丢掉，毕竟还留下一个——留下了几篇"星期天记事"。其中有这样两篇，一篇写在新华书店看见的一位小姑娘，一篇写在图书馆遇到了一位大学生，至今读来依然感动——不是为自己的文章感动，而是感动于那位小姑娘、那位大学生，感动于那时候所弥漫在心的氛围。一切，都随着时光流逝而难再。

有一件小事，也还清晰地记得。六十年前的秋天那个星期天的晚上，写和庞老师邂逅的"星期天记事"的时候，翻开书包找钢笔，没有找到，才忽然想起，钢笔忘在文化宫图书馆的桌子上了，在心里一个劲儿骂自己：怎么这么毛躁！那是支上海产的英雄牌钢笔，深紫色的笔管，很好看，也很好使，是姐夫特意送我考上高中的礼物。没有办法，只好第二天下午放学后匆匆往文化宫赶。走进图书馆，一眼看见我的钢笔还安安静静地躺在桌子上，竟然连位置都没有变，好像来这里看书的人对它视而不见，只有我从桌上拿起钢笔的时候，柜台后面的那个男工作人员，冲我温和地笑了笑。

附录：

新华书店里
——星期天记事

星期天到新华书店的人分外多。一清早，书店还没开门，就有不少人拿着今天早晨的新报纸，边看边等候了。

书店一开门，人们就拥进去，纷纷找自己想要的书。不到十分钟，书架旁，书柜前，服务台前，围满了人。这里有两鬓飞霜的老人，有身穿制服的干部，有戴着眼镜的学生……进到这里，就仿佛进到了浩瀚的知识海洋，又像到了无比灿烂夺目的繁盛花园。每一本书，都像一枝窈窕诱人的鲜花；书上的每一个字，都像激荡飞溅的浪花。它们吸引着不知多少人的眼睛，攫走了不知多少人的心。

忽然,我看见一个小女孩,九十岁的样子,辫子上扎着两个要飞的蝴蝶结,脖子上戴着红领巾,个子矮矮的,挤在大人中间,只比服务台高一头。她在翻看一本叶君健的《新同学》。她看见服务员走过来,就伸着脖子说:"叔叔,我要《长长的流水》,刘真阿姨写的。您帮我找找好吗?"服务员转身找到书,笑着把书递给她,和蔼地问她:"看得懂吗?""看得懂,前天我们老师给我们念了她写的一篇《核桃的秘密》,可有意思了!"服务员赞许地冲她笑了笑,忙着给别人拿书去了。旁边的人听到了小女孩的话,惊奇地看了看这个比他们矮半截的小女孩。我也向她投去了敬佩的目光。

我看她翻翻这本书,又看看那本书,怎么也不舍得放下,像是又想买《长长的流水》,又舍不得《新同学》。我猜她一定是钱不够。果然,她问服务员:"叔叔,这本书还多吗?"服务员对她说:"多!小朋友,你要哪本?""我没有那么多钱,我只有七毛五,我要那本《长长的流水》。"接着,她掏出一大把零钱,放在柜台的玻璃板上,弄得哗哗直响。我一看,无比吃惊,全是硬币,撒了玻璃板上一大堆。我看见小女孩一边帮服务员数钱,一边问:"叔叔,我下星期再来买《新同学》,还有吧?""有!"……

刹那间,我对这个小姑娘无比崇敬起来,自己的脸火辣辣地烧得有点儿难受。这一分一分的硬币,是这个小姑娘多少天才积攒下来的啊!多么可能是母亲疼爱自己的女儿,给她买冰棍儿的钱,她省下了;多么可能是哪一次博物馆参观,家里给她的车费,她没花,走着去的呀!……多么热爱书,多么珍惜书啊!望着那一堆硬币，望着小姑娘对知识无比憧憬的眼睛，我的心在内疚，我的心在赞许。

小姑娘抱着《长长的流水》边走边看，一直走出书店的大门。可是，我觉得她还站在我的前面如饥似渴地翻着书。

1963年10月27日晚10点30分

第一次握手

因为我读中学六年是在同一所男校，小奇是我中学时代唯一接触的女生，或者可以大言不惭地说，是那时我唯一交往的女朋友。

我和小奇真正的交往，是从高一开始的。

初三毕业那年暑假就要结束的一天晚上，我已经躺在床上睡下了。父亲走过来，轻轻地把我叫醒。我睁开惺忪的睡眼，望着父亲，不知有什么事情，都已经这么晚了。父亲只是很平淡地说了句：外面有人找你。

我大了以后，父亲不再像我小时候那样砸姜磨蒜一样絮絮叨叨地教育我，他知道我不怎么爱听，和我讲话越来越少。他说完这句话就走出了屋。

我穿好衣服，走出家门，看见对面的灰墙边站着一个女同学。起初，没有认出是谁，定睛一看，是小奇，正笑着挥着手向我打着招呼。

我们是小学同学，上四年级的时候，她从南京来到北京，转学到我们学校。我们同年级，不同班。第一次见面的情景，立刻在她向我挥手打招呼的瞬间闪现：我们学校有几台乒乓球案子，课间十分钟，是同学们疯狂抢占案子的时候，每人打两个球，谁输谁下台，让另一个同学上来打。那时候，我乒乓球打得不错，常常能占着台子打好多个回合。那一天，上来的同学，劈头盖脑就抽了我一板球，让我猝不及防，我忍不住叫了声：够厉害的呀！抬头一看，是个女同学，就是小奇。

小学毕业，我们考入不同的中学，初中三年，再也没有见过面。突然间，她出现在我家的门前。这让我感到奇怪，也让我感到惊喜。看她戴着一副眼镜，明显长高了许多，亭亭玉立的，是少女时最漂亮的样子。

她是来我们大院找她的一个同学，没有找到，忽然想起了我也住在这个院子里，便来找我。那一夜，我们聊得很愉快。坐在我家旁边的老槐树下，她谈兴甚浓，六十年过去了，谈的别的什么都记不得了，唯独记得的是，她说暑假跟她妈妈一起回了一趟南京，在天文台看到了一场流星雨。我当时见识很是浅陋，连流星雨这个词都没有听说过，只知道流星，便很好奇地问她什么是流星雨。她很得意地向我描述流星雨的壮观。那一夜，月亮很好，星光璀璨，我望着夜空，想象着她描述的壮观夜空，有些发呆，对她刮目相看。

流星雨，便成为我一直最渴望见到的景象，成为我青春期情感世界一个最为璀璨的背景。

谈不上阔别重逢，但是，少年时期的初中三年，正是人的模样、身材和心理、生理迅速变化的三年，初中时光过得很快，回想起来却显得很长。意外的重逢，让我们彼此都有一种异样的感觉。令我们都没有想到的是，我们的友谊，从那一夜蔓延到了整个青春期。

上高中之后，几乎每个星期天的下午，她都会到我家找我。我的时间表上，会把这个下午，留作我们的专属时间。坐在我家外屋那张破旧的方桌前聊天，天马行空，海阔天空，我们好像有说不完的话，窄小的房间，被一拨又一拨的话语涨满，春水荡漾般，漫延无边。一直到黄昏时分，她才会起身告别。

那时，她考上北京航空学院附中，住校，每星期回家一次，她要在周日的晚饭前返回学校。我送她走出家门，因为我家住在大院最里面，一路要逶迤走过一条长长的甬道，几乎所有人家的窗前都会趴有人头的影子，好奇地望着我们两人，那眼光芒刺般落在我们的身上。我和她都会低着头，把脚步加快，可那甬道却显得像是几何题里加长的延长线。我害怕那样的时刻，又渴望那样的时刻。落在身上的目光，既像芒刺，也像花开。

我送她走出我们的这条老街，一直到前门22路公共汽车站，看着她坐上车远去。每个星期天的下午，由于她的到来，变得格外美好，而让我期待。那个时候，我们沉浸在少男少女朦胧的情感梦幻中，忽略了周围的世界。

在分别的这一周里，我们通信，一周往返一个来回，信弥补并填充了时间和距离。

我们学校的传达室前，挂着一块小黑板，传达室的王大爷每天收到邮递员送来的信件后，都会在黑板上面写上收信老师和同学的名字。几乎每天中午饭后和下午放学的时候，我都会上前张望，看看有没有我的名字。有，就像得到喜帖子；没有，就特别扫兴。渴望每天小黑板上都能够出现我的名字，那么，每天就会接到她的信了。心里这样奢望着，那样地贪得无厌。每一次从王大爷手里接过小奇的信，王大爷和蔼地冲我笑笑的时候，我都有些害羞，觉得王大爷好像知道了我和小奇通信的秘密。

接到小奇的信后，先一边走一边迫不及待地读了两遍。然后，我走回教室，躲在座位上，偷偷地写回信。放学后的教室里，没有一个同学，特别安静，可以好好写信，也不知道怎么有那么多的话要说，信纸上写得密密麻麻。好几次我们的班主任张老师路过教室，看见我一个人埋头写信，都特别表扬我放学不回家还在抓紧时间刻苦学习。

写完信，走出学校，虽然我有公交车的月票，也不会坐车，而是走路回家，因为在路上，也就是在花市大街上，会经过一个邮局，我要到那里把信以最快的速度寄出去。邮局新建不久，比我家住的老街上的邮局大很多，夕阳透过大大的玻璃窗，照得里面灿烂辉煌。大厅靠近门口，立着一个半人高的绿色邮箱，让我感到亲切，因为是它可以帮我把信寄到小奇的手里。心里想，没准小奇也在焦急等我的信呢。

在这里，买一个信封，一张四分钱的邮票，贴好，封好，把信也把少年朦胧的情思和秘密的心事，一并投进这个大邮箱里。然后，愣愣地望着邮箱，望半天，仿佛投进的不是一封信，而是一只鸟，生怕它张开翅膀从邮箱里飞出来，飞跑去。站在那里，心思未定地胡思乱想。静静的邮箱，闪着绿色的光。静静的邮局里，洒满黄昏的金光，让我觉得那么美好，充满想象和期待。

见不到面的日子里，我们通信。见面的星期日下午，我们聊天。信上已经写了那么多的话，面对面怎么还有那么多的话可说！父亲在一旁听后都不说话，小奇走后，母亲会笑话我说：是要饭的打官司，没的吃，总有的说！

有时候，我反复对她说我喜欢文学，她也反复对我说她喜欢物理；我说我喜欢冰心，她说她喜欢居里夫人。我们谁也不服谁，显摆着自己知道的文学和物理最浅薄的一点点知识，心里是那样地愉快。然后，彼此在语文和物理课上格外下功夫，她的作文，我的物理成绩，都得到了提高。

有一次聊天，她对我说，住校不方便到新华书店买书，有一本高中物理复习材料，她特别想买到，问我能不能帮她买。我说没问题。我转了好几处，最后在西四新华书店买到了她要的这本书。这本书里，有很多课外的物理习题的解答，许多题都比课堂上老师讲的难，心想，看来她真的在物理课下功夫了，又想起了初三暑假她对我讲起的流星雨。

高中三年，每一周，我们都是在见面聊天和不见面通信中度过的。每个星期天的黄昏，是在前门22路公共汽车站前话别的。那时候，前门楼子前，古老的城墙还没有拆除，苍老的城墙，对比着我们青春年少的身影，显得我们是那么地小，那么地稚气，却又那么地纯真可爱。

忘记了是哪一年暑假过后刚开学不久的一个黄昏，我送她到前门22路公共汽车站。她已经走进车厢，车厢里空荡荡的没有几个人，还要等乘客，汽车要过一会儿才开。我希望她能够走下车来，再说一会儿分别的话。那时候的话长长的流水一样，好像总也说不完。她果然走下车来，和我心里想的一样。我有些莫名地兴奋。

我已经忘记我们都说了一些什么，只记得，车上的乘客渐渐多了，司机师傅摁响了喇叭，车子要开了，她转身要上车的时候，忽然向我伸出一只手，五根手指张开着，像开着一朵五瓣的花。开始，我一愣，但是，马上明白了，也伸出了手，我们握了一下手，匆匆地告别了。车子鸣响几声喇叭，开走了，尾灯闪烁着红光，那么明亮，很快消失在车水马龙中。

那是我们第一次握手。

深深的车辙

初三那年，我写了一篇作文《一幅画像》，在北京市少年儿童征文比赛中获奖，后由前辈叶圣陶先生逐字逐句修改而收进书中。那时候，教我语文课的是田增科老师，他刚刚大学毕业不久，仅仅比我大十三岁。多亏他帮助我修改了这篇作文，并亲自推荐参加了作文比赛。记得最清楚的是，我作文中写的几何老师，举着大三角板、直尺和圆规教具的样子，最开始我不知轻重地把他比喻成电影里骑着高头大马的日本鬼子松井，田老师改成了像小说《新儿女英雄传》里的"黑老蔡"。

如果没有田老师我便不会获奖，更不会有幸由此结识叶圣陶前辈。也可以说，没有田老师和后来叶圣陶老先生手把手帮我修改，日后，我也可能不会走上文学写作的这条小径。

那篇作文是我第一篇变成铅字的文章。如果没有这样的一篇文章，我会那样迷恋上文学吗？我日后的道路会不会发生变化？这样一想，便十分感谢田老师。我永远难忘他将我的那篇作文塞进信封，投递进学校门前的绿色信筒里的情景；我也永远难忘当我的这篇文章被印进书中，他将那散发着油墨清香的书递给我手中时比我还要激动的情景。那是春天一个细雨飘洒的黄昏。

初三那篇作文获奖，奖品是一支钢笔和一本《新华字典》。这两个小小的奖品，被学校放进一楼大厅的玻璃展柜里展览，这是同学们很少能够获得的待遇。那是高一刚刚开学不久。不知别的同学看见会作何感想，它满足了我小小的虚荣心，也激起我的一点自信心。

读高中以后，田老师不再教我。但我还常去语文教研室看望他，心里对他充满感激。这时候，我终于也能在大《百花》上写文章了。田老师很关心我，把我在《百花》上写的文章都看了，给我很多鼓励，也提出一些意见。

记得很清楚，田老师看了我写的一篇叫《除夕》的小说，写的是过春节前学校组织春节晚会，传达室的老大爷看大门，无法参加，一个调皮的同学溜进传达室，递给老大爷一个厚厚的信封，就又匆匆溜走参加晚会去了。老大爷打开信封一看，里面有一封他们班长代表全班同学写给他的感谢信，还有同学们送给他的一张张贺年卡，每张贺年卡上都写着烫人的话语。文章中，我写了这样一句自以为不错的景物描写："一轮明媚的月亮升起来了，几颗星星也跳上夜空，调皮地眨着眼睛……"渲染一下传达室老大爷的感动心情。田老师看后，专门在《百花》上写了一篇文章，批评说除夕之夜是不会有"一轮明媚的月亮"的，写作要注意细节的真实，细节的真实来自对生活认真的观察。

我还写过一篇叫作《弟弟》的小说，未交给《百花》之前，先请田老师帮我看看，小说写我和弟弟因到文化宫的大殿里打乒乓球闹出的一系列矛盾。田老师看后，在小说后面写了这样的批语："情节安排，我以为留有太深的雕凿痕，巧则巧矣，未能缝若天衣。"

高三时，我写了一篇作文《春游颐和园》，自以为读的书多了，要显得自己有点儿学问，在作文中引用了好多古诗。田老师看毕，写下这样的批语："引用要恰到好处，不可过滥，过犹不及，不如适可而止。万绿丛中，看的是一朵红花。"

这些批评意见，对我帮助很大，对于学生最初的文学写作，他很有见地，也有方法。我很佩服田老师，和田老师的交往和感情，一天天加深。

有一天放学之后，田老师邀请我到他家。那时，他刚刚结婚不久，学校分配他一间新房，在学校后面的白桥大街，离学校不远。到了他家，他从书柜里翻出了一个大本子，递给了我，让我看。本子很旧，纸页发黄，我打开一看，里面贴的全是从报刊上剪下来的文章。再仔细看，每篇文章的署名都是田老师。原来田老师曾经在报刊上发表过那么多的文章。

田老师指着本子上的一篇文章，对我说：这是我发表的第一篇文章，和你一样，也是读中学的时候写的。

我坐在他家，仔细看了田老师的这篇文章，写的是晚上放学回家，他在公交车上遇见的一件小事，写得委婉感人，朴素的叙述中，颠簸的车厢，迷离的灯光，窗外流萤般闪过的街景……荡漾着一丝丝诗意和暖意。我心里暗暗地和我写的那篇《一幅画像》做了个比较，觉得田老师写的这篇文章比我写得要好，更像是一篇散文化的小说。

田老师又让我看另一篇文章，对我说：这是我和你一样上高中时候写的。是一张剪报,上面配有一幅插图,写的是学生下乡劳动的归途中,突然天下大雨,学生们在一户农家避雨,写的也是小事。田老师写得依然委婉动人,没有那么多的学生腔,写的不是那时学生作文中常会写到的好人好事,也没有那时流行的结尾思想意义上的升华,更多写的是农舍房檐前雨雾飘洒的情景,学生农人交流的平常话语,却将雨和人的心情交融一起,弥漫着温馨的氛围,是一幅农家雨中图,挥洒着雨的背景中,点彩着几个写意的人物,晕染着朦胧美好的情致。

我把这一本剪报从头到尾看完,一边看,一边悄悄在想,有这样好的基础和开端,后来怎么再没有见到田老师发表的作品呢?

田老师好像明白了我的心思,对我说:可惜,后来上了大学,读的理论方面的书多,我没有把这样的文学创作坚持下来。然后,他望望我,又说:希望你坚持下来!

我明白田老师叫我到他家来的目的了。我知道他的心意,他对我的期望。

那天,田老师对我讲了很多话,不像对他的一个学生,像是对他的一个知心的朋友。印象最深的是,他特别对我讲起了他中学的往事,讲起了他读高中时候教他语文课的蒋老师。蒋老师曾经是清华大学英语系的学生,语文课讲得特别地好,经常给他们讲一些课外的文章,还借给他一些课外书,鼓励他多多看书,好好学习。高中毕业,那时田老师在河南洛阳,洛阳没有高考的考场,考场设在开封。全班五十二个学生,是蒋老师带着这五十二个学生,坐了四百里的火车,赶到开封,参加高考。为了防止学生意外生病,他还特意背着个药箱,细心周到地带着止泻药、防暑药。

田老师说他很感谢蒋老师，没有蒋老师，他不会从洛阳考到北京上大学。

我心里感到田老师就是像蒋老师一样的好老师，好老师，就是这样代代传承的。人的一辈子，在小学和中学阶段，能够遇到一个或几个好老师，真的是他或她的幸运，他或她的福分，因为可以影响他或她的一生。

我和田老师师生之间的友情，从我读初三一直延续至今，整整六十年之久，今年田老师八十八岁了。日子过得那样地快！六十年间，田老师一直对我关心鼓励有加。"文革"期间，他把他珍藏的《鲁迅全集》和《红楼梦》脂评本借给我，对我说别管外面世界怎么个乱法，还是得读书，要相信艺不压身。尽管我根本没有读懂，但是，我还是听从了田老师的话，把《鲁迅全集》硬啃了一遍，并抄录了满满一本的鲁迅语录。尽管没有读懂，读了，抄了，就和没读没抄过不一样。学习的营养，在潜移默化之中；学习的成长，在读懂和不懂之间。田老师晚年曾经抄录过一联诗送我：竹里静消无事福，花间补读未完书。这是他的自况，但是每当我看到这联诗，便想起他借我《鲁迅全集》和《红楼梦》脂评本时对我说过的话。读书，是一辈子的事情。田老师是我一辈子的老师。

还有一件和读书相关的事情，让我难忘。当年我到北大荒插队，在那些个路远天长、心折魂断的日子里，田老师常有信来，一直劝我无论在什么样艰苦的条件下，千万不要放下笔、放下书。在那文化凋零的季节，他千方百计从内部为我买了一套《水浒传》和一套《三国演义》。在我从北大荒回家探亲假期结束要回北大荒的前夕，田老师骑着自行车，赶到我的家里把书送来。很难忘记那个雪后的夜晚，偏巧我去和同学话别没有在家，等回来时，只看到桌上的一杯已经放凉的茶和漫天的繁星闪烁，还有雪地上那深深的车辙。

秋海棠

那篇获奖作文，成为我中学时代的一个重要转折。初三毕业的那年暑假，消息传到我们大院里，成为一桩新闻，被家里有孩子的家长们议论，他们指着自家的孩子，让孩子向我学习。我似乎成了全院孩子学习的榜样，这让我有些害羞，又有些隐隐的骄傲。

秋天，升入高一，开学之后不久的一个星期天的晚上，一个女孩子到我家找我。她和我年龄差不多大，不过，我忘记了她叫什么名字，只记得姓黄。她父亲是一所中学教俄文的老师，大家都叫他黄老师。她父亲和母亲在同一所中学教书，她也在那所中学里上学，整天跟着父母上学去放学归，和我们从不来往。在我们大院里，她和她的父亲母亲一样，都不怎么言语，像三个隐身人。

她的妈妈就是大华的大姑。当年，大华就是跟着小姑从太原投奔大姑来的。我对他们这一家子，几乎没有什么印象，他们一家三口深居简出，和大院的人来往很少。但是，他们是我们大院的老住户，他们原来住的是三间大北房，应该是全院最好的房子之一。后来，不知道为什么，他们腾出一间，让给街道办事处的一家人住了。然后，便是大华和他小姑来北京，住了另一间，虽然他们自己住的是三间中的中间房子，是最大的一间，明显是越住越小了。但是，没听他们有什么抱怨。当初，大华和小姑来之前，大姑曾经和大姑父商量，大姑父说：不认识的生人，都能给人家一间住，自己家里人，还说什么呢？这话传到了街坊们的耳朵里，大家对大华他大姑父这人挺佩服的，在背地里都说，看人家黄老师，到底是知识分子，就是不一样！在背地里，街坊四邻，尤其是那些刻薄刁钻的老娘们儿，能说出这样称赞的好话，真是不易。

不过，大华的大姑父，这位黄老师的脾气有些怪，他从来不和街坊们来往，每天上下班进出大院，都是低着头，匆匆地走，就是打个招呼，也只是微微点点头而已。他和大华和小姑也很少来往过话，甚至过年也都是两家各过各的，只有大姑把刚煮熟的饺子汤圆什么的，给大华和小姑送来。大华很少跟我提起他大姑和大姑父。在我的印象中，我们大院里的孩子，似乎都很少和他大姑大姑父的孩子有什么来往，以致有时候我几乎忘记了，我们大院里还有这样一个和我们年纪差不多大的孩子。

我很奇怪她怎么会突然跑到我家里找我，有什么事情吗？大华已经走了大半年了，莫非大华给他大姑来信，有什么事情要转告给我吗？

她说她父亲叫我去她家一趟。我有些莫名其妙地跟着她去了她家。

黄老师，在我们大院属于赫赫有名的知识分子，但对于他的身世，大家并不很清楚。有人说以前在大学里教书，也有人说以前是什么部门的俄文翻译，后来，被划为右派，因为认错态度好，没有发配劳改，才到中学教俄文。

还有人说他有个亲戚，在云南，是个作家，写过长篇小说《边疆晓歌》，前几年还来他家看过他。那时，我看过《边疆晓歌》，记得作者也姓黄，便觉得和黄老师是亲戚，应该不会有错。我曾经问过大华，知道不知道他大姑父有这样一个写过长篇小说的亲戚？大华一问三不知，说没听说过。我说你去问问你大姑父！他摇摇头，反问我：问这个有什么用？说得我一下子卡壳，是啊，问清楚了，有什么用吗？

那时候，作家没有如今这么多，写长篇小说的作家少得更是数得过来，有种神秘感，我觉得有个作家的亲戚很神奇，心里充满好奇，便对黄老师这个在我们大院里神出鬼没的右派，越发感到有些神秘。不知道这一天他怎么突然想起找我？他从来都没有和我讲过一句话呀！

我是第一次进他家，他家比我们大院一般的房间要大很多，进门有一面柜子挡住了里面的房间，隔出一个小小的空间，摆着一个小柜子，放着书包鞋子和一些杂物。黄老师开门见我，就开门见山地说道：听说你作文获奖了，才知道你爱读书，我这里有些书，你想看什么，就拿几本看。

他说话很直接，很和蔼，没有我想象的那样正襟危坐的样子。

说着话，他领我走出房门，走到旁边另一间房间，这是以前大华和他小姑住的房间，我找大华玩的时候，曾经来过好多次。现在，这个房间变成了黄老师的书房兼卧室（也可能最早就是书房兼卧室，只不过是大华走后又恢复了原来的样子）。我进屋一眼看见，一张单人床边，顶天立地立着两个有玻璃门的大书柜，很是惊奇。那时，我是个没见过世面的雏儿，第一次见到这样高大的书柜，以前，只见过书架。黄老师指着书柜对我说：你随便挑吧，看你喜欢读什么。

我心里想先找找有没有那本长篇小说《边疆晓歌》，如果写这个小说的作家真的和他是亲戚，还专门来过他家，应该有这本书。可是，我趴在书柜前看了个遍，没有发现，发现书柜里俄罗斯的文学作品和历史著作比较多。我挑了两本，一本《普希金诗集》，一本《普希金小说集》。我谢过他后，出卧室门前，在他的写字台（那也是我第一次见到这样两头沉的写字台）上，看到一小盆花，开着猩红色的小花，有意思的是，叶子也是红的。我不认识这种花，随口问了句：这是什么花啊，这么好看？

黄老师告诉我说：是秋海棠。

我看过秦瘦鸥的《秋海棠》，又随口说了句：就是小说《秋海棠》里写的秋海棠吗？

黄老师冲我笑笑点点头，说了句：你爱看书，真是个好孩子！

不知为什么，这么多年过去了，普希金没有秋海棠留给我的印象深。想起秋海棠，便会想起黄老师。

花阴凉儿

在我们汇文中学里，有好几位漂亮的女老师。高挥老师是其中一位。那时她三十岁不到，会拉一手小提琴，还在学校的舞台上演出过话剧。好长一段时间里，我偷偷地喜欢多才多艺的她，觉得她长得特别像我的姐姐，连说话的声音都像。只是她没有教过我。

她原来是志愿军文工团的团员，从朝鲜战场上回来，部队动员她嫁给首长。她没有同意，只好复员，颠沛流离之后考学，毕业不久，到了我们学校，开始教地理，后来负责图书馆。

因为初三的那篇作文在北京市获奖，我们学校的高校长，对她说可以破例准许我进入图书馆自己选书。在学校里，这是个特殊的待遇，因为图书馆里学生借书，都是要在外面先填好书单，然后从窗口递给高老师，由高老师在里面的书架上找到书，再从窗口递出来。图书馆外面的架子上，摆着一个个像中药铺盛放药材的长抽屉，里面有一页页的图书目录卡片。只有老师能够自由进入图书馆里面挑书借书。

刚上高一不久，一天午饭时间，我刚要进食堂，看见高老师站在食堂旁的树下，向我招招手。平常，我只是见过她，没有和她说过话，不知她招呼我有什么事。我走了过去，她对我说起了这件事，说你什么时候去图书馆都行。我的心里涌出一种说不出的感动，口拙，一时又说不出什么。她摆摆手对我说，快吃饭去吧。我走后忍不住回头，才发现高老师站在一片花阴凉儿里，阳光从树叶间筛下，跳跃在高老师的身上，闪动着好多颜色的花一样，是那么地漂亮。那天中午这一幕情景，经久不化的琥珀一样，定格在我整个中学时代的记忆里。

第一次走进图书馆，看见那么多密密麻麻顶天立地的书架，充满好奇，因为我从来没有见到这样多得像森林一样的书架，这么多琳琅满目的书。从书架上抽出这本书，没看过，想看；又抽出那本书，也没看过，也想看。这个世界上居然有这样多的书，我都没有看过！我就像高尔基所说的，像一个饥饿的人扑在面包上一样扑在书籍上。

记得第一次借书，我拿了上下集的《盖达尔小说选集》，两本都想借，但我知道学生借书，每次只能借一本。高老师看见我那犹豫的样子，又看见我手里的两本书，笑着对我说：两本都借你了！

图书馆在学校五楼，由于学校有近百年历史，藏书很多，有不少新中国成立以前的书籍，由于没有整理，都尘埋网封在最里面的一间大屋子里。进图书馆的次数多了，我发现了这间大屋子，大门上着锁，猜想里面一定藏着的都是书，或许是不借学生的老书和禁书呢，特别想进去看看。

大概看出我频频瞟向那间上锁黑屋的心思，高老师帮我打开屋门的锁，让我进去随便挑。那是我有生以来第一次见到那么多的书，叹为观止，山一般堆满屋顶，散发着霉味和潮气，让人觉得远离尘世，像是进入了深山宝窟，让我涌出一股贪得无厌的念头，恨不得把这些书都占为己有，全部揽入怀中。

差不多每天下午放学之后，我都跑到图书馆，让高老师帮我打开这间屋子的锁，泡在那间黑屋里，泡在书山之中。世上怎么有这么多的书呢？怎么可以都看得完呢？但我真想把这些书都看完。抖搂着那些尘土满面的书，翻着那些泛黄的书页，看着封面那些熟悉或陌生的作者名字，心里特别地兴奋，想入非非，希望把他们都像认识的人一样，纷纷拥进我的怀里。这是一天最难忘的时刻，比上课还要让我兴奋，让我精神集中。

沉浸在那书山里，常常忘记了时间，常常是高老师在我的身后微笑着打开了电灯，我才知道到该下班的时候了。

那时候，我特别想等高老师收拾完图书馆的一切，和她一起走出图书馆，走过五层楼那一层层的楼梯，走出教学楼，走出校园，走到8路公共汽车站，我知道她也要在那里乘车回家。

为什么会有这样的想法？想表达我对她的谢意？我说不大清楚，

反正很想。可是，我不好意思，从来没有一次和高老师一起走出校园的经历。我曾经独自一人从五楼下来，在楼下等候高老师下班出来。可是，最后，我还是有些不好意思，在高老师下楼之前悄悄地离开了。即便是离开了，心里依然充满感动，还有一丝丝的激动。

高老师曾经到家来看过我一次。她不是我的班主任，没有家访的任务。当然，也不是家访。家访不会让我感到那样亲切，而总会有些拘谨。高老师的突然到来，让我感到非常高兴。她看到我仅有的几本书，塞在那个矮矮只有二层的小破鞋箱上，委屈地挤在墙角，当时并没有说话。我送她走出我们大院，一直送她到前门公交车站，乘坐22路回家。她家住在北太平庄的北影宿舍，后来，我才知道她的爱人是北京电影制片厂有名的化妆师王希钟。

我也到过高老师的家里一次，那是我高三快要毕业的春天。我看到她家里有一个半人多高的书架。那天，不知为什么，我非常羡慕这个书架，竟然对高老师说：以后有钱我一定也买一个您这样的书架。

高老师望着我笑了笑，爱抚地摸了一下我的头发，没有说话。

后来，我听高老师对别的老师说起她到我家那次经历，她说：我看见地上垫着两块砖，上面搭一块木板，放着一个小鞋箱子。肖复兴的书都放在那里，心里非常感动，回家就对我女儿说，让她向肖复兴学习。

为我破例进图书馆挑书，高老师曾经和一个同学吵过一架。那个同学也要进图书馆自己挑书，她不让，那个同学气哼哼指着我说：为什么他就可以进去？她很不客气也很坚决地对他说：就是可以让肖复兴进去！她不知道她这样厚待我，对我的一生是多么地重要，对她自己却是要付出代价的。"文革"中,她被学生贴了大字报,说她允许我进图书馆挑书是培养修正主义苗子。

一个人的一生,萍水相逢中能够碰到这样的人,即使不多,也足够幸运。我庆幸中学读书时遇见了高老师。

1974年的春天,我从北大荒插队回来当老师,第一个月领取了工资,先在前门大街的家具店买了一个高老师家那样的书架,二十二元钱,那时我的工资四十二元半。

多少年过去了,不知为什么,只要一想起高老师,就会想起高老师家里的那个书架,想起学校的图书馆,想起高一那年高老师站在那一片微风拂动的花阴凉儿里。很多记忆,因有这样具体的实物而牢靠地锚定在逝去的岁月里。

冰心笔记

冰心,是我中学阅读的重头戏。

高挥老师为我打开学校图书馆那间尘埋网封的黑屋的大锁,让我走进一个新天地。从堆积成山的书丛中,首先渴望找到的,就是冰心的书。那时,我已经在图书馆里借到一本《冰心小说集》,是新中国成立后由人民文学出版社出版的。那时候,人民文学出版社为五四时期的大部分作家每人出了这样一本选集,只是他们作品中的很少一部分。冰心浅近而清新的文字,充满清澈而温馨的爱的情感,很适合那时的我。

我不满足于这样一本《冰心小说集》,因为我非常喜欢冰心,胃口很大，想找到她更多的书，尤其是新中国成立前由开明出版社出版过的她的书。高老师的钥匙，为我打开了通向冰心的一扇大门。我在那里找到了冰心新中国成立前出版的所有的文集，包括她的两本小诗集《繁星》和《春水》。

一边读，一边做笔记，抄录了很多文章和小诗。其中一篇《说几句爱海的孩子气的话》，不仅全文抄录，还曾经全文背诵过。还有一首小诗，"为着后来的回忆，小心着意地描你现在的图画"，成为激励青春期的我的座右铭。

我还抄录了她整整一本《往事（二）》散文集。我以为连同《往事（一）》，是冰心写得最好的文字，远远超出她更为有名的《寄小读者》。

> 今夜的林中，决不宜于将军夜猎……
> 今夜的林中，也不宜于燃枝野餐……
> 今夜的林中，也不宜于爱友话别，叮咛细语……
> 今夜的林中，也不宜于高士徘徊，美人掩映……
> 今夜的青山只宜于这些女孩子，这些病中倚枕看月的女孩子！
> 假如我能飞身月中下视，依山上下曲折的长廊，雪色侵围栏外……有如水的客愁，有如丝的乡梦，有幽感，有彻悟，有祈祷，有忏悔，有万千种话……

这些充盈着古典气息的如诗如画的美妙语言，当时是那样让我感动，吟咏不已，美妙动人的音乐旋律一样，柔肠绕指般在我的心里低回。至今依然清晰地记得夜深人静时，对着我家窗子，望着窗外明媚的月光，轻轻背诵这段文字的情景。父母都已经睡下了，弟弟也钻进被窝，听到我那声情并茂喃喃自语似的背诵，有些吃惊地望着我。青春时节的阅读，不染一丝渣滓，如水一样清澈，如花一样盛开，如月光一样明媚，它们深深镌刻在我青春的记忆里，化为我文学的营养，更成为我成长的助力。

高一第二学期开学不久，在学校图书馆的杂志架上，我看到新到的一本《文学评论》，上面有一篇评论文章：《论冰心的创作》。这个篇名因有"冰心"二字，立刻吸引了我。同时记住了作者的名字：范伯群和曾华鹏。

这篇论文很长，以那时的年纪读，未见得完全读懂，但是，它格外吸引我，让我更清晰地看到冰心文学之路上成长的轨迹。一边读，一边想着那些曾经读过的她的作品，两相映照，冰心的影子，亲切地闪现在我的面前。一连多日，我都在读这篇论文，并随手抄录下其中很多段落。如今，重新翻看当年的笔记，后面留下的日期是1964年3月10日到3月18日。我整整读了九天，抄录了九天。

论文中对冰心艺术风格的概括，深得我心，我抄录下来："温柔亲切的感情，微带忧郁的情调，含蓄不露的艺术表现，清新隽永的文学语言，这一切就构成了冰心前期作品中所努力追求和精心创作的艺术风格。"

论文对冰心语言特色的分析，也引我共鸣，我也抄录了下来："冰心作品的语言也是很有特色的，她对我国古典文学有比较深厚的修养，因此，在五四以后所写的白话文，除了基本词汇以白话文为主体外，同时又能合理地吸取和溶化某些文言词汇和文言文句式，并注意文字的锤炼，节奏的推敲，从而形成一种既有白话文的流利又有文言文凝练的，在当时被读者誉为'冰心体'的文学语言。"

但是，论文中也对冰心所谓"爱的哲学"进行了严厉的批评："冰心的'爱的哲学'是有她自己的体系和逻辑的，母爱、儿童和自然就是它的三大组成部分，对这三大题材不厌其烦地反复描述和宣扬，正表明了冰心看不到新兴力量的成长，而只看到爱国运动的'半死不活''狂澜既倒'的表象，以致对当时现实生活十分绝望，她企图从母爱的深沉、童心的纯真、自然的壮美中找到精神危机的'避风棚'。她劝说那些'悬在天上人间中段'的青年，当感到人生虚无时，当黑暗现实中受到心灵的创伤时，可以用本能的、天性的，无条件的、血统的母爱来治疗。"

这样的批评，让我有些意外和吃惊。我有些不明白，母爱、童心、自然，难道真的这样坏，对于青年人可以有这样的破坏力吗？在我的印象里，母爱、童心、自然，这三样都是挺美好的，冰心作品中，正是有对这三样最为感性而动人的描述，才吸引了我，让我对她如此痴迷的呀。冰心的这些文字，让我感受到母亲的亲近，童心的美好，让我对她所描写的大海和山林的大自然充满无限的向往，特别是冰心对母爱细腻的描摹和清澈的情怀，常常让我想起自己的母亲，想起那种爱的美好和珍贵。这有什么不好的呢？

我不明白。我开始悄悄地也在写一篇论文，题目同样也叫《论冰心的创作》。我想谈谈我对冰心作品的看法，特别是对冰心的母爱、童心、自然描摹的看法，更想谈谈对发表在《文学评论》的这篇《论冰心的创作》关于对冰心"爱的哲学"的批评的不同意见。

我的这篇自以为是的论文，完全是照葫芦画瓢，照着人家的模式写成的，写得还挺长，觉得既然是论文，既然是要论冰心的创作，当然得写得长一点，得像大人一样，得让自己的身子长高一些才是。

文章写在一个新买的横格本上，密密麻麻写了有大半本。写完之后，很想给《文学评论》杂志寄去。但是，那时候，胆子还是太小，犹豫半天，没敢寄出。

这个横格本一直藏在家里，到高中毕业了，也没敢拿出来给谁看。那个横格本里，藏有我对冰心的爱，有我青春读书时的律动，也有我内心一个忍不住冲动而出却又很害羞胆怯的秘密。

鸽　子

高一那一年，中午我常常回家吃饭。不知为什么，我不愿意在学校里待着，觉得吃完饭后同学聚在一起，干什么的都有，教室里乱糟糟的，读不下书，也无法休息。回家一趟，虽然来回要四十来分钟，但是，一般的日子，下午是一点半上课，如果是夏天，下午两点上课，中午有一个半小时到两个小时的时间，这样，起码可以有半个多小时甚至一个小时的空余时间，看会儿书也好。有时候，我还能躺在床上眯一小觉，让母亲到点儿叫我。

我们的教室窗户朝北，那时候，没有什么高楼大厦，一眼能看见北面北京火车站的钟楼。上午最后一节课，我的眼睛时不时会紧盯着钟楼上的时针和分针，当它们在十二点上重合，钟楼会嘹亮地响起《东方红》的音乐声，下课铃跟着也清脆地响了起来。我飞快地跑出教室，从学校的后门出来，在安化楼那个公交车站坐23路回家。如果赶得及，跑到这里的时候，正好赶上一辆23路，回家的时间，会节约很多。

那天中午，是第二学期开学不久，刚刚开春的时候，路旁的柳树已经回黄转绿了。我从后门挤上车，站台上还有几个人在拥挤着上车。这时候，我从后车窗看见一个女生正从远处飞快地向车跑来，显然，也是赶这辆公交车的。我知道，后面不远是女十五中，中午或下午放学，也有那里的学生坐23路回家。所以，这一站，上车的人比下车的人多，很拥挤，常见女十五中的女生出了校门，看见23路车，就咋咋呼呼疯跑过来赶车，比我们学校的男生还能挤车。不过，这一回，这个女生离车大约有一百米，这样的距离有点儿长，等站台上那几个人挤上车，车就会开走的，不会那么好心专门等她。她恐怕是赶不上车了。

那一刻，不仅我一个人从后车窗望着这个女生飞跑而来的这一景儿。上了车的人，和在车下跑的人，心情和心思大不相同，很多人是当作西洋景儿来看，跑吧，跑吧，跑到车站了，"砰"的一声，车关上门，一溜烟地开走了。这会让有的人替她惋惜，但也会有人幸灾乐祸。

我也常常这样为了赶23路而疯跑，都是学生，所以，我希望这个女生能够赶上。但是，这样长的距离，大概也只是希望而已，不禁隐隐替她揪着心。

让我没有想到，也让全车的人都没有想到的是，这个女生居然赶上了。她似乎越跑越快，脚不沾地，一阵风似的，就飘了过来，赶在站台上最后一个人的脚刚刚迈上车踏板的时候，她跑了过来，伸出双手，使劲儿一推那人的后背，相跟着，她斜着肩膀一拱，挤上了车。

我看清了，原来是鸽子。

我知道她考上了女十五中。但是，上了高中之后，只是偶尔在大院里见过她，在放学上学的路上，从来没有见过她，更不用说在公交车上了。那时候，我和小奇要好，小奇每星期天下午，都要到我家里。在大院里，她是见过小奇的。也可能是这个缘故，我们彼此都在意识或潜意识中渐渐疏远了。小孩子的心思，有时是单纯的，有时也是复杂的。

她这速度让车上的人惊叹，人们纷纷把目光落在她的身上。我看得出来，她有些得意，也有点儿不好意思，垂下了头，好像没有看见我。

我们两人都在桥湾儿下车，拥挤成沙丁鱼罐头似的车厢，变成了只有我们两个人的站台，一下子水落石出一般，她才看见了我，叫了我一声，问道：你中午也回家？

我说：我天天中午回家！

是吗？她好像有点儿不大相信，说：我怎么没在23路上见过你？

我说：我也没见过你呀！

你考上了二十六中，眼眶子比眼眉毛都高了，当然看不见我了！

她拿我打着镲。我们都这么一边瞎扯一边穿过芦草园回家。自从上了高中后，我第一次和她聊了这么多。童年的往事和友谊，一下子重新浮现在眼前。我说起她当年上树打枣拽着树枝子打秋千一样飞跃房顶的壮举，也说起柱子打电话骚扰她的闹剧。她听了呵呵地笑，连连摆手说：哪有的事，看你说的，跟编了花儿一样，难怪你会写作文！

在路上，她告诉我，上学期，刚上高一的时候，她就被市少体校的田径队招走练短跑。我说这我听说了。她一双大长腿，跑得快，是显而易见的，教练一眼看中了她，算是有眼光。是业余训练，少体校和学校说好了，每天下午到先农坛体育场训练半天，那里离学校比较远，为了节约时间，她都是在学校里吃完午饭，往那里赶。

我问她：现在你怎么改章程了？回家吃饭了？下午不训练了？

这你就不知道了吧？寒假里，我们是整天训练，星期天也得练半天，强度加大了，我的跟腱伤了，没法子再练了！

是吗？这我还真不知道！

你现在哪儿还顾得上关心我呀！她又拿我打镲。

我们就这样一边走一边说着，回到了大院。在大院里，和她分手的时候，我才注意到她穿着一身深蓝色的运动衣和运动裤，脚上穿着一双白色的运动鞋，站在刚刚长出绿叶的丁香树下，是那样地亭亭玉立，让我想起小时候大家给她起的外号"刀螂腿儿"，如今，再没有人这样叫她了。大院里的一切还在，我们的童年和少年，就这样快地消失了。

这一幕情景，让我难忘，也让我伤感。跑得这么快这么好的鸽子，怎么会在一次训练中那么寸劲儿，就伤了跟腱呢？而且，伤得那么重，再也无法训练了呢？在书里面，我看到过，说人生中常常会出现难以预料到的偶然，意外的到来，偶然变成了突然，让你猝不及防，让你的命运就此转弯，无可奈何，没有一点商量的余地。

不过，这样的意外，对于鸽子来得也太早了些吧，她才刚刚参加少体校的训练半年的时间呀，对她未免也太残酷了一些吧？不知道经过这样的打击，鸽子的心理会发生什么样的变化。看她在路上谈起这些的时候，云淡风轻，甚至没心没肺的样子，我心里想，要真的是这样，倒也好了，那是她的性格能够帮助她。要是换成了我，我能够像她一样吗？好像不能，我没有她那样的性格，恐怕难以经受得了这样命运过早的打击。相比起鸽子，我的成长还是太顺了。

说来也奇怪，以后乘坐23路公交车多次，再没有出现过一次鸽子以半专业运动员的百米速度赶车的情景，也再没有见过一次鸽子。

家长会

在我的记忆里，从小学到中学，我的家长会，几乎很少有人参加，甚至从来就没人参加过。这是因为父亲工作忙，母亲缠足，出于自尊心和虚荣心，我也不愿意她去。当然，也是因为我的学习各方面都不错，从来没有让家长和老师操心，家长会上，家长来不来，没有引起老师格外的注意。

只是，弟弟上了中学之后的家长会，大多数都是父亲派我代表他参加。在教室里满满堂堂的家长中，唯独我年龄那么小，像骆驼群里的小山羊，让那些家长感到很好奇，我自己也感觉怪怪的，有时候会感到自己一下长大了，真像一个大人了。但更多的时候想起是给弟弟开家长会，总有一种沉甸甸的心情在翻涌。

弟弟不是盏省油的灯，贪玩、调皮，家长会最后，自然少不了把我留下来，听他的班主任数落，以致后来我和他的班主任都很熟了。记得很清楚，他的班主任是位年轻的女老师，姓董，教音乐。

我弟弟读初一的时候，我读高一。刚升入高一这一年的初冬，一天下午最后一节自习课还没有下，教务处的一位老师来到教室找到我，我很奇怪，教务处只管课程表安排和学校后勤的工作，我从来没有和教务处的老师打过交道，不知道找我会有什么事情。老师告诉我：你弟弟的班主任刚才打来电话，打到我们教务处，让你去一趟他们学校找她，说是有事！我心里有些犯嘀咕，又不是要开家长会，这时候找我会有什么事情呢？立刻，一个坏念头，像闪电一样掠过心头，大概是弟弟在学校惹什么祸了，要不老师也不会在平常的日子里突然找我。

放学后，我匆匆往弟弟的学校赶。他的学校在前门西，坐公交车要倒几次车，赶到学校，到老师下班的时候了，学生早都离开学校，暮色笼罩的校园里静悄悄，空荡荡的。我在音乐老师的办公室里找到董老师，董老师正在等我。

她先客气地对我说：真抱歉，把你请来了。这时候，我知道找你父亲，他还是会让你来的。

这话说得我苦苦一笑。

董老师接着说：你们这哥儿俩怎么这么不一样呢？今天，你弟弟在教室里踢球，把窗玻璃踢碎了一块！

我听了立刻心头禁不住一激灵，弟弟上了中学之后，参加了先农坛少体校的足球队，磨着父亲给他买了个足球，他跟打了鸡血似的，抱着他的足球，一天到晚没时没晌地踢。那时候，北京城内城的城墙还在，他们学校在城根儿底下，有皇上的时候，属于皇城内，寸土寸金，地方自然不大。他不仅在学校里踢球，还在教室里踢球，那是踢球的地方吗？不惹祸才怪呢！

没有想到，董老师的话还没有说完：我把他的球给没收了，放在办公室了。好家伙，他趁着我上课的工夫，翻窗进了办公室，把球又拿走了。我再找他，找不着了，不知道他是回家了，还是跑到别处踢球去了。这不，我只好把你找来了。你回家得好好说说你弟弟，帮助帮助你弟弟，不能让他再这样下去了！

我只有频频点头的份儿，脸臊得通红，好像惹祸的是我自己。听完董老师的批评，我逃跑似的赶紧离开校园。

他们学校离我家不远。穿过城墙和护城河，过了前门楼子，往东一拐，就到了我家住的那条老街。那时候，前门楼子前面的玉带桥还在，走在桥上的时候，夜色已经降临，西天的晚霞散尽最后一缕光芒，天说黑就一下子黑了下来。我的心也如夕阳沉沉垂落，眼前是一片茫茫的黑暗。

不知道弟弟这时候回家了吗？还是抱着他的宝贝足球，又跑到哪儿疯玩去了？我不知道自己回到家，见到他，该怎么对他说？告诉他董老师把我给找了去，数落了他今天惹的祸？我也不知道，这件事要不要告诉父亲？不告诉父亲，我能够如董老师所说的那样，帮助得了弟弟吗？告诉了父亲，就一定帮助得了弟弟，让他收收野马跑野了的缰绳，不再惹祸了吗？

我竟然不知所从地在桥头站了好久。桥上，摆着小摊，点着电石灯，卖糖炒栗子和烤白薯的小贩，在不停吆喝着，糖炒栗子和烤白薯的香味，掺杂一起，在冷风中飘荡。

晚雾升腾起来，五牌楼苍茫的影子，巨人一样，在眼前朦胧地矗立，沉甸甸地压了下来。我的心里一时茫然不知所从。忽然想到，就这样下去，弟弟以后怎么办呢？难道玩能玩一辈子吗？踢球能踢一辈子吗？你真的能够踢出个年维泗或者张宏根来吗？学习不好，以后怎么考高中，考不上高中，如果再考不上中专，将来又能干什么呢？人活着，总不能只顾眼前，只知道玩，得想想自己以后的前途怎么办吧？

我忽然替弟弟担忧起来，想得那么远，竟然想到了未来的前途这样的大问题。一个高一的学生，竟然真的替代了家长，替这个吃凉不管酸的弟弟操心起来。

一时，心里泛出一股子酸楚，居然忍不住流出了眼泪。赶紧转身抹去眼泪，匆匆地离开纷乱的桥头，向老街拐去。

回到家，弟弟没在家，不知道跑到哪儿去了。

病　中

高一下乡劳动，去的地方在广安门外，那时候出广安门不远，是一片田野，很少有人家了，四周黑洞洞的，连盏路灯都没有，清静得显得有些荒僻。劳动没几天，我突然腹泻不止，高烧不退，吓坏了老师，立刻派人送我回家。派谁呢？天已经渐渐黑了下来，出了村，四周是一片荒郊野地，听说还有狼。

老朱站出来，说：我去送吧！

老朱是我同班的同学，大家都叫他老朱，是因为他留着两撇挺浓挺黑的小胡子，显得比我们要大，要成熟。他是我们班的团支部书记，主持开支部大会，颇有学生干部的样子，很是老成持重。

老朱从村子里赶来一辆毛驴车，扶我坐在上面，扬鞭赶车出了村。

那是他生平第一次赶毛驴车，十几里乡村土路，就在他的鞭下，颠簸着在毛驴车的轮下如流逝去。幸亏那头小毛驴还算听话，路显得好走许多。只是天说黑一下子就黑了下来，四周没有一盏灯，只有星星在天上一闪一闪，一弯奶黄色的月亮如钩，没有在天文馆里见到的星空那样迷人，我真觉得有些害怕，尤其怕突然会从哪儿蹿出条狼。

一路上，我的肚子疼得很，不时要跳下车来，跑到路边蹲稀，没有一点气力说话，只看老朱赶着车往前走，也不说话。我知道他和我一样也有些怕，前不着村后不着店的，我们像被罩在一个黑洞洞的大锅底下，再怎么给自己壮胆，也觉得瘆得慌。

一直到终于看见隐隐约约的灯火闪烁的时候，我们俩才舒了一口气。前面是昏黄的路灯，知道到广安门了。找到5路公共汽车站，老朱把我送上公共汽车，向我挥挥手，赶着他的小毛驴车往回走。那时候，毛驴车和大汽车就是这样地和平共处。

我不知道老朱独自一人赶着那辆小毛驴车，是怎样回村的。可以想象荒郊野外，秋风瑟瑟，夜路蜿蜒，夜雾弥漫，不是那么容易走的。

回到家里，到医院看过后，我依然上吐下泻，一连几天高烧不退，昏迷不醒，可吓坏了父亲和母亲。

一位邻居对母亲说：孩子是魂儿丢了。你得快替孩子招招魂儿！

我妈一听连连点头，赶紧脱下鞋，用鞋底子拍着门槛，嘴里大声反复叫着：复兴，我的儿呀，你快回来吧！复兴，我的儿呀，你快回来吧！……然后不住叫我的名字：你答应啊！复兴，你答应啊！……

躺在床头上，迷迷糊糊地听见她在一声紧接着一声，不停地叫着我的名字，我不应声。我当时刚刚加入共青团，怎么能信招魂儿这迷信的一套呢？我不应声，妈妈便越发用鞋底子使劲儿地拍着门槛，越发大声叫着：复兴，你答应啊……

那声音充满着紧张和急迫，直到后来嗓子都要喊哑了，还在不停地喊着。她是那样虔诚地相信，我的魂儿就像一件丢了的什么东西，一定能在她的喊声中，像长上脚一样跑回来。她就那样不停喊着，焦急地等待着我的回声。我的性子可真拧，或者说我的革命性可真坚定，妈妈就这样叫了我半宿，我硬是不应声。

弟弟在一旁急了，不住揎掇我：你快答应一声吧！全院的人都听着呢！

没办法，我只好有气无力地应了一声：呃！

妈妈长舒一口气，穿上鞋，站起来，走到我身边，说：总算把魂儿招回来了！没事了，你病快好了。

病好之后，我嗔怪地说她：妈！大半夜的叫魂，多让人难为情。您可真迷信！

我不管什么迷信不迷信，你病好了，我就信！她这样对我说。

烧虽然退了，但浑身虚弱，什么东西都吃不下去，没有一点儿胃口。母亲又开始发愁了，不住和街坊们念叨：想求得什么法子，可以让我家复兴吃下东西。人是铁饭是钢，不吃东西，这病怎么好利索啊！

母亲念叨着。街坊们好心出了好多主意。

这天晚上，梁太太来到我家，手里端着一个小钢精锅，打开一看，满满一锅馄饨。

梁太太包的馄饨，叫作绉纱馄饨，在我们大院是出了名的，在街坊中传为美谈，说她包的馄饨皮，加了淀粉和鸡蛋，薄得如纸似纱，对着太阳或灯，能透亮。而且，馄饨皮捏出来的皱褶，呈花纹状，一个小小的馄饨，简直像一朵朵盛开的花，不吃，光是看，就让人赏心悦目，像艺术品。

梁太太一家是江苏人，梁先生在银行上班，梁太太不工作，在家里相夫教女。据说，梁先生最爱吃馄饨，所以梁太太才常常要包馄饨。特别是梁先生加夜班的时候，梁太太的馄饨更是必不可少。绉纱馄饨，成了她家经常上演的精彩保留节目。

梁太太自己说，这种馄饨，在她家乡几乎每户人家都会包，人们称作绉纱馄饨。我从来没有见过梁太太包的这样精致的馄饨，都是听街坊们这样说，只有想象而已。心里想，梁家有钱，自然吃的要比一般人家讲究得多。

梁太太对母亲说：给孩子尝尝，我特意在汤里点了些醋，加了几片西红柿，开胃的，看看孩子能不能吃一些？

母亲谢过梁太太，转身找大碗，想把馄饨倒进碗里，好把钢精锅还给梁太太。梁太太摆手说：不急，不急，来回一折腾凉了就不好吃了。说着，转身离去。

母亲用一个小碗盛了几个馄饨，舀了一些汤，递给我。我迷迷糊糊地吃了一个，别说，还真的很好吃，坦率地说，比母亲包的饺子要好吃，馅里有虾仁，是吃得出来的，还有什么东西，我就不懂了。总之，很鲜，很香。我喝了一口汤，更鲜，里面不仅放了醋，还有白胡椒粉，真的特别开胃，竟然让我几口就把这碗汤都喝光了。

母亲很高兴，端来锅，又给我盛了一碗。我望了一眼锅里，西红柿的红，紫菜的紫，香菜的绿，汤的白，再加上皮薄如纸皱褶似花的馄饨里肉馅的粉嘟嘟颜色，交错在一起，好看得像一幅水墨画，是满盘饺子没有的色彩和模样。

心想，绉纱馄饨，这个名字取得真是好听。母亲包的饺子，有时也会在饺子皮捏出一圈圈的小皱褶，我们给它们取名叫作花边饺子，或麦穗饺子，总觉得都没有绉纱馄饨好听。

病好之后，还在想梁太太的馄饨，不禁笑自己真馋。

再也没有吃过梁太太的绉纱馄饨了。母亲大半夜里坐在家门前，拍着鞋底子为我叫魂儿，成了弟弟笑话我的话茬儿。而且，弟弟最后还会找补一句：梁太太的绉纱馄饨，你也不说留一个给我尝尝？

星期天朗诵会

我读高一那一年，北京流行星期天朗诵会。朗诵者，都是当时活跃在话剧舞台上的名演员，偶尔也有电影演员加盟。朗诵地点，一般在人艺、儿艺的剧场，还有中山公园的音乐堂。票价很便宜，听的人很多，以年轻人为主，热烈的场面，应该和现在的歌星演唱会差不多。一个时代，有一个时代的流行艺术；一个时代，有一个时代的追星族。我是那个时代星期天朗诵会的追星族。

痴迷朗诵，最初来自小学教过我的王继皋老师的影响，然后，是我们大院里一个姓钟的大哥哥。两个人前后对我的启蒙，如同烙饼来回翻了一个个儿，把饼烙熟，并有了喷喷的香味。

钟家的父亲是一位工程师，他家总会出现我们大院里的人们没有见过的新鲜玩意儿。大约是我读初一的时候，钟家哥哥的姐姐结婚。他的姐夫是印尼的华侨，两人到印尼度蜜月回来，带回来一台录音机。是一台台式的录音机，个头儿不小，扁扁的，有一个小箱子大。录音的时候，录音机玻璃罩里两边的棕红色的磁带来回转，细微的沙沙响声，格外迷人。

那时候，钟家大哥哥正读高中，他特别喜欢朗诵，放学之后，就趴在录音机前录他的朗诵。我是第一次见到录音机，很好奇，几乎每天他趴在录音机前录音的时候，我和几个小伙伴就趴在他家窗户前听他朗诵。他看见我们，招呼我们进他家，让我们听他朗诵，我们便成了他忠实的听众，给他捧场。他朗诵的是长篇小说《林海雪原》中"攻打奶头山"的一段，天天朗诵这一段，我听熟得几乎都能背诵下来。

有时候，他朗诵得来情绪了，也让我们试试，对着录音机录下音来，再放出来听。我是第一次录音，感到非常奇怪，经过录音机录制，再从录音机里放出来的声音，和原来的声音不大一样，仿佛经过了化学反应，变得格外迷人，比原来自己的声音好听，好像不是自己刚才朗诵的声音。

那时候，我家没有收音机。我家隔壁的张家有一台新买的红灯牌收音机，每天晚上快睡觉的时候，他家都爱听电台里播放的广播剧，我和弟弟便把耳朵贴在墙上，应该叫作"蹭听"。幸亏是秫秸秆墙，很薄，不隔音，从收音机里传来的声音，穿越墙壁，听得很清楚。记得最清楚的是，一天晚上听广播剧《喜鹊贼》，这是根据赫尔岑的小说改编的，由人艺的演员舒绣文、董行佶、郑榕等播送。听得正入迷，收音机突然关上了。看看表，确实已经夜深，人家该睡觉了。我却怎么也睡不着了，翻来覆去在床上折饼，心里最盼望的是，将来长大，有了工作，有了工资，钟家的录音机买不起，怎么也得先买一台收音机。

张家的收音机，也是我朗诵的启蒙老师之一。从它播放的那些广播剧里，我知道了好多话剧演员，在听星期天朗诵会的时候，登台朗诵的那些演员：舒绣文、董行佶、苏民、郑榕、蓝天野、朱琳、周正、英若诚……好多都是来自人艺；还有中央实验话剧院的曹灿、郑振瑶，北影的李唐，中央广播艺术团的殷之光……这些经常出现在星期天朗诵会上的演员，我个个耳熟能详。他们朗诵的张万舒的《黄山松》、闻捷的《我思念北京》、贺敬之的《西去列车的窗口》、严阵的《老张的手》、臧克家的《有的人》、韩北屏的《谢赠刀》、魏钢焰的《你，浪花里的一滴水》，还有记不起作者名字的《猴王吃西瓜》《标点符号》……即使几十年过去了，到现在，还能清晰地记得，记得那些滚烫的诗句，记得那些演员朗诵时的情景。我是一个地地道道的追星族。

在星期天的朗诵会上，我偶尔会碰见钟家大哥。但是，他总是装作没看见我，大概嫌我小，太幼稚吧。也可能是因为他高中毕业没有考上大学，分配到一所小学当老师，多少有些不好意思吧。也或许是那时他正和学校一位女体育老师谈恋爱，两人一起出现在剧场里，不大愿意让我看见。但是，他对于我的帮助，特别是他的朗诵，他的录音机，还是让我很感念的。可以说，没有他的朗诵，没有他的录音机，我不会痴迷星期天朗诵会。

星期天朗诵会，让我认识诗歌，迷恋诗歌，见识了诗歌和生活和大众的关系，也偷偷地学着写诗，从而更加喜欢文学。在文学这条芬芳的小路上，年轻的时候，谁没有迷恋过诗歌盛开在小路两边和深处那些星星点点的花朵呢？更何况，星期天朗诵会盛行的时候，正是我读高一和高二两年，求知欲，对新鲜事物的好奇和憧憬，如同一棵小树，不管是天上的雨水，还是地上的露珠，都要如饥似渴地吸吮。

高二那一年，作家出版社曾经出版过一本《朗诵诗选》，收录了历次朗诵会上精彩的诗作。我的发小儿黄德智买了一本，当作宝贝，包上书皮，珍藏在他家里，只借过我一次，又紧催我要走了书。我知道，他也喜欢朗诵，喜欢这些朗诵诗。我去北大荒那一年，他来我家送行，带来了这本《朗诵诗选》，送给了我，作为分别的礼物。

班会上的争论

高一高二的班主任，都是一位叫作张学铭的老师，兼教我们化学课。他的身体不好，面色蜡黄，显得病歪歪的。他确实有病，才从北京大学化学系肄业，又在家里养病几年，来到我们学校。他的年龄不到三十吧，样子却显得老成，和他的实际年龄不大相符。那时，我们学校的老师，来自北大的，只有两位，一位教语文，但不教我们班；一位就是教我们的张老师。我心想，如果不是身体不好肄业，张老师也不会屈尊来到我们学校。他本来可以做一位科学家的。

以张老师的学识，教我们还在背元素周期律的高一学生的化学，是小菜一碟。除了上课，他不爱讲话，也不爱笑，脸总是绷得紧紧的。作为班主任，他管得不多，很多事情，他放手让班干部干，不怎么过问，采取的是无为而治的教育方式。除了上课，我们很少见到他的身影。这和我们初中的班主任风格大不相同,初中的三任班主任,都像鸡婆婆一样,事无巨细,要揽在他们张开的一对大翅膀底下才放心。我们第一次尝到自己管理自己的自由和畅快,有了一种不再是做风筝而是做小鸟一样飞翔的感觉。

在高一这一学年里,我和张老师接触只有两次。

一次,是上化学实验课。张老师先在教室里讲完实验具体操作的步骤和要求,然后就让我们到实验室做实验,他自己没有跟着我们一起去,实验室里,有负责实验的老师。这是张老师的风格,什么事情,他都愿意放手,让我们自己动手去做。他说,饭得靠自己吃,路得靠自己走。

那一次实验,我忘记是做什么了,每一个同学一个实验桌,上面摆着各种化学的粉末和液体,还有各种试管和瓶瓶罐罐。最醒目的,是一个大大的烧瓶,圆圆的,鼓着大肚子,我们的实验主要是在这个烧瓶里进行。实验过程中,"砰"的一声巨响,我面前的这个烧瓶,不知为什么,突然炸裂了。全班同学都被惊住了,所有的目光像聚光灯一样,都落在我的身上。

实验老师也走了过来,先问我没伤着吧?然后,看了看桌上一片狼藉的碎玻璃片,对我说:你去找一下张老师,跟他讲一下。

我不明白实验老师讲这句话是什么意思,让我找张老师汇报烧瓶爆炸,会不会是让张老师批评我?

我到化学教研室找到张老师,告诉他这件事,垂着头,等着挨批评。但是,他没有批评我,什么话也没说,只是站起身来,走出办公室。我跟在他的屁股后面,一直走到化学实验室旁边一间办公室,那里专门存放各种化学实验用品和教具，张老师走到一个放实验用具的玻璃柜门前，打开柜门，拿出一个新烧瓶，交到我的手里，让我回去重新做实验。

我有些吃惊，没有一句批评，就这么完了吗？怎么也得说句以后要注意之类嘱咐的话吧。我小心翼翼地捧着烧瓶，生怕掉到地上，站在那里，还在等着他说呢。没有，他只是挥挥手，让我赶紧回去做实验。

我嗫嚅道：张老师，我把烧瓶……

他打断我的话：做实验，这是常会发生的事。哪有什么实验都那么顺顺利利就成功的？

第二次，是一次班会。那时，我是班上的宣传委员，我提议，组织一次班会，专门讨论一下理想，我想了一个讨论题目：是当一名普通的工人对社会的贡献大，还是做一名科学家贡献大？那一阵子，我们班正组织跟随崇文区环卫队一起到各个大院里的厕所淘粪。带领我们的淘粪工，是赫赫有名的时传祥师傅，他是全国劳动模范，因受到过国家主席刘少奇的接见而无人不晓。

张老师听完我的提议说，很好，你就组织这个班会吧。到时候，我也参加。

班会在周末下午放学之后进行，开得相当热闹。因为大家刚刚跟随时传祥淘过粪，所以很佩服时传祥。但是，高中毕业面临考大学，难道上完大学，不是为了做一名科学家，而是去当一名时传祥一样的淘粪工吗？显然，当一名科学家对社会的贡献更大些。支持者，说得头头是道。反对者不甘示弱，一室不扫，何以扫天下？没有淘粪工，生活就变得臭烘烘的了。工人和科学家只有社会分工不同，但行行出状元，工人对社会的贡献，和科学家一样地大。

大家争论得非常激烈，你来我往，各抒己见，互不相让，大有书生意气，指点江山，挥斥方遒的劲头儿。一直到天黑，拉亮了教室里的灯，大家还在争论，尽管没有争论出子丑寅卯来，却是兴味未减。整座教学楼，只有我们教室里的灯亮着。

说实在话，这个争论话题，有些像只带刺的刺猬。在当时的时代背景下，讲究的是政治挂帅，是学生的思想品德至上，是理想主义为教育第一要素，是鼓励当一名普通劳动者，国家的领导阶级是工人，而不是知识分子。应该说，讨论这样的话题是犯忌的，但这个话题却是所有同学心里和成长过程中都绕不过去的一道坎儿。

张老师始终坐在那里，一言不发，静静地听我们的争论。最后，我请张老师做总结发言，他站起来，只是简短地说了几句：今天同学们的讨论非常好，我自己受到很多的启发。你们还年轻，还没有真正地走向社会，但你们应该有属于自己的理想，为实现这个理想，实实在在地努力学习！他声调不高，语速很慢，我们都还在听他接着讲呢，但他就这样戛然而止，结束了他的总结。

走在夜色笼罩的校园里，望着远去的张老师瘦削的背影，我悄悄地想，张老师讲的这番话，到底是支持当一名普通的工人对社会的贡献大，还是做一名科学家贡献大呢？他并没有给予我想要的答案。

当时，我真想问问他：张老师，您自己没当成一名科学家，而到我们学校当了一名化学老师，您说您要是当了科学家对社会贡献大呢，还是当中学老师贡献大呢？我不知道他会怎样回答。或许，和我们当时的争论没有答案一样，他也没有答案。

不管怎么说，在高一那一年，张老师以他开明民主的教育方式，给了我们全班同学关于理想，关于价值观一次畅所欲言的机会。尽管一切都还没答案，但是，一切的答案，不都是在我们这样年轻时候的摸索中寻找到的吗？

一年以后，升入高二，语文课本里有一篇课文，是莫泊桑的短篇小说《项链》。这篇小说，我曾经读过，两年前，从学长园墙借给我的《莫泊桑小说集》里读到的，对小说最后项链是假的意外结尾，印象很深。

小说中有这样一句话："人生是多么奇怪，多么变幻无常啊，极小的一件事可以败坏你，也可以成全你！"

语文课上，老师让我们讨论，不知是哪位同学专门挑出了这句话，给予了批判。后来，大家陆续发言，虽然是七嘴八舌，却几乎众口一词，说这句话看似名言，但言为心声，反映了作者的思想，是莫泊桑借小说说出的资产阶级的哲理之言。对于出身没落贵族的莫泊桑来说，这句话，不仅反映了莫泊桑对人生的错误看法，而且也反映了他在作品中宣扬的是资产阶级思想。如果我们不加分析，而相信了他所说的什么命运，想到的"败坏"和"成全"只是自己，就会陷入个人主义的泥沼，对于我们的危害将是很大的！能够使得人生命运发生变化的，绝对不是莫泊桑说项链之类的什么小事，更不是"败坏"和"成全"这样个人主义的抽象名词，而是思想，是觉悟，是人的阶级立场。

难得有全班同学这样一致的发言。那一刻，莫泊桑成了一个臆想中的靶子，让大家如此百步穿杨般一箭中的。我忘记了，全班同学也都忘记了，一年前，那次班会上的争论：是当一名普通的工人对社会的贡献大，还是做一名科学家贡献大？大家的争论是那样的热烈，谁都说得头头是道。谁也不甘示弱，谁也说服不了谁，一直争论到天黑，也没有争论出一个答案。仅仅过了一年的时间，大家的思想与言辞，已经变得这样的统一，如早操排队时整齐划一甩头地向右看齐了。

教我们语文的黄维昭老师，站在讲台桌前，没有讲话。下课铃响了，她摆摆手，让我们下课了。

被雨打湿的杜甫

高一那一年的暑假，雨下得格外勤。哪儿也去不了，只好窝在家里，望着窗外发呆，看着大雨如注，顺着房檐倾泻如瀑；或看着小雨淅沥，在院子的地上溅起，像鱼嘴里吐出的细细的水泡儿。

那时候，我最盼望的就是雨赶紧停下来，我就可以出去找朋友玩。当然，这个朋友，指的是小奇。

那时候，我真的不如她的胆子大。整个暑假，她常常跑到我们院子里找我。在我家窄小的桌前，我们一聊聊上半天，海阔天空，什么都聊。不知什么时候，屋子里光线变暗，父亲或母亲将灯点亮。黄昏到了，她才会离开我家。

雨下得由大变小的时候，我常常会产生一种幻想：她撑着一把雨伞，突然走进我们大院，走过那条长长的甬道，走到我家的窗前。那种幻觉，就像刚刚读过的戴望舒的《雨巷》，她就是那个紫丁香的姑娘。少年的心思，是多么地可笑，又是多么地美妙。

下雨之前,她刚从我这里拿走一本长篇小说《晋阳秋》,书是我从同学那儿借来的,她翻了翻,也想看,就拿走了。现在,我已经完全忘记了这本书是谁写的,写的内容又是什么了。但是,我清楚地记得,是《晋阳秋》。《晋阳秋》是那个雨季里出现的意外信使,是那个从少年到青春季里灵光一闪的象征物。

这场一连下了好几天的雨,终于停了。蜗牛和太阳一起出来,爬上我们大院的墙头。她却没有出现在我们大院里。我想,可能还要等一天吧,女孩子矜持。可是,等了两天,她还没有来。我想,可能还要再等几天吧,《晋阳秋》这本书挺厚的,她还没有看完。可是,又等了好几天,她还是没有来。

弟弟对我说:小奇姐都有多少天没来了!他说的天数很具体,没想到,他居然在心里暗暗地计算着小奇没来的天数。我望了望他,看出没有嘲笑我的意思,确实替我担心,心里有些感动。

我真的有些着急了。倒不仅仅是因为《晋阳秋》是我借来的,该到了还人家的时候。而是,为什么这么多天过去了,她还没有出现在我们大院里?雨,早停了呀。

我很想找她,几次走到她家大院的大门前徘徊,一直畏葸不前。每一次心里都在想,如果这时候她能出来,正好站在大门口就好了。但是,在大门口,一次也没见过她,倒是见过她爸爸一次。黄昏时分,她爸爸摇着芭蕉扇,正走出大门,和街坊聊天。我却生怕被他看见,落荒而逃。其实,她爸爸根本不认识我。

浅薄的自尊心和虚荣心,比雨还要厉害地阻止了我的脚步。我生自己的气,也生她的气,甚至小心眼儿地觉得,她可能不再愿意来找我，我们的友谊可能到这里就结束了。

直到暑假快要结束的前一天下午，她才出现在我的家里。那天，天又下起了雨，不大，如丝似缕，却很密，没有一点儿停的意思。她撑着一把伞，走到我家的门前。

我正坐在我家门前的马扎上，就着外面的光亮，往笔记本上抄诗，没有想到会是她，这么多天对她的埋怨，立刻一扫而空。

我站起来，看见她的手里拿着那本《晋阳秋》，伸出手要拿过来那本书，她却没有给我。这让我有些奇怪。她不好意思地对我说：真对不起，我把书弄湿了，你还能还给人家吗？这几天，我本想买一本新书的，可是，我到了好几家新华书店，都没有买到这本书。

原来是这样，她一直不好意思来找我。

是下雨天，她坐在家走廊前看这本书，不小心，书掉在地上，正好落在院子的雨水里。书真的弄湿得挺狼狈的，书页湿了又干，都打了卷儿。

我拿过书，对她说：这你得受罚！

她望着我问：怎么个罚法？

我把手中的笔记本递给她，罚她帮我抄一首诗。

她笑了，坐在马扎上，问我抄什么诗？

我回身递给她一本《杜甫诗选》，对她说：就抄杜甫的，随便你选。

她说了句"我可没有你的字写得好看"，就开始在笔记本上抄诗。

她抄的是《登高》。抄完了之后，她忙着起身站起来，笔记本掉在门外的地上，幸亏雨不大，只打湿了"无边落木萧萧下，不尽长江滚滚来"那句。她不好意思地对我说：你看我，在同一个地方摔倒了两次。

其实，我罚她抄诗，并不是一时兴起。整个暑假，我都惦记着这个事，我很希望她在我的笔记本上抄下一首诗。那时候，我想在我的笔记本上留下她的字迹，留下一份纪念。小孩子的心思，就是这样地"诡计多端"。

幸存的笔记本

在铁路局，姐姐年年都被评为劳动模范，奖励她的奖品，年年不尽相同，但其中有一件，年年都落不了，便是笔记本。姐姐知道我喜欢在笔记本上写一些东西，抄一些东西，便把每一年得到的笔记本都送给了我。特别是上高中之后，这几本笔记本，密密麻麻，布满了我抄录的东西。六十年过去了，硕果仅存，只剩下两本。

都是墨绿色的封面，精装布面，印有凸起的暗花和"铁路局"的字样。如今，颜色已经暗旧，磨得边角有些发白，露出了原本布纹的纹路。时光，在它的生命里打下了粗粝的痕迹。但是，翻开它，像打开一个八音盒一样，立刻回荡着我高中读书抄书时的怦怦心音，动听的音符跳跃着，让我心动。这两本硕果仅存的笔记本，像两只小船，迅速地带我划进往昔校园的回忆之中。那种感觉，就像在这本笔记里我曾经抄录过冰心的一段话说的那样："这回忆，往往把我重新放在一种特别浓郁的色、香、味之中，使我的心灵，再来一阵温馨，再起一番激发……"

这两本笔记本里，基本上是我在高一和高二两年抄录的文章——有整篇文章，有片段，有语录。居然抄录了满满的两本，一页都没有落下，没有留有空白。那时候的我胃口真大，求知的欲望真强，恨不得摘下满天的星斗和满园的花朵，统统装进笔记本里。

重新翻看当时的抄录，像看那时候自己幼稚的照片，非常有趣，尽管不那么英俊，甚至有些潦草邋遢，但从抄录的文章和作者的阵容来看，可以看出一个高一高二学生当时的所爱所恨，所思所想，潮汐起落般的学习和生活的雪泥鸿爪，可以触摸到一些自己已经遗忘的心情和对文学梦幻般向往的蛛丝马迹。

或许，可以作为我的高一高二学习的备忘录吧。

有一本的第一页，抄录的是作家柯蓝的散文诗集《早霞短笛》的一句诗："向困难伸过手去吧！在生活里这是你最好的朋友！"最后一页，抄录的是殷夫的一组诗《无题》和另一首诗《是谁又……》。

另一本的第一页，抄录的是刘厚明的小说《在音乐课堂上》。最后一页，抄录的是冰心《往事》自序中的一首小诗：

> 人世间只有同情和爱恋，
> 人世间只有互助与匡扶；
> 深山里兔儿相伴着狮子，
> 海底下长鲸回护着珊瑚。

这是当时抄了满满两页田仲济的《冰心思想和创作》文章中引用的诗，这首诗，是田仲济批评冰心"人类爱"所举的例子。看那时抄录的整齐诗句，一定是替冰心被批评而有些愤愤不平吧？少年的爱憎，是那样分明，无法掩藏，在他人的诗句中和自己的笔迹中，也可以清晰地触碰到。

除去古诗文，将这两本笔记本里所抄录的现代诗文的目录摘录如下：

诗歌——

潘漠华、应修人的小诗；

郑振铎的小诗；

汪静之的《蕙的风》；

刘大白的《春问》《旧梦》《给——》《西风》；

朱自清的《煤》《光明》；

闻一多的《一句话》；

臧克家的《有的人》；

闻捷的《我思念北京》；

张万舒的《黄山松》；

韩北屏的《谢赠刀》；

贺敬之的《放声歌唱》《桂林山水歌》；

戈壁舟的《延河照样流》；

严阵的《江南曲》；

袁水拍的《论"进攻性武器"》；

山青的《在动物园里》；

任大霖的《我们院里的朋友》；

张继楼的《夏天到来虫虫飞》；

陈伯吹的《珍珠儿》；

徐迟的《幻想曲》；

于之的《小燕子》《知了》；

张书绅的《课间》《灯下》；

柯蓝的《教师的歌》《奇妙的水乡》；

刘饶民的《大海的歌》。

散文小说——

鲁迅的《生命的路》；

叶圣陶的《春联儿》；

朱自清的《匆匆》《月朦胧，鸟朦胧，帘卷海棠红》；

冰心的《说几句爱海的孩子气的话》《笑》《梦》《樱花赞》；

许地山的《梨花》《面具》；

茅盾的《天窗》；

丰子恺的《杨柳》；

郭沫若的《丁东草》《山茶花》；

陈学昭的《法行杂记》；

郑振铎的《蝉与纺织娘》《微思》；

郭风的《木棉树》《叶笛集》；

徐开垒的《竞赛》；

何为的《第二次考试》；

芦荻的《越秀远眺》；

李伏伽的《夏三虫》；

刘厚明的《在音乐课堂上》；

韩少华的《序曲》《花的随笔》《第一课》《寻春篇》；

李冠军的《夜曲》《球场外的掌声》《共同的心意》；

陈玮的《老教师》；

母国政的《师范生的心》；

鞠鹏高的《锦城晚花曲》；

谢树的《雪》《湖中月》；

刘湛秋的《小园丁集》；

应田诗的《手——学校散歌》；

牧惠《夜行》；

沈尔立的《桥》；

洪洋的《三峡风景》；

丽砂的《春天》；

刘真的《长长的流水》《大雁飞来了》；

任大霖的《打赌》《渡口》《水胡鹭在叫》；

柔石的《二月》；

孙犁的《铁木前传》；

老舍的《月牙儿》；

萧平的《三月雪》。

外国文学——

泰戈尔的《吉檀迦利》《游思集》；

萨迪的《蔷薇园》；

壶井荣的《蒲公英》；

马雅可夫斯基的《败类》。

事情过去了这么多年之后,重新翻看这些篇目,有些名字和内容,已经记不得了,但笔记本上那些抄写的字迹,分明是我的,在岁月中被无情遗忘的很多东西,在这里水落石出,让你无法狡辩。其实,也不必为自己脸红,学习任何东西都是一样的,不可能记住所有,都会像狗熊掰棒子,掰得多,丢得也多,最后抱在怀里的,只剩下一个。剩下一个,也是好的,最怕的是什么都丢掉了,一个也没有剩下。

当时的我全文背诵过张万舒的《黄山松》和闻捷的《我思念北京》。就是到今天,我也能够完整地讲述下来叶圣陶的《春联儿》,徐开垒的《竞赛》,何为的《第二次考试》,韩少华的《序曲》,任大霖的《打赌》,萧平的《三月雪》和刘真《长长的流水》里的《核桃的秘密》。我应该为自己庆幸,毕竟没有像狗熊一样,把掰下来的棒子全部丢掉。

高一高二那两年,是我读书最多、抄书最多、收获最多的时候。一个人在求学阶段,如果说小学高年级和初一是打基础,高中则是学习最重要最关键的时期,如果说能够让自己得到进一步的提升,那么,也是在这个时期。高中三年,由于高三要准备高考,时间紧张,需要围绕着高考做准备,高一和高二这两年的时间,相对宽裕一些,可供自己支配的时间多一些,因此,这两年就显得尤为重要,我们的老师经常对我们说的话是:过了这个村就没有这个店。这是一点儿都没错的。这两年,不仅关乎高三毕业时的高考,也关乎日后成长的道路。我应该庆幸,这两年没有虚度;我应该感谢,姐姐给了那么多精美的笔记本,让我在上面抄录了这么多的东西,不仅帮助了当时年少的我的学习,也为如今年老的我留下难忘的回忆。

笔记本上面那一行行的钢笔字,尽管写得幼稚,一笔一画,却很认真呢。那上面有一个高一高二学生的学习和心情，以及对未来尽管不可预知却依然充满热切期盼的密码。

更何况，还有我最好的朋友小奇为我留下的笔迹——她抄录的杜甫的那首《登高》，至今依然并未褪色。那是一个十六岁小姑娘青春最好年华的印迹，还有那年夏天最温馨清澈的雨滴。

飞鸟到我的窗前唱歌

高中，我最喜爱的外国作家是泰戈尔。

没有人指导，我的阅读是盲目的。但学校图书馆因高挥老师而对我特例开放，让我能够在那里随意翻书，我便如盲人摸象一般，和泰戈尔意外邂逅。记得是在图书馆里那间小黑屋中，我在找冰心的书的时候，发现了一本新中国成立前商务印书馆出版的泰戈尔《飞鸟集》的小册子，是郑振铎翻译的。书很薄，文字很清浅，每一小节只是简单一两句，像我们古诗中的绝句，很好读，很有味道，我一下子便喜欢上，还随手抄了好多好句子。

至今依然清晰地记得这样的句子：

鸟儿愿为一朵云。
云儿愿为一只鸟。

群星不怕显得像萤火那样。

无垠的沙漠热烈追求一叶绿草的爱,她摇摇头笑着飞开了。

光明如一个裸体的孩子,快快活活地在绿叶当中游戏,它不知道人是会欺诈的。

"你离我有多远呢,果实呀?"
"我藏在你心里呢,花呀。"

使生如夏花之绚烂,死如秋叶之静美。

世界以它的痛苦同我接吻,而要求歌声做报酬。
……

我从来没有读过这么美好的诗句,都是从日常见到的微小事物的观察中引发出的诗情和思考。那些诗情来自朴素而美丽的大自然,那些思考并不那么故作高深,是那样地真切动人。我在想,那些鸟、草、云、花、果实、星星、阳光、森林、萤火虫……是多么地司空见惯,为什么我也看见了,却写不出来这样动人的句子?我真的很佩服泰戈尔,痴迷泰戈尔。

高一那年暑假,我在西单商场里的一家旧书店,忽然看见一套十卷本的《泰戈尔作品集》,整整齐齐插在书架中间的一层上。那时候,我对泰戈尔一无所知,只知道一本《飞鸟集》,并不知道我国还翻译了这样一套《泰戈尔作品集》。一时有些兴奋,仿佛从一朵花一下子看到了蔓延一片的从未进入的花园。我抽出了全集中的第一卷,硬壳精装,像树皮一样棕色的封面上,印着大胡子的泰戈尔头像。翻看里面,扉页单贴着一幅泰戈尔的彩色画像,是画家徐悲鸿画的,下面的一角可以掀开,非常别致。画像的前面有一张透明的玻璃纸,像窗帘一样遮挡住泰戈尔,若隐若现,有些梦幻般的色彩,很吻合我对这个大胡子泰戈尔的想象。

这是一套1961年人民文学出版社出版的书。我看到它们的时候,是1964年的暑假,仅仅过了三年的时间,这套书就成了旧书,摆在旧书店里的书架上。是谁这样轻易地就把泰戈尔贱卖了呢?仿佛替泰戈尔抱屈,也埋怨这个卖书者。如果我拥有这套书,可舍不得卖。

我看明白了,前两卷是诗,后面七卷是小说,最后一卷是剧本。诗里面,我一眼看见了曾经读过的《飞鸟集》,而且,就是郑振铎翻译的,忽然有种很亲切的感觉,仿佛郑振铎是我的什么熟人。

我又看了看书后面打上一枚红方印的定价,这是旧书店重新的定价:八角钱。

然后,我把十本书一一抽了出来,看了看书后的定价,每本都是八角钱。

心里算着,十本都买下来,一共是八元钱。现在看来,真的不贵。但按照我父亲当年病退后每个月拿的工资四十二元算,就是将近五分之一呀。那时候,家里每月给我三元钱的零花钱,刨去两元的公交车的月票钱,只剩下一元,怎么买得起这套泰戈尔呢?这个泰戈尔,对于我,有点儿贵!

那时候,我常逛旧书店,图的就是买书便宜。但囊中羞涩,买的书只是一角两角钱的，很少有超过五角钱以上的。记得曾经买过流沙河的《窗》、刘绍棠的《青枝绿叶》、老舍的《月牙儿》、郭风的《叶笛集》、费枝的《朋友之间》、呆向真的《小胖和小松》，都只花了一角钱。

有时候，逛旧书店，也不是为了买书，纯粹是"蹭书"。因为兜里的钱确实太少，每月的一元钱，要买早点，看电影，还有给我的好朋友小奇写信的信封和邮票钱，实在让我捉襟见肘，不能不一分钱掰成两半花。

那天，我的兜里八角钱都不够，连《泰戈尔作品集》中的一本都买不成啊。书架上整齐排列的这十本书，真的让我恨不得能像电影《百万英镑》里那样捡到那张面额大大的钞票才好啊！

无论再如何爱不释手，我还是得将翻了一遍又一遍的《泰戈尔作品集》，又一一放回书架上，从西单旧书店垂头丧气地走出来，乘车回家。

一路我在想，怎么筹钱买《泰戈尔作品集》。我并不奢望将这十本书全部买下，那是不切合实际的，我不会朝父亲要这么多钱，也不会写信朝在呼和浩特工作的姐姐要（即使真的朝姐姐要了，姐姐寄钱来，也得好几天以后，怕是那一套《泰戈尔作品集》早就被人买走了）。可我还能朝谁要呢？唯一能要的就是弟弟了。弟弟已经读初一，他上学的中学离家近，不用坐公交车，家里只给他一块钱的零花钱。但是，他现在手里又能剩下几个钱呢？我不抱什么希望。

就这样胡思乱想地回到了家，脑子里全是泰戈尔和那一本本书的八角钱在打架，到底泰戈尔也没打赢。

到家已经天黑了。闷闷不乐地吃完晚饭，看了会儿书，早早就倒下睡了。其实，书没看进去，翻来覆去也睡不着。

第二天依旧闷闷不乐，脑子里依旧盘桓着大胡子泰戈尔，西单旧书店书架上那一套十本《泰戈尔作品集》棕色的封面，纷乱起一团棕色的云彩一样，在眼前飘来飘去。心里不住算着兜里的钱，只有等着下个月家里给的三块钱了。如果买了月票，剩下一块钱，加上兜里这个月剩下的钱，能买两本；如果不买月票，一共三块钱，加上现在兜里的钱，可以买四本。可是，那要等到下个月呀，那一套《泰戈尔作品集》能有耐心等得到下个月吗？还不早被别人给买走了呀！

一上午，就这样按下葫芦浮起瓢地瞎想，也没有想出个究竟。

下午，小奇来了。为了能住校，她高中考上了北航附中。暑假里，她有时候会来找我聊聊天。那天，她很快发现我不在状态，便问我：怎么啦？我说：没什么！她又说：没什么？你肯定遇到什么不高兴的或者不顺心的事情了！我说：你怎么知道？她笑着说：我会算命呀！我也笑了，说她：那你就是巫婆了！她说：什么巫婆不巫婆的，你说说呗，憋在肚子里生蛆！

就这么说笑着，我把昨天去西单旧书店看到《泰戈尔作品集》的事对她讲了。

她听后立刻问我：差多少钱？

一听她这口气，我心想救兵居然来了，而且就在眼前。我没敢说买十本的钱，心想能买两本就好，因为前两本是诗集，其中有那本《飞鸟集》，后面的八本是小说和戏剧集，我都没听说过，更没看过。能买前两本就念佛了！买泰戈尔心切，便没再想什么，就厚着脸皮说：还差不到一块钱！

她一听就乐了，说道：我还以为差多少钱呢？一块钱，我有！

这时我想到，她家的生活比我家富裕得多了。前些日子她过生日的时候，她家还给她买了块上海牌手表呢。在我们班上的同学里，没有一个人戴上过手表。没有想到她这样痛快，愿意帮助我，我望望她，心里很感动。

说着，她站起身来，对我说：走吧，还愣着干什么？

见我望着她有些发愣，她催促着我：快走吧！别回头你那泰戈尔让别人给买走了！

这天下午，她陪着我走出我们的那条老街，走到前门楼子的东侧，坐22路公交车，来到西单旧书店。22路，对于她是轻车熟路，她到北航附中上学时就坐这路车。

一进旧书店，就看见书架上那一排十本《泰戈尔作品集》还在。她从衣袋里掏出一元钱递给我。我买下了第一卷和第二卷，兴冲冲地走出书店，走到大街上，便打开系着十字结的纸绳和包装纸，翻开第一卷扉页上大胡子泰戈尔的画像给她看，仿佛那是我自己家的老爷爷一样，向她显摆地介绍着。

然后，我对她说：钱，我下个月还你！

她手里拿着那本书，笑了，对我说道：那当然，你得加倍还！她挥动着手里的书，又说道，这本我先看看，看看到底哪里好，让你这么神魂颠倒！

那天下午，我们没有坐车，从西单走到六部口、天安门、前门，一直走回家。走进我们住的那条老街的时候，天已经擦黑。我们一人的手里拿着一本泰戈尔的书，一脸大胡子的苍老的泰戈尔，和我们两个十六岁的高中生，竟然这样神奇地连接在一起。他的诗，温暖了我们整个高中时代。

这两本《泰戈尔作品集》成为我中学时代的珍藏，从北京带到北大荒，又从北大荒带回北京，在北京又经历了多次搬家颠簸，很多书都丢掉了，或遗失了，这两本书，同小学时买的《李白诗选》、《杜甫诗选》、《陆游诗选》和《宋词选》那四本书，一直被我小心翼翼地保存至今。

不知为什么，事情过去六十年之后，想起高一暑假这桩往事，总忍不住想起《飞鸟集》中的第一行诗：夏天的飞鸟，飞到我窗前唱歌，又飞去了。

像清晨牵牛花一样的小诗

那一阵子，不知为什么，我痴迷"五四"时期的小诗，奇怪为什么那个时期会有那么多人热衷写这样多的小诗？猜想大概是那一批作家曾经受到泰戈尔和日本俳句的影响很深的缘故吧。

我迷上这样的小诗，最早应该是从读冰心的《繁星》《春水》开始，以后，是泰戈尔的《飞鸟集》《游思集》《吉檀迦利》，纪伯伦的《沙与沫》。"樵夫的斧头，问树要斧柄。树便给了他"，"树木是大地写上天空的诗，我们把它们砍下造纸"。分别是泰戈尔和纪伯伦的小诗，写的都是树，却那样地意味不同，过去了六十年，记得还是那样清楚。

还有我们中国的诗人，读得最多的是冰心、应修人、潘漠华；因为读过郑振铎翻译的泰戈尔《飞鸟集》,也喜欢上郑振铎的小诗;还有汪静之的《蕙的风》。在笔记本上,我抄录了很多。

  春天把花开遍了就告别了。
  当我把糖果递给你贪婪的手中的时候,我懂得了为什么花心里有蜜,为什么水果里隐藏着甜汁,当我把糖果递给你贪婪的手中的时候。
  我要唱的歌至今仍未唱出。我把我的日子都浪费在给我的琴上弦。时间尚未真正到来,歌词并未准确填出,只有盼望的苦恼徒留在心。

这是泰戈尔的小诗。

  山楂通红了脸,站在秃枝上和秋风相戏,傲慢而不退缩。
  疾行的车,迎着扑面而来的雨点——一下一下蚊虫似痛的感觉。
  暗蓝色的湖水,跟了夏天的急雨一同跳跃着。

这是郑振铎的小诗。

当时,我怎么就那么爱不释手地喜欢呢,一唱三叹地背诵呢,抄不够地抄下它们呢?

"春天把花开遍了就告别了。"多么普通的一句话,为什么我就想不出来呢?我写出的往往只是:花落了,春天结束了,或远去了。只是一句陈述句，而泰戈尔写的却是拟人句，那么带有感情。

如果我写过年时候给小孩子一个糖果，是不是也可以学着泰戈尔这样，用花心里的蜜和水果里的甜汁——两个联想呢？这样，把一个简单递给孩子糖果的动作，写得舒展而那么有趣了呢！为什么泰戈尔最后又重复了一遍"当我把糖果递给你贪婪的手中的时候"？是诗歌中的一唱三叹吗？看来，重复也是写作的一种不可缺少的方法呢。

"歌至今仍未唱出"，原来不仅仅是歌词还没有写出来，还有自己的心思藏在心里。一直在给自己的琴上弦，原来是心里一直有些苦恼，在等待着时间的到来。这苦恼是什么？这时间是什么？哦，我明白了，就是盼望啊！盼望就是希望啊！琴—歌—苦恼—时间，这些都和心中的盼望、希望密切相关啊！我自己不也是有着这样苦恼和盼望纠缠一起的心绪吗？有了盼望，才会产生苦恼的啊！泰戈尔的这首小诗，和我的心情多么吻合，只不过，他用了琴、弦和歌这样最形象的东西，将心中翻涌的苦恼与盼望这样抽象的词儿，勾连在一起，一下子让抽象变成了形象。这是多么好的方法呀！少年时读书，那么纯真，那么认真，那么投入忘我，那么设身处地，和自己密切连接在一起。

我读郑振铎的作品很少，那时候，只读过他写的小诗，他写的小诗很多，不亚于冰心的《繁星》和《春水》。我不知道年轻的郑振铎为什么那样钟情于小诗。我从学校图书馆那间黑屋里，读遍了我几乎能找到的他写的小诗。

"山楂通红了脸"，我也会写；"和秋风相戏"，我也会写；但是，我没有想到后面，他说和秋风相持中的傲慢和不退缩，让山楂不仅好看，还有了性格。

车窗上打上扑面而来的雨点，是常见的，让雨点像小小的蚊虫，让车子有了微微疼痛的感觉，不过是一个比喻，一个拟人，并不难，我也可以学着这样写呀。

雨点打在湖面上，以前我在作文中总爱写：湖面上溅起了一圈圈的涟漪。我特别爱用"涟漪"这个词，觉得美，还高级。人家郑振铎不用"涟漪"这个词，只说湖水和雨点一起跳跃。仿佛不是雨点打在湖水上，而是湖水在和雨点一起跳舞，不是单向的行动，而是在互动。一下子，生动、活泼，有趣了起来。

在高一和高二很长一段时间，小诗给我很多快乐、帮助和启发，让我迷上了它，和它悄悄地对话，或暗暗地自得其乐，然后自以为是地模仿。特别是应修人和潘漠华的小诗，我更加喜欢，抄录了好多。应修人和潘漠华是20世纪30年代牺牲的两位烈士，牺牲的时候，他们一个只有三十三岁，一个只有三十二岁。多么年轻啊！他们悲壮的命运，也是让我喜爱读他们的诗的一个原因，所谓爱屋及乌吧。

在我的笔记本上，抄录有一首小诗，名字叫作《柳》，1922年3月，应修人写的，全诗一共只有五行，我特意在这首小诗周围勾勒了一圈花边：

几天不见，

柳妹妹又换了新装了

——换得更清丽！

可惜妹妹不像妈妈疼我，

妹妹总不肯把换下的衣裳给我。

重新看这首小诗，那么地亲切，记忆依旧那么清晰，仿佛就在昨天，还记得当时抄录这首小诗的心情，是那样地兴奋。应修人用孩子的眼光看待春天刚刚回黄转绿的柳树，他把柳树清丽的枝条比作自己的小妹妹，是因为他想起了妈妈，想起妈妈的疼爱。他写得那么地委婉有致，将孩子的感情表达得那么地活泼俏皮，又那么地清新可爱。当时，我也想，这么充满天真童心的诗人，怎么可以遭到屠杀呢？人心怎么这么狠呢？他才三十三岁呀，那么地年轻！我的心里真的是充满悲伤。

还抄录了一首徐迟写的小诗，题目叫作《幻想曲》。只有八行：

我们坐在飞机上，
看窗外飞过一片白云，
也许有一天，白云是个空中码头，
飞机可以在白云停一停。

那时候，我倒想去散散步，
舒一舒筋骨，喝汽水一瓶。
和那个晕飞机的小姑娘，
扶栏杆观赏天上美景。

写得真好！充满幻想，充满童趣，飞机居然也可以在白云那里停一停，还可以喝瓶汽水，还想象出一位晕机的小姑娘，然后和小姑娘一起在白云上看天上的美景！为什么出场的非得是一位小姑娘？一个小男孩不行吗？这里面有什么讲究，里面藏着诗的奥秘吗？

那时候，读诗时我年少的心和写诗的诗人的心，都是那样天真美好，清澈如那天上的白云。所以，幻想也才会如童话般美妙动人。真要感谢那时候抄录了那么多的小诗，感谢那些热衷于写小诗的诗人。这样的阅读和抄录，特别适合那时候的我，既不耽误时间，又能学到东西，还能让自己的心在烦躁和繁忙的生活中，得到片刻的轻松和一点似是而非的幻想。

当然，小诗，短短的，浅浅的，像清晨开放的各种颜色的牵牛花一样，那么吸引人，那么容易记，也那么容易懂。但是，有些小诗，当时也并没有看懂，或者是似懂非懂，或者是不懂装懂。不管怎么说，抄录下来这些小诗，对于我是一种磨炼，就像跳进了水里，不管会游泳，还是不会游泳，起码扑腾了一遍，沾惹上一身水花，探试了一番水的深浅。一个孩子，就是这样在懵懵懂懂的不懂和似懂非懂中慢慢长大的。

而且，读着、抄着这些小诗，我的心也在蠢蠢欲动。于是，我模仿着他们，偷偷地也学着写了好多小诗，比如《水果之什》，虽然那么幼稚可笑，当时却是很得意地抄在我的那本美术日记里，那么整整齐齐，如春天插在稻田里的一株株秧苗。

附录：

水果之什

一、酸里红
像一群小红灯笼燃挂在山间，
吃一个，酸在嘴里，甜在心里。

二、石榴
咧着嘴，露出一口粉牙甜甜地笑着，
是想那五月照眼通明的石榴花了吧？

三、葡萄
像一串串珍珠——紫的，白的……
但为什么有酸的，有甜的呢？

四、海棠
粉红色的海棠花是美丽的，
海棠果却是涩的。

五、柿子
我不爱吃那蜜汁欲流的柿子，
却爱吃那冻得硬邦邦带着冰碴的柿子。

六、苹果
朝着太阳殷勤地露出绯红的笑脸,
背着阳光把脸拉得青青的。

七、哈密瓜
皮像饱经风霜老人的脸,
心才是蜜一样的甜。

八、梨
我爱你的黑色的核儿,
因为它是你生的精灵。

九、香蕉
弯弯月儿耐人看,
是因为如此人们才喜欢你吗?

十、桃
只红在头尖一点点,
为什么不红透全身呢?

十一、西瓜
墨绿色的皮,

却包蕴着红色的瓤。

十二、酸梅
你是那疏枝横斜的
腊梅树之果吗？

十三、橘子
外面是一个光滑的整体，
里面却分成一瓣一瓣。

十四、杏
你怎么粉饰自己，
也装不像最小最小的毛桃。

十五、樱桃
像一串断了线的珍珠，
沾上了人间丰美的露珠。

一九六三年十月二十日灯下

高中阅读

高中读书，自以为比初中读书懂得很多，而且，觉得读课外书比读语文课本对自己帮助大，提高快。只是那时候读书没有人指导，自己又见识很浅，所知甚少，多少有些盲目，偶然间遇见的一本书，恰巧喜欢，这本书像是步入林子拾得的一株仙草，产生只有那种年龄才有的似是而非的幻觉，其作用可能远远超出这本书之外，乃至会影响人的一生。

回想起来，尽管那时也读了一些外国作家如契诃夫、屠格涅夫、赫尔岑、雨果、莫泊桑、欧·亨利、德莱塞、惠特曼等人的书，但是，更喜欢的还是中国作家的书。在中国作家中，尽管从学校图书馆里几乎借遍了当时人民文学出版社出版的那一套五四作家的选集，但除了冰心、丰子恺、柔石、庐隐、郁达夫少数几位，我更喜欢的是当代作家。当代作家中，相比较当时更出名的作家，比如写散文的杨朔、刘白羽、秦牧，写小说的李准、柳青、浩然，我喜欢的作家，似乎并没有那么出名。

在写小说的作家中，我喜欢这样几位：

一位是儿童文学作家任大霖。我几乎买全了当时他出版的所有的书，包括《蟋蟀及其他》《山岗上的星》《小茶碗变成大脸盆》《我的朋友容容》，还有儿童诗集《我们院子里的朋友》。其中《渡口》和《打赌》两篇小说，尤其让我入迷，曾经全文抄录在我的日记本里。我至今依然可以完整无缺地讲述这两个故事。

小哥儿俩吵架，哥哥一气之下离家出走，弟弟一直在渡口等哥哥回家，为看得远些，弟弟爬到一棵榆树上。傍晚的渡口很荒凉，等到半夜，弟弟睡着了。哥哥回来了，听见哥哥叫自己，弟弟一下子从一人多高的榆树上跳下来。吵架后重逢，兄弟亲情才分外浓郁。任大霖写道："渡口更显得僻静，而且有些悲怆。"这是我第一次见到"悲怆"

这个词，很震撼。这是只有亲身经历亲情碰撞的人，才会感到的悲怆。

"我"和伙伴打赌，赌自己敢到乱坟岗子摘一朵龙爪花。"我"去了，走在夜色漆黑的半路上怕了，从夜娇娇花丛中钻出一个小姑娘杏枝，手里拿着装有半瓶萤火虫的玻璃瓶，陪"我"夜闯乱坟岗子。打赌胜利了，伙伴讽刺"我"有人陪，不算本事，唱起"夫妻两家头，吃颗炒蚕豆，碰碰额角头"，嘲笑"我"。于是，又打了一次赌：敢不敢打杏枝？为证明自己不是和杏枝好，"我"竟然打了杏枝。自那之后"我"怅然若失，脑海中总会想起杏枝的哭声。小说最后一节，多年过后，"我"回故乡，没有见到杏枝，见到了她的哥哥长水，说起童年打赌的事，她哥哥摇头说完全不记得了，"我想这不是真话，一定是长水怕难为情，不想谈它"。长大后和童年的对比，完全是两幅画，长大是写实的工笔，童年是梦幻般的写意。

当时想，为什么不写"我"回乡后见到了杏枝呢？又想，真的见到了，还有意思吗？我似乎体会到了一点儿文学的感觉。因为看到这篇小说，后来又从《收获》杂志上找到了他写的《童年时代的朋友》全部文章，便深深记住了任大霖这个名字。他是陪伴我整个青春期成长的一位作家。高一的时候，《儿童文学》创刊，我在上面读到他的新作《白石榴花》和《戏迷四太婆》，虽然和他的《渡口》《打赌》相比，明显多了当时流行的阶级斗争的色彩，但我依然非常喜欢，特别是《白石榴花》，他对孩子心理的触摸，对良善人性的描摹，还是高出一般儿童文学作品的。

就是从那时候开始，作家出版社每年出版的一本年度儿童文学选集，我都会买下；我还特别在旧书店里买了一本《1919—1949年儿童文学选》，还有一本蒋风编的《鲁迅论儿童教育和儿童文学》。这些书，成为我中学时代的珍藏，成为我学习儿童文学写作的红模子。我悄悄地萌生了做一名儿童文学作家的念头，那该是一桩多么美好的事，就像任大霖一样。那时候，我觉得儿童文学作家，是作家中最高级的，也是最难实现的梦想。

一位是萧平。我买过一本《三月雪》，1958年作家出版社出版，里面只有六篇短篇小说，其中最有名也让我最难忘的，是《三月雪》和《玉姑山下的故事》。半个多世纪过去了，我居然还保存着当年读这本书时记的笔记，记录着《三月雪》第一节开头："本子当中夹着一枝干枯了的、洁白的花。他轻轻拿起那枝花，凝视着，在他的眼前又浮现出那棵迎着早春飘散着浓郁的香气的三月雪，苍郁的松林，松林里的烈士墓，三月雪下牺牲了的刘云……"

《三月雪》和《玉姑山下的故事》，写的都是战争年代的故事。在20世纪50年代，与同时代书写战争的小说的写法不尽相同。萧平是把战争推向背景，把更多笔墨放在战争中的人性和人情之处，将战争的残酷和人性中的微妙，有机地调和一起。浸透着战争的血痕，同时又盛开着浓郁花香的三月雪，可以说是萧平小说显著的意象，或者象征。可谓一半是火，一半是花。

两篇小说的主角，不是叱咤风云的大人或小英雄，都是小姑娘，清纯可爱，和庞大而血腥的战争，有意做着过于鲜明的对比。《三月雪》中，区委书记周浩很喜爱这个聪明伶俐的十一二岁的小姑娘，在离别前小娟孩子气地和他商量好，骗妈妈说要跟周浩一起走，走了几步，又跑回去告诉了妈妈真相，怕妈妈担心的那一段描写，写得细致入微，让我感动，难以忘怀。

《玉姑山下的故事》中的小姑娘小凤，比小娟大几岁，应该和当初读小说时的我年龄相仿。小凤与小说中的"我"发生的故事，特别是晚上的约会，"我"的渴盼，小凤没去后"我"到梨园找她时一路的心情和想象……那一番极其曲折又微妙难言的情感涟漪的泛起，将青春期男女孩子之间情窦初开的朦胧感情，放在战火硝烟的背景之中，其异于当时流行的铁板铜钹而别具一格的阴柔风格，让我耳目一新。

小说结尾，小凤成了一名战士，骑着一匹红马从"我"身旁驰过，"我想叫住她，可是战马早已驰过很远了。我呆呆地站在那里，望着那匹红马迎着西北风在山谷奔驰着，最后消失在深山密林里"。让我想起任大霖《打赌》的结尾，一样没有和女主人公相见，给人留下那种怅然若失的味道，就是那时候文学留给我的味道。

任大霖和萧平，都是我自己选择的，很盲目，属于偶遇，却一见倾心。在高中读书的经历中，唯一有人向我推荐的作家是田涛。初三毕业的那年暑假，学长园墙推荐我田涛的短篇小说集《在外祖父家里》。他说他在《百花》上写的那一组"童年纪事"，就是受到这本书影响。

高一开学之后，高挥老师允许我进入学校图书馆，我在图书馆的书架上，找到了这本薄薄的小书。书中那个叙述者小男孩，以第一人称"我"的视角，叙述农村的往事，和园墙当时写的"童年纪事"的叙述角度和口吻，真的很相似。小说所有篇章都集中在河北平原一个叫"十里铺"的小小的村子。外祖父的梨树林，兴望爹的瓜园，村里的甜水井，破庙改造的小学校，大人们擂油锤的油作坊和做棺材套的木场子，孩子们抽鸽子的柏树坟、捉鱼的苇塘壕沟和拾落风柴打孙军

（一种游戏）的旷野……散漫的场景，像多幕剧的一个舞台，变换着不同装置的场景，演绎着一组相同人物的悲欢离合。小说里出现的那些大妗子二妗子，和我母亲称呼老家里她的亲戚一模一样，让我感到格外亲切。

他写每年七月十五给外祖母上坟，母亲都要嘱咐"我"在外祖母的坟头上哭，要不外祖父就不给梨吃。"我"就跟着大人哭。离开坟地，看见母亲的眼睛都哭红了，也不敢开口要梨吃了。这样微妙的心理，是独属于孩子的，我觉得写得好玩，有趣，不是外祖母被地主逼死而怀有一腔愤恨痛哭的那种外在的描写。

他写馋嘴盼望着吃伏席，"我盼着树叶儿发黄，望着树叶儿落，望着那料峭的西北风快些吹来，好把这大地上一切青色变黄，一切小虫子冻死，把那小濠坑儿里的水结起一层带有花纹的冰片。到那时，兴望就会坐着篷隆儿车把新娘的花轿接过来，我们就可以伏八碟八碗的酒席了。兴望把新妗子娶过门后，他也会带着新妗子陪我们往旷野里去拾落风柴的。想着兴望的美事，自己仿佛比他都着急……"这样孩子气的描写，和当时我的心情那样相通。伏席、落风柴，这样的词语，对我们来说那样新鲜，带有浓郁的乡间风味，留存在我高中时代的记忆里。

他写老一辈人艰辛的日子，大舅父被外祖父赶出家门去谋生，外祖父复杂的心情描写："大舅父走后，外祖父的性格更显得冷漠，妗子们不愿同他多谈话，他也不同家里的人谈什么，每天除了走进梨树林，一棵梨树一棵梨树地数着上面的梨儿，便坐在大柏树杈间的窝棚里吸旱烟。有时候他叫我陪他一同坐在柏树杈间的窝棚上，伴着他的寂寞。"把一个把万千心事都埋在心底的孤苦老人的心情,写得那样含蓄不露,蕴藉有致。那些数不清的梨树上的梨儿,那些抽不完的旱烟,都是外祖父的心情,也是"我"对外祖父的感情。这样细若流水的笔触和情如微风的笔调,也让大人的世界变得在那样令人心酸之中有了难得的温情。

田涛的这本小说集,和田涛同时代的作家刘真的《长长的流水》(这本书也是我在图书馆里偶然翻到的,先是那里面的插图吸引了我,忘记是谁画的了,但黑白线描画得真是好),都是以孩子视角与心理铺陈而融入我青春期的阅读中,给我留下的记忆是那样深刻、温馨,清晰如昨。我私下曾经将他们二位做过比较,更喜欢更平易的田涛。

写散文的作家中,我喜欢韩少华、李冠军、郭风。三位是怎么碰到的?我已经忘记是什么样的机缘巧合了。可能都是在书店或图书馆里翻书时偶然的邂逅。那时候,文学刊物不多,出版的书不多,报刊上发表的文学作品也不多。只记得第一次读到韩少华的《序曲》,在周立波主编的一本20世纪60年代散文选中。在这本书的序言里,周立波特别分析了《序曲》,格外令人瞩目。我读后,感到所言不虚,非常喜欢。至今还清晰地记得,《序曲》里那个演出前对镜理妆心情紧张的舞蹈少女,以及那位为少女描眉的慈爱的老院长;记得序曲响起,大幕拉开,少女以轻盈的舞步迈进了芬芳的月色中的情景,如梦如幻。可以说,是这篇《序曲》,让我迷上了散文,原来散文还可以这样写,自觉得和当时一些散文名家的写作姿态不大一样,他似乎更重视散文的意境,更仔细经营散文的叙事多于那时常见的抒情和结尾的升华。他几乎都是用富于情感的细节和诗意的笔触,集中在一个特定的场景和情境，细腻而温馨地书写心中的生活、情感和人物。

　　我开始注意韩少华这个名字，收集他写的散文。《序曲》《花的随笔》《第一课》，都抄录在日记本里，每篇散文的题目，还特意用红笔写成美术字。

　　买到李冠军的散文集《迟归》，完全偶然。大概是先在《少年文艺》看过他的散文，便记住了这个名字，在书店里看到这本书，便买了下来。这是一本薄薄的小册子，吸引我的是集子中的散文全部写的都是校园生活，里面所写的学生和我的年龄差不多大，老师和我熟悉的人影叠印重合。至今依然清晰地记得书中第一篇文章《迟归》的开头："夜，林荫路睡了。"感觉是那样地美，格外迷人。一句普通的拟人句，在一个孩子的心里充满纯真的想象和感动。

　　一群下乡劳动的女学生回校已经是半夜时分，担心校门关上，无法回宿舍睡觉。谁想到校门开了，传达室的老大爷特意等候，出门却说："睡不好，出来看看天，看看月亮……"女孩子们谢过后跑进校园，老大爷还站在那里，望着五月的夜空。文章最后一句写道："这老年人的心，当真喜爱这奶黄色的月亮？"尽管多少有些人为的痕迹，但老大爷发自内心对学生的那种良善感情，当时在我的心里漾起感动的涟漪。

　　已经过去了近六十年，一切恍若目前。那个五月的夜晚，那个奶黄色的月亮，那个传达室的老大爷，弥漫起一种美好的意境，总会在我的心中浮动。

　　忘记是高一还是高二，在东安市场的旧书店里，我买了一本郭风的《叶笛集》，只花了一角钱。这本散文诗集，收录的是郭风先生1957年冬天到1958年夏天写下的作品。

我很喜欢书中描写的红色的香蕉花、米黄色的荔枝花和月白色的橘子花，以及那"美丽得好像开花的土地"的老榕树，"腊月里蜜蜂还出来采蜜"的故乡。那些花和那种榕树，当时我都没有见过，郭风的描写，让我对那些花和树充满想象和向往。

我还曾经抄过、背过书里面那些散发着豆蔻香味的散文诗句：

> 雨点敲打着远处一大群一大群相互依偎的绵羊似的荔枝林，那林梢仿佛在冒着白色的烟雾。
> 云絮浮在空中，好像一只蓝酒杯中泛起的泡沫。太阳挂在空中，好像一朵发光的向日葵。
> 明媚得好像成熟麦穗的天空。
> ……

心想，只有拥有童心的人，才会有这样鱼鸟皆遂性，草木自吹香的心性，才会在笔下流淌出这样新颖而明朗的语言，才会如小孩子的心思一样充满奇思妙想，把荔枝林比作相互依偎的绵羊，把云絮比作蓝酒杯中的泡沫，把天空比作成熟的麦穗，把太阳比作一朵发光的向日葵。那样的透明、清澈，让我少年的心里充满花开一般的向往，遥远得犹如一个迷蒙的梦。

坦率而羞愧地说，在中学阶段，我没有读全过我国的四大名著，读的、抄的只是这样薄薄的小册子。在一个孩子最初的阅读阶段，这样的小册子因其内容亲近而亲切，篇章短小而精悍，更易于孩子接受和吸收吧。当然，这只是我读书的个例，浅薄而有局限，不足为训。

人生充满偶然，想起当初如果没有和任大霖、萧平、田涛，没有和韩少华、李冠军、郭风相逢，当然，我一样可以长大，度过整个中学时代，但我的中学时代该会是缺少了多么难忘的一段经历，错过多少动人而迷人的风景。我和他们在作品中激荡起的浪花，是那样地湿润而明亮；撞击出的火花，是那么地璀璨而有趣。尽管有很多自以为是和似懂非懂，但那段经历，洋溢着只有我那时的年龄才有的鲜活生动的气息，其中哪怕是放大的爱恨情仇，乃至少年不识愁滋味，为赋新词强说愁的叹息和痛苦，都会在他们的文字中找到幽婉的回声。或者说，在他们的文字的吹拂下，让自己的情感变得细微而柔韧，善感而美好，如花一样摇曳生姿，如水一样清澈见底，清纯可爱，活色生香。

电影《白山》

高二那一年的寒假，有一天快到中午的时候，我正在屋里看书，弟弟风风火火地从外面跑回家，进门就冲我直喊：快！快走！

我不知道他有什么事，跟火上房似的这么急。问他：干什么去呀？

看电影！我从学校回来，路过广和，那里正演一场好电影……

什么好电影？

行啦，别啰唆了，你快走吧！电影马上就要开演了！我可是买了票的啦！

合上书，穿好衣服，我跟着他走出了家门，一路小跑，生怕耽误了电影开演。

他说的广和,是广和剧场,一家老戏园子,北平解放以后,拆掉了原来破败的园子,建起了一座新楼,楼前有宽敞的小广场,气派了很多,晚上有彩灯闪烁。它白天放电影,晚上演京剧,我们大院里的孩子常去那里看电影,剧场里面很大,比前门一带的大观楼、同乐、新中国电影院大好多。上小学的时候,我在那里看了一场京剧《四进士》,因为是同学父亲主演,入场券是同学特意送给我的,我坐在剧场里根本没有看懂,迷迷糊糊地竟然睡着了。刚读高中那一年春节前夕,我在那里看侯宝林的儿子侯耀文演出的相声,大概那是他第一次登台说相声,他年龄和我一般大,也是刚刚上高中。那时候,广和剧场里很热闹。不过,说实在的,到那里还是看电影给我留下的印象最深,我更爱到那里去看电影。

那里离我家不远,一般我们穿过南深沟,往西拐进銮庆胡同,可以抄近道,最后走一条不长的无名小胡同,走到肉市胡同,紧挨着就是广和剧场。十分钟的路,我和弟弟走得飞快,一边走,我一边问:什么电影呀?

弟弟不说话,跑在我的前头,只顾往前赶路,生怕去晚了,电影开演了。

我又问他:什么电影呀?

他还是没有回答我,使劲儿跑了几步,一下子超过我好远。他这样子,让我忽然心生怀疑。这家伙别看平常不怎么好好学习,鬼点子却多得很,会不会根本不是看什么电影呀?

放寒假这些天,他一天到晚不着家,就知道绕世界疯跑疯玩。父亲说他好几回,让他向我学习,好好在家待着,看看书,写写寒假作业。父亲越是这样说，他越是看着我在家里看书学习就来气。会不会是他故意逗我出来，耍弄我呀？要不我问他几次看的是什么电影，他怎么都不告诉我？

我使劲儿跑着追上他，再一次问道：到底是什么电影呀？你是不是骗我呀？

他回过头，一边说，一边还在往前面跑：干吗骗你呀！真的是看电影！你爱看不看！

那到底是什么电影，你怎么不告诉我电影的名字？你倒是告诉我电影的名字啊！

听我这么一说，他停下脚步，望着我，一本正经地对我说：行！我告诉你，电影的名字叫《白山》。

《白山》？

没听说过有这个电影呀？只知道有苏联电影《白痴》，还有个电影叫《白夜》。我犯了疑惑，问了一句：真的是《白山》？

对！就是《白山》。

我没听说过这个电影呀！

你没听说的事多着呢！什么你都知道呀？你是神仙怎么着？

看他说得这么坚决，心想，也许我真是不知道，没准是个新电影呢。但心里还是有些犯嘀咕，不禁望了望他，顺口又说了句：《白山》？

没错！《白山》，今天看的电影就是《白山》！说着，他伸出右手，朝我的脸上打了一巴掌，然后，甩下一串得意的笑声，一溜烟儿地跑走了。

那时，我们在銮庆胡同，就快要出胡同西口了。望着他折返向东跑去的背影，不禁一阵苦笑。《白山》，就是白扇，白扇我一巴掌呀！他已经上初二了，怎么想出这样一个低级的恶作剧呢？你把这点儿心思，用在学习上好不好？

我捂捂有点儿发红的脸，不是为刚才他打的那一巴掌——他并没有使多大的劲儿，他只是要一个象征性胜利结果而已，而是为弟弟这样幼稚可笑脸红。当然，也是为自己这么轻而易举地上当受骗而脸红。

近中午的銮庆胡同，没有一个行人，很安静，虽然阳光朗朗地照着，但很冷，冬天的风吹过来，钻进脖领子，像灌进了凉水一样冰冷刺人。

长大以后，回忆往事，我曾经问过他《白山》这件事，还记得不记得了？他笑笑，不置可否。不知道他究竟记得不记得了。想想那时候的我们，除了打球看电影，没有什么别的新鲜一些的游戏，漫长的寒假或暑假，该怎么过呢？这么一想，弟弟当年的恶作剧，是有些幼稚可笑，也多少有些凄凉。

篮球梦

班上的同学中，篮球打得不错的，正经有好几个。为首的是老朱，他是我们学校校队的队长，打组织后卫。当时，校队的领队兼教练，是新调来的体育老师闵力援（他是后来首钢篮球队教练闵鹿蕾的父亲）。校篮球队挺有名，曾经打入北京市中学生篮球赛的决赛，参赛的队员便都成了三级运动员。大概就是老朱的倡导，他当时很有威望，一招呼，我们班几个篮球爱好者齐拥护，便自发组织了个班篮球队。

班上篮球爱好者中,我是其中一个。可以说,我是资深爱好者,最早追溯到上小学的时候,那时教我体育的赵老师是我的篮球启蒙者。记得当年苏联迪纳摩篮球队来华访问,在北京体育馆和中国队比赛,因为队中有身高两米一八号称世界最高的中锋克鲁明,非常引人注目。尽管票价不便宜,又很难买,我还是排队买到最便宜的最后一排的一张门票,早早赶到体育馆。比赛一开始,为了看清楚,最后几排的观众都站了起来,我也跟着站了起来,但个子哪有那些大人高,就站在座位上看,也只是看得影影绰绰,但心里却莫名其妙地兴奋。

一个孩子的爱好,可以跟随他一辈子。没有爱好的孩子,几乎没有。能够将爱好坚持到底的孩子,一般都差不了哪儿去。没有一个能坚持下来爱好的学生时代,回想起来是苍白的。

我也成了班篮球队的一员。尽管个子没有别的同学高,技术也没有他们好,毕竟也进了班队。只是个替补队员,每场比赛顶多上场打十几分钟,总是件高兴的事情。如果有那么一两个球应声入网,心里会兴奋异常,是和考试得了满分不一样的感受,很有点儿成就感。

周末,我们常有比赛,但我们不满足于只在本校和其他班的同学比赛,渴望走出去,和别的学校的同学较量,便开始了四下出击,东征西伐。记得近的曾经到过十一中和四十九中,远的到过二十九中,是我弟弟的中学,他牵的线,和他们学校的高中学生比赛。我们赶到他们学校的时候,篮球场已经布置好了,用白石灰在四周画好了白线,两边画好了罚球线,还在中线的位置上摆上一张课桌,桌上放着一块小黑板,用粉笔计分,很正规的样子。关键是周围站满了观众,因为是男女混合学校,那么多的女生在观看,让我们男校的这些人更来情绪，纷纷都想露一手。

我们和大人也曾经有过比赛。记得最清楚的是和眼镜六厂的厂队比赛，是等人家下班之后的晚上。他们厂子有一个灯光球场，那是我们第一次在这样的球场比赛。明亮而有些迷离闪烁的灯光下，有蚊虫在飞，球像沾上了魔力一样，长上了翅膀，电影里的慢镜头一般，在明黄色的灯光的托扶中轻柔地飞舞，带有童话的色彩。球砸在地上"砰砰"的声音，清澈回荡着，似乎比白天要响亮得多，好像从老远的地方传过来，显得不那么真实似的。他们的个子都比我们高，块儿也比我们大，力气更足。我和一个壮汉争夺一个球的时候，他一转身，胳膊一下子顶了我的胸脯一下，差点儿没把我顶个跟头。比赛结束，胸脯还有些生疼，回到家脱衣服一看，给撞青了一大块。

高中三年，放学后，除了到图书馆和书店，再有去得多的地方，就是篮球场了。那时候，长安街路南，北京饭店对面，有一个露天篮球场，夏秋两季周末的白天和晚上，常有一些市级球队的比赛。票价一角钱，不贵，有时候，下午逛完王府井的新华书店，我会去那里看一场篮球赛，座位紧挨着球场两边，也没有多少观众，看得非常清楚。尽管不是国家队比赛，但也都是专业队，看得还是很来劲。看完之后，往西走几步，穿过正义路回家，一路花香树荫，心里有些莫名的高兴，觉得一天过得挺充实，紧张的学习中，有了篮球，像是给一杯汽水加了清爽的冰块儿。

不知为什么，高中三年，我特别爱看篮球赛，想想，可能和小学被少体校的篮球队淘汰多少相关。少年时未曾实现的愿望，总想着法子进行堤内损失堤外补的一点儿心理补偿吧？

记得是高三刚开学的那年，在北京有国内各省市的联赛，有时候，我会去看。对于那时候有名的运动员，我耳熟能详，如数家珍。女篮我最喜欢看当时煤矿队的刘绍兰和四川队的李墨兰，我称之为"女篮二兰"。虽然刘绍兰的个子只有一米五九，但她双手中距离投篮很准；李墨兰的个子高，转身上篮给我留下很深的印象。杨伯镛、钱澄海、蔡集杰，则被我称为"男篮三剑客"，我痴迷他们场上的溜底线、后场运球和砸眼儿跳投。能在现场目睹他们的比赛，很兴奋，很激动。尽管那时候准备高考学习很紧张，好多个晚上还是禁不住篮球的诱惑，跑出去看比赛，家里的人都不知道，还以为我是去学校上晚自习呢。

印象最深的是那一天放学之后，没有回家，背着书包，直接奔向三里屯的工人体育馆，饿着肚子，早早进入赛场，坐在空荡荡的体育馆里，抱着一本书看，一直等到比赛开始。那天晚上有四川女篮的比赛，对手是哪个队已经忘记，但四川女篮却记得清楚，就是奔着李墨兰去的呢。比赛结束，踏着夜色，独自归家，成了高三紧张复习中难得的放松和惬意。这样美好的时光，即将一去不返，不仅是中学时代几近尾声，一场史无前例的"文革"已经风起于青萍之末，而我那时并不知晓，吃凉不管酸，只是沉浸在对篮球忘我的痴迷中。

长大以后，我曾经当过整整十年的体育记者。1992年，我采访巴塞罗那奥运会比赛。那一届奥运会上，美国梦之队第一次参赛，我崇拜的迈克尔·乔丹、魔术师约翰逊、大鸟伯德、疯子巴克利等一众篮球巨星悉数登场。我看遍了那一届奥运会所有的篮球比赛，大饱眼福，补偿了少年未竟的篮球之梦。

父亲和信

从高一到高三,我沉浸在少男少女朦胧的情感梦幻中,忽略了周围的世界,尤其忽略了身边父亲和母亲的存在。

所有这一切,父亲是看在眼睛里的,他当然明白发生了什么事情,自己的儿子又在经历着什么事情。以他过来人的眼光看,他当然知道应该在这个时候提醒我一些什么。因为他知道,小奇的家就住在我们同一条街上,和我们大院相距不远,也是一个很深的大院。但是,那个大院和我们大院完全不同,从外表就可以看得出来,它是拉花水泥墙,红漆木大门,门的上方,有一个浮雕大大的五角星。这便和我所居住的那种广亮式带门簪和门墩的黑色老门老会馆,拉开了不止一个时代的距离。

其实,这一点,我是知道的,每天上学下学,都要路过那里。但是,当时的我对这一点却根本忽略不计。对于父亲而言,这一点,虽是表面,却是直通本质的。因为居住在那个大院里的人,全部都是北平解放之后进城的解放军的军官或复员军人和他们的家属。那个被称作乡村饭店的大院,是解放之后拆除了那里的破旧房屋后,新盖起来的整齐划一的家属房。从新老年限看,和我们的老会馆相距有一两百年的历史。在父亲的眼里,这样的距离是不可逾越的。不可逾越,从各自居住不同的大院就已经命定。

我发现,每一次我送小奇到前门乘坐22路公交车返校后回到家,父亲都好像要对我说什么,却又都欲言又止。以那时我的年龄和阅历,我无法明白父亲曾经沧海的忧虑。我和父亲也隔着一道无法逾越的鸿沟。

有一天，弟弟忽然问我：小奇的爸爸是老红军，真的吗？那时，我还真不知道这个事实。我觉得老红军是在电影《万水千山》里，在小说《七根火柴》里，从没有想过老红军就在自己的身边。弟弟的问题，让我有些意外，我问他从哪儿听说的。他说是父亲和母亲说话时听到的。当时，我不清楚父亲对母亲讲这个事实的心理。后来，在我长大以后，我清楚了，我和小奇越走越近的时候，父亲的忧虑也越来越重。

两个父亲，两个党，一个共产党，一个国民党。

后来，我问过小奇这个问题。她说是，但是，她并没有觉得父亲老红军的身份对自己是多么大的荣耀。她只是说当时父亲在江西老家，十几岁，没有饭吃，饿得不行了，路过的红军给了他一块红苕吃，他就跟着人家参加了红军。她说得是那样轻描淡写。在当时所谓高干子女中，她极其平易，对我一直十分友好，充满温暖的友情，即使是以后格外讲究出身的时候，她也从来没有一点儿干部子女的趾高气扬，居高临下。那时候，她只是对我喜欢的文学感兴趣，我只是对她学好的物理很崇拜。我梦想当一名作家，她梦想当一名科学家，我们用彼此的学习成绩激励着对方。特别是她对我的欣赏，给我的鼓励，对我表露的友谊和感情，伴随我度过青春期。

说心里话，我对她一直充满似是而非的感情，那真的是人生中最纯真而美好的感情。她的到来让每个星期天成为我最欢乐的日子；每个星期见不到她的日子，我会给她写信，她也会给我写信。整整高中三年，我们的通信，有厚厚的一摞。我把它们夹在日记本里，胀得日记本快要撑破了肚子。父亲看到了这一切，但是，他从来没有看过其中的一封信。

寒暑假的时候，小奇来我家找我的次数会多些。有时候，我们会聊到很晚，送她走出我们大院的大门了，我们站在大门口外的街头，还接着在聊，恋恋不舍，谁也不肯说再见。那时候，不知道我们怎么会总有说不完的话，长长的流水一般汩汩不断，扯出一个线头，就能引出无数条大路小道，逶迤迷离，曲径通幽，能够到达很远很远未知却充满魅力的地方。

路灯昏暗，夜风习习，街上已经没有一个行人，安静得像是睡着了一样。只有我们两人还在聊。一直到不得不分手，望着她向她家住的大院里走去的背影消失在夜雾中，我回身迈上台阶要回我们大院的时候，才蓦然心惊，忽然想到，大门这时候要关上了。因为每天晚上都会有人负责关上大门。那样的话，可就麻烦了，门道很长，院子很深，想叫开大门，不是件容易的事情。很有可能，我得在大门外站一宿了。

当我走到大门前，抱着侥幸的心理，想试一试，门兴许没有关上。没有想到，刚刚轻轻一推，大门就开了。我庆幸自己的好运气，大门真的还没有关闭。我走进大门，更没有想到的是，父亲就站在大门后面的阴影里。我的心里漾起一阵感动。但是，我没有说话，父亲也没有说话，就转身往院里走。我跟在父亲的背后，走在长长的甬道上，只听见我和父亲"咚咚"的脚步声。月光把父亲瘦削的身影拉得很长。

很多个夜晚，我和小奇在街头聊到很晚，回来时候，生怕大院的大门被关闭的时候，总能够轻轻地就把大门推开，看见父亲站在门后的阴影里。

那一幕的情景，定格在我的青春时代，成了一幅永不褪色的画面。在我也当了父亲之后，我曾经想，并不是每一个父亲都能做到这样的。其实，对于我和小奇的交往，父亲从内心是担忧的，甚至是不赞成的。因为在那讲究阶级讲究出身的年代，一个共产党，一个国民党，水火不容，注定他们的后代命运的结局。年轻的我吃凉不管酸，父亲却已是老眼看尽南北人。

只是，他不说什么，任我任性地往前走。因为他不知道该如何说，他怕说不好，引起我的误解，伤害我的自尊心，更引起我对他的批判。更重要的是，他知道说了也不起什么作用。两代不同生活经历与成长背景的人，代沟是无法填平弥合的。在那些个深夜，为我守候在院门后面的父亲，当时，我不会明白他这样复杂曲折的心理。只有我现在到了比当时的父亲年龄还要大的时候，才会在蓦然回首中，看清一些父亲对孩子疼爱有加又小心翼翼的心理波动的涟漪。

1973年的秋天，父亲脑溢血去世。那时，我在北大荒插队，赶回北京奔丧。父亲的后事料理停妥之后，我打开我家那个黄色的小牛皮箱。那里装着我家的看家宝贝，父亲的工资，所有的粮票、布票、油票、肉票等等。我想会不会有父亲留给我的信，哪怕是只写几个字的纸条也好。在小牛皮箱子的最底部，有厚厚的一摞子信。我翻开一看，竟然是我去北大荒之前没有带走的小奇写给我的信，是整整高中三年写给我所有的信。

望着这一切，我无言以对，眼前泪水如雾，一片模糊。

《一枝梅》

忘记是高一什么时候了,可能是第二学期开学不久,一天下午放学后,我们班主任张老师找班上的几个班委,说是开个小会,其实也算不上什么会,只是把我们叫到露台上——我们的教学楼从二层到四层,每层的东侧有一个很开阔的露台,对我们说了件事情,说得很简单:学校原来高一五班办的板报《一枝梅》,一直坚持到现在,他们已经升入高三,变成了高三五班,马上就要高考了,没有时间了,想把这个《一枝梅》传下来接着办,当初他们创办《一枝梅》时是高一五班,就想让下面的高一五班接过他们的接力棒继续办。恰巧,我们是高一五班。

张老师指着我,对其他几个班委说:肖复兴是宣传委员,他以前办过《小百花》,这个事情,就由他组织同学办吧,大家说好不好?

大家当然一致同意。这个活儿,就派到我的头上。不过,我看得出来,我们的班主任张老师,并没有把这件事看得多么重要,对于板报,他大概觉得只不过是个点缀吧。其他几位班委,对这件事也不怎么上心。那时,我们班上大多数同学更重视理科学习,爱好文科,尤其是爱好写作的人,并不多。

说心里话,我也没有怎么上心。办《小百花》是初二心血来潮的事情了,转眼过去了两年多,好像过去了好久似的,自以为长大了很多,将这样的事情视为小儿科,有些好汉不提当年勇的意思。初中毕业,《小百花》寿终正寝,水过地皮湿一般,在校园里再见不到踪影。《一枝梅》,虽然和《小百花》几乎同时兴办,一直坚持到现在,但也没有了当初的热闹劲儿。或许，我们学生有点儿喜新厌旧吧，还是对于新鲜的事情更感兴趣，糖吃多了，便不觉得甜。老师经常爱说的是传承，我们学生则爱说的是创新吧？接着办学长们办的《一枝梅》，总觉得有点儿像吃别人嚼过的馍——这是一句当时很流行的话，是对焦裕禄事迹报道的文章中写到的，同学们在作文中常会引用。而且，如果真的要办墙报的话，我更想自己重新想一个更响亮更新鲜的名字，干吗非得接着叫《一枝梅》不可？我总觉得《一枝梅》有点儿单薄，也有点儿孤芳自赏的感觉。

这是我心里想的，不敢对张老师说，也不敢对同学说。

我就像突然接过前面跑过来的人递上的一根接力棒——其实，根本没有人向我跑过来，没有高三五班的学长中的任何一个人找我说说这个事情，说说他们的想法和希望。不过只是通过张老师的隔空传话而已。心里暗想，这事也太不正规了。显然，大家都没有当成一回事。最初，不知是高三五班里的什么人，突发奇想，想到要让下面的高一五班，接着办这个《一枝梅》？像临时换角儿一样，就让我们匆匆地登场，替他们接着唱这出大家并非情愿的戏码了。

我已经忘记当时都找了哪几个同学一起来办《一枝梅》了。我也忘记当时都有哪些同学写过什么样的文章了。我自己带头写了什么内容的文章，一点儿也想不起来了。我甚至连什么时候《一枝梅》没有再办下去而自生自灭，也统统忘记了。

反正，《一枝梅》没有了当初《小百花》的红火。大概是升入高二，学业加重，大家的兴致不高，为《一枝梅》写的文章有些勉为其难，水平自然不高，便渐渐枝叶凋零下来吧。同时，高二那年，我担任了学校的学生会主席，忙乎那边的事情，《一枝梅》便更有些名正言顺地顾不过来了。

当然，这只是客观原因，关键还在于大家的兴趣。学生无论做什么事情，兴趣是最重要的。细想起来，那时候，已经是"文革"即将到来的前一年，政治的气氛弥漫，浓重过于知识的学习，更浓重过于业余的爱好。同学们即将高中毕业的前途，弥漫起很浓的火药味儿了。

记得那时，学校话剧队排练话剧《一百分不算满分》，那么，什么才算满分呢？是学生的政治思想觉悟。特别是在讲究阶级斗争的时代，这样针对资产阶级的政治思想觉悟，格外重要。学校话剧队演出的话剧《一百分不算满分》，在当时好多中学校园里巡回演出，很有点儿小小的轰动。这出话剧，当时是由中国儿童剧院演出的，我们学校有学生的父亲是剧院的演员，近水楼台，学校的话剧队便是从那里学来的。这出儿童剧，和当时社会上大人们正在轰轰烈烈演出的话剧《千万不要忘记》，是相互呼应的。千万不要忘记什么？不要忘记阶级斗争！一百分不算满分，什么算作满分？在阶级斗争的风浪中坚定政治立场提高思想觉悟，才算满分。

在我们学校，每个周末正在轰轰烈烈地讲党课，面向的不仅是老师，更是学生，高中各班的学生，有好多都在积极报名，参加党课的学习。而且，当时，已经发展了几名高中的学生党员，虽然凤毛麟角，只有极少数的几名（我们班里就有一个同学），但其旗帜的号召和鼓动的作用极大。班上一些同学开始跃跃欲试，特别是那些出身好的根正苗红的同学，自以为是时代的先锋；出身不好的同学，虽然不少自惭形秽，但一些一直是班上的干部尤其是各班的团支部书记，自然不甘落后,也都在积极靠拢组织,听党课、写思想汇报、做好事,如同体育比赛的三项规定动作一样,在校园里此起彼伏,热潮翻涌。学生的心,天真而真诚,最容易受时代大潮所裹挟。当时,并不懂得这一切背后所蕴含的正在变幻的时代风云,事过境迁之后,才发现这一年中校园里发生的一切,正是一年过后"文革"的山雨欲来风满楼。

《一枝梅》,这个名字起得似乎不大吉利,没有成为凌寒独自开的墙角数枝梅,却被挤在墙角,便难得再有暗香来了。它被校园冷落,被同学抛弃,被我自己忽视,最后无疾而终,是再自然不过的事情了。

看戏和看花

想想,自己确实有些可笑。高中三年,基本上是独来独往,和同学接触很少,除小奇外,也没有结交上说得来的朋友。课余时间,除上图书馆看书,去新旧书店买书,最大的爱好,是看戏和看花。

看戏,是从小的爱好,源自王府井北口路西的儿童剧院,意外地敲开了我的这根戏剧的神经。舞台上呈现出的世界,和外面的世界那么地不同,总让我产生很多似是而非的幻觉,觉得是那么地迷离而美好,好像那里面有我想要得到的什么东西,想要见到的什么人。渴望舞台,便是从那时候开始,曾经梦想登上舞台,演出自己天马行空的剧目。高中时候,依然喜欢看戏,却不再梦想登上舞台,只希望坐在台下看戏,就是最好的享受。因为那一刻外面的世界暂时全都消失,眼睛里和脑海里全部是另一个世界,缤纷犹如花开,清凉犹如雪落,让人感到芬芳,感到晶莹清澈。戏散之后,走在华灯四放的街头,常让我心里涌出一种无以言表的感动和似是而非的想象。只有在那舞台上呈现出的世界，才会那样美轮美奂，令人向往，而那个世界会在我以后的人生中出现吗？

说来有些奇怪，高中三年，我没有看过人艺演出的任何一场话剧，儿艺的话剧，也只看过《以革命的名义》少数几场，看得多的是青艺的话剧。青艺全名叫作中国青年艺术剧院，它的剧场在东单十字路口西北角、东单菜市场的旁边。北平和平解放之前，这里是美琪电影院，青艺的剧场是在它的基础上改建的。剧场前有开阔的小广场，剧场一侧有一面很大的广告牌，画着他们演出的剧照。我在那里看过《伊索》《桃花扇》《丽人行》好多场话剧。想想，或许，到那里去，无论是放学后从学校出来，还是周末从家里出来，都可以坐8路公交车，两站地就到，很方便，是其中一个原因吧。

印象最深的是看《桃花扇》和《丽人行》。那时候，我看过电影《桃花扇》，觉得王丹凤演的李香君有些过于娇艳。对比之下，青艺的话剧《桃花扇》中的李香君的扮演者郑振瑶更朴实耐看，最后李香君的慷慨撕扇，便也更为可信。当然，这只是一个高中生自以为是的评判，未敢对人说起，只是自己看戏之后，独自一个人默默回家而已。但在心里记住了郑振瑶这个名字。没有想到三十年后，她在孙道临导演我编剧的电影《继母》中，扮演母亲一角。

《丽人行》是田汉的旧戏新排。以我那时的年龄，难以真正理解戏中几位女人复杂的命运与动荡时代之间的关联。但在当时讲究阶级和阶级斗争的形势之下，学校的政治思想教育深入人心，看这出戏时，自觉不自觉代入了这样审视的思想角度，让我敏感地看出了戏中背景道具之一书架的变化：最开始书架上摆的是《鲁迅选集》，后来书架上摆的是女人时髦的各式高跟鞋，从而批判书架主人资本家的虚伪本性。这一发现，让我心中小有得意，写成一篇作文，得到老师的表扬。不仅表扬我写作善于发现，更表扬我思想觉悟有所提高。

看花也是我从小的爱好，最早得益于中山公园的唐花坞，尤其是寒冷的冬季那里陈列的五彩缤纷的鲜花，是对我关于花的知识最初的启蒙。长大以后，特别是读中学时候买了月票，我已经不满足于唐花坞，只要有任何一座公园举办花展，再远，我都会乘坐公交车去看。读高一的时候，我买了一个挺漂亮的笔记本，扉页上用红笔写了四个大大的美术字：花的随笔。这是看过韩少华的那篇散文《花的随笔》之后受到的启发。

高一那年的深秋，已经到了11月份，北海公园举办菊花展览，报上的宣传说，这是迄今以来规模最大的一次菊花展览，据说有上千种不同品种的菊花争奇斗艳，摆满山上山下，湖畔庭院各地，北海，简直成了一片菊海。

我自然不能落下，周六下午没课，吃完午饭就赶去北海。那时候，从我家出来，到前门楼子东侧，坐5路公交车，三四站地就到，很近。非常有意思，在北海那一片菊海中，我再一次敏锐地发现了其中一个细节，菊展的主办方让大家为菊花重新命名，这真是一种别出心裁的活动。在热热闹闹众人给每一种菊花起的新名字中，不可避免地带有那个时代独有的色彩。我特意观看了留言簿上游客的留言，还有心抄录了一些。我进一步敏锐地发现，在游客为菊花所起的不同名字中，有着阶级斗争的暗影浮动。为菊花重新命名，也是一项"兴无灭资"

的活动呢。这一发现，让我觉得此次观花有了不一样的收获，兴致勃勃而归，回家之后，便在我的"花的随笔"笔记本中，写下了一篇《菊花新名》的随笔。

那时候，我就是这样地一本正经，这样地郑重其事，这样地真诚正直，也是这样地天真好笑。

关于花，还有两件事。

一件是我们大院最里面的一道院，是全院最宽敞的院子，三间大北房，住着房东一家，院子分成东西两块，分别用灰砖围成一道四四方方的花边，一块种着一个葡萄架，一块种着月季。这片月季的旁边便是他家的东院墙，靠近房子的墙中间开有一道月亮门，平常，门总是紧关着。这道月亮门，正对着我家的房门。月季花开的季节，只要月亮门一开，我就能看见院里这片月季花。月季开花的花期很长，从春天一直能开到秋天，到了冬天，房东家就把月季都埋在土里面，伺候得很精心。月季花的颜色姹紫嫣红，但有的花有香味儿，有的花别看颜色鲜艳，却没有一点儿香味儿。房东家的月季香得浓郁，即使月亮门紧闭，那香味儿也照样能窜出来，弄得我家里也香气扑鼻。据说，就是因为花期长、香味浓这样两点原因，才让房东家对月季情有独钟，也让我跟着沾光，从小见识了这样好看又这样香的月季。

我刚上小学的时候，和柱子聊天，说起房东家的月季怎么那么香。柱子自以为是地对我说：听说他家种的月季有一种叫作香水月季，是名种，所以才特别地香！

香水月季！我是第一次听说这样的名字，觉得这名字起得可真不错！在中山公园的唐花坞里，也见过月季，但不知道哪一种是香水月季，便问无所不知的柱子：你认识香水月季吗？

柱子一仰脖子说：当然认识了！然后，问我：怎么？你不认识？哪天，我带你见识见识！

原来柱子说的带我见识见识这种香水月季，是一天晚上带我翻过房东家的院墙，偷偷地摘了一朵月季。院墙不高，墙头骑着一溜儿灰色的金钱瓦，挺好看的。踩着院墙旁边那棵老槐树的枝杈，很容易就爬到墙头，翻了过去。柱子胆子大，这样的把戏，对于他是轻车熟路，但我心里还是有点儿胆怯。柱子骂了我一句胆小鬼，就狸猫似的翻身过墙跳进院子里。我只好胆战心惊地跟着他也跳了进去。

满地都是喷香的月季，摘一朵，很容易。哪一种是香水月季？我有些疑惑，柱子自以为是伸手就摘了一朵，说这就是！可就在他刚刚摘下这朵月季递在我手里，我们两人转身要逃跑的时候，赶巧房东太太出门倒水，一盆水差点儿没倒在我们的身上，房东太太才发现站在花丛旁边的我和柱子，以为进了小偷，禁不住惊叫了一声，房东紧跟着也跑出来。

这一下闹大发了，我家离着房东家近，我父亲先闻声跑过来，没一会儿的工夫，柱子的父亲也跑来了，见我们俩狼狈的样子，一下子就明白了怎么一回事。我父亲骂我，柱子父亲扬起巴掌要揍他，让房东和房东太太都拦住了，连说：小孩子看什么都好奇，没事的！院里的月季这么多，摘一朵让他们玩玩，没事的！这件事才算是大事化小，小事化了，水过地皮湿。只是吓得我赶紧把手里的月季扔在地上。房东太太捡起来，又递在我的手里，让我特别害羞，到底也不知道拿在手里的是不是香水月季。

高中：青春碎片　　327

另一件是"文革"那一年的"红八月"里，一群女红卫兵闯进我们大院，把以前当过舞女的一个女人揪出来批斗，还把她的两个女儿一起揪出来陪斗。斗争的地方，就在两棵丁香树间的空场上，院内院外很多人围着观看，我也站在外面看。她家大女儿就是我的小学同学鸽子。那时候，鸽子个子很高，已经高过了我小半头。没有想到，童年时候她演节目的地方，竟然成了批斗她的地方。她母亲当过舞女，她又不是，为什么也要遭此厄运？我真的难以理解，又无可奈何，怯懦地躲在人群后面，心里充满恐惧。

就在这时候，一个女红卫兵呵斥鸽子的母亲跪下，另一个个子很小的女红卫兵，走到鸽子的身后，突然朝她的腿肚子踹了一脚，同时高喊了一句：你也跪下！猝不及防，扑通一声，鸽子一下子跪倒在地，那么高的个子，突然矮了半截，让我惊心动魄。我一扭头，跑出大院，一直跑到前门楼子前，坐上5路公交车，坐到终点广安门，再坐回前门，就这么来回坐，一直坐到天黑。

让我更加想不到的是，我回到大院，已是夜深，没有注意，第二天早晨起床一看，院里的那两棵丁香树已经被砍掉，地上一片枝叶狼藉。那两棵丁香树，花开的时候，一棵白花如雪，一棵紫花似云，香味浓郁得满院子飘散。它们曾经伴随我们大院的孩子整个童年和少年。它们和鸽子一样碍着谁了，招着谁了？为什么也要对它们下手？

可是，在我的"花的随笔"的笔记本里，这两件关于花的事情，我都没有记下。

没有记下！

为什么没有记下？

附录：

书架上
——谈青艺《丽人行》的一个细节

《丽人行》的第二场，梁若英和她的丈夫——资本家王先生，在卧房里谈论着接孩子的事。稍一注意，发现一个半人高一人多宽的书架，书架上放满了书。当王先生说："我的《鲁迅选集》怎么少一本？"这时梁若英讥讽地回答说："别看我们老王是个浑人，家里还有《鲁迅选集》呢！"一句话，一针见血把王先生的丑恶嘴脸揭露出来了。可以充分地看出，王先生为了迷惑梁若英的脉脉"爱情"（因为当时梁若英还是要求革命的），自己不得不装装门面，把自己粉妆香贴成一个进步的"老王"。

而当梁若英被捕后，"老王"又和另一个妓女混在一起的时候，那书架上蓦然一换，《鲁迅选集》不知哪儿去了，书架上放满了五光十色的、样式新颖的高跟皮鞋，其目的，只不过为了满足他们那种庸俗的生活。

前后书架上放着的东西不同，虽然是一个细节，但却把资产阶级的那种徒有其表的虚伪、庸俗糜烂的生活方式昭然揭之了。虽然只是书架上摆设东西的不同，但里面强烈的讽刺，淋漓尽致地揭露了资产阶级虚伪本性，揭示了它——是一个"伪君子"。

1964年8月暑假

菊花新名

在千姿百态、千种百种的菊海中，每一株菊花，都有一个名字。这些名字，具有强烈的阶级性。

以前，菊花只是才子佳人、达官贵人所能欣赏的。菊花的名字，自然也是他们的闲情逸致之作，宣扬的是封建迷信或资产阶级的思想，什么"黄金幼妇""画楼月影""泥金如意""沉香贯球"了，或是什么"观音观""懒梳妆"了。名目繁多，杂烩一锅。这些名字，不只是有损于菊花本身，而且也有损于我们的时代。

在今年北海菊展中，主办者让大家为菊花重新命名，这是一项很有意义的"兴无灭资"的活动。在留言簿上，留下了粗犷的、纤细的、老练的、幼稚的笔迹，以人们心底的呼声，以时代的精神面貌，给菊花以崭新的名字，使菊花在新名字中更加美丽。

一株洁白如玉、花瓣紧凑、宛若一球的卷瓣菊，大家热情地给它命名：白衣天使、清贫、团结、瑞雪丰年等等。一株上半朵是白色、下半朵托着红瓣的下垂菊，大家又以丰富的想象为之命名：红装素裹、烈火洁心、两代人……人民的想象是丰富的，人民的审美力是最正确的。大家不仅认真地给菊花以新名，而且对那些在留言簿上留下充满资产阶级味道的名字，给予有力的驳斥，决不让资产阶级思想在这个地方钻空子。

有一个人给一株下钩型菊花竟如此命名：美人发。其实，这也没什么新奇，前些日子早有无聊文人为之题名"散发如云"了。这种腐朽的资产阶级思想，人民是不允许它们在这里泛滥的。大家纷纷在留言簿上留言,表示愤慨。

这时候,我感到了,在这里的菊展为菊花命名中,也有两种思想的斗争啊!

这时候,我觉得菊花开得更艳了,好像在对人点头微笑。我想,不久在崭新的命名之下,它们会显得更加美丽的。

1964年11月22日

上穷碧落下黄泉

高二教我立体几何的是韩永祥老师。那时,他五十岁上下,高高瘦瘦的个子,抱着一支大大的三角板,第一次出现在我们教室门口的时候,给我的感觉很奇怪,有些像相声演员马三立先生,也有些像独自一人大战风车的堂吉诃德。大概因为他实在太瘦,那三角板显得格外硕大,而与他的身子不成比例。另外,他微微地笑着,那笑带有几分幽默,让人总想跟着一起发笑,便觉得更像马三立。

课间操的时间里,常看见他和数学组的年轻老师一起打排球。就在我们教室窗外的空地上,没有球网,只是老师们围成一圈,互相托球,不让球落地,带有游戏色彩,不过,也要技术和技巧。我们学生下操后常常去看热闹,为老师叫好。那时,韩老师身手不凡,格外灵敏,加上胳膊长腿长,能够海底捞月一般弯腰救起许多险球,姿态很年轻柔韧。

幽默感,是上天赐予极少数人才有的品质。它来自人对于外部世界的一种宠辱不惊的态度和洞若观火的认知。韩老师身上自带一种幽默感，常表现在他上课的时候。他讲课不紧不慢，不温不火，言语干净利索，讲得清晰明白，时不时地说几句带有几分幽默的话，如山间溪水一样跳跃而出，流淌开来，就像马三立相声里不经意之间抖出的包袱，让人忍俊不禁。记忆最深的一次，是讲双抛物线，讲到其特点在坐标轴上下的弧线是无限延长永不相交的时候，韩老师指着黑板上他画出的双抛物线，忽然说了一句："这叫作——上穷碧落下黄泉，两处茫茫皆不见。"全班同学一下子都会意地笑了，他自己也有些得意地笑了。

那时候，在语文课上，我们刚刚学完白居易的《长恨歌》。"上穷碧落下黄泉，两处茫茫皆不见"，正是其中的一句诗。这句诗本来是形容唐玄宗对杨贵妃上天入地渴望的心情和思念，用在抛物线上，无心插柳，那么地恰如其分，又生动，富于想象力。有学问的积淀，方能触类旁通，横竖相连。

我的立体几何学得一直不错，在韩老师教授我的一年时间里，大小考试都是满分，只有一次马失前蹄。我记得很清楚，是期末考试前的一次阶段测验，韩老师出了四道题，每题二十五分，因为马虎，我错了一道，得了七十五分。非常尴尬的是，全班只有我一人错了一题，其他同学都是满分，我有些臊不答答的。这样的情景，让我想起小学六年级备考时的那次数学考试，也是四道题，我错了一道；也是全班同学都得了满分，只有我得了七十五分。历史竟然有着惊人的相似，让我羞愧无比。

那天，发下试卷后，韩老师看了我一眼，没说什么。放学之后，我以为韩老师会找我，但他没有找我，而是让我们的班主任找到我。

班主任并没有批评我，只是转告我说韩老师觉得很奇怪，说我肯定是大意了，说期末考试时让你把损失找补回来！完了，就这么简单的一句话。我还等着下面会有别的什么话呢，没有了。班主任扬扬手，让我回家了。

回家的路上，还在想着班主任转达的韩老师的话，心里忽然很感动。好的老师总是懂得教育学生的机会和方法，使得枯燥的数学化为了艺术，也使得平常的生活化为了永远的回忆。不知为了什么，第二天再上立体几何课的时候，我总是低着头，不敢看韩老师。

韩老师的幽默感，在"文革"中得到最好的验证。幽默感，是情不自禁的，真是压也压不住，就像春天的小草，再冷的天，到时候了也要拱出地面。那时，我们学校的各个地方，在大门两旁，都被聪明的学生自以为是写出了对联，贴了上去。最出名的两处，一处是给卫生室的对联：凉白开水医疗百病，发面起子根治胃酸。说的是卫生室为同学开药穷对付。另一处是给男厕所贴的对联：桃花潭水深千尺，不及我校小便池。说的是厕所的卫生没人管理，便池里尿满为患。

那时候，卫生室的孙大夫和韩老师同在牛棚关押，路过卫生室，相视一笑。据说，孙大夫是苦笑，学校不给钱，他上哪里找那么多药去。韩老师笑着说这对联对得还挺不错，有点儿水平！

那时候，学校的厕所分为老师和学生，各用各的，"文革"一来，规矩打破了，学生也去老师用的厕所，有时会和韩老师打照面，韩老师指着厕所门口的对联，对学生说这对联幽默，但不对仗！为此，他还挨了一通批判，说是对小将的革命行动不满。

韩老师长寿，活过了一百岁，在我们学校里，绝无仅有。我想，

高中：青春碎片　　333

韩老师之所以长寿，最得益于他的幽默。幽默不仅属于性情，更属于性格，是看遍世界春秋演绎之后的通透，是阅尽人生况味之后的达观。心清气爽，方才长命百岁，所谓仁者寿。

韩老师百岁生日时，我曾写过一首打油诗送他：

> 两处茫茫皆不见，上穷碧落下黄泉。
> 先生教我抛物线，一语记犹五十年。

下乡劳动

高中三年，每年都有一次下乡劳动，一般是在新学年开始后的秋天。这时候，天气不冷不热，是北京最好的时候；而且，也正是农村的秋收季节。记得高一去的怀柔，高二去的南口，高三去修京密引水工程，住在密云的西流水村，一个好听的村名，记得那样清楚。

印象最深的是高二。

我们去的是南口农场。这里以前是一片荒沙滩、古战场，亘古荒无人烟。1958年"大跃进"时代，人们才在这里建起了农场。由于这里号称有三多和三少：三多是石头多、风多、酸枣棵子多；三少是土少、水少、树木少，所以无法种庄稼，便在这里种果树，有桃树、杏树，也有葡萄，主要是苹果树，逐渐把它改造成一片挺大的果园。南口的苹果，有过出口的声誉，曾经一度是个响亮的名字。最初来这里的大多是复员军人、下放干部、当地的农民，以及一些头顶着右派帽子的人。60年代以后，北京城里没有考上大学的学生，也有很多来到这里。可以说，这里也是北京知青上山下乡的最早地方之一。我们兴致勃勃地来到这里，并不知道，几年之后，我们也将成为知青，走和他们一样的道路，获得和他们一样的头衔。

到达这里，正赶上农场在搞"扩坑运动"。所谓扩坑，就是把布满果树四周的石头全部取出来清走，然后换上新土，浇上秋水，目的是让果树的根系能够舒展开来，更好地吸收水分和营养，更好地生长，结果更多更好。这是农场的一项关乎未来发展的基本建设。我们来的时候，看到宿舍、食堂、礼堂的墙上，到处贴满了农场职工的决心书、挑战书，原本计划是六天时间扩一个坑，他们在豪情壮志的鼓舞下苦干硬干，硬是提前到两天完成。那时，他们的口号是"敢教日月换新天，为了万亩果园早日建成"！

六天变两天！这样速度的飞跃，让初来的我们叹为观止，也敬佩不已，自然摩拳擦掌，不甘落后，和他们一起干了起来。不过，这真的不是容易干的活儿，和我们以前下乡帮助老乡收麦子，修水利，完全不一样。实在想象不到，坑里面的石头，竟然那么多，那么硬，一镐头刨下去，只会听到咣当一声响，看见石头上一个像被牙咬过的白印而已，石头却纹丝不动。农场的老职工没有笑话我们，而是帮助我们一镐一镐、一锹一锹，挖出了一块又一块顽固的石头。

这样的劳动，对于我们，艰苦，却又新奇，充满挑战，大家谁也不服输。年轻的时候，彼此心里暗暗憋着劲儿，不仅体现在学习上，也悄悄暗藏在劳动中。每逢这时候，我总会想起徐开垒的那篇散文《竞赛》，同学之间，谁也不服输，都在竞赛着呢。

南口农场每天早晨都会有人敲响起床的钟声，这很像军营，是在农村里、在学校里没有过的体验。因此，每天早晨，听到嘹亮的钟声，大家都非常兴奋，打了鸡血似的，飞快起床，到食堂吃完早饭，就排着整齐的队伍，高唱着歌曲，去工地挖坑。那阵势，真有点儿部队战士的意思。这是大家向往的，那样地朝气蓬勃，仿佛世界真的属于我们，我们就是那早晨八九点钟的太阳。

唱歌，似乎是我们的长项。比起农场的老职工，挖坑我们不如他们，但是唱歌却是震天动地。而且会唱的歌也多，给农场带来蓬勃生机。我们的歌唱得最热烈的时候，是在收工之后。那时候，有老师在，我们会老老实实排着队，老师不在，我们三五成群，勾肩搭背，没有了缰绳和笼头的马驹一样，迎着西天灿烂如锦的晚霞，在路上漫步，心里荡漾着说不清也道不明的激情，好像前面有什么喜帖子在等待我们，万亩果园的未来在向我们召唤。

这时候，总会由一个同学起头，大家齐声高唱起来，歌声响彻在这里的山谷之间。唱得最多的是《打靶归来》和《我爱祖国的蓝天》、《祖国颂》、《毕业歌》、《弹起我心爱的土琵琶》。还有一首《铁道兵之歌》，是班上一个姓魏的同学，在收工路上教大家唱的。以前，我没有听过这首歌，非常好听，至今记忆犹新，一想起南口农场的那次劳动，就会不由自主地想起这首歌：

> 背起那个行装扛起了枪，
> 雄壮的那个队伍啊浩浩荡荡，
> 同志啊你要问我们哪里去呀，
> 我们要到祖国最需要的地方。

离别了天山啊千里雪,
但见那东海呀万顷浪;
才听塞外牛羊叫,
又闻那个江南稻花儿香。
同志们,迈开大步呀,朝前走啊,
铁道兵战士志在四方!
…………

南口农场,留给我的记忆,还有两处。

一处是老傅喝粥。

那时候,中午送饭到工地。大家吃完,接着干活。那个年月,每人每月有粮食定量,我们学生是每月三十二斤,吃饭要交粮票,每顿饭便也每人各分一份。有一次午饭有粥,每班同学拿着一个大洗脸盆去打粥,大家随便喝,喝完之后,拿着洗脸盆可以再去打。对于正处于青春期几乎个个都是大肚汉的我们,是难得能敞开肚子的时候。老傅和我是同班同学,不过,我和老傅不熟,这天中午,看见很多同学围着老傅叫喊着,不知在干什么,便也围上去看热闹。不知是什么原因,是和同学打赌,还是老傅实在是肚子饿了,在大家起哄中,他竟然抱着洗脸盆,把满满一盆粥都喝了下去。

很久很久以后,我还总会想起那个场面。1964年的10月,秋阳之中,苹果树荫里,众目睽睽之下,老傅抱着洗脸盆,仰着脖子,咕咚咕咚,牛饮一般,把满满一盆粥喝光。那时候,大灾荒刚刚过去,可是余烬未散,依然缠绕在很多人的心里。

另一处是夜读《二月》。

那时候，我从别班的同学那里借到一本柔石的小说《二月》，是一本小开本薄薄的小册子。一年前，电影《早春二月》刚刚上映，孙道临、谢芳、上官云珠主演，很是轰动，大家是从这个电影知道柔石的这个小说的。但是，在我们来南口农场前不久，也就是国庆节之前，电影就遭到批判。《人民日报》《光明日报》等好多报纸上，刊登了长篇文章，直斥电影是大毒草，批判电影"宣扬资产阶级人性论和人道主义"，"美化逃兵宣扬阶级调和"。这样铺天盖地的舆论之下，大家对这个小说更充满好奇。

听说我的手里有这本小说，好多同学都想看。可是，已经说好了，书在我手里只能有这样一天的时间，明天就得还给人家，而我自己还没看完呢。记得当时最想看的，是我们班的团支书老朱。他对我说：你看完了，借给我看。我说行。收工吃完晚饭，我就抓紧时间看，等我看完了，已经到了快熄灯的时间了。我把书递给老朱，有些歉意，这么晚了，一屋住着十几个同学，到了时间，老师就要过来关灯的，半夜时分，老师还会来查岗，他怎么看呢？他没有说什么，只是笑着把书接过去，躺在自己的铺位上看了。

我不知道他是怎么把书看完的，第二天早晨，他把书还我的时候，我问他，他告诉我他是躺在被子里打着手电筒，看完这本《二月》的。他看之后，还有另外一个同学在等着呢，那位同学如法炮制，也是打着手电筒躲在被窝里看的，看完之后，天已经亮了。这桩夜读柔石《二月》的事情，在我们班上传为佳话。传到班主任老师那里，他摇摇头，笑了笑，没有批评我们，也没有表扬我们，不显山，不显水，就这么过去了。

南口劳动归来,我写了一篇作文《沙石荒滩变果园》,受到老师的表扬。但是,这篇作文,只写了我劳动的体会、对南口农场扩坑运动的赞扬、对未来美好生活的憧憬,没有写老傅喝粥和夜读《二月》。不是忘了写,是根本没有想到这样的两件事,其实也是可以写进作文里的。那个年代的作文,不兴这个,兴的是杨朔《雪浪花》《荔枝蜜》那样的写法,要有点儿意义,要有点儿升华。

没有写的,还有一点,便是刚到南口农场和离开那里的时候,我都想起了园墙学长和教过我小学语文的王继皋老师。他们两人当时都在这里工作的呀。可是,在这里,我没有见到他们。我曾经向老职工打听过他们两人,但是对于这两个名字,他们对我摇摇头,说没有听说过。望着满山的苹果树结着累累的果子,山风拂过,有一种那种年龄无法诉说清楚的难言感觉。那瞬间掠过脑子里的记忆和念想,没有对旁人说起。

南口农场!

高中同学

非常奇怪,高中同学,一起学习三年,"文革"闹"革命"两年,一共相处五年那么长的时间,却不如初中三年的同学留给我的印象深。究其原因,我一直弄不清。从主观讲,大概是我和同学交往不多,我不住校,无法每天和同学朝夕相处,一般都是上学来放学走,除了和同学打打篮球,出出黑板报,其他活动参加得很少。即便是高二那一年，学校平添给我一个学生会主席的荣誉，我自知不过是一个好听的名称而已，学校更重视的是团委会，学生会只是个摆设，便也没有怎么当回事，操心的事很少，基本是个甩手掌柜。

学生会能干的并不很多的事情中，还能有点儿印象的，是每周（或是每两周）出一期黑板报。学校大厅里，后厅的墙上有《百花》墙报，前厅正面是一面硕大的玻璃镜子，左右两侧各有一溜儿很长的黑板。学生会负责的黑板报，就在这两块地盘。

因为出黑板报，我和老傅接触多一些。在此之前，我几乎没有和他说过什么话。

在我们班的同学里，大致分为这样几类：一是出身好的，一般是军人、干部和工人家庭的孩子，在班上占并不多的一部分；一是知识分子家庭的孩子，在班上极少；一是出身不好的同学；一是家境贫寒的同学；一是出身不好家境又贫寒的同学。在我们班，应该是后三类的同学居多。

老傅属于最后一种，这让他的高中生活，比我们都要难一些。我对他并不了解，只是隐隐听说，他出身和我一样不好，在他很小的时候，他父亲就不在了，是他的母亲辛辛苦苦把他和他的姐姐拉扯大。他留给我最深的印象，是那次到南口劳动，他一个人愣是喝了满满一洗脸盆的粥。

印象中，他脚上永远只是穿着一双浅绿色的军用力士鞋，永远不穿袜子；头发永远是蓬乱的，像顶着一个老鸹窝，显得有些桀骜不驯；身上背着的永远是一个洗旧的军用绿书包，永远爱斜挂在肩上，像小学生背书包一样，规规矩矩，又显得与众不同。

他是我们班上的"御用"篮球裁判，每次我们班的篮球队和别人比赛，无论校内校外，他永远是我们的裁判。为此，他特意买了一把哨子，我已经忘记了是铜哨还是木哨，很响，有线绳挂在脖子上，像小孩子的奶嘴，或贾宝玉脖颈上的通灵宝玉。吹着哨子，挥着手势，满场飞，非常正规老到的样子，是老傅留给我高中时代高光时刻的剪影。后来，听说他考取了三级篮球裁判，让他站在篮球场上更加威风凛凛。

老傅多才多艺，我知道他会画画，以前我们班上出黑板报，是由他来画画的，便请他帮我出学校的黑板报。他二话没说，立刻披挂上阵。黑板报上的美术，不过是画个报头、尾花，文章题目的美术字和四周的花边而已，对于他是小菜一碟，轻车熟路，但要耽误他周六下午小半天的时间。

黑板报上大部分的字，是我和另一位学生会的宣传委员，踩在椅子上，用粉笔写到黑板上去的。有时候，老傅早早画完，或者等我们写好了字，他再补个花边尾花什么的，就蹲在地上等着我们，斜着眼睛看着我们，显得有些百无聊赖，也像是在审视我们的字写得好坏，很不以为然的样子，显得有些清高。我们之间交流很少，大概是谁也不大了解谁吧，虽是同班同学，毕竟不是发小儿，各自揣着自己的心思，各有自己的心理半径和朋友圈。那时候，我沉浸在自己的世界里，这个世界极其窄小，只是家里和自以为是的文学天地，如果有朋友，只有小奇一个。对其他人，很少关心，也没有那么大的好奇心，便缺乏和老傅有意识的主动交流。

黑板报出完了，拍拍身上和手上的粉笔末，把椅子搬回教室，我们就告别了。我甚至连一句谢谢的话都没有对他说过，他也不在意，或者根本不稀罕，也不怎么搭理我，挎着书包，转身大步流星就走了。偶尔，我走着回家，和他同路几次，一路上话也不多，走到珠营北口，我们就分手了，他往北进羊市口，我往西走花市大街。

如果不是黑白报，高中三年，我和老傅很可能只是擦肩而过，没有任何的交往甚至交集。

李怀智，我和他更不熟了。只知道，在班上他的学习尤其理科的成绩一直名列前茅。但我们班上学习好的不止他一位，他虽然名列前茅，并不是最拔尖。而且，那时候，我一门心思只想考北大，只关心文科成绩。但是高二那一年的下半学期，有一件事，让我对他刮目相看。

我不大清楚，那一年，他为什么突然想考中国音乐学院，考的是二胡专业。但是，他自己却从来没有拉过二胡呀！他的理科成绩一直很好，考上一所理工科的大学，应该手拿把掐，为什么放着河水不洗船，偏要来了这样一个一百八十度的大转弯？是心血来潮，还是受到什么刺激，或者另有原因？不仅我一个人感到奇怪，班上所有的同学都觉得有些莫名其妙，不大理解，觉得他简直是个怪人，有点儿异想天开。

我甚至隐隐地替他担心，我小时候学过二胡，并不那么好学，拉响了容易，拉个曲子也简单，但你要考的是中国音乐学院呀，是专业的呀，那么容易，那么简单吗？全国得有多少人报考这个二胡专业呀，多少人从小就学，而且有专业老师甚至名师指点。你现在才开始学，不等于临时抱佛脚吗？和那些身怀童子功的人，不是站在同一个起跑线呀，这样能成功吗？万一失败，他的理科那么好的成绩，不是白瞎了吗？我真的希望我们的班主任老师能出面找他谈谈，劝劝他，慎重选择。人生中的选择有很多，这可是最关键的选择呀。可是，我没看到也没有听说我们的班主任老师找过他。也许，找过，我不知道；或者，他固执，没听劝。

他并不理会大家的看法和议论，可以说是一意孤行，我行我素。给我印象最深的，也是我高中生活中最难忘的场景：每天放学之后，他一手搬着一把椅子，一手拿着一把二胡，到教学楼一楼大厅的后面，也就是《百花》墙报的前面，练习二胡。听说，他拜了一位老师，每个星期天学一次，每天这时候他就按照老师教他的方法，在那里拉他的二胡。天天如此，雷打不动。不管别人怎么看，怎么议论，不管自己拉得好坏，就这么坚持着，如同蚂蚁搬山，一点点地往前挪窝。不管别人相信不相信，他自己坚信能够到达他期待的终点；就像愚公移山，一点一点地挖山不止，坚信终会把大山挖倒移走。不怕慢，就怕站。他坚信水滴石穿，他坚信铁杵磨成针。古老的成语，蕴含着千古不灭的真理。他那执着的劲儿，在我们班，我没有见过第二人。

就这样坚持了整整一年多的时间，旁若无人，心无旁骛，只有他自己和他的二胡，一直到高三毕业前夕，"文革"到来之前。在我们班的同学里，我真的很佩服他，暗暗向他学习这种非要一口井挖出水的执着精神。高三的时候，他已经能熟练地拉很长的二胡曲了。他拉得最多的是《赛马》，据说这是考试的必考曲目。我们学校教学楼大厅里，在长达一年多的时间里，几乎每天下午放学之后，都荡漾着他的二胡曲《赛马》。仿佛有万马奔腾不息，嘶鸣狂叫，一直到晚雾垂落，静校时分。那么多个放学之后的日子，在大厅里，从下午到黄昏，他拉《赛马》的情景，成了校园里的一尊雕塑，一直立在我青春的记忆里。我们学校真的不错，从来没有一位老师出面干涉他坐在那里拉二胡，任他随心所欲，野马无缰一样，自由奔驰。

我们班的同学，给他起了个外号，叫"马儿"。

我和小陈同学的交往，是从上高三那年开始。可以说，在此之前，我们没有来往。我们两人爱好相同，文学与文艺，是让我们友谊渐生而日浓的基础。他唱歌不错，嗓音浑厚，男高音，非常好听。在班上的联欢会上，他唱的歌很受欢迎。下乡劳动，收工的路上，大家常常唱歌，一般都是他带领大家唱起来。如果在开会之前，和别的班同学对歌，也是他站出来指挥。他是我们班上公认的歌唱家。

一次，学校组织文艺晚会，这是我们学生会干的活，负责我们学生会的教导处的范主任，找我要我写一首诗，作为一个诗朗诵的节目。这自然是义不容辞的，于是，我写了一首诗。那时候，流行对口词，范主任对我说：要找一个同学和你一起朗诵，这样像对口词一样，效果会好！

于是，找到了小陈同学。我已经忘记了，是老师找到的他，还是我找的他。我也忘记了诗写的是些什么内容了，只记得在学校的演出效果不错，不知怎么阴差阳错，我们竟然被请到中央人民广播电台去录音。我猜想肯定是范老师推荐给电台的。

记得很清楚，是冬天的晚上，去复兴门外的电台。那时候，家里没有电视，听电台里播放的节目，是大家最主要的娱乐方式。电台和百姓的关系密切。那是我们第一次走进电台，一切都感到很新奇，录音的各种设备，在一个房间，我们坐在隔壁的房间里，中间隔着一个大大的玻璃窗。望着玻璃窗里面的录音机，我禁不住想起小时候在钟家看到的那个小小的台式录音机，也想起小时候听隔壁邻居张家收音机里播放的广播剧，那些有名的演员，也是走进这里，对着话筒，对着录音机朗诵，然后通过电台播放出来，让那么多人听到。我们的声音，居然也能够这样通过电台，让那么多人听到了。这么一想，颇有些自得，有些飘飘然呢。仿佛同样是说话，通过电台广播出来，就立刻身价倍增，魔术师手中的鸡变鸭一般，大不一样了。

不过，朗诵的声音，通过无线电波播放出来，有些缥缈，还真好像不是我们的声音，而让我们都有些心旌摇荡。走出电台的大楼，我们没有着急回家，漫步在长安街上，回味着刚才发生的一切，都感到很新鲜，很有意思，很有些成就感，似乎得到了我们高中生活中额外的奖赏。

就是那天的夜晚，走在半路上，我问他高考准备考哪所学校。他告诉我准备考中国音乐学院声乐系，他说老师说他的嗓子适合唱民歌。说这话的时候，他的脸上显出坚定而自信的神情，我觉得他唱歌那么好，一定能考上的！心里想，高考快要到来了，班上的同学个个身怀绝技，心揣理想，心里隐隐有些激动，最后的结果，就在不几个月后夏天到来的时候，即可水落石出了。我既替他祝福，也为自己祝福。那一夜，风有些大，天很冷，我们的心里却充满春水荡漾一般，天真地畅谈各自的理想，天真地憧憬着美好的未来，以为未来一定会是美好的，鲜花应该为我们而开，就像今晚到电台来录音如同得到意外奖赏一样。

我和小陈同学的友谊，应该说，是从这天晚上从中央人民广播电台里走出来，走在寒风料峭的长安街上开始的。为此，星期天，我曾经专门到他家拜访过一次。记得他家住在东四，他的父亲在铁路上工作，是铁路的老工人。因我姐姐姐夫也在铁路上工作，我们便越发感到亲切，友谊自然又进了一层。在高中三年的时间里，我唯一去过的同学家，就是他家。

第二年，在高三最后一个学期的那个春天，我们之间的友谊加深。在校园里，我们常在一起畅谈未来，几乎形影不离。似乎未来向我们展开美好的画卷，就像眼前校园里的鲜花盛开，芬芳伴随着我们的青春芳华。

高三，就这样悄悄地到来了。

在我十九岁青春芳华的年龄。

在我们对未来充满憧憬的季节。

在一场未曾预料的"文革"黑云压城的时候。

花儿为什么这样红

高万春校长，毕业于西南联大。他戴一副宽边眼镜，总爱穿一身中山装，风纪扣紧系着，不苟言笑，很威严的样子。在我们同学中间，流传不少他的传说，流传最广的是他曾经在西南联大听过闻一多的课，在学校的文学创作园地《百花》墙报上，每期都有他亲自写的文章（最出名的有《李自成起义的传说》《盖叫天谈练功》），谈天说地，引古证今，让我更加信服他一定师出名门。我们学生对他肃然起敬，也充满对那个风云激荡时代的想象。但对他也多少有些害怕，远远看见他，都会躲着走。

高校长在汇文的那十年的时间中，有我在汇文读书的六年。我单独见到他，只有两次。但是，我知道他对我青睐和照顾有加，学校破例允许我可以进图书馆里面去挑书，便是他的指示。当时有很多学生不满，找到图书馆的高挥老师去吵，向学校提意见，高校长坚持自己的主见："要给爱学习的学生开小灶！"

记得我初一的班主任司老师曾经对我说，有一次，高校长问司老师这样一个问题：你说一名大学教授贡献大，还是一名优秀的中学老师贡献大？不等回答，他自己说：办好一所中学，不见得比大学教授贡献小。在他当汇文校长的那十年中，他把一所拥有百年历史的老校，以德智体美全面发展的好成绩，推到全北京市中学前五六名的位置上，这是他之后历任校长再也无法企及的。

高校长最大的爱好，就是听课，所以，年轻的老师，和我们学生一样，都有些怕他，怕他搬来一把椅子，坐在教室后面听课，下课之后，检查他们的教案和备课笔记。他是教学的行家，老师哪里讲得好，哪里讲得不好，他听得出来，讲得不好他会不客气地提出批评。

我说了，我单独见到他，只有两次。

第一次，是高一，下午放学的时候，班主任老师叫住我，让我到校长室去一趟，说高校长找我。我有些惴惴不安，一般学生被叫到校长室，不会有什么好事，总是犯了错误被叫去受训居多。心里在想，自己犯了什么事吗？会不会把我找去批评我？

校长室在一楼，我敲门后走进去的时候，高校长正襟危坐在办公桌前。他没有让我坐下，只是先问我最近的学习情况，然后又告诫我要谦虚，不要骄傲翘尾巴，最后，拉开办公桌的抽屉，拿出一个牛皮纸袋递给我，告诉我：这是一本英文版的《中国妇女》杂志，你的一篇作文翻译成了英文，刊登在上面了。

我松了一口气，原来是好事。我站在那里，等着他继续训话。但是，没有了，他摆摆手，让我走了。

刚走出校长室，在楼道里，我就急不可耐地打开了杂志，一看，是我的那篇《一幅画像》，翻译成了英文，还配发了一幅插图。

我到现在还记得，在校长的办公室里，靠墙有一个长条背靠椅，后来我听班主任老师说，高校长就是在这个长椅子前面再加一把椅子，把它们当成了床，常常晚上不回家，睡在这上面。

第二次，是我读高二，有一天下午放学早了点儿，我和一个同学下楼，边下楼梯，边哼唱起来《花儿为什么这样红》。那时候，正放映电影《冰山上的来客》，这首雷振邦作曲的电影插曲走红，很多人都爱唱，我们也是刚刚学会的。那时，我们的教室在三楼，我们两人从三楼走到一楼，也从三楼哼哼地唱到一楼。走到一楼前最后几个台阶的时候，我们两人都看见了，高校长正一脸乌云站在一楼的楼梯口等着我们呢。

我们收住了歌，惴惴不安地走到他的跟前，他劈头盖脑问了我们一句：你们说说，花儿到底为什么这样红？

我们两人吓得什么话也说不出来。

高校长又严厉地对我们说道：你们不知道吗，高三的同学还在上课？

我们才忽然想到，高三年级各班的教室都在一楼，为了迎接高考，他们得加班加点上课。

高校长说完，转身走了，我们两人赶紧夹着尾巴溜出了教学楼。

高三开学典礼的文艺演出准备工作，还是由我们这一届的学生会负责，开学之后，学生会换届选举，我就可以卸任，准备紧张的高考了。我忽然有了一种轻松的感觉。说心里话，我对这些工作不大感兴趣，觉得浪费时间，有这样的工夫，不如去读点儿书。

就在准备文艺演出的一天下午，我正在学校礼堂的舞台上和同学们一起忙乎，一个同学跑上台，对我说范老师找我。我跟着这个同学走下舞台，往礼堂外面走，刚走到门口，看见范老师坐在最后一排的椅子上。他身边还坐着两位老师，一男一女，我都不认识。

范老师见我走了过来，站起来，向我介绍，原来是中央戏剧学院表演系的两位老师。男老师教形体课，女老师教表演课。我很有些奇怪，不知道他们找我有什么事情。说句很羞愧的话，当时，我确实见识很浅陋，从来没有听说过北京还有一个戏剧学院。

范老师告诉我，这两位老师是专门来咱们学校招收学生的，他们看中了你！

我更是有些吃惊，因为当时我一门心思只想考北大，对于戏剧学院一无所知，对于表演系更是一头雾水。两位老师非常热情，对我说：以前不了解，没关系，到我们学校参观一下，不就了解了嘛！

于是，我被邀请参观了中央戏剧学院，由这两位老师陪同，观看了戏剧学院学生当年演出的话剧《焦裕禄》。我第一次走进了正规剧

高中：青春碎片

院的后台，那是和我们学校舞台一侧简陋的后台无法相提并论的。鲜艳的服装，化装的镜子，喷香的油彩，迷离的灯光，色彩纷呈的道具……以一种新奇而杂乱的印象，一起涌向一个中学即将毕业而有些好奇有些兴奋又有些不知所措的少年面前。

不过，我一直很奇怪，我根本不认识这两位戏剧学院表演系的老师，他们是怎么知道我的呢？我把这个疑问抛向了范老师，他告诉我：艺术院校是提前招生，所以，这两位老师老早就来过咱们学校好几次了，想找一个能写也能演的学生，希望学校推荐合适的人选，是高校长推荐了你！

我的心里，对高校长很有些感激。

一直到从汇文中学毕业，离开这所学校，我再也没有见过高校长。

忽然想起曾经学过的语文课文，鲁迅的《从百草园到三味书屋》中说过的话："我将不能常到百草园了。Ade，我的蟋蟀们！ Ade，我的覆盆子们和木莲们！"

我也要说：我将不能常到汇文中学了。Ade，我的校园！ Ade，我的老师们和高校长！

Ade，我的中学时光！

尾声：告别中学时代

1966年，高三毕业前夕的6月，恍若昨日，记忆是那样清晰，阳光明媚，哪里知道不仅学校里，整个社会上，已经暗潮涌动。那之前几天，我刚刚通过了中央戏剧学院的初试，心情和初夏的天空一样爽朗。

初试揭榜的名单，是几张薄薄的大白纸，贴在中央戏剧学院大门对面的灰墙上，上面用毛笔字密密麻麻写满初试通过的学生的考试号码，蝌蚪的尾巴一般挤在一起，那么随意，没有一点仪式感，显得不那么正规。风吹起纸的一角，颤抖着，如大家忐忑的心情。很多人拥挤着，伸长了脖子，看上面有没有自己的号码。

我找到了自己的号码，等待着几天后的复试。

没有想到，几天之后，6月之初的一天早晨上学，刚进教学楼的大厅，就看见两侧的墙上贴满了大字报，将我们学生会曾经写的黑板报遮盖得严严实实。想起前两天在戏剧学院大门对面的墙上贴的初试名单，也是在白纸上用毛笔字写的，竟然风云突变，变成了眼前的内容迥异的大字报，咄咄逼人，墨汁淋漓。那些大字报都是学校里团中央干部子弟写的，瞄准的是资本主义当权派。自然，首当其冲针对的是学校的高校长和党支部书记。我明白了，他们得风气之先，率先揭开了我们学校"文革"的帷幕。

有意思的是，几天过后，中央戏剧学院的复试如期举行。他们和我一样，都太不敏感，小瞧了革命小将以及他们背后的威力，以为这样的动荡会很快过去，大字报毕竟代替不了课本，校园还是读书学习的地方。

复试是面试，在戏剧学院的排练厅进行，十几位老师坐在前面一排，门口挤着我们考生，像在医院里候诊一样，等待着叫号，一个个单独进去等待命运的裁决。其中一项主要考试内容，是做一个自编的单人无道具的小品。我是临时上阵，没有做什么准备，就将在学校看到的写大字报、贴大字报的情景，匆忙编了一个小品，其中还有一个模拟站在椅子上，摇摇晃晃贴大字报而险些跌倒的无实物表演，自以为不错。考完之后，就信心满满地回家等通知了。

我心里的预判没有错，因为在考场上看到了到学校找我的那一男一女两位老师脸上的表情，看得出他们对我的小品还是挺满意的。大约是6月中旬，我接到了录取通知。很普通的一个信封，信封上印着"中央戏剧学院"的毛体红字，里面夹着一张很单薄的纸，上面除开头手写着我的名字外，其余是打印的字样，告知我已被表演系录取，具体入学报到时间，另行通知。最后盖着一枚"中央戏剧学院"红红的圆印。

只是，这个入学报到的时间，我再没有等到。

同样，我的同班同学李怀智和陈同学，也都如愿以偿收到了中国音乐学院的录取通知书。同样，入学报到的时间，他们也和我一样再未等到。像苏文茂说的那段经典相声"扔靴子"，那另外一只靴子始终没有扔下来，没能落地有声。

两年之后，1968年的夏天，我去了北大荒，李怀智被分配到北京人民机器厂，陈同学到京郊怀柔插队。

这两年，我们都是在学校"文革"的浪潮中度过的。两年的时间，我基本没有见过李怀智，不知道他的二胡还拉不拉。在人机，起初他是工人，凭他的才华和能力，他自学德语，单刀赴会，到德国接收大型机器，识得说明书上的全部德文，回京指挥安装机器，对付那洋玩意儿，和当年对付二胡一样，得心应手，干得风生水起，一时名声大震。自然，这是后话。

陈同学，倒是见过，让我惊诧万分的是，他竟然高举起那时候流行的武装带（被称为"板儿带"），抽打在我们学校老师的身上。不爱红装爱武装，是那个时代里不少学生中所流行的。那是1966年的8月，号称"红八月"。我们的友谊戛然而止。我再也不想见到他。

那一年的秋末时分，大串联，我到上海，去虹口公园参谒鲁迅墓，没想到在墓前，竟然和陈同学狭路重逢。墓前的鲁迅雕像，仿佛活了一样，目光炯炯，注视着我们。一时间，我们两人都愣在那里，相对无语。他垂下头，我也垂下了头。我们默默走到鲁迅墓的广场前一棵广玉兰树下，黄昏的阳光透过繁茂的枝叶，挥洒在我们的身上，斑驳而跳跃着，迷离而凄迷。他先开了口，说他知道自己错了！他一直想找我说这句话。我看出，他是真诚的。我原谅了他。可是，从那以后，一别经年，我再也没有见过他。各自辗转插队之后，他曾经给我写过一封信，我没有回信。

在我们学校的操场上，有一个高高的领操台，"文革"伊始，高校长第一个被揪出批斗，就是垂头弓腰站在这个领操台上。学校的红卫兵——他的学生，抡起和陈同学一样的皮带，朝他打去，然后把他关进二楼的阶梯教室里。他们知道高校长是闻一多的学生，命令高校长交代出当年杀害闻一多的凶手名单，第二天必须交出。高校长只是听过闻一多讲演的一个学生，他怎么会知道凶手是谁！忍无可忍，他跳楼身亡。是那年8月的一天清晨，他上三楼厕所，从窗户里爬出来跳下去的。

那一年，高校长年仅四十二岁；留下一个女儿，只有十五岁。

"文革"期间在校最后那两年中，唯一给我安慰，让我难忘的，是1966年冬天的一个黄昏，在校园的甬道上，碰见了高挥老师。我已经好久没有见到她了。"文革"刚开始的时候，因为她破例允许我进学校图书馆里挑书，而被贴了大字报，说是培养修正主义的苗子。虽然为此挨了批判，但由于她曾经是志愿军，幸免于批斗。见到我，她悄悄地问我：还想看书吗？问得我一愣。然后，她又说：想看什么书，我替你去图书馆找！这话说得我一惊，这样的时候，她怎么还敢为我找书？这不是顶风上吗？况且，图书馆的大门早被封死了，怎么进去找书？她微微一笑从她的衣袋里掏出一把钥匙，在手里哗啦啦地摇了摇，对我说：图书馆的钥匙还在咱手里呢！

我永远忘不了寒冷冬日校园甬道上，那个凄清的黄昏，高挥老师手中摇动着图书馆钥匙的样子。她那样子，像一个孩子，那么亲切，让我感动得想流泪。我私下猜想，所有这一切的委屈，为什么高老师都默默忍受了？所有这些她能想到的做到的，为什么她都替我想到了做到了？大概她去我家那一次，见到我的那个破鞋箱上的书，是一个感性而重要的原因。秉承着孔老夫子有教无类的理念，她一直同情我，帮助我，鼓励我，并默默地期待着我。

好长一段时间，我都是把想看的书目写在纸上交给她，她偷偷溜进图书馆，帮我把书找到，包在一张报纸里，放在学校传达室王大爷那里，我取后看完再包上报纸放回传达室。这样像地下工作者传递情报一样借书的日子，一直到我去北大荒。那是我看书看得最多最难忘的日子。《罗亭》、《偷东西的喜鹊》、《契诃夫小说选》、《三家评注李长吉歌诗》、庐隐的《海滨故人》、丰子恺的《缘缘堂随笔》……好几本书，都没有还，让我带到北大荒去了。

时过境迁之后，我曾经对她讲起这些书没还的事，她一摆手说：没还就对了，还了，也得烧了。那时候，学校图书馆里的书，被视为封资修，一平板车一平板车，被学生们拉到东单体育场烧掉了。熊熊的大火，曾经一连烧了好几天。

1968年7月20日上午10点38分，我在北京火车站乘火车，离开北京，去北大荒。在这个当年汇文中学旧址上建起的火车站的站台上，我才真正地意识到，无论如何留恋，无论如何感慨，延长了两年、整整八年时光的中学时代，就要在此结束。

那时，弟弟已经在七个月之前去了青海油田。家中只剩下父母，我没有让他们送。姐姐在呼和浩特，我也没有让她来北京送。自己一人早早来到北京站。之所以去得早些，是希望能够见到两个人：一个是小奇，一个是老傅。

尽管由于父亲是老红军，小奇出身根正苗红，属于当然的红卫兵。但是，她从来没有歧视过我。虽然来我家的次数少了，但是，还是偶尔会来我家看我，而且，来的时候，从来不穿绿军装，也从来不戴红卫兵的袖章。

去北大荒前一天的晚上，小奇特意来到我家。这是我坚信的，她一定会来和我话别。我弟弟离开家去青海的那天夜里，她都来我家为弟弟送行，一直送到火车站，还送了我弟弟一个笔记本和两个大红苹果。从火车站回来的时候，已是半夜时分，她家大院的大门已经关了，她便和我一起回到我们的大院，在一家住房稍微宽敞的邻居家，趴在饭桌上睡了一夜。很难忘记那个冬夜，月光照进窗子，追光一样，打在她的脸上、头发上和她中式对襟的棉衣上。

说来有些可笑，她再来我家为我送行的7月19日的那个晚上，我还非常小布尔乔亚地为她朗诵了贺敬之的诗《西去列车的窗口》，佯装姿态，一腔豪情般和她话别。送她走出我们大院的大门，她对我说：明天我去火车站送你！那话至今言犹在耳。

可是，在火车站焦急地等待着，眼光不时地瞟向进站口，始终没有看见小奇的影子。

"文革"这两年，老傅借住他姐姐家，就在我住的胡同东口，我们的来往多了起来，逐渐熟了起来。很长一段时间，我几乎天天泡在他姐姐家。那时，我从田老师那里借来了一套十本的《鲁迅全集》，买了一本处理的日记本，天天跑到他家去抄鲁迅的书。他也没闲着，找来一块木板，刻了一帧鲁迅浮雕像，然后在鲁迅头像上用黑漆刷上一遍，又用桐油在木板四周一连刷了好几层。等桐油和黑漆干了之后，木板变成了古铜色，衬托着中间的黑色鲁迅头像一下子神采奕奕，格外明亮。

在这趟北去的列车上，我们班的同学中去北大荒的，只有我和老朱。老傅很想和我们一起去，但是，没有被批准，只批准他以后去内蒙古察右中旗插队。说好了，老傅要来为我和老朱送行。可是，始终也没有看见老傅的影子。

火车拉响了汽笛，缓缓驶动了，才见老傅抱着个大西瓜向火车拼命跑来。我把身子探出车窗口，使劲向他挥着手，大声招呼着他。他气喘吁吁地跑到我的车窗前，先递给我那个大西瓜，又递给我一个报纸包的纸包，里面露出来的，是他刻的那帧鲁迅头像。我们连告别的话都没来得及说一句，火车驶出了月台。

我的身子探出车窗外，不甘心地还在寻找小奇的身影。可是，一直没有看到。那时候，我并不知道，就在这一天的凌晨，她的老红军父亲被造反派抓走批斗，全家被牵连，她一个人无可奈何逃难离开了家，匆匆投奔到父亲的朋友家避难。

火车驶出了站台，开到建国门的角楼前明城墙垛口的时候，我忽然看到，残破的垛口上，高高地站着一个年轻的姑娘，在向着车厢挥着手。不是小奇。我认识她，邻校高一的女生，她不是为我送行，也不是向我挥手。火车在这一瞬间加速，风驰电掣，将一切无情地甩在身后。

亲爱的北京，亲爱的朋友，我的中学时代，在这一刻，真的和我彻底告别！

2023年2月4日立春写毕于北京

2023年8月23日处暑改毕于北京